KB052301

물의 자흔를 쫓는다

외전

물의 자흔을 쫓는다

Remember the river of the day

외
전

신여리 장편소설

물의 자흔을 쫓는다 외전

지은이 신여리
펴낸이 이형기
펴낸곳 도서출판 가하

초판인쇄 2015년 11월 13일
초판발행 2015년 11월 20일
출판등록 2008년 10월 15일 제 318-2008-00100호

주소 서울 영등포구 양평로 67, 1209 (당산동5가, 한강포스빌)
전화 02-2631-2846 **팩스** 02-2631-1846

www.ixbook.co.kr

ISBN 979-11-295-8742-8   04810
       979-11-295-8737-4   04810(set)

값 10,000원

첫 번째 에필로그

말로리의 집

이 이야기는 왕위 계승이 마무리되고 난 후, 제르가 퀸시오로 떠나기 열흘 전의 이야기다.

레피스는 몹시도 화가 나 있었다. 그럴 수밖에. 레피스 역시 반생을 알렉시스를 왕으로 만들기 위해 살아온 남자였다. 알렉시스의 최측근이었던 그가 대관식에 참석하지 않았을 때부터 많은 이들이 예상했던 일이었지만, 그는 대관식이 있은 후 보름 가까이 노골적으로 알렉시스를 피해다녔다.

이례적으로 왕도 내에서 벌어진 내란의 혼란은, 새로운 섭정이 즉위한 지 한 달 즈음 지나자 어느 정도 정리가 되었다. 수습의 주력은 쇼하인 가문의 군사들이었다. 일찌감치 발을 뺀 베이하크 가문의 사병들은 귀향을 결정했다. 레피스가 대관식 이후로 낙향이니 뭐니 하는 소리를 늘어놓고 있었으므로 갑작스러운 일도 아니었다.

레피스는 깐깐하고 냉정해 아랫사람들을 힘들게 하기로 유명한 상관이었지만 업무 능력만큼은 탁월했기 때문에 궁내부원들은 그의 귀향을 몹시 반대했다. 몇몇 이들이 나서서 그에게 큰 공을 세웠다 추어올리는 것으로 분노를 풀어보려 했지만 허사였다. 알렉시스가 작위 승작까지 추진해주었지만 그는 꿈쩍도 않았다.

처음에는 저러다 말 거야, 하고 속 편하게 웃던 알렉시스도 이건 좀 아니다 싶었던지 레피스의 눈치를 보기 시작했다.

알렉시스가 그를 직접 찾아가보기도 했지만.

"여어."

"누구십니까."

저런 모르쇠는 애교였다.

"아직도 그렇게 내게 화가 났어? 너무 뒤끝이 심하다고 생각 안 해?"

"뒤끝? 그때 주먹질로 끝난 게 다행인 줄 아십시오, 각하."

제르가 보기에 살살 달래는 정도로 레피스의 속이 풀릴 것 같지가 않았다. 덩달아 괜히 마음이 불편해졌다. 레피스는 막무가내로 영지로 돌아가겠다고 했으므로 상황은 더욱 험난해졌다.

결국 알렉시스는 레피스의 마음을 돌리기 위해 베이하크령, 세나뵈까지 따라가기로 마음먹을 수밖에 없었다.

"제르, 너도 돌아가는 길에 한번 들러볼래? 거기 재미있는 애도 있어."

레피스가 수틀리면 칼부림이라도 할 것처럼 학을 떼는 와중에도 알렉시스는 재미 따위를 찾았다. 정말 큰일 날 사람이지 싶었다. 하지만 제르의 결정은 쉬웠다. 퀸시오로 가는 길목에서 인접한 옥토가 바로 베이하크의 거점이 있는 중소 규모의 도시였기 때문이다.

제르와 알렉시스는 함께 베이하크의 사저가 있는 세나뵈로 가서 이틀 정도 머문 후 헤어지기로 합의했다. 물론 그 과정에서 레피스의 의사는 전혀 고려되지 않았다.

그로부터 닷새 후, 그들은 동부 세나뵈로 향했다.

그곳은 엘올라에서 닷새 정도의 거리에 위치해 있었다. 죽자고 알렉시스를 떨쳐내려는 레피스와 그의 마음을 바꾸려는 알렉시스의 설전은 마차 안에서도 이어졌다. 대체 왜 굳이 따라오십니까. 누가 반긴다고. 레피스가 그렇게 핀잔을 놓으면 알렉시스는 말로리는 잘 지내고 있나? 하는 동문서답으로 속을 뒤집었다. 그 과정에서 제르가 알게 된 건 말로리가 레피스의 부인이라는 것 정도였을까. 알렉시스는 레피스를 달래러 온 건지, 화를 돋우러 온 건지 구분이 가지 않을 지경이었다. 그런 두 사람 사이에서 제르는 죄책감보다는 불편함이 먼저였다. 굳이 좁은 마차 안에서 이렇게 옥신각신해야 하나.

그리고 세나뵈령으로 출발한 지 나흘째 되는 날 오전, 예정보다 일찍 도착한 마차가 멈추었다. 제르는 뤼민느를 안고 마차에서 내렸다.

베이하크가의 고풍스러운 저택이 그들을 맞이했다.

내내 사납게 물고 뜯고 할 기세로 투덜거리던 레피스는 저택 앞에 서기 무섭게 꼬리를 내렸다.

"말로리가 보면 놀랄 테니 좀 기다리세요."

"뭐야, 우리 온다고 말 안 했어?"

가뿐하게 마차에서 내려 기지개를 켜는 알렉시스와는 달리, 그는 몹시도 착잡한 사람처럼 한숨을 내쉬었다.

"하아아아……. 지금 왜 제가 알렉시스 님이랑 저희 집 문 앞에 서서 승강이를 해야 하는지도 모르겠는데, 말했겠습니까?"

"안에서 기다릴게."

"그렇게 하세요."

레피스가 신경질을 내며 먼저 저택 안으로 들어갔다. 손님 대접이 너무 야박했다. 꼬물거리는 뤼민느를 조심스레 다독이며 알렉시스를 멀뚱멀뚱 바라보고 있으니, 알렉시스가 빙긋 웃으며 말했다.

"들어가자."

말로리 니오. 그녀는 지금 베이하크 부인이라 불리고 있지만 한때는 쇼하인의 아가씨라 불리는 게 더 익숙했던 여자였다. 그리고 실제로도 베이하크 부인답다는 말보다는 쇼하인의 아가씨답다는 말을 더 좋아하는, 그런 여자. 그녀는 똑 부러진 사람이었고, 할 말을 참지 않는 사람이었다. 때때로 감정적이기도 했다.

그리고 그녀가 화가 날 때면, 레피스는 어쩔 줄을 몰라 했다.

"……오랜만에 왔습니다, 말로리."

레피스는 평소와는 다르게 몹시도 얌전했다. 왕도에서 냉혈한이라 불리는 남자에게 구태여 있는 천적을 꼽아보자면 바로 쇼하인의 아가씨, 베이하크 부인이었다.

"……."

말없이 레피스의 텅 빈 팔을 응시하던 그녀는 조신하게 손을 올려 조심스레 머리 매무새를 가다듬었다. 가늘고 하얀 손가락에 끼워진 반지는 고관 귀족의 부인답게 화려했고, 어여쁜 귓불의 귀걸이는 반지와 짝처럼 아름다웠다. 돌돌 뭉쳐 올린 머리 모양은 앳되게 젊어 보이는 얼굴에 묘하게 잘 어울렸다.

머리를 다 다듬은 후, 그녀가 자세를 더 꼿꼿이 해 앉으며 탁자 위로 팔을 올렸다. 적당히 마른 몸을 휘감은 연주홍빛 드레스와 숄이 흔들거렸다.

한참 후에야 그녀가 낭랑한 목소리를 냈다.

"그래서요? 몇 년이나 올리비에 왕하의 뒤꽁무니만 졸졸 따라다니면서 그리 내 속을 태우더니요. 팔 한 짝은 어디다 버리고 이렇게 빈손으로 돌아왔어요?"

허리를 꼿꼿이 펴고 앉은 말로리를 바라보는 레피스의 얼굴은 어두웠다.

"……걱정하게 했습니다."

"잘 아시네요."

그녀는 몹시 자긍심이 높은 여자였고, 긍지 높은 여자를 화나게 하면 매서운 일침이 돌아오는 법이라는 걸 레피스는 아주 잘 알았다.

"걱정하게 하고 싶지 않았습니다."

"그러려 했으면 당신은 지금 제 앞에 서 있지도 못했을 거예요."

곰 같은 부인보다 여우 같은 부인이 낫다는 말은 공감한다. 하지만 막상 여우 같은 부인을 둔 남편들은 속이 이만저만 타는 게 아니었다. 말로리로 말할 것 같으면 야무지고 기다 아니다가 명확한 여자라, 한번 그녀가 생각을 정하면 고집이든 의견이든 꺾기가 매우 힘이 들었다. 속마음을 숨기는 법도 없었다. 솔직한 그녀의 일면을 보여준다는 건 그만큼 신뢰받고 있다는 뜻이긴 했지만 가끔은 그래서 무섭다.

얕게 한숨을 내킨 레피스는 밖에 알렉시스와 제르가 와 있다는 사실을 알릴 시기를 찾지 못해 머뭇거렸다.

"팔은 아프지 않아요?"

"시일이 좀 지난 부상이라 괜찮습니다."

"당신도 기억할 거예요. 내가 그렇게 알렉시스 님에게 목숨 걸지 말라 말했지요. 어쩌자고 그렇게 위험한 짓을 했어요? 얼마나 놀랐는지 아나요?"

그는 알렉시스와 제르의 방문을 이르기 전, 먼저 그녀를 진정시킬 필요를 느꼈다. 하지만 그가 무슨 말을 꺼내기도 전에 말로리는 자연스럽게 화두를 돌렸다.

"식사는 하셨고요?"

"……오는 길에."

"그래요. 지금 윌버는 여전히 키로의 이든버러에 있는 거 알죠? 아무리 우리한테 관심이 없어도 그쯤은 알겠지. 셰인도 지금 없어요. 유모랑 같이 밖에 나갔고요. 내일 온다더니 하루 빨리 왔네요."

윌버는 그녀와 베이하크의 첫째 아들이었고, 셰인은 그들의 장녀였다.

자리에서 일어난 그녀는 얕은 한숨을 내쉬며 그의 늘어진 왼손을 잡았다. 냉정한 말투에 비해 한없이 따뜻한 손길이었다.

"고생했어요. ……그러고 보니 안 그래도 친정에서 연통이 왔는데, 에들렌이 소블란의 아가씨와 함께 여기 한번 방문하고 싶다고 해서 오라고 했어요. 같이 왔어도 좋았을 텐데, 에들렌이 별말 없던가요?"

갑작스레 들린 소블란이라는 말에 레피스의 눈살이 퍽 찌푸려졌다.

"쇼하인은 지금 왕도 복구로 바빠서 경황이 없었을 겁니다. 그런데…… 소블란의 아가씨라면 라니 로웬 말입니까?"

"어머? 그 표정 뭐예요. 게다가 라니 로웬이라니, 왜 그렇게 무례하게 굴어요?"

"아니…… 그 여자는."

"그 아가씨 꽤 괜찮아. 솔직하고 적당히 멍청하고."

"말로리도 소문 알잖습니까. 그건……."

말로리가 뭐가 문제냐는 듯 눈을 살짝 치켜떴다.

"알렉시스 님을 두고 다른 남자 만난 거요? 똑똑한 거지. 나 같아도 알렉시스 님 같은 남자랑 몇 년째 약혼 상태에 머물러 있었으면 바람이 났을걸요? 바람이 뭐야? 하렘을 차렸지."

"……듣기 좀 그렇지만, 일단은."

라니의 문제로 말로리와 논쟁을 벌일 생각은 추호도 없었던지라, 레피스가 당연하단 듯 꼬리를 내렸다.

"여러 가지로 미안합니다. 앞으로는 이곳에 머물 겁니다. 제가 못다 한 일도 마저 하고……."

"그래요. 그런데 알렉시스 님이 쉬이 보내주던가요?"

"조금 일이 번거롭게 되긴 했습니다만."

레피스는 머뭇거렸다. 지금이 알렉시스가 여기까지 자신을 쫓아왔다는 이야기를 꺼내기 적시 같았다.

"번거로워지다뇨?"

"알렉시스 님이……."

"또 알렉시스 님 때문이에요?"

말로리가 예민하게 목소리 끝을 올렸다.

"대체 그분은 무슨 억하심정이 있어 그런가요? 이 정도로 고생시켰으면 됐지! 또 알렉시스 님이 당신한테 뭘 했는데요. 팔 한 짝 가져간 걸로도 모자라서, 이 염치도 없는 분 같으니라고!"

"말로리, 진정을……. 우선 승작도 윤허하셨고."

"승작? 공작위요? 쇼하인과 베이하크를 배신하고 나서 결국 공치사로 때우려는 게 뻔한데 그걸로 우리 속이 풀릴 거라 생각하는 건 아니겠죠?"

말로리는 지난 수개월간 참았던 한을 이 자리에서 풀어낼 모양이었다. 저택 어딘가에서 기다리고 있을 알렉시스와 제르를 떠올린 레피스가 무의식적으로 문을 바라보며 한숨을 내쉬었다.

"말로리, 잠깐 얘기를 들어주십시오. 제가 할 말이 있습니다."

"뭐죠?"

"사정이 조금 그렇게 되어서 어쩔 수 없이…… 제가 누구를 좀 데리고 왔는데."

"……누굴 데려왔길래요?"

"말로리가 조금…… 진정해줬으면 좋겠습니다. 일단."

그가 저렇게 진지한 표정을 지을 때는 말로리를 불쾌하게 할 일이 기다리고 있을 때뿐이다. 그녀는 눈치 빠르게 레피스가 문밖을 흘끔거린다는 걸 알아차리고, 즉각 행동으로 옮겼다.

"아니, 잠깐. 어디 가려고요. 내 얘기 먼……."

말로리가 문을 벌컥 열어젖혔다.

그녀를 따라 움직이려던 레피스는 문 앞에 서 있는 제르의 옷자락을 발견하고 퍽 눈살을 찌푸렸다. 알렉시스와 함께 안에서 기다린다더니 왜 문앞에 와 서 있는 건지.

"사정이 있어서 그런 거니까, 말로리. 우선……."

레피스의 말을 흘려들은 말로리는 문 앞에 서 있는 검은 머리 여자와 여자의 품에 안긴 아기를 멍하게 응시했다.

그녀의 얼굴에 곧 충격적인 감상이 떠올랐다.

쾅.

문이 닫혔다.

벽에 기대고 있다가, 벌컥 열린 문과 벽 사이에 끼여 가려져 있던 알렉시스가 눈을 끔뻑이며 제르와 시선을 주고받았다.

문을 닫고 그에게로 성큼성큼 걸어오는 말로리의 표정은 분노였다.

레피스는 기함했다. 아, 역시 알렉시스를 데리고 오는 게 아니었다. 알렉시스는 끝까지 제 인생에 도움이 되지 않는 인간이었다.

"내 말을 들어봐요. 이게 어떻게 된 일이냐면 나도 함께 오고 싶지 않았……."

말로리가 굽이 있는 구두로 바닥을 딱 소리가 나게 지르밟으며 고개를 치켜들었다.

"당신, 밖에서 뭘 한 거죠?"

"아니, 나는 분명 싫다고……."

"바람을 피운 건가요?"

막 알렉시스에 대해 설명을 하기 위해 말을 고르던 레피스가 얼간이처럼 입을 벌렸다.

'뭐?'

"바쁘다고 영지 관리는 죄 나한테 맡기더니, 이젠 여자랑 애를 데리고 왔어요? 지금 누구를 놀리는 건가요? 당신이 없는 동안 영지 관리 일은 전부 내가……!"

'뭐라고 지금?'

"아니, 내가…… 응? 아니. 저기 밖에서 기다리고 있는 건."

오죽 놀랐는지, 레피스가 그답지 않게 버벅거렸다.

"당신을 기다린 내가 바보지. 어떻게 당신이 이렇게 나를 실망시킬 수가 있어요? 알렉시스 님을 따라다니면서 대체 무슨 짓을 하고 다닌 건지는 모르겠지만, 어떻게…… 당신이 나한테."

말로리가 푹 꺾인 음성으로 중얼거렸다. 당황한 레피스가 오른손을 펴 보이며 휘저었다.

"말로리? 아니, 말로리. 지금 무슨 오해를……."

말로리가 노골적으로 큰 소리를 냈다.

"꼴도 보기 싫으니 당장 돌아가요. 윌버랑 셰인에게는 당신이 다시 바쁜 일이 있어 돌아갔다고 할 테니까 그리 알고!"

≈≈≈

두 사람, 정확히는 뤼민느까지 세 사람을 의자로 안내한 말로리가
화사하게 웃으며 그들의 건너편에 앉았다.

"어머? 알렉시스 님도 참 사람 놀라게 하신다니까요."

팔짱을 끼고 거드름 피우며 자리에 앉은 알렉시스가 피식 웃었다.

"여전하구나, 말로리. 아까 내 코 깨질 뻔한 거 알아?"

"어머? 알렉시스 님 귀한 얼굴에 코가 깨지시면 안 되죠. 오랜만에
뵈니 너무 좋아요."

콧소리가 자연스러웠다. 조금 전까지 화를 냈던 여자라고는 상상도
하기 어려웠다.

"너 여태까지 내 험담을 그렇게 해놓고서 찔리지도 않냐?"

"어머? 제가 무슨 말을 했다고 그러세요?"

"하여간 저 여우."

"오해 마세요. 어머, 어머? 억울해요. 무슨 말을 했든 이상한 말은
다 이이가 한 말인걸요?"

"레피스에게 여자 목소리를 내는 재주가 있는 줄 몰랐는데?"

말로리가 부채를 탁 접으며 알렉시스에게 눈을 찡긋했다.

"왕하도 차암! 제 남편이 못 하는 게 뭐 있겠어요?"

"어련할까."

넉살 좋게 웃어 답한 알렉시스는 제르에게로 몸을 기울여 속삭였다.

"내가 그랬지? 재미있는 애가 있다고."

물의 자흔을 쫓는다 외전

제르에게는 이 상황이 모두 당황의 연속이었다. 문밖에서 들었던 말로리의 고함이나 목소리가, 지금 자신이 마주 보고 있는 여자의 콧소리와는 너무 대조적이었던 탓이다. 게다가 그걸 알고도 저리 웃기만 하는 알렉시스도.

"저는 그냥 처음 보는 여성분이 아이를 안고 서 계시길래…… 저이가 밖에서 사고를 치고 왔나 했지요. 저이가 목소리를 깔고 뭔가 말할 때마다 늘 사건사고가 하나씩 생기거든요."

눈웃음을 살살 치며 유연하게 대처하는 말로리와 대조적으로 아무 말도 못 하고 끙끙거리는 레피스의 대조적인 모습은 퍽 진귀한 광경이었다.

말로리가 입술을 가리며 나긋하게 물었다.

"그런데, 실례지만 이분은 누구인지 여쭈어도 실례가 안 될까요?"

알렉시스가 대신 답했다.

"벵제일로의 제이하이야. 들어는 봤지?"

"제이하이?"

"모르나?"

"제이하이 카르시탄이요?"

제르가 고개를 끄덕이는 것으로 긍정하자 말로리가 손뼉을 치며 벌떡 일어났다가 다시 우아하게 앉았다. 그녀의 흥분을 대변하듯 드레스가 호박처럼 부풀었다 스르르 꺼졌다.

"모를 리가요. 어머, 세상에, 세상에! 이분이 그 소문 자자한 제이하이 왕하시군요!"

제르는 침묵했다. 저에 대해 난 소문 중 좋은 것이 있을 리가 없었으므로. 그러다 이어진 뒷말에 잠깐 사레들린 것처럼 기침했다.

"알렉시스 님의 뺨을 치셨다는!"

쿨럭.

알렉시스가 레피스를 홱 째려보자, 레피스는 노골적으로 헛기침하며 고개를 돌렸다.

"알렉시스 님의 청혼을 거절하셨던! 혈서 사건도 왕하가 직접 피로 쓰셨다 들었는데, 그분 맞죠! 이번에 대관식에서 청혼 받으셨다던 그……!"

이어지는 물음은 대답하기가 썩 곤란한 것들뿐이었다. 제르는 부정하지도, 긍정하지도 않았다. 하지만 말로리는 자연스럽게 이야기를 이어가며 너스레를 떨었다.

"정말 한 번쯤 뵙고 싶었어요! 어머, 어머, 어머. 이렇게 귀한 손님이 오신다고 왜 말을 안 했어요? 미리 말했으면 접대라도 준비했을 텐데."

결국 제게로 돌아오는 화살에 레피스가 푹 한숨을 내쉬었다. 알렉시스가 고갤 저으며 그의 어깨를 탁탁 때렸다.

힘내라, 내 오른팔.

시끄럽습니다.

제르와 알렉시스가 이틀 정도 머물고 간다는 이야기에 말로리는 크게 기뻐했다. 우선 그들과 짤막히 인사를 마친 말로리는 언제 레피스를 구박했냐는 듯 극진하게 그의 몸 상태를 꼼꼼히 살핀 후, 식사를 준비시켰다. 레피스는 시종일관 묵묵히 그녀가 하자는 대로 따랐다. 이

집안의 모든 권한은 말로리에게 있는 것이 분명했다.

그리고 식사 후, 그녀는 식사 시간 내내 투닥거렸던 두 남자들의 엉덩이를 톡톡 때려 산책을 내보냈다. 명목상은 화해하고 마음 풀고 들어오라는 것이었지만 제르와 단둘이 있고 싶어 하는 흑심이 훤히 보였다. 그 탓에 제르는 거의 강제로 그녀와 응접실에 앉아 그녀가 내어주는 차를 마셔야 했다.

오랜만에 저택으로 돌아온 가주는 레피스가 분명한데도 모든 것이 말로리 위주였다.

솔직히 제르의 입장에서는 이렇게 자연스럽게 상황을 주도하는 여자는 처음이었다. 알렉시스와 함께 있을 때도 종종 그의 언변에 휘둘리곤 했는데, 알렉시스가 여자가 되고 조금 더 도도해지면 말로리와 비슷해질 것 같았다.

“이름이 어떻게 되나요?”

“엘올라에서 태어난 뤼민느 이시노크.”

두 번째 이름은 알렉시스가 지어준 이름이었다. 어떤 의미가 있다고 하는데, 알렉시스는 말해주지 않았다.

“좋은 이름이네요. 그럼 이제 이분이 가장 어린 카르시탄이신가요?”

뤼민느는 카르시탄의 아들이었지만 그에게 카르시탄이라는 이름을 줄 수는 없을 것이다. 그것은 알렉시스에 대한 예의이며, 세드로에게 해줄 수 있는 마지막 배려였다.

“아니, 전란에 부모 잃은 아이를 내가 데려온 것뿐이다.”

그런가요.

말로리는 대수롭잖은 투로 대답하며 뤼민느를 향해 빙그레 웃어주었다.

막 젖어미의 젖을 먹고 와 잠든 뤼민느를 안아 돌보고 있으려니, 한 소녀가 빼꼼 안으로 들어왔다. 부드러운 금발을 양 갈래로 묶어 올린, 파란 눈동자의 인형처럼 예쁜 소녀였다.

말로리가 우아하게 말했다.

"이리 오렴, 셰인."

소녀는 네다섯 살 남짓 되어 보였다. 세드로와 또래.

"이분은 제이하이 왕하시란다. 인사하렴. 우아하게, 정중하게, 당당하게. 알지?"

"어서 오세요오, 왕하. 말로리의 집에 오신 것을 환영합니다."

뽀얀 볼살이 귀여운 아이가 어울리지 않는 우아함을 가장해 치마의 양옆을 들어 올리며 무릎을 굽혔다. 그러나 아이의 귀여움은 둘째치고라도, 인사말이 재미있어 제르가 작게 웃었다. 말로리가 손부채질을 하며 고개를 저었다.

"어머, 얘도 참. 이 아이는 둘째예요. 첫째는 키로에 있는 이든버러 아카데미에서 기숙하고 있고요."

제르는 초롱초롱 뜨인 아이의 눈망울에 집중했다. 레피스를 닮아 미모가 전도유망한 꼬마 숙녀였다.

"반갑구나."

제르가 고개를 끄덕여 인사를 받아주자, 반색한 소녀가 깡총 까치발을 들어 그녀의 품에 안긴 뤼민느를 훔쳐보았다.

"우와아아, 아기, 아기. 봐도 돼요?"

어린아이 특유의 느릿한 목소리가 또박또박 말했다.

"셰인, 손님이 왔을 때는 어떻게 하라고 했지?"

말로리가 살며시 눈썹 사이를 좁히며 말하자 셰인이 금세 발꿈치를 내리고 시무룩하게 섰다. 제르가 막았다.

"괜찮소."

셰인이 비스듬히 고개를 기울이며 기대감 가득한 눈으로 물었다.

"그럼 안아보면 안대요……?"

뤼민느를 안아보고 싶다며 고사리 같은 손을 내미는 소녀의 모습에 제르는 당황했다. 아무리 아기가 작고 가볍다지만 셰인도 어린애였다. 제르가 난처해하자, 말로리는 제 딸아이에게도 가차 없이 냉정하게 말했다.

"셰인, 나가 있거라."

"……."

"네게 예절 교육을 다시 시켜야겠구나."

제르는 레피스나 그들을 대할 때와는 다른 말로리의 딱 부러지는 태도에 내심 놀랐다.

셰인은 즉각 제르에게 사과했다.

"죄송합니다. 제가 몹시 무례를 했습니다. 언짢게 생각하지 않으셨으면 좋겠습니다."

몇 번이나 학습당한 것처럼 물 흐르듯 흘러나오는 사죄였다. 깍듯한 사과를 지켜보는 말로리의 표정은 누그러졌지만 그만큼 셰인은 기가 죽어 눈을 발끝에 박을 따름이었다. 마침 팔이 무거워지던 차였다. 잠든 뤼민느를 잠깐 내려다본 제르가 뤼민느의 젖어미 유모를 불렀다.

"뤼민느를 데리고 가라. 가는 김에 어린 숙녀분도 함께 데리고 가서 놀아주렴."

셰인이 반색하며 사교성 좋게 생전 처음 보는 뤼민느의 젖어미의 치맛자락을 잡고 따라 나갔다.

그들이 물러나자, 말로리가 뭉근하게 웃으며 말했다.

"너그러우시네요."

생김새는 그녀보다 훨씬 어려 보였지만 말로리는 그녀와 비슷한 연배의, 이미 훌륭하게 두 아이를 길러낸 여자였다.

"너무 어려서 셰인이 실수라도 할까 걱정되네요. 한창 조심해야 할 때인데…….."

"유모가 함께 있으니 괜찮을 테니 너무 염려 마라. 아이가 참 예쁘군."

"그이를 닮아서 미녀로 자랄 거예요. 자식 자랑이라 생각하실지도 모르겠지만."

레피스를 닮아 미녀가 될 거라는 말은 제르 역시 공감하는 바였다.

"딸은 아비를 닮는다더니, 첫째는 저를 닮았는데 셰인은 레피스를 꼭 빼닮았어요. 막내는 아직 조금 더 자라봐야 알겠지만…….."

"셋째?"

"예. 막내는 이제 두 살인데, 레피스의 사촌이 잠깐 데리고 있어요."

"……떼어놓기 힘들었을 텐데."

"사정이 있어서 어쩔 수 없었어요. 다시 데려올 거니까 괜찮아요."

제르는 말로리에게 약간의 동질감을 느끼고 어깨에서 힘을 풀었다.

말로리가 물었다.

"왕하께서도 알렉시스 님과의 아이도 계획하고 계시겠죠?"

내심 당혹한 제르가 태연한 체 미소 지었다.

"알렉시스 님도 나이가 있으시니…… 아, 물론 제가 관여할 일은 아니지만."

아이를 다시 가지는 게 가능할까 하는 의문은 둘째치고, 제르는 아직 알렉시스와 첫날밤도 가진 적이 없었다. 워낙 바쁘기도 했고, 아직 무섭기도 했던 탓이다. 그녀의 심경을 헤아리기라도 한 듯, 알렉시스는 그녀가 부담스러워할 만큼 노골적으로 접근하지 않았다.

"글쎄……."

"언제쯤으로 생각하세요?"

"알렉시스도, 나도 그런 문제는…… 그다지 생각해보지 않아서."

"저는 슬슬 넷째가 갖고 싶어요. 너무 아이들끼리 터울이 지면 좋지 않을 거고, 때 놓치면 임신이 힘들다고도 하고요. 뤼민느? 뤼민느라고 했지요. 그러고 보니 이름이 특이하네요. 뤼민느도 동생이 있으면 더 좋지 않겠어요."

그녀는 악의 없이 제르가 답하기 어려운 문제를 줄줄이 늘어놓았다. 그녀의 말처럼 제르도 전혀 아쉽지 않은 건 아니었다. 사람 욕심이 끝이 없다고, 당장은 뤼민느만으로도 잘해낼 수 있을까 두려웠지만 언젠가 알렉시스에게도 자신이 뤼민느나 세드로에게 느꼈던 그런 감정을 알려주고 싶었다.

그는 그리 말했다.

'나는 아이들 별로 안 좋아해.'

하지만 세상 어떤 남자가 제 핏줄을 남기는 걸 꺼려할까. 이런저런 생각에 잠겨 있는 와중에도 말로리는 쉬지 않고 말했다.

"저는 제가 운이 좋은 건지 레피스가 대단한 건지, 자주 같이 있지도 못하는데 백이면 백, 애도 쉽게……."

"……아, 그, 그런가?"

"뭐, 재주 좋은 남편 가지는 건 좋지만 그럼 뭐하나요. 늘 바깥일에

열중인데. 왕하도 초반에 확 잡아야 해요. 잘못하면 저처럼 된다니까
요."

하지만 제르가 보기에 이미 레피스는 말로리에게 꽉 잡혀 있었다.
거기서 더 어찌 잡으려고? 툭 물으려던 제르는 괜한 말이라는 생각에
참았다.

"이번에 다친 것도 속상해 죽겠어요. 하지만 큰 싸움이었고 작위 기
사였으니 부상이야 어쩔 수 없는 거겠지만 역시 즐겁지는 않네요."

말로리의 얼굴에 처음으로 약한 일면이 떠올랐다. 제르는 말로리의
말 새에 숨어 있는 깊은 사랑을 느꼈다.

"아, 그러고 보니 왕하께서도 이번에 왕도에서 고생하셨겠어요. 소
상한 내막까지는 모르지만 상황이 어땠을지 짐작하는 게 어려운 일도
아니죠."

제르가 문득 궁금해져 물었다.

"그럭저럭, 염려는 고맙군. 헌데…… 쇼하인과 베이하크라면 제법
격차가 큰데, 부인과 베이하크 백은 어찌……."

"정략으로 맺어졌어요, 처음에는."

"……베이하크 백을 많이 좋아하는 모양이군."

그녀의 대답은 간결했다.

"당연하지요. 저는 그를 사랑한답니다. 제 남편은 저를 사랑이 아니
라 좀 다른 방식으로 보는 것 같지만요."

"다른 방식?"

말로리가 희미하게 웃었다.

"그는 아직 저를 어려워해요."

그러고 보면 남편인 레피스가 꼬박꼬박 그녀에게 존댓말을 하는 것

부터가 몹시 이상했던 것이었다. 단박에 이해한 제르가 턱 끝을 내렸다.

말로리는 우아하게 찻잔을 매만지며 말을 이었다.

"이게 좀 복잡해요. 처음엔 서로 아무 감정 없는 정략으로 시작했지요. 아니, 아무 감정 없는 것도 아니라 오히려 저는 레피스를 좋아하지 않았어요. 처음에는 가문의 고하 문제도 있었지만 그걸 떠나서…… 너무, 뭐라 할까, 반듯하게 표정 하나 없는 얼굴을 보니까 너무 거북스러운 거예요. 그래요. 제 남편이요, 솔직히 좀 잘생겼잖아요. 허우대만 멀쩡한 남자라는 생각이 들어서 더 정이 안 가더라고요. 그런데 첫날밤에 속마음을 터놓으면서 이야기를 나눴는데, 생각보다 괜찮은 사람이더라고요."

"흐음."

"친구처럼 그렇게 지내다 보니 이래저래 살게 됐어요. 가끔 이번처럼 제 속을 죄 뒤집어놓긴 하지만 내실은 있는 사람이라."

"……부인이 알렉시스를 썩 싫어하는 것도 이해가 간다. 미안하군."

말로리가 희한한 소리로 웃더니 손사래를 쳤다.

"왕하께서 사과하실 일은 아니라고 생각해요. 알렉시스 님이 사과하실 일도 아니에요. 원망한다기보다 그냥…… 애초부터 저분이 오래도록 왕위에 안주하실 분이 아니라는 생각을 했어요. 그래서 이번 일도 그다지 놀라지는 않았어요. 실망스럽긴 했지만."

"……."

"아시려나요? 라니 로웬, 소블란의 아가씨. 그 아가씨가 알렉시스 님의 약혼녀로 내정되기 훨씬 전에 제가 알렉시스 님과 약혼했었지요. 유스카리 전하가 반대하시지 않았더라면 아마도 알렉시스 님의 옆자리에는 제가 있게 되었을 거예요.”

“……반대?”

“쇼하인과 알렉시스 님은 조금 위험한 조합이잖아요? 선왕께서 충분히 경계하실 만한 이야기라고 생각해요.”

말로리가 시원스레 미소 지으며 말을 더했다.

“아마 제가 열세 살 때였나…… 알렉시스 님이 열다섯이었나. 약혼 이야기가 나왔던 건 그 무렵이었죠. 거의 막바지까지 가서 아쉽게 파투가 났어요. 아! 오해는 하지 말아주세요. 저희 가문 입장에서 아쉽다는 거지, 제 입장에서는 아니었으니까요.”

“……어째서인지 물어도 되나?”

“정략 약혼을 하고 파혼을 하게 될 때까지 그분을 딱 네 번 뵈었는데 세 번 얼굴 맞대기도 전에 그런 직감이 왔어요. 이 사람은 도구를 찾고 있다고, 이대로 결혼하면 평생 사랑받을 일 없이 이용당하다 죽겠구나 하는 그런 거요.”

“……그건.”

“악한이라는 말은 아니에요. 저와 이해타산이 맞지 않은 거죠. 하지만 왕하께서도 아시겠지만 쇼하인으로 태어난 제게 선택권은 몇 없었기 때문에 그 상황이 더 싫었던 것일 수도 있죠.”

동그란 눈을 위로 뜬 말로리가 제 턱을 손가락으로 톡톡 건드리며 새삼 깨달은 것처럼 주억거렸다.

“…….”

“물론 이제는 오지 않을 미래니까 제가 옳았는지 증명할 수는 없어요. 증명할 필요도 없지요. 하지만 한 가지 확실한 건, 그때부터 알렉시스 님은 호불호가 정말 명확했다는 거예요. 자기 마음에 차는 것,

차지 않는 것. 필요한 것, 아닌 것. 사람, 물건, 상황 하나 그냥 넘기는 일 없이 늘 남모르는 계산을 품고 계셨죠. 솔직히…… 그냥 이건 제 개인적인 생각인데, 정치적으로 수완은 자규 왕하가 더 적당했다고 생각해요. 그분은…… 아, 이 부분은 나중에 기회가 되면 다시 이야기 나누도록 해요. 지금은 시기가 적절하지 않은 것 같으니까."

뉘사나에 대한 화제는 분명 아직은 조금 거리끼게 되는 부분이 적이 있었다.

"애초에 저는 이런 문제에는 관심도 없고 관여할 생각도 없지만…… 그래도 쇼하인이다 보니 어쩔 수 없이 영향을 좀 받긴 했어요. 그래서 이번에 세상을 떠들썩하게 한 알렉시스 님의 선택을 진심으로 지지할 수는 없어요. 하지만 쇼하인이 아닌 한 사람의 백성으로서는 잘된 것 같기도 해요."

말로리가 말하는 알렉시스는 그다우면서도 전혀 그 같지 않았다. 그러던 제르는 문득 지금 뒤에서 험담을 하고 있는 건가? 하는 생각에 속이 불편해졌다. 그만큼 말로리가 내리는 알렉시스에 대한 평가는 좋은 것이 하나도 없었다.

말로리가 부채 끝을 만지작거리며 계속했다.

"그래서 전 사람들이 소블란의 아가씨를 손가락질할 때, 오히려 더 그 아가씨한테 동정이 가더라고요. 세간에서는 왕비가 되고 싶어 그랬다고들 하지만…… 제가 보기엔 라니 로웬 양은…… 뭐라고 해야 하나."

말로리의 새로운 해석은 제르에게도 신선하게 느껴졌다. 하여 그녀는 눈을 깜빡이는 것으로 말로리의 뒷말을 보챘다.

"제가 느낀 라니 로웬은 결혼에 대한 낭만이 컸던 사랑꾼이에요. 이렇게 말하긴 우습지만. 왕비 자리보다는 제게 주어지는 관심이 더 중한 허영심 넘치는 아이라. 아, 그녀에게 악의는 없어요. 허영심이 조금 있다고 해서 크게 흠이 되는 것도 아니고요. 소블란은 그럴 만한 가문이기도 하죠."

언젠가 희망의 끈을 놓지 못한다고 말했던 철부지 아가씨는, 분명 어떤 의미에서는 사랑으로 넘쳐나는 사람이었다. 왕비의 자리를 사랑했든, 높은 지위의 남자를 사랑했든, 자기 자신을 사랑했든 간에.

"알렉시스 님이랑은 애초에 유지가 불가능한 관계였죠. 라니 로웬이 알렉시스 님과 따로 친분이 있지 않았더라면 몇 년 동안 그리 약혼 상태로 있지도 못했을걸요. ……뭐…… 말이 다른 데로 샜는데, 요는 나이가 들수록 알렉시스 님이 더 자기를 숨기는 데 능해지시고, 얼핏 변한 것 같기도 하지만."

"……."

"사실 속은 하나도 안 바뀌셨어요, 저분."

애매하게 굳어지는 제르의 표정에 진지하게 그녀를 바라보던 말로리가 깔깔 웃음을 터뜨렸다.

"너무 심각하게 받아들이지 마세요. 요점은 그래서 제이하이 왕하가 정말 대단한 분이시라는 거예요."

왜 결론이 이리 나나.

칭찬을 듣고도 이해가 안 가니, 정말 난감할 뿐이었다.

"……그건 잘 모르겠군."

"그분은 버젓이 살아남는다는 한 가지 목적을 두고, 필요하냐 아니냐로 모든 사람을 판단했던 분이에요."

알렉시스는 그리 웃는 낯으로 얼마나 처절하게 살아온 걸까. 제르는 감히 짐작할 수 없는 그의 지난 시간을 상상하길 포기했다.

"왕하를 뵙고 나니, 조금은 알겠네요."

"뭘⋯⋯."

말로리가 제르의 마른 손을 보살피듯 어루만지며 말했다.

"왕하에게는 그런 게 있어요. 열심히 살아오신 듯한 연륜이라 해야 할까요. 주제 넘는 말이지만 차림을 보면 욕심이나 허영도 없으시겠지요. 본인의 이야기를 하시기보다 들으시는 데에 더 열중하시는 모습은 겸손하시기도 하고요."

제르는 내가 말을 못 하는 건 네가 너무 말이 많아서, 라고 답할 뻔했지만 하지는 않았다.

"그래서 알렉시스 님이랑 잘 어울려요."

"나는⋯⋯."

"어때요. 마지막은 칭찬으로 마무리했는데?"

무언가 대답하려는데, 말로리가 제르의 어깨 너머를 향해 외쳤다.

뒤늦게 등 뒤의 기척을 깨달은 제르가 몸을 살짝 틀었다. 언제 온 건지 뒤에서 알렉시스의 팔이 쑥 뻗쳐와 제르의 목을 휘감았다. 귓가로 간지러운 숨결이 어른거렸다.

"어⋯⋯ 알렉시스? 언제⋯⋯."

알렉시스는 가볍게 제르의 귓등을 살짝 입술로 물었다 놓은 후, 볼멘 눈빛으로 말로리에게 말했다.

"조금 전에 왔어. 쓸데없는 얘긴 관두고. 제르가 피곤해하니까 너는 레피스한테나 가 봐."

말로리는 가뿐히 의자에서 일어나 그들에게 무릎을 굽혔다. 그녀의 녹안이 싱그럽게 웃었다.

"즐거운 시간 되시기를."

❦

알렉시스와 산책을 빙자한 심력 소모를 하고 돌아온 레피스는 그간 저택을 돌보아주었던 집사와 보좌관들로부터 그간의 일들을 소상히 보고받았다. 그러고 나니 벌써 해가 저물어 있었다. 그는 방으로 돌아와 널찍한 소파에 널브러졌다.

피로가 밀려왔지만 잠이 오지는 않았다. 그는 오른손을 들어 눈두덩을 지그시 어루만지며 연거푸 한숨만 내쉬었다.

아직도 잘려나간 팔 안쪽이 욱신거렸다. 한쪽 팔이 없다는 것 자체는 큰 문제가 되지 않았지만, 이에 적응하지 못하면 어쩌나 두려운 기분도 들었다. 불현듯 찾아오는 암담함을 애써 떨쳐낸 그가 편안히 눈을 감았다.

얼마 후, 머리 위에서 낭랑한 목소리가 울려 퍼졌다.

"이제 각하라고 불러드려야 하나요?"

언제 들어온 건지, 그가 누운 소파의 머리맡에 앉은 말로리가 레피스의 하나 남은 손에 깍지를 꼈다.

"피곤해요?"

"조금요."

말로리가 고개를 절레절레 저었다.

"조금이 아닌 것 같은데……. 많이 힘들었죠?"

무섭게 면박을 줄 땐 언제고 이제 와 슬그머니 다정한 말을 한다고 쉬이 서운함이 가실까.

물의 자흔을 쫓는다 외전

"말도 마십시오."

하지만 역시 싫지는 않아서 마음이 아주 조금 누그러졌다.

"어휴, 얼마나 속이 상했을까……. 알렉시스 님이 다 잘못했네요. 내 소중한 남편은 이렇게 굴려 먹으시더니 혼자만 연애에 빠지셔서는."

"중간에 때려치우고 싶었던 게 몇 번인지 아십니까."

"저도 그랬는데, 통했네요. 이제 정말 아프지는 않아요? 참는 거 아니고요?"

말로리가 다시 텅 빈 그의 팔에 시선을 주었다.

한번 크게 다치거나 하면 팔다리 어디 하나 잘라내지 않을 수 없는 일이 비일비재한 시태 속에서 레피스만 비극을 겪은 건 아니었다. 엘올라에서 벌어진 전에 없는 내전에서 얻은 상처였다. 승리를 새긴 상처라고 해도 옳았다. 말로리도 처음에야 억울한 기분에 화도 내고 투정도 부렸지만 사실 가장 힘들 사람은 그였다.

"고생했어요, 정말."

"이제 화는 좀 풀렸나 봅니다, 말로리."

말로리가 그의 손을 만지작거리며 입술을 벌렸다가 닫았다가, 다소 힘겹게 물었다.

"아직도 알렉시스 님이 왕이 되셨어야 한다고 생각해요?"

그녀의 질문은 레피스가 스스로에게 던졌던 질문과 비슷하면서 달랐다.

처음 알렉시스의 뜻을 알았을 때다. 자신이 그를 왕으로 추대하려 했던 선택이 잘못된 것이었나? 그리고 연거푸 대체 왜 알렉시스가 왕위를 포기하나? 하는 자문을 해보았다. 몇 날 며칠을 답을 구하지 못

하고 놓아버린 후 그는 답 없는 질문을 던지길 포기했다. 더는 생각하고 싶지 않았다.

"말로리가 제게 알렉시스 님에 대해 경고해줬었지만, 그래요. 여전히 저는 그렇다고 생각합니다."

"……."

"제 선택이 틀리지 않았다고 믿고 싶어서인지도 모르지요."

"당신은 틀리지 않았어요. 알렉시스 님은 분명 충분히 강하게 귀족들을 규합하실 수 있는 냉정한 분이시죠. 하지만 그분은 원래 종잡을 수 없는 분이었잖아요. 그 냉혈함이 지금 카르시타에까지 미쳤을 뿐인걸요."

"그게 말로리가 내게 해주는 위로입니까?"

"사실을 말해주는 건데요?"

말로리의 상냥한 소곤거림에 레피스가 짧게 웃었다.

"그래도 역시…… 억울합니다."

그의 말이 끝나기 무섭게, 그의 이마 위로 말로리의 입술이 짧게 닿았다 떨어지며 쪽 하는 귀여운 소리가 났다.

"억울해하는 당신이 너무 귀여워."

"말로리, 지금 저는 진지합니다만……."

쪽, 쪽. 두 번.

레피스가 이마가 간지러운 감각에 결국 잘게 웃으며 몸을 일으켜 세웠다. 그의 새파란 눈동자가 그녀를 올려다보자 말로리는 화사하게 웃으며 다시 한 번 그의 이마에 입을 맞췄다. 이번엔 조금 긴 입맞춤이었다.

잠시 후, 입술을 뗀 말로리가 나긋하게 말했다.

"화는 조금만 내요. 당신은 여전히 알렉시스 님을 좋아하잖아요. 그래서 떨쳐내지도 못하고 이렇게."

"그분이 멋대로 따라오는 걸 누가 막겠습니까."

"하지만…… 당신도 알죠? 곧 다시 돌아가고 싶어질 거예요."

부정할 수 없었던 그는 말로리의 작은 몸을 당겨 안는 것으로 표정을 감추었다. 한 팔로 안으려니 허전했지만 그건 지금 그가 할 수 있는 최대한이었다.

이 꼴이 되고도 알렉시스를 완전히 외면하지 못한다는 게 너무 화가 났다. 그렇게 배신당하고도 여전히 그를 따르고 싶어 하는 자신이 한심해 미칠 것 같았다.

말로리가 작게 속삭였다.

"당신은 그분이 왕이 되길 바라셨지만, 그 이전에 그분을 그만큼 높은 사람이라고 생각했던 거 아닐까요? 솔직히 알렉시스 님이 대단한 사람인 건 맞잖아요."

"……."

"나는 당신의 사람 보는 눈을 믿어요."

"하지만 일이 이렇게 된 상황에서 어떻게 믿겠습니까."

"나는 아직도 믿고 있는데요? 선택의 결과는 아직 보이지 않았어요. 뭐가 당신을 이렇게 겁먹게 한 거예요?"

말로리의 따스한 음성에 레피스는 괜스레 울컥 치미는 감정을 눌러 삼켰다.

"……좋지 않은 결과가 닥치고 난 후에는 걷잡을 수 없습니다. 뭘 위해서 우리가 그런 모험을 감수해야 하는 건지도."

"더 좋은 미래를 위해서죠."

"그래서, 말로리는 이제 카르시타에 더 좋은 미래가 찾아올 거라고 생각합니까?"

그의 이마에 제 이마를 맞붙인 말로리가 입가에 호선을 그렸다.

"……그건 우리가 넷째를 키우면서 지켜보는 건 어떨까요? 뤼민느라고 했죠? 너무너무 예쁘던데. 나도 다시 아기 키우고 싶어, 히잉, 응?"

그녀의 위로에 감성에 잠기려던 레피스가 당혹해 쿨럭 기침을 토했다.

한숨 더 떠, 말로리는 그의 양 뺨을 꽉 붙잡더니 쪼오오옥 소리가 나게 길게 뽀뽀했다.

졌습니다. 레피스는 항복했다.

뤼민느를 유모에게 맡기고 자유로워진 제르는 발꿈치를 어루만지는 알렉시스의 따뜻한 손길을 음미했다. 내리 쌓였던 여독과 피로가 일시에 풀리는 듯했다. 이제 내일모레면 그와도 이별이었다. 짧은 이별이지만 상상만으로도 기분이 묘해졌다.

"음."

챙이 넓은 널찍한 물그릇에 담긴 온수로 그녀의 발을 정성스레 씻어 주는 알렉시스의 얼굴은 그녀만큼이나 편안했다. 그는 왕족임에도 불구하고 누군가의 발을 닦아준다는 데에 어떤 불쾌감도 느끼지 못하는 사람 같았다. 제르가 괜스레 문을 힐끔거렸다. 이곳이 베이하크의 저택이라는 게 역시 조금은 걸렸다.

"이제 됐어. 간지럽다."

"조금만 더."

간지럽다며 투정을 부리자, 알렉시스는 그녀의 발을 어루만지면서 은근슬쩍 더 손끝을 세워 장난을 쳤다. 제르가 자지러지며 뒤로 넘어가려 하면 그는 뻔뻔한 얼굴로 "왜 그렇게 과민해?" 하고 되물었다.

결국 제르가 홱 발을 당겨 감추었다.

"진짜로 간지럽다고."

그가 낮게 웃었다.

"너 아직 진짜로 간지럼 안 타봤구나? 알았어. 장난 안 칠게. 이리내."

알렉시스는 다정한 손길로 침의 속으로 숨어들어간 그녀의 발을 끌어당겼다.

미지근한 물로 발가락 사이사이까지 정성스럽게 닦아낸 알렉시스는 곧 깨끗하게 잘 마른 천으로 제르의 발을 감싸 침대 위로 올렸다. 왠지 혼자만 호사하는 것 같아 제르는 머뭇머뭇 물었다.

"너도…… 해줄까?"

그러자 알렉시스가 작게 키득거리며 답했다.

"난 이미 닦았어. 어울리지도 않는 말은 하지 마. 웃기잖아."

괜스레 얼굴이 붉어진 제르가 새침하게 고개를 돌리자 알렉시스가 그녀의 옆자리에 나란히 누웠다. 곧 베이하크의 시녀가 들어와 물그릇과 수건을 가지고 나갔다. 유령처럼 들어왔다가 유령처럼 사라지는 모습이 어림짐작으로도 썩 교육을 잘 받은 시녀였다.

"베이하크 부인도 홀로 이곳을 지키느라 고생이 많았겠구나."

많은 남자들이 각자의 싸움을 위해 가정을 등졌다. 새삼스럽게 실감이 났다. 아스난도 마찬가지일 터다.

"다들 그렇지."

"베이하크 백이 속깨나 탈 것 같던데."

"어차피 말로리한테 쓴소리 들을 건 레피스도 생각했을 거야. 걔는 밀러의 냉정함에 전 쇼하인 공작 부인의 여우 같은 기질을 섞어 타고 났거든. 말로리 정도의 여자가 아니면 레피스 마음 잡아두는 것도 거의 불가능하지. 저 정도면 나는 딱 맞는 짝이라고 생각해."

제르는 알렉시스의 촉촉한 손을 조심스레 쥐었다.

알렉시스가 손가락을 까딱거리며 간질이려 했지만 제르의 손에 꽉 잡혀 실패했다. 곰곰이 생각에 잠긴 사람처럼 천장을 올려다보던 제르가 혼잣말처럼 말했다.

"말로리 양이 네 어린 시절 얘길 해줬어. 약혼할 뻔했다고?"

"응, 뭐."

"……."

"왜 그런 표정이야?"

알렉시스는 뭐가 문제냐는 듯 물었다. 사실 제르도 딱히 문제 삼을 생각은 없었다. 하지만 그가 너무 단호하게 대화를 끊어내니 약간의 심술이 생겨난 것도 사실이었다.

제르가 냉랭한 눈으로 그를 흘기며 말했다.

"너도 전적이 참 화려해."

쿨럭.

예상치 못한 그녀의 빈정거림에 알렉시스가 벌떡 상체를 일으켜 기침했다. 제르는 사레라도 들린 사람처럼 연거푸 기침하는 그의 등을 다독이듯 때렸다.

"그리 찔려 할 것 없다. 나도 과거에 전적이 있으니 충분히 이해해."

말하고 나니 조금 신기했다. 제 과거를 이리 타인에게 농담처럼 말할 수 있는 날이 올 거라곤 상상도 해본 적이 없어서 묘한 기분이었다. 그녀 딴엔 그를 위로하겠다 한 말이었지만 알렉시스는 볼멘 얼굴로 반발했다.

"무슨 소리야. 다 남들이 떠밀어서 한 건데."

"그러시겠지."

"그러시겠지이?"

알렉시스가 제르의 양 볼을 쭈욱 잡아 늘였다.

제르는 제 얼굴이 몹시 우스꽝스러워졌을 것을 예상하고 침묵했다. 볼이 잡힌 채로 말을 해봐야 설득력이 있기보단 우스갯거리가 될 뿐이라는 걸 잘 알기 때문이다. 한참이나 밀가루 반죽 주무르듯 제르의 얼굴을 마구 늘였다가 풀었다가를 반복하던 알렉시스가 입술을 삐죽이며 손을 놓았다.

"정말 그냥 혼담이 오갔을 뿐이라고."

제르가 툭 물었다.

"어릴 때 베이하크 부인은 어땠었나?"

"저건 어릴 때부터 낯짝이 얼마나 두꺼웠는지 몰라. 얼마나 계산적인지."

제르가 소리 없이 웃었다. 어째 서로의 평가가 저렇게 똑같은지. 그녀는 문득 그의 과거가 궁금해졌다.

"너도 어릴 때부터 이렇게 제멋대로는 아니었겠지."

"너는?"

제르는 불쾌한 기색 대신 몸을 그쪽으로 돌려 눕혔다. 알레시스가 팔베개를 하고 그녀를 마주 보았다.

"내 얘기도 들려줄 테니까 너도 네 얘기를 좀 해봐."

"나는 원래 이랬어."

"원래부터 이렇게 사람 애간장을 다 녹였다는 말이지?"

헛소리. 제르가 작게 웃으며 그를 툭 밀어내는 시늉을 했다. 알렉시스는 괜히 엄살 부리듯 아야 하더니 제르의 가는 손목을 낚아챘다.

"너, 조금만 힘 줘도 부러질 것 같아."

"부러뜨리지 마. 그러면 베이하크 부인 다음에 바로 소블란 영애와 정략 약혼을 하게 된 거였어?"

"중간에 거론된 이들은 수도 없이 많았지."

"그러면 라니 양은 네 마음에 들었던 사람이었나?"

알렉시스가 무슨 기분 나쁜 농담이냐며 질색하는 표정을 지어 보였다.

제르가 무심한 체 물었다.

"네 마음에 들었으니 약혼이 성사되었겠지. 거론된 이들이 그리 많았다면 그중에…….."

"내 마음에 든 사람은 너밖에 없는데?"

"웃기시네."

제르가 여지없이 부정했다. 알렉시스는 기분 좋은 고양이처럼 갸르릉 소리 내며 기지개를 쭉 켠 후 아주 큰 비밀이라도 고백하듯이 속삭였다.

"정말 그냥 정략 상대는 정략이라는 생각으로 대했고. 구태여 내 첫사랑을 말해주자면 어릴 때 유모. 진짜 내가 너무 좋아했던 유모가 있었어."

유모라.

썩 이상한 건 아니었다. 하지만 제르는 자신의 유모보다는 체렌시와나 엔사와 엘지의 유모가 더 기억에 남아 있었던지라 크게 공감이 가지는 않았다.

"지금은 어디 있는데?"

"내가 열두 살쯤에 형님한테 매수돼서, 죽었지."

"……."

"어쩔 수 없는 일이었어. 그렇게 당황한 표정 하지 않아도 돼. 오래전 일이라 나는 이제 괜찮거든."

알렉시스가 분위기를 반전시켰다.

"넌?"

"……음…… 음……."

질문을 돌려 받은 후에야 제르는 자신이 상당히 곤란한 질문을 던졌었구나 하는 것을 깨닫고 머쓱하게 눈동자를 굴렸다.

알렉시스가 무심한 체 물었다.

"지스카르도 좋아했나?"

제르는 즉각 되물었다.

"그자 얘기가 왜 나오는지 모르겠는데."

"그놈이 널 보는 눈빛이 심상치가 않았다고. 실제로 몇 번이나 너를 데려가려고 했었잖아."

"그와 나는 아무 관계도 아니야. 구태여 관계가 있었다 한다 해도……."

제르는 제게로 똑바로 향한 알렉시스의 눈동자를 마주 보았다.

불그스름한 빛이 감도는 적주홍의 눈동자는 얼핏 주홍빛 호박석처

럼 보이기도 했다. 속이 들여다보이는 기분에 가슴 한편이 껄끄러웠
다. 그녀는 결국 솔직하게 덧붙였다.

"……아마 아주 어릴 때, 조금은 뭔가 있었을지도 모르지."

알렉시스가 긴 한숨을 내쉬며 투덜거렸다.

"아니라고 좀 해주면 덧나?"

"왜. 너랑 내가 뭐가 달라."

"내 유모는 죽었지만 지스카르는 아직 살아 있잖아."

"……내가 솔직한 게 싫다면……."

하지만 속마음을 들여다보게 해준다는 건 제르로서는 큰 호의였다.
고개를 돌린 알렉시스가 뿌루퉁하게 말했다.

"솔직한 게 싫은 게 아니라…… 질투 난단 말이야."

빤히 그를 바라보던 제르가 손가락으로 그의 뺨을 쿡 찔렀다. 알렉
시스는 아직 나 삐졌어 하는 얼굴로 제르를 힐끔 바라본 후 시선을 피
했다. 결국 그녀가 낮게 웃었다.

"철부지 어린애도 아니고……."

제르가 말없이 손을 내리자 알렉시스가 슬그머니 왜 더 안 풀어줘?
하는 투정 어린 눈빛을 보냈다. 제르는 그를 철저히 무시했다. 자꾸
가슴 한쪽이 간질간질하며 뜨끈한 게 몸에 열이 나는 것도 같았다. 기
분 좋은 열이었다. 그녀는 한쪽 가슴 언저리를 어루만지며 편히 천장
을 바라보고 누웠다.

"어디 아파?"

"아니, 간지러워서."

"아아, 너 진짜 한번 제대로 간지럼 타볼래?"

벌떡 일어난 알렉시스가 입꼬리를 쭉 끌어올렸다. 제르가 싫다고 말

하기도 전에 알렉시스의 갈퀴처럼 선 손끝이 그녀의 허리며 등 언저리를 습격했다.

"싫…… 앗!"

제르는 알렉시스의 손이 닿는 곳마다 피어나는 간지러움을 이기지 못하고 데굴데굴 굴러 웃었다. 큰 소리로 웃어 버릇 한 적이 없어 어설펐지만, 정말 참을 수 없이 간지러웠다. 그런 그녀를 흡족히 여긴 알렉시스는 무릎을 세워 침대 위를 뛰어다니며 도망가는 제르를 집요하게 쫓았다.

"하, 하지 마, 하…… 하지!"

"싫은데? 싫은데?"

결국 자지러지며 엉금엉금 도망치던 제르가 손을 헛디뎌 침대 아래로 떨어졌다. 둔탁한 것들이 부딪치는 쿵 소리가 났다.

"어……."

어깨와 머리를 부딪친 바람에 순간 웃음이 그치고 신음이 흘러나왔다.

"읏……."

가장자리로 기어와 제르가 카펫 바닥 위로 널브러진 걸 내려다보는 알렉시스의 입가에 어색한 웃음이 어렸다.

"아, 아프겠…… 다? 아파? 살아는 있지……?"

제르는 대답 대신 꼼짝도 않고 몸을 떨며 웃고 있었다. 손을 뻗어 그녀를 침대로 끌어올리려던 알렉시스는 생각을 바꾸어 팔짱 끼고 엎드렸다.

"여어, 아가씨. 머리 괜찮아?"

그녀가 소리 내어 웃기 시작했다. 한참을 어린아이처럼 웃던 제르는 곧 몸을 일으켜 세워 흘러내린 머리칼을 쓸어 넘겼다. 웃음이 뚝 그쳤다.

이거이거, 분위기가 영 아닌데.

알렉시스는 슬그머니 그녀의 눈치를 살폈다. 제르의 새까만 눈동자가 복수심으로 불타오르고 있었다. 그녀는 바닥에 떨어져 있던 베개를 그대로 들어 알렉시스의 얼굴에 집어 던졌다. 퍽. 불시에 기습당한 알렉시스가 코를 얻어맞고 우는소릴 냈다.

야, 아야. 베개라도 아프다고.

"너도 당해봐."

제르가 벌떡 일어나자 알렉시스는 혀를 날름 내민 후 침대 밖으로 도망쳤다.

진심으로 보복하기 위해 열심히 뛰어다녔지만, 결국 제르는 체력적 한계를 이기지 못하고 먼저 침대에 널브러졌다. 꽤 넓은 방을 죄 헤집으며 뛰어다녔던지라 방 안은 금세 어수선해졌다. 제르가 먼저 포기하고 드러눕자 멀찍이 피해 있던 알렉시스가 다가와 슬그머니 그녀를 간질이려 갈퀴처럼 손끝을 세웠다.

"그만."

제르는 더 웃을 기운도, 더 도망칠 기운도 없었던지라 진심으로 그의 손을 꽉 붙잡아 당기며 고개를 빠르게 저었다.

"그만, 그만, 그만. 진짜 힘들다."

어린아이처럼 머리를 흔드는 제르를 바라보던 알렉시스가 아쉽다는 듯 손을 내렸다.

제르는 혹시라도 그가 마음을 바꿔 간지럼을 태울까 두려워하는 사람처럼 알렉시스의 손을 꽉 잡고 놓지 않았다. 알렉시스는 그대로 제르의 몸 위로 널브러져 기분 좋게 키득거렸다.

그가 그녀의 뺨에 짧게 입술을 눌렀다 뗐다. 빤히 그를 바라보던 제르가 돌연 알렉시스의 뺨을 쥐어 바짝 끌어당겼다.

"근데 애들이 싫다고 한 건, 진심이었나?"

뤼민느를 대하는 것만 보아도 딱히 어린아이를 예쁘게 여기는 것 같지는 않았지만 진심이 아닐 거란 생각은 떨칠 수가 없었다.

'아이는 그다지 원하지 않는다.' 이미 그는 그 점을 명백히 했지만 오히려 그만큼 제르는 미련을 버릴 수가 없었다.

난데없는 질문을 던진 제르를 가만히 내려다보던 알렉시스가 그녀의 손끝을 살짝 깨물었다.

"갑자기 그건 왜?"

"그냥."

"그다지. 있으면 좋고 없어도 상관없고. 필요하다고 생각하지 않아."

필요와 불필요. 그에게 있어서는 많은 것이 하나의 잣대로 구분 지어졌다. 말로리가 말한 것처럼.

"……조금도?"

그를 위해 노력하고 싶다 생각했지만, 섣불리 말을 꺼냈다가는 애한테 미친 여자로 보일 것도 같다. 어떻게 말을 이어가야 하나. 게다가 사실 그녀는 아직 준비가 되지 않았다. 완벽하게 그에게 안길 준비가. 목 안쪽이 꽉 막힌 듯 답답해졌다.

그럼에도 불구하고 더 늦으면 아예 기회가 없을 수도 있다는 우려는 그녀를 초조하게 했다.

"갑자기 왜 이렇게 분위기 잡고 그러실까, 응?"

그의 손이 제르의 허리 언저리를 맴돌다가 스르르 떨어져 나갔다.

"다 괜찮아. 무슨 말을 하고 싶은 건지는 모르겠지만 나는 지금도 만족해."

"……."

"어디 그렇게 전쟁터라도 나갈 것 같은 얼굴로 노려보면 무섭잖아."

"난 진지해."

"응, 나도 지금 진지하게 먼저 평화 조약을 청해야 할 것 같다고."

알렉시스가 웃음으로 눙쳐 넘기려는 기색을 보였다.

제르는 사실 그에게 무언가를 제안할 자신이 없었다. 언제까지고 알렉시스가 지금처럼 사랑해줄지 모를 일이었다. 그가 언제고 자신을 떠날 수도 있다는 불안, 언젠가는 놓쳐버린 왕위와 그녀를 두고 저울질하며 후회할지도 모른다는 두려움.

그러나 그녀가 일생 짊어지기로 각오한 대가였다.

"만약."

"응, 만약 뭐?"

"언젠가……. 가능하지 않겠지만 가능하다면……."

"언젠가?"

"아이를……."

말을 잇는 게 몹시도 고생스러웠다. 불임에 가까운 몸의 여자로서, 한 번도 잠자리를 같이하지 않은 남자에게 무작정 이런 말을 하는 것도 우스꽝스럽기 짝이 없었을뿐더러 자신이 무얼 바라고 있는지도 모르겠다.

알렉시스 역시 마찬가지의 감상이었던 모양이었다.

"뭐? 무슨 말이야?"

"둘."

"……."

"째는……."

"……어?"

"너 닮은…… 나 말고. 어떨까…… 생각만……. 성격은…… 모르겠고……."

뜨문뜨문 잇는 말을 귀 기울여 듣던 알렉시스가 그녀의 어깨로 고개를 떨어뜨리더니 웃음을 참는 소릴 내며 몸을 떨기 시작했다.

쇄골까지 발갛게 열이 오른 제르가 신경질적으로 알렉시스의 머리를 쳐냈다. 알렉시스는 그대로 떠밀려 옆으로 나동그라지듯 대자로 뻗어 크게 웃었다.

으하하하하! 세상 떠나갈 듯한 웃음이었다.

"미치겠네."

한참을 웃던 그가 자신의 입술을 손끝으로 훔치며 살짝 깨물었다.

"진짜, 너 때문에 미치겠어."

이를 세워 그녀의 목덜미를 가볍게 깨물었다 놓은 알렉시스는 정말, 깨물어주고 싶다는 기분이 뭔지 절감했다. 제르는 아닌 체하지만 눈치 빠른 알렉시스로서는 그녀가 아직까지도 신체 접촉에 있어 경계하고 있다는 것을 잘 알았다. 그래서 늘 흑심을 꾹꾹 눌러 숨겼는데, 이번엔 정말 어려웠다.

'아아, 진짜 깨물어버리고 싶네.'

이미 깨물고 있었지만.

'왜 이렇게 귀여워?'

그는 가까스로 이성을 되찾았다. 물론 이로 그녀의 귓불을 잘근거리는 것까진 스스로 막지 못했다. 제르가 "그만 간질여!" 짧게 신경질을 부렸지만 "이거 유혹인데. 바보." 하는 말로 태연하게 받아쳤다.

세상에 어느 누가 제르를 요부라 불렀던가. 과거에는 그런 식으로 소문이 났다는 게 어처구니가 없을 정도로 제르는 표현에 서투른 사람이었다. 그녀가 불가능할지도 모를 꿈을 꾸고 있다는 게 웃겨서가 아니라, 그냥 그녀에게 이 정도로 의미가 있는 사람이 되었다는 것만으로도 미칠 듯이 기분이 좋았다.

이 순간의 행복을 위해 그동안 그런 고생을 했던 건가 생각하면 하나도 아쉽지 않았다.

제르가 저렇게 진지한 울상을 짓지 않았더라면 조금 더 기분 좋게 웃었을 터였다. 아쉬운 건 그것뿐이다.

제르의 귓불이 빨갛게 변할 때까지 잘근잘근 씹어대던 알렉시스가 장단 맞춰 소곤거렸다.

"그렇지만 여자애면 내가 아니라 너를 닮아야지 예쁘지."

제르는 말없이 몸을 돌리려 했다. 알렉시스가 그녀의 얼굴을 쫓아 몸을 숙이고 물었다.

"키스해도 돼?"

"싫은데."

"나도 싫은데?"

"네가 물었…….."

"예의상 물어본 거야."

알렉시스는 제르의 뺨에 짧게 입을 맞춘 후, 그대로 그녀의 입술을 쫓았다.

그의 몸 아래 갇힌 제르의 몸이 잠깐 굳어졌다가 이내 긴장이 풀린 사람처럼 늘어지는 게 선명하게 느껴졌다. 이 정도면 장족의 발전이라. 그는 멈추지 않고 그녀의 입술을 집요하게 입술로 비볐다. 그리고 조심스레 혀를 세워 그녀의 꽉 다물린 입술을 노크했다. 그러나 그녀는 완강했다.

결국 알렉시스가 살짝 입술을 떼고 웃음기 흘러넘치는 음성으로 소곤거렸다.

"똑똑똑. 들어가도 될까요?"

제르가 마지못한 얼굴로 그를 바라보다가 또다시 핀잔을 놓기 위해 살짝 입술을 벌렸다. 알렉시스는 그 순간을 놓치지 않고 더 깊숙이 입을 맞추었다.

제르는 어쩔 줄 모르겠다는 듯 손을 내려뜨리다가, 곧 그의 목을 감싸 안았다.

알렉시스는 행복했다.

이미 충분히 숙고한 후 결정하고, 그만큼 간절히 바라왔던 일이 이루어진 뒤라, 제르가 말하는 불안들은 아주 사소한 문제에 불과했다.

세상 사람들은 그가 세상에서 가장 귀한 것을 버렸다고 손가락질할 것이다. 그래도 괜찮다.

분명, 그를 믿었던 이들에게 실망을 안겨주었고, 그가 가질 수 있었던 것을 내려놓았다. 하지만 그 대가로 그는 한 여자의 마음을 얻었다. 그건 세상에서 가장 불가능할 것 같은 일이었다. 그것만으로도 그는 누구도 불가능한, 세상에서 가장 어려운 목표를 이룬 셈이었다.

세상에는 가치 있는 것들이 많았다. 많은 이들이 제각각의 것에 가치를 매기며 산다. 알렉시스 역시 마찬가지로 숱한 이들처럼 살아나

갈 뿐이다. 그에게 가장 값진 것을 품에 안은 지금 타인이 무어라 하든
무슨 상관이란 말인가.

지금 이 순간, 이 시간.

늘 어딘가 결핍되어 귀퉁이가 망가져 있었던 마음이 온전해진 기분
이었다.

한참 후, 가까스로 부여잡은 이성을 다독이며 입술을 뗀 그가 제르
의 콧잔등 위로 엄포를 놓았다.

"……다음에 다시 만날 때는, 키스로 안 끝날 거야."

열기로 갈라진 음성이 한 점 거짓 없는 진심을 고했다. 입술을 그러
물고 짧게 신음하던 제르가 그의 어깨를 탁 때렸다.

그녀의 손은, 늘 기분 좋게 매웠다.

두 번째 에필로그

그루터기에도 꽃은 피어난다

세드로 마르티사 즉위 후 4년.

엘올라의 귀족들은 미치기 직전이었다. 소년왕 세드로를 대신해 섭정의 지위에 올라 있는 알렉시스는 좋은 말로 바람같이 자유로운 사람이었다. 삿된 말로 대체 어딜 그리 싸돌아다니는지 알 수가 없는 남자라 표현할 수도 있겠다.

그는 최소한의 그가 해야 할 일만 마치면 당연하다는 듯 성 밖으로 빠져나가기 일쑤였다. 때때로 왕도 밖으로 나가는 일도 있었다.

평민들과 어울리거나 왕도 인근의 경치 좋은 곳에 드러누워 세월아 네월아 하는 그를 말리려는 이는 이제 없었다. 기억해라. 이제다. 감히 그의 행보를 막을라치면 말도 안 되는 논리로 일하는 자는 쉬어야 한다며 도리어 큰소리를 치는 데다가, 뒤끝도 있어서 금세 꼬투리를 잡아 보복하니 이제 하나둘 포기한 것이다.

오늘은 알렉시스가 무슨 짓으로 우리를 놀라게 할까? 하는 게 하루하루의 과제였다. 몇몇 백성들이 우스갯소리로 오늘은 섭정 각하께서 오실까? 하고 떠들어대니 말 다 했지. 그나마 그가 가장 얌전한 시기는 퀸시오를 다스리는 영주이자 그의 연인 제르가 엘올라를 방문할 때였다. 제르를 달갑지 않게 여기는 귀족들은 많았지만 알렉시스를 통제할 수 있는 유일한 사람이라는 명목 아래 그녀의 엘올라행은 늘 환대받았다.

길게 자란 금발을 단정하게 묶어 내린 레피스가 신경질적으로 중얼거리며 탁자 위에 종이 뭉치를 내려놓았다.

"내가 진짜, 알렉시스 님이 왕위를 버리신 것에 감사하게 될 날이 올줄은 몰랐습니다. 이 꼴을 평생 보며 살아야 한다고 했으면 제명에 못죽었을 겁니다. 또 어딜 갑니까? 편지요? 퀸시오로 보내는 것이라면

52   53

제게 주십시오. 제가 대신 할 테니까. 지금은 그거보다 중요한 게 있습니다. 똑바로 앉으십시오."

또다시 슬그머니 일어서려는 알렉시스를 사나운 눈빛으로 앉힌 레피스가 팔짱을 꼈다.

알렉시스는 시무룩한 얼굴로 턱을 꽸다.

"너무 심신이 고달파. 휴식이 필요하단 말이지."

"웃기고 있네."

"너 점점 말이 건방져지는 거 알지? 내가 뭘 바라고 이 자리에 앉아서 이리 생이별을 하고 있어야 하는지. 이런 대접이나 받으면서 말이야."

레피스는 사과 대신 콧방귀를 뀌며 한쪽 입꼬리를 떨었다.

4년 하고도 7개월. 레피스는 3년 전 왕도로 복귀했다.

"베이하크 공작 가문이면 너도 이제 내 대신 일해. 땅도 크게 떼어줬잖아? 일 많지 않냐?"

"알렉시스 님 어디로 못 도망가게 잡는 게 제 일입니다."

"내 기사 노릇 때려치운다더니?"

"이게 기사 노릇입니까? 보모지."

슬프게도 그의 대답은 사실에 근접해 있었다. 많은 귀족들이 알렉시스를 다루지 못해 애를 먹었다. 실제로 근 5년에 이르는 기간 동안 알렉시스가 자리를 비운 일은 많지는 않았다. 그러나 한번 작정하고 자리를 떠나면 달 단위로 비우니 문제였다. 퀸시오까지의 거리가 거리이다 보니 어쩔 수 없다는 걸 알지만. 그가 하도 우는소리를 해댄 탓에 레피스는 울며 겨자 먹기로 왕도로 되돌아왔다.

그는 쉬이 가라앉지 않는 알렉시스의 방랑벽을 붙잡기 위해 제르에게 퀸시오를 다른 사람에게 양도하고 왕도로 내려오는 건 어떨까 하는 의견까지 냈었다. 제르에게서 긍정적으로 검토하겠다는 답변이 돌아왔지만 아직 확실한 건 아니었다. 아, 이젠 나도 모르겠다. 레피스는 짜증스럽게 고개를 저었다.

"하여간 너도 작위까지 갖고 내 덕 많이 봤으면서…… 참…….."

"이제 뚫린 입이라고 막 얘기하시는 모양입니다만, 아직 저 뒤끝 남아 있습니다. 전 정당한 노력의 대가로 포상받은 것뿐이지 인맥 덕을 본 건 아닙니다."

뭐, 레피스에게는 당연한 일이었지만, 베이하크는 엘올라의 커다란 내전이 마무리된 후, 몰락한 체자스의 가문을 대신해 네골타 홀의 상석에 앉을 수 있는 권리를 갖게 되었다. 왕가와 피조차 이어지지 않은 베이하크의 승급은 파격적이기까지 해서, 한동안 전 카르시타를 떠들썩하게 만들기도 했다.

그가 베이하크 공이라 불린 지도 제법 오래되었지만 사실 그다지 실감이 나지 않았다. 알렉시스의 앞에선 그는 여전히 계급장 뗀 심부름꾼에 불과했으니까.

뭐, 사정이야 어찌 되었건 간에.

레피스는 서간을 가리키며 말했다.

"읽으십시오."

"뭔데?"

"보시면 알 것 아닙니까. 어차피 볼 거면서 왜."

알렉시스는 레피스의 말을 전혀 듣고 있지 않았다.

"이렇게 홀대받을 줄 알았으면 처음부터 그냥 대비 전하께 부탁드렸어야 했는데. 숙모님한테 지금이라도 말해볼까. 내가 생각이 짧았군."

"생각이 짧은 건 지금 네가 하는 말이잖습니까. 제 말을 대체 어디로 듣는 겁니까?"

무책임하게 놀리는 듯했지만 밴 진심까지 숨길 수는 없었다. 레피스가 도끼눈으로 그를 노려보았다. 알렉시스는 마지못한 사람처럼 투덜거리며 서신을 끌어당겼다. 그러다 서신의 발신인을 발견하고 반색했다.

레피스는 혀를 쯧 찼다.

"설마, 드디어."

알렉시스의 낯빛에 화색이 돌수록 레피스는 우울해졌다.

내가 뭘 바라고, 내가 왜 저놈에게 묶여서, 내가 왜 아직도 저놈에게서 벗어나질 못해.

'내가 왜. 내가 왜. 대체 내가 왜.'

아무래도 이번에 또다시 알렉시스에게 왕성을 빠져나갈 빌미를 준 것 같지만 이번 사안만큼은 어쩔 수 없지 싶었다.

알렉시스는 지스카르 헨솔로부터 온 서신을 빠르게 읽어 내리고 만족스러운 듯 탁 소리가 나게 내려놓은 후 의기양양한 미소를 지었다.

"내 업적이 어마어마해. 그렇지?"

"뭐. 이번만큼은 인정하죠."

레피스가 긴 한숨을 내쉬며 말했다.

"뭐, 그러면 이제 퀸시오로 사람을 보내겠습니다."

"그래, 그러…… 아니, 싫어. 내가 직접 나서야겠다. 이건 공적인 이유로야. 내가 어쩔 수 없이 한 번 나가봐야 하는 공적인 거."

그러면 그렇지. 이 기회를 놓칠 리가 없지.

입이 귀에 걸린 알렉시스를 보고 있자니 배알이 뒤틀렸다. 레피스가 확 때리고 싶다는 표정을 지었다. 물론 실낱같은 이성의 전능한 힘으로 실천은 하지 않았다.

"퍽이나 좋으시겠습니다?"

알렉시스가 모른 체 능청 떨었다.

"나만 좋나? 우리한테도 좋은 거라고, 이거."

팔랑팔랑 그의 손에서 흔들리는 서신은 분명 카르시타에겐 크나큰 기쁨이었다.

레피스는 마지못해 고개를 끄덕여 수긍했다.

사내아이이기 때문인지, 아니면 아이의 개성인지 뤼민느는 정말로 활달했다.

제르는 제 체력으로는 도저히 감당하기 어려워지는 다섯 살배기 아이를 멀거니 바라보았다. 요즘 그녀의 고민은 어떻게 하면 조금이라도 뤼민느를 얌전하게 둘 수 있을까였다. 보통 시중인들이 대신 돌봐 주기 때문에 사실 시중인들에게 더 절박한 고민일 테지만 어쨌건.

이제 곧 봄이라고는 하지만 여전히 추운데 뤼민느는 땀을 뻘뻘 흘릴 만큼 활기차게 뛰어다니고 있었다.

"엄마, 엄마!"

뤼민느가 종이를 꾸깃꾸깃 접어 던지며 해사하게 웃었다.

"그래, 밥은 먹었느냐."

"으응, 우웅! 배가 이렇게!"

뤼민느는 썩 말도 잘했다. 아기 때부터 금세 이것저것 배우더니 두 살쯤 됐을 때부터 문장을 잇기 시작하더라. 영특한 아이라며 모두들 놀랐지만 잘 몰랐기 때문에 제르는 그러려니 했다.

제르는 잠깐 제게 안겼다가 다시 조로로 유모에게 달려가는 뤼민느를 바라보며 고개를 저었다. 유모는 제게 달려오는 아이를 몹시 두렵다는 듯 바라보다가 결국 뤼민느의 까르르 터지는 웃음소리에 마주 웃으며 아이의 손을 잡고 밖으로 나갔다.

조용해지니 머릿속이 한결 편했다. 3년쯤 전 아스난이 작위를 승계하기 위해 왕도로 떠난 후로 대부분의 성 안 책무는 그녀의 몫으로 남았다. 매일같이 쌓이는 업무량을 생각하면 새삼 아스난이 얼마나 대단하게, 얼마나 묵묵하게 저를 도왔는지 여실히 느껴져 그리울 정도였다. 믿을 만한 이들이 여럿 더 있었지만 페이랑은 이미 평민처럼 가정을 꾸리며 살아가는 입장이었고, 렐딘은 군사적인 부분만을 도맡겠다 했다.

그나마 다행인 건 그녀의 곁에 남아 있던 셀파가 이르베르트의 가주였다는 것이다. 그의 영지는 아주 작아 손 갈 일이 거의 없다곤 하지만 그는 영지를 어떻게 다스리는지 잘 알았다. 르니아를 기다리는 그가 딱한 한편, 그래도 옆에 남아 있어 얼마나 다행인가 싶었다.

제르는 새삼스럽게 셀파에게 이 땅을 물려줘도 좋지 않겠나 하는 생각을 굳혔다. 어차피 알렉시스가 섭정의 자리에서 내려오면 그녀 역시 그와 뤼민느에게 집중하고 싶었으니까. 나쁘지는 않으리라.

'근데…… 그리고 보니 후안 경은 대체 언제 돌아오는 거지?'

셀파는 두 달쯤 전, 알렉시스의 명령으로 왕도로 소환된 후 소식이 없었다. 잠깐만 그를 빌리겠다는 말에 허락했는데, 어째서인지 돌아올 생각을 않는 게 요 며칠 후회가 막급이었다.

이래저래 찜찜한 기분에 제르는 뚱하게 아랫입술을 내밀고 수북이 쌓인 서신 더미를 바라보았다. 전부 알렉시스와 주고받은 서신들이었다.

'…….'

조금 우울해졌다.

저 서신들이 늘어나지 않은 지도 벌써 보름째였다. 열흘에 한두 통 정도 오가던 서신이 돌연 끊기니 왠지 허전했다. 그는 바빠 자신을 잊고 있는데, 자신만 그의 서신을 기다리는 것 같아 자존심도 좀 상했다.

오지 않을 서신을 기대하며 고개를 돌리니, 어느새 유모와 함께 정원으로 뛰쳐나간 뤼민느가 돌부리에 걸려 넘어진 게 보였다. 눈살이 절로 찌푸려졌다. 아플 텐데. 그녀는 긴 한숨을 내쉬었다.

처음 키워본 아이였다. 상상처럼 좋기만 한 건 아니었다. 손이 어찌나 많이 가는지. 어릴 때 엔사와 엘지를 돌보았던 기억만 믿고 덤볐다가 크게 혼이 난 셈이었다. 처음 1년은 아이를 어찌 돌보는지 몰라 애를 먹어가면서도 최대한 보모의 손을 타지 않도록 신경을 많이 썼는데, 이제는 아스난마저 왕도로 돌아가게 되어 별 도리가 없었다.

"저어, 영주님."

제르가 뚱하게 턱을 괴고 있으니 낯익은 미성이 귓전을 울렸다.

"바쁘십니까?"

욜랑이었다. 확실하지는 않지만 그는 어림잡아 대충 열일곱 정도가 되었다. 그녀가 퀸시오에 막 자리 잡던 시절, 어설프게 후카를 켜던 어린 연주가는 이제 정말 훌륭한 연주가가 되었다.

게다가 재작년인가 무렵부터 애티를 벗기 시작해 눈 깜짝할 사이에 어엿한 청년이 되어버렸다.

　그는 최근 페이랑의 집에서 머물며 반쯤 하숙을 하고 있었다. 펜시가 요리를 그렇게 잘한다고 늘 제르 앞에서 칭찬을 아끼지 않았지만 제르는 공교롭게도 따로 찾아가볼 시간이 없어 펜시의 손맛을 느껴보지는 못했다.

　"욜랑? 요즘은 성에 오는 일이 부쩍 뜸해졌다더니 오랜만이구나."

　그의 어깨에는 알렉시스가 주었던 후카가 처음 봤을 때보다 훨씬 낡고 허름한 모양새로 걸려 있었다. 악기가 낡고 소년이 청년이 된 것을 바라보고 있자니 새삼 세월이 체감이 된다.

　그러고 보면 에노디 역시 마찬가지였다. 그 남루하던 꼬마는 테일런의 빈자리를 대신 채워준 렌딘의 휘하에서 재작년부터 정식 기사 훈련을 받고 있다 들었다.

　"예, 잘 지내셨어요?"

　욜랑의 나직한 목소리가 좋은 울림통을 거쳐 들렸다. 욜랑은 악기뿐만 아니라 노래에도 특출한 재능이 있었다. 천재라고까지 말하기는 어렵지만 확실히 재능은 있었다. 말은 않았지만 제르는 그게 몹시 뿌듯했다.

　"저어……."

　"무슨 일이냐?"

　제르는 고개를 갸웃하며 욜랑을 바라보았다. 검은 눈동자에 의문이 떠올랐다. 보아하니 할 말이 있어 찾아온 것 같은데, 쉽사리 말을 꺼내지 못하는 모습이 어쩐지 예감이 좋지 않았다.

　욜랑은 한참이나 몸을 배배 꼬다가, 슬그머니 고개를 돌리며 샐쭉 웃었다.

"저, 아무래도 당분간 퀸시오를 떠나게 될 것 같아서 인사드리려고 요."

제르는 제 심장이 내려앉는 것을 느꼈다. 전혀 예상하지 못한 말이 었다.

"……왜 갑자기?"

"언제까지 여기에만 있을 수는 없잖아요. 길거리 연주만 해도 이제 정말 굶어 죽지는 않을 것 같기도 하고요. 한 번……."

이 퀸시오에서 자신과 함께 악기를 타길 수년, 분명 청년은 이제 어 딜 내놓아도 손색없을 악사가 되었다. 하지만 서운했다. 제르에겐 언 제까지나 어린 소년이었다.

"그리 녹록하지 않을 텐데. 이곳에서 불편한 일이 있었던 건 아니 냐?"

의도와 상관없이 괜스레 퉁명스러운 투가 나왔다.

욜랑이 당황하며 손을 저었다.

"에이, 좋아요! 좋지만, 기회가 있을 때 같이 세상을 돌아다녀보고 싶어서요."

"너를 돌봐주던 그 노부부는 허락했니?"

"허락하셨어요."

괜히 화가 나는 기분에 입술을 꾹 다물고 시선을 내린 제르는 내심 생각했다. 욜랑이 저리 떠난다 하는 것도 이리 서운한데, 나중에 뤼민 느가 제 곁을 떠난다 하면 얼마나 슬플까.

"하지만 제 고향은 퀸시오니까 다시 돌아올 거예요. 아, 물론 진짜 고향은 어딘지 모르니까 비유적인 말인 거 아시죠. 어쨌든! ……그리 고, 사실 이번에 펜시 님이 아이를 낳으셨잖아요. 그래서 좁은 집에 없혀사는 것도 조금 미안한 것 같고."

"그럼 성으로 들어오렴. 단순히 거처 문제라면 성은 넓고 빈방도 많
으니 네게……."

욜랑이 억 소릴 내며 고갤 저었다.

"아, 아니…… 그건 좀."

제르가 조금은 씁쓸한 표정으로 그를 응시했다.

욜랑이 고개를 살그머니 기울이며 개구지게 눈을 떴다.

"다녀와도 될까요? 네? 허락해주세요."

사실 그가 그녀에게 허락받을 이유는 없었다. 그녀는 그에게 대가
없는 후견인이 되어주었을 뿐이고, 청년에게는 언제든 이곳을 떠날
자유가 있었다. 그러니 말없이 떠나지 않은 것만으로도 고마운 일이
었다. 제르가 힘겹게 입을 벌렸다.

"사내라면 떠나야지. 다녀와."

"그래, 다녀……."

막 입술을 벌렸던 제르가 눈을 깜빡거렸다.

'응?'

욜랑의 등을 시원스레 떠미는 말을 한 건 자신이 아니었다. 고개를
살짝 옆으로 기울인 제르는 욜랑의 등 뒤에 선 남자를 발견하고 눈을
휘둥그레 뜨고 벌떡 일어섰다.

욜랑도 깜짝 놀라 뒤돌았다.

"섭정 각하!"

"섭정 각하는 무슨, 스승이라고 해. 욜랑, 너 볼 때마다 키가 훌쩍
크는 거 같다?"

욜랑의 머리를 헝크는 알렉시스를 바라보면서 제르는 자신이 지금

꿈을 꾸나 싶었다.

알렉시스가 이곳에 있을 리가 없었다. 벌어지지 않는 입을 가까스로 다문 그녀가 티격태격하며 반갑게 인사하는 알렉시스와 욜랑을 번갈아 보았다. 알렉시스는 자연스럽게 욜랑의 목에 팔을 감아 주먹으로 딱밤을 먹이는 시늉을 했다.

"어……."

반가움 반, 의문 반으로 입술만 벙긋거리니 알렉시스가 능청스레 웃으며 그녀에게 다가와 손등에 입을 맞추었다.

"그간 잘 지내셨습니까, 부인?"

"네가, 네, 네, 네가 왜?"

"내가 뭘?"

"네가 왜 여기 왔느냐는 말이야."

가뜩이나 알렉시스가 이리저리 돌아다니는 통에 불만이 쇄도하는 와중이었다. 레피스는 퀸시오의 영주 따위 집어치우라며 왕도에 눌러 살라고 몇 번이나 그녀에게 서신을 보내왔었다. 셀파에게 이곳을 물려줄까 하는 생각을 처음 하게 된 것도 그 탓이었다.

"스승님, 여전히 역마살이 끼셨네요."

"이게 이제 머리 좀 크더니 못 하는 말이 없어."

반가움이 느껴지지 않을 만큼이나 실감이 나지 않았던 터라, 제르는 괜스레 퉁명스럽게 말했다.

"이제 보니 욜랑이 너를 닮았나 보다. 여행이라니, 역마살까지 옮긴 거냐."

"사내로 태어났으면 한번 이곳저곳 돌아다니면서 세상도 보고 하는 거야."

알렉시스가 슬그머니 눈동자를 미끄러뜨려 욜랑과 눈을 맞추었다.

욜랑도 의미심장한 미소를 지어 보였다. 이게 뭐야? 제르는 자신이 모르는 저 둘만의 무언가가 있다는 것을 알아차리고 눈을 가늘게 떴다.

제르의 표정이 심상찮아진 것을 발견한 욜랑이 꺼끌거리는 턱을 매만지며 썩 능청스레 말했다.

"영주님은 모르시는 그런 게 있습니다."

"……대체 무슨."

제르가 영문을 몰라 알렉시스에게 되묻자 알렉시스가 어깨를 으쓱이며 말했다.

"안 알려줌."

대체 저자는 언제쯤 철이 들려는지 모르겠다. 그런 한편 그의 장난스러운 한마디에 실감이 났다.

알렉시스가 왔다.

하지만 기분 좋기만 한 건 아니었다. 알렉시스의 방문으로 퀸시오의 성 안은 또다시 번잡해졌다. 알렉시스의 방문에는 그녀가 모르는 어떤 이유가 있는 게 분명했다. 알렉시스에게 몇 번이나 무슨 꿍꿍이냐 물었지만 그는 얄밉게 웃으며 대답을 회피하기 일쑤였다.

욜랑이 떠나고 난 후, 알렉시스와 제르는 뤼민느에게로 갔다.

뤼민느는 아주 가끔 보는 알렉시스를 잊지 않은 건지 까르르 웃으며 알렉시스의 다리를 통통하고 조그마한 주먹으로 때렸다. 알렉시스는 반가운 기색보단 썩 신기하단 눈으로 부쩍 큰 뤼민느를 바라보다가 쓰게 웃으며 아이를 유모에게로 돌려보냈다.

알렉시스와 제르는 집무실이 아닌 응접실에 나란히 마주 앉았다.

알렉시스는 뭐가 그렇게 기분이 좋은지 연신 입가에서 미소를 뗄 줄 몰랐다. 제르는 영문도 모른 채 그를 바라보다 결국 마주 웃고 말았다. 그의 웃음에는 보는 이를 기분 좋게 하는 힘이 있었다. 그래서 사람들이 알렉시스의 수많은─이렇게 말하긴 정말 미안하지만 수많은─만행을 다 참고 넘겨주는 것일 터였다.

알렉시스는 가장 먼저 왕도의 소식을 전해주었다.

제르 역시 귀담아들었다.

"왕도에서 이번에 라니가 살롱을 여는데, 제르, 그거 알아? 그 망나니 같은 계집애가 철이 덜 들어서는 이래저래 네 소문을 흘리고 다니는데 라니한테 홀린 몇몇 어린애들한테는 네가 우아한 여성의 표본으로 신봉되더라. 내가 그 얘기를 듣고 얼마나 웃겼는지."

"그럼 아니란 건가?"

제르가 눈을 가늘게 뜨자 알렉시스가 즉각 부정했다.

"아니, 아니, 아니, 그런 말이 아니란 거 알면서 괜히 놀리기는. 뭐, 어쨌든!"

"흥, 그나저나 라니도 잘 지낸다니 다행이네."

라니는 진짜로 에들렌에게 시집을 갔다. 사실 처음에는 알렉시스의 말장난으로 시작된 관계 같았지만 그 이후로 종종 왕도에서 같이 차를 마신다거나, 돌아다닌다거나 하며 시간을 보내는 일이 빈번해지더니 그리 되었다. 사람 인생 어찌 될 줄 모른다더니. 혼인 당시 라니의 입이 귀까지 찢어졌다는 소문은 여기까지 자자했다. 다행인 건 에들렌의 입도 귀까지 찢어져 있었다는 거다.

어찌 되었건 두 사람은 생각보다 잘 어울려서 많은 사람들이 결국 축하하게 되었다. 제르 역시 그들을 축하한 사람 중 한 명이었다. 끝까지 그들의 결혼을 반대한 건 역시나 레피스였다. 레피스는 라니와 친인척 관계가 된다는 걸 믿고 싶지 않아 했다. 그가 대놓고 라니를 폄하하길 몇 번이었던가. 결국 말로리가 나서서 두 사람의 관계는 두 사람이 마무리할 일이고, 혼인은 소블란 후와 쇼하인 공이 논의할 일이라며 쐐기를 박아 레피스의 반대를 꺾었다.

소블란 후로서는 이미 한번 혼사를 망친 라니에게는 에들렌이 몹시 분에 넘치는 상대라고 생각하고 있었으니 반대할 이유가 없었고, 에들렌은 사랑에 빠진 청년이 되어 있었다. 쇼하인 공이 자유분방한 에들렌의 고집을 꺾지 못한 것도 어쩔 수 없었다. 그리고 알렉시스는 한 치의 고민도 없이 그들의 혼인 서류에 도장을 찍었다. 그는 그것으로 라니에게 진 빚은 다 갚았다며 마치 제가 무언가 큰일이라도 해낸 사람처럼 공치사를 했다가 쇼하인 공에게 쓴소리를 들었다더라.

그런 이유로 쇼하인의 일원으로 격상된 라니는 그전까지도 등등하던 콧대가 더욱 높아져서 엘올라의 온 사교장을 휩쓸고 다니고 있다고.

"걔가 근검절약 이런 건 단어도 모를 애거든? 그런데 요즘은 장신구며 옷차림이며 전부."

예전에 제르에게 크게 기가 죽었던 기억 탓인지 라니는 몹시도 제르를 숭상하며 그녀의 행동을 따라 하길 즐겼다.

"뭐, 그래서 이래저래 재밌는 일들이 많아."

엄청난 재력가인 소블란 후작가의 딸이자 쇼하인 공작가의 며느리가 주장하는 '기품 있는 차림새'라면 누구라도 따르게 될 것이다.

"다들 잘 지내고 있나? 엘보르트 경은 어찌 지낸다 하던가."

3년 전쯤 돌아간 아스난과는 연락이 뜸했기에 그에 관한 것도 몹시 궁금했다. 마지막으로 들었던 게 둘째 아이를 낳았다는 이야기였다. 벌써 에드하인다에는 애가 셋이었다. 테르테오와 리안의 딸, 그리고 막내아들.

그들은 뉘사나와 리안의 딸을 맡아 잘 돌보고 있다고 했다. 게다가 맏이인 테르테오 역시 갑자기 나타난 피 섞이지 않은 동생을 귀여워해 준다고 했다. 그런 상황에 또다시 막내가 태어났으니 테르테오가 참 바빠질 것이다.

"잘 지내고 있어. 에드하인다라면 곧 보게 될 거야."

"무슨 소리야?"

"뭐, 그렇다고. 그나저나 요즘은 잘 먹고 잘 지내고 있어?"

너무 노골적으로 말을 돌리니 제르는 잠깐 잊었던 의심을 떠올렸다.

도대체 갑자기 찾아온 이유가 뭘까.

"무슨 일이야, 정말? 그러고 보니 후안 경은 대체 왕도에서 뭘 하는데 돌아오질 않나? 왜 너만 덜렁 온 거냐?"

"그것도 비밀. 다 비밀."

"말해."

제르가 물러설 기세 없이 딱 자르자 알렉시스는 잠깐 신음 같은 콧소리를 내더니 씨익 웃었다.

"일단은 외교 문제."

"네가 요크까지 찾아올 만한 외교 문제가 있나? 트란실은 잠잠해. 얼마 전에도 락혼이 들렀다 갔는데."

"트란실이랑 관련된 건 아니고."

좌에서 그들을 압박하던 데바람은 우호 조약을 맺은 뒤 잠잠했고, 우에서 그들을 곤두서게 했던 트란실은 론희 사호가 전대 차르의 머리를 쳐버린 것으로 과거처럼 침묵에 들었다. 대륙에 부쩍 관심이 많아진 락혼이 가끔 부족민들을 이끌고 사절처럼 방문하는 일이 있긴 했지만 그다지 큰일은 아니었다.

"맞혀봐."

"그럼 이한이냐?"

거리가 가깝긴 했지만 이한의 영해와 요크의 바다는 완전히 아라산과 트란실의 길목에 가려져 사실 아무 관계가 없었다. 하지만 트란실도 아닌데 외교 문제로 이곳까지 왔다 하니 짐작할 만한 것이 그밖에 없었다. 이한은 에사렛타가 대비가 되고 세드로가 왕위에 오른 이후로 천정부지로 뛰어오른 교역 관세를 감당하지 못해 카르시타와의 수교를 접었다.

그렇다고 데바람과의 관계도 좋은가 하면 그것도 아니라, 이래저래 상황이 좋지 않다고들 했다.

"땡."

"대체 뭔데."

저렇게 말을 안 하니 오히려 이쪽이 불안해졌다.

가뜩이나 바쁜데 요크 반도에서 외교 문제가 벌어진다면 일이 곱절은 늘어날 것이다. 그녀의 불안을 읽어낸 알렉시스는 넉살 좋게 웃으며 그녀의 머리를 끌어당겨 안았다. 애 다루듯이.

"나쁜 문제 아니야. 좋은 거야."

"대체 뭔지 좀 속 시원하게 말해주면 안 되겠나."

"조금만 참아, 아가씨. 근데 제르, 내가 쭉 생각을 해봤거든? 역시, 내가 섭정에 있는 동안 왕실 국고를 다 빼돌린 다음에 나중에 그걸 팔아서 우린 떵떵거리며 사는 거 어때? 썩 괜찮지 않아?"

"……베이하크 공에게 죽지 못해 안달이 난 사람 같다, 너."

그의 품에서 빠져나온 제르가 흐트러진 머리칼을 한쪽으로 쓸어 넘기며 코웃음 쳤다.

그녀의 가늘고 하얀 목이 드러나자 알렉시스가 노골적으로 얼빠진 표정을 지었다.

"어째 너는 점점 아름다워질까?"

"이제 그런 식으로 날 민망하게 하려거든 포기해라. 나도 면역이라는 게 생긴다."

"진심인데?"

알렉시스의 손이 제르의 하얀 목을 어루만지듯 지분거렸다. 그가 약간은 침울한 음성으로 말했다.

"아, 빨리 너랑 함께 있고 싶은데 뭐 이리 걸리는 게 많은지……."

제르의 입가에 호선이 그려졌다. 애써 퉁명스레 말하는 그녀의 양 뺨이 살짝 달아오른다.

"그러면 지난 열여드레 동안 내게 답신 한 통 않은 것은 네가 직접 오려고 수작을 부리고 있었기 때문이란 거군."

"뭐야, 그 구체적인 날짜는. 그렇게 오래됐나?"

알렉시스는 붉게 달아오르는 그녀의 하얀 목을 바라보다가 큰 소리를 내며 웃었다.

"너 이제 진짜 나한테 빠졌지?"

제르가 퉁명스레 그의 손을 쳐냈다.

"아, 정말, 응, 미안. 내가 너무 급해서 달려오느라고 미리 말을 못했다. 중간에 연락할까 했는데 어차피 출발한 후고 깜짝 놀래주고 싶어서."

알렉시스는 그대로 제르의 허리를 끌어안고 그녀의 뒷덜미에 코를 묻었다. 아, 좋다. 진짜 이게 얼마 만이야. 느른하게 풀어지는 그의 음성에 제르는 잠깐 어깨를 움츠렸다가 그의 등을 의미 없는 손길로 쓸어내렸다.

얼마간 그리 제르에게 기대어 있던 알렉시스가 나직이 속삭였다.

"네가 좋아했으면 좋겠어."

"뭔데?"

"데바람으로 가자."

제르의 몸이 굳어졌다.

데바람.

제법 오랫동안 잊고 지냈던 이름이었다. 간간이 데바람과 카르시타 사이의 이야기들이 들려올 때면 그녀는 의식적으로 귀를 닫곤 했다. 하지만 '한번 가볼래?'도 아니라 '데바람으로 가자.'는 말은 너무 갑작스러웠다. 제르가 뻣뻣하게 굳어졌다는 것을 깨달은 알렉시스가 그녀의 목덜미에 코를 비비듯 고개를 흔들며 그녀의 허리를 더듬더듬 끌어안았다.

"괜찮아. 잠깐이면 돼. 잠깐만 갔다 오자. 응?"

"……왜."

"정말 중요한 일이야."

정말 중요하다는 말에 제르는 내키는 대로 싫다 말하지도 못했다. 아무리 지난 기억을 디디고 일어섰다지만 막 찾은 평온을 헤집고 싶지

는 않았다. 그녀의 뒷덜미에 입술을 비비던 알렉시스가 살살 이를 세
워 깨물었다. 제르는 뻣뻣한 손길로 알렉시스의 정수리를 밀어내며
그를 똑바로 바라보았다.

"카르시타에 중한 일이란 거냐?"

"그래. 역사적인 일이지."

데바람과의 화친이 카르시타와 데바람 사이에서는 꽤 역사적인 일
이긴 하지만 제르는 자신이 데바람으로 돌아가야 할 이유를 느끼지 못
했다.

"내가 그런 일에 이용되어야 하는 이유가 뭔지 알고 싶은데."

알렉시스가 빙그레 웃었다. 평소의 장난스러운 웃음과는 조금 다른
미소였다. 그는 곧 그녀의 허리를 조심스레 감싸더니 이마를 맞대고
속삭였다.

"내가 언제 너 싫어할 만한 일 하는 거 봤어? 믿어봐."

알렉시스의 믿으라는 말은 경험으로 인해 미더웠다. 지난 수 년 함
께할 수 없는 시간의 불안도 기우도 '나를 믿어.' 그 한 마디면 가라앉
곤 했다.

'하지만……'

그럼에도 데바람은 내키지가 않아서 제르는 한참 후에야 겨우 고개
를 끄덕일 수 있었다.

자리를 비운 알렉시스를 대신한 에사렛타와 각 분야의 수장들이 바
빠졌다.

그들은 에사렛타의 곁에서 글을 배우고 책을 읽기 시작하는 세드로를 썩 기특한 눈으로 바라보았다. 이제 막 일곱 살을 넘기고 여덟 살의 생일을 앞둔 세드로는 어떤 의미에서는 알렉시스보다 좋은 마음가짐을 갖고 있었다.

나이가 먹을수록 어린아이답지 않은 총명함과 누굴 닮은 것인지 모를 차분함이 그들의 우려를 가라앉혔다. 아마 에사렛타의 차분한 심성을 닮아 그런 것이리라. 어쩌면 그의 친모를 닮은 것일 수도 있지만.

'흠……. 얼마 남지 않았군.'

루덴 공은 세드로의 태사가 되어 세드로의 모든 교육을 직접 지도하고 지휘했는데 얼마 전부터는 루덴 공 역시 세드로에게 함부로 대하기 어려워졌다.

세드로는 스스로의 위치를 아주 잘 알고 있었다. 에사렛타가 입버릇처럼 "당신이 이 나라의 하나뿐인 국존입니다." 하고 세뇌시킨 것이 효과가 있었던 건지, 아니면 원래 당찬 것인지는 누구도 몰랐다.

얼마 전에는 왕궁 한구석에서 매질을 당하는 한 시녀를 보고 큰 동정을 보이며, 작은 죄를 용서하는 법을 알아야 한다고 시녀장을 불러 따지기도 했다. 고작 여덟을 넘긴 나이에도 어찌 저리 마음이 넓은 건가. 강경하게 벌은 벌이라 가르쳤던 루덴 공에게 도리어 관용이 부족하다 혼을 내기까지 했으니 루덴 공도 기대를 품지 않을 수가 없었다.

좋은 왕이 될 것이다.

비록 핏줄은 깨끗하지 않을지 모르나 그 사실을 아는 이들은 적었고, 대외적으로 세드로는 흠 없는 왕의 후계로서의 면모를 부각시키기 시작했으므로.

아마도 머잖아 알렉시스가 그리 바라 마지않는 하야를 하게 될지도 몰랐다.

'말로도 충분히 해결될 수 있는데 굳이 체벌을 할 이유는 없잖습니까? 제게 백성들을 사랑해야 한다 가르치시는 분들이 스승님들이십니다. 헌데 저리 심하게 매질을 당하는 이들을 어찌 모른 척하라고 하는 건지 모르겠어.'

'……전하의 말에 그른 것은 없습니다만.'

'그렇다면 공작, 바꿔 묻지. 만일 내가 저자와 같은 신분이라면 공들도 나를 저리 가축처럼 때릴 건가?'

어린 나이의 세상은 '자신'을 중심으로 구축되는 게 사실이었다. 그런 이유로 상대의 입장을 먼저 헤아리는 어린아이는 드물었다. 실제로 어린아이뿐만 아니라 어른 역시 마찬가지로 의식하지 않으면, 몸에 배어 있지 않으면 하기 어려운 배려였다.

솔직히 세드로가 자신을 가축 다루듯 다룰 것이냐는 물음을 던졌을 때 루덴 공은 그간 세드로를 아닌 체 얕보았던 스스로가 부끄러워질 정도로 충격을 받았었다.

막 에사렛타의 방에서 물러난 루덴 공은 흰머리가 부쩍 늘어난 쇼하인 공을 발견했다. 그는 척 봐도 눈썹이 휘날려라 빠르게 걸어오고 있었다. 루덴 공도 그를 보는 건 오랜만이었다. 쇼하인 공은 얼마 전 밀러에게 작위 승계를 하겠다는 의사를 비친 후, 마지막 정리를 하며 왕도에 머물고 있었다.

"소식, 소식 들으셨소?"

'예의 그 땅' 때문인 모양이었다.

하기야 지금 암암리에 사실을 알고 있는 이들은 모두 흥분을 감추지 못하고 있는 와중이다. 루덴 공 역시 지금 이 상황이 몹시 기쁘면서도 묘했다. 알렉시스의 배반에 여직 남아 있던 앙금이 녹아내릴 만큼 이번 일은 의미가 깊었다.

"그 때문에 이리 급히 입성하셨습니까?"

"진짜, 진짜요? 드디어?"

루덴 공이 고개를 끄덕이자 쇼하인 공은 믿을 수 없다는 듯 눈을 휘둥그레 뜨더니 땅이 꺼질 듯한 한숨을 내쉬었다.

그러나 부정적인 의미가 아니라는 건 루덴 공이 더 잘 알았다.

"다행이지요. 그동안 어찌 일이 뒤집힐지 몰라 전전긍긍했던 것이 무색하게 잘 마무리가 되었습니다. 섭정께서는 그 때문에 지금 자리를 비우셨고."

"아오. 알고 있소."

늘 우울한 얼굴을 했던 쇼하인 공이었지만 이번만큼은 얼굴 가득 함박웃음이 걸려 있었다. 소 뒷걸음질 치다 쥐 잡은 격이라고 해도 좋겠지만 어쨌든 결과가 좋으니 지난 침울했던 것들이 죄 날아갔다.

세드로도 무럭무럭 크고 있었고, 데바람과 카르시타의 우호는 이로써 최고점을 찍었으니 그야말로 태평성대였다.

"거참, 나중에 그놈들이 내놓으라고 하면 어찌 되는 거요?"

"어차피 그들의 땅이었습니다."

"그, 그래도! 이쪽 역시 마찬가지로 쏟아부은 것이 얼마인데. 확실히 서면으로 받은 거요?"

루덴 공은 침을 튀겨가며 말하는 쇼하인 공에게서 한 걸음 물러나 말없이 웃었다. 쇼하인 공은 여직 꿈속을 헤매는 사람처럼 중얼거렸다.

"데바람과 합작이라니…… 정말 꿈같은 일이지요."

그들은 동시에 퀸시오의 '그' 여자를 떠올렸다. 솔직히 한때는 그 여자가 세상에서 사라져줬으면 하고 간절히 바랐지만 이제는 아니었다.

쇼하인 공은 찬사를 금치 못했다.

"그 여인은 대체 무슨 복으로 퀸시오로 모자라……."

"데바람의 왕의 결단이 더 놀랍지요. 그 오랜 역사 속에서 그토록 치열히 다투었던 곳인데."

"살다 보니 별일이 다 있네그려."

살다 보니 참으로 별일이 다 있다.

쇼하인의 중얼거림에 십분 공감한 루덴 공은 자신의 오랜 벗을 떠올렸다. 가끔 그와 함께 술잔을 기울이던 시간이 그리워지기도 했다.

언젠가 이 평화를 방석 삼아 앉아 전처럼 술잔을 기울일 날이 오기를.

그로부터 이틀 후, 준비를 마친 제르는 셀파와 렐딘에게 업무를 맡기고 퀸시오를 떠났다.

더 언쟁할 필요 없이 다녀오는 편이 나았다. 그나마 조금 위안이 되었던 건 알렉시스와 뤼민느와 셋이 같이 떠나는 첫 여행이란 생각에서였다.

하필이면 데바람이라는 게 몹시 마음에 걸렸지만 막상 출발하고 나니 목적지는 그다지 상관없게 느껴졌다.

퀸시오에서 데바람까지의 거리는 꽤 멀었고, 지스카르가 있을 산나까지는 더 멀었다. 몇 날 며칠을 마차 안에서 생활해야 했던 제르는 결국 보름째 되던 날부터 내리 잠에 빠졌다. 그 바람에 뤼민느와 놀아주거나 상대해줘야 하는 건 오롯이 알렉시스의 몫이 되었지만 어쩔 수가 없었다.

그리고 퀸시오에서 떠난 지 스무 날 남짓이 되었을 때, 마차가 멈췄다.

국경을 넘기 위해서였다. 제르가 정신을 차리고 긴장하기 시작하자 알렉시스는 한 팔엔 뤼민느를 뛰어다니지 못하도록 매달고, 반대쪽 팔로 그녀의 손을 잡아 위로했다. 괜찮아, 괜찮아. 그가 그녀를 안심시켰다.

마차는 국경을 지나고도 꽤 오랫동안 달렸다.

다시 데바람으로 돌아왔다는 생각에 기분이 이상했다. 마차의 차창으로 비치는, 시골에서 흔히 볼 수 있는 숲과 평야가 이상하게 눈에 들었다. 낯설음을 넘어선 낯익음이었다.

제르가 이상한 표정을 지었다.

'……어?'

반나절을 더 고민한 후에야 제르는 용기를 내어 물었다.

"알렉시스, 데바람의 산나로 가는 길이 맞나?"

방향도 그녀가 기억하는 산나의 방향이 아니었던 데다가, 국경을 따라 이어지는 풍경이 점점 낯익어진 탓이었다. 얼핏 보기엔 그다지 특별할 것 없는 숲의 정경이었지만 그녀에게는 의미가 있었다.

알렉시스는 빙그레 웃으며 아마? 하는 모호한 대답을 남겼다.

그리고 그로부터 하루를 더 달리고 나서야, 제르는 자신의 짐작이 사실이었음을 깨닫고 말을 잊었다. 먼저 마차에서 내린 알렉시스가 그녀에게 손을 내밀었다.

"……자, 이제 내리실까요?"

제르는 넋을 놓고 코앞에 선 하얀 성채를 올려다보았다.

벽을 타고 기어 올라간 넝쿨들이 기묘한 문양처럼 그려진 성이었다. 익숙한 입구, 낯익은 냄새 속에서 제르는 홀린 듯 마차에서 내려왔다.

성의 오른쪽에는 녹음이 울창한 낮은 숲이 있었다. 쿵쾅거리는 심장 소리 사이로 엷은 물소리가 섞여드는 것 같았다. 새들이 노래하는 소리가 나고, 벌레 우는 소리도 났다. 제르는 자신을 둘러싼 모든 세상이 시간을 거꾸로 달린 듯한 환각 속에 멈춰 섰다.

샤말론.

어린 시절의 추억이 고스란히 담겼던 땅이었다. 그녀의 기억 속에 남아 있던 그 아름다운 성이었다.

왈칵 눈물이 났다. 지스카르를 만나러 가는 줄로만 알았다. 그를 만나면 어떤 얼굴을 해야 할지, 무슨 이야기를 해야 할지 고민도 많이 했다. 그러나 모든 것이 기우였다. 힘이 빠진 사람처럼 잠깐 휘청이던 그녀가 비틀비틀 걸음을 옮겼다.

제르는 급히 고개를 돌려 주위를 살폈다. 성의 활짝 열린 입구 오른쪽, 어릴 적 체렌시와와 그보다 더 어린 동생들과 뛰어다녔던 오솔길이 있었다. 그들의 놀이터였던 오솔길은 이제 대부분 무성히 자란 나무에 가려졌지만 제르는 기억했다. 그리고 반대편에는 그녀의 어미가 정성스레 꾸몄던 조그마한 정원이 있었다. 지금과는 조금 다른 품종의 꽃들이 심겨 있었지만, 본질은 같았다.

또, 숲길을 왼쪽에 끼고 쭉 걸어 나가면 누스말의 자랑인 아름다운 붉은 강이 있으리라. 이곳은 부정할 수 없는 라잘바누의 샤말론이었다.

'꿈…….'

이건 꿈인가.

가슴속에 묻어두었던 고향이었다.

한평생 다시 이 땅을 밟을 수 있으리라 추호도 생각해본 적이 없었다.

제르는 제게 매달리려는 뤼민느마저 잊은 채 비틀비틀 걸었다. 성의 내정 한가운데에는 맑은 물이 뿜어 나오는 분수까지 완벽하게 복원되어 있었다. 마치 한 번도 파괴된 적 없는 것처럼 깨끗하게 정리된 샤말론에는 있을 리 없는 인적까지 있었다.

주위를 날아다니며 지저귀는 새들마저 과거의 영광처럼 그리 아름다웠다.

"……이게, 무슨 일이냐."

제르는 저도 모르게 울음 섞인 음성으로 물었다.

뒷짐을 진 알렉시스가 보모에게 뤼민느를 데려가라 명한 후 그녀의 옆에 나란히 섰다.

"제법 그럴듯하지?"

성 안에서는 사람들이 바삐 오가고 있었다. 그들 중 몇몇은 뒤늦게 제르와 알렉시스 일행을 발견했다. 제르는 순간 단정한 차림새로 그들을 향해 걸어오는 남자를 믿을 수 없단 눈으로 바라보았다.

"주군, 그간 무탈하셨습니까?"

아스난은 전보다 한층 원숙해진 눈빛으로 그녀에게 경의를 표했다.

도저히 제르는 상황을 이해할 수가 없었다. 아스난은 왕도에 있어야 했다. 이곳은 데바람이고, 아스난이 있을 곳이 아니었다. 꿈보다 더

꿈 같았다.

제르는 혹 자신이 아직 마차에서 잠을 자고 있는 것이고, 이건 꿈이 아닌가 하는 의심을 떨칠 수가 없었다.

"자네가 왜⋯⋯."

"섭정 각하께 부탁받았습니다."

아넬라도 다가와 제르에게 인사했다.

"그간 무탈하셨는지요?"

"부인도 어찌⋯⋯."

반갑다는 말을 할 여력도 없이 제르는 또 다른 것에 신경을 빼앗겼다. 분수 반대편에서 음악 소리가 나고 있었다. 제르는 단박에 그 음악이 몹시 그녀에게 익숙한 악사의 손끝에서 태어나는 것임을 알았다.

혹시나 하는 생각에 조심스레 분수를 돌아서 가보니 욜랑이 앉아 있었다. 아예 둥지를 벗어나 한동안 못 볼 거라 생각했던 청년이 익살스레 웃고 있는 걸 보니 눈물이 후드득 떨어졌다.

"어? 어? 영주님! 왜, 왜 그래요!"

"됐어. 욜랑 넌 연주나 하고 있어라. 이리 와봐, 제르."

제르는 알렉시스의 손에 이끌려 흐느끼듯 어깨를 들썩였다.

알렉시스가 비로소 설명했다.

"지스카르 헨솔이 이 땅의 원래 주인인 네게 이곳을 양도한다고 하였다. 카르시타와 데바람이 멸망하지 않는 한 이 땅은 절대적인 중립 지대로 선포될 것이라고. 사실 계획은 좀 예전부터 세우긴 했는데 공동 작업으로 이곳을 복구하느라 시일이 조금 걸렸어. 그가 기억하는 대로 이곳을 복구하긴 했는데, 이전과 같을지는 모르겠다. 비슷한 것 같아? 나는 그전에 와본 적이 없어서 말이지.”

눈앞이 흐려졌다. 너무 기뻐서 어떻게 말을 이을 수가 없었다.

“자랑스러워해. 너는 카르시타 유일 독립령의 영주인 것과 동시에, 전 대륙 유일한 중립 지대의 주인이 되는 거니까. 이쯤 되면 진짜 엄청나다니까.”

오랜 시간 전쟁이 끊이지 않았던 이 땅이 중립 지대로 선포된 것은 커다란 의미가 있었다. 풍경은 기억 속의 것과 꼭 비슷했다.

제르는 결국 떨리는 입술을 그러 물고, 소리 내어 울지 않기 위해 알렉시스의 손을 꽉 붙잡았다.

알렉시스가 다정하게 다독였다.

“울지 마. 좋은 일이잖아.”

“고마워.”

제르가 눈물을 훔쳐내며 뇌까렸다.

고마워. 정말 고맙다.

“좋아해서 다행이다.”

알렉시스가 다행이라며 웃었다.

그녀는 아스난의 안내에 따라 샤말론 성의 후원으로 향했다.

기억에 익은 면면이 보일 때마다 그녀의 걸음은 절로 느려졌다. 정말로, 살아서 이곳이 이토록 아름답게 보존된 모습을 볼 수 있을 거라 바란 적이 없었기에 그녀의 감격은 감절이었다.

이미 이틀 전부터 이곳에 와 있었다던 아스난은 복잡한 길 앞에서도 머뭇거리는 일 없이 자연스럽게 걸음을 이어갔다.

"그동안 성의 내부 수리도 다 끝이 났으니 원하시면 어느 때고 오셔도 됩니다. 저희 가문의 사람들이 종종 왕래하여 이곳을 관리할 것이고……. 이것은, 데바람의 왕의 명령으로 그대로 두었습니다. 제일 먼저 보고 싶어 하실 것 같아서."

얼마 후, 후원의 한가운데에 조그마한 비석과 함께 나란히 놓인 잘 정돈된 묘비를 발견한 제르가 작게 입술을 벌렸다.

이곳은 그녀의 어미인 레리나의 장례를 치렀던 곳이었다. 깨끗한 비석 옆에 봉긋 솟아 있는 세 개의 작은 돌무덤을 돌아본 그녀가 홀린 듯 걸어가 털썩 무릎 꿇었다.

[현명한 영주 알비온과 부인 레리나,

자랑스러운 체렌시와, 엘지, 엔사.

그리던 고향에 잠들라.]

비석은 누가 보더라도 장인이 주조한 것이었다. 하지만 그보다 더 눈길이 가는 건 허름한 돌무덤이었다. 돌무덤은 누구라도 만들 수 있을 만큼 조악했지만 정성스러웠다.

장례조차 치러주지 못했던 어린 동생들의 이름들을 보는 순간 그녀는 그대로 엎드리듯 허물어졌다.

오랫동안 마음이 가시 박힌 듯 아팠다.

많이, 아팠다.

죄의식에 시달리고 있었다.

그러나 그녀도 모르는 사이, 그녀의 어린 동생들은 이렇듯 장사 지

내어졌던 모양이었다. 누가 이리 해주었는지는 물을 필요도 없었다. 이곳에 레리나의 작은 무덤이 있다는 것, 제 세 동생들의 이름을 알고 묘비까지 만들어줄 이는 한 명뿐이다.

지스카르.

그녀는 가슴을 쥐어뜯듯 움켜쥐며 숨죽인 울음을 토했다.

"……그러면 우선 저는 물러가 있겠습니다."

아스난이 물러갔다.

알렉시스는 가만히 그런 그녀를 내려다보다가 옆자리에 엉덩이를 붙이고 앉았다.

언젠가, 에르크에서 그녀는 국경을 넘는 것까지 감행하며 동생의 무덤을 찾아갔었다. 그것만 고려해도 그녀가 몹시도 동생들을 사랑하고, 가족들을 사랑한다는 걸 알아차리기는 어렵지 않았다.

알렉시스가 제르의 등을 토닥이며 헛기침을 두어 번 한 후 입을 열었다.

"좋은 따님을 두셔서 좋겠습니다. 알비온…… 이름 멋진데요? 정식 인사가 늦었습니다. 따님 제가 데려간다고 하려고요. 아, 된다고요? 너무 좋아하시는데요. 아, 예. 제가 좀 잘났죠? 척 보기에도 그래 보인다고요? 쑥스럽게 너무 띄워주시는데, 이거?"

제르가 울다 말고 어이가 없단 얼굴로 그를 올려다보았다. 알렉시스는 더 자신감이 붙은 사람처럼 비석에 대고 떠들어대기 시작했다.

"아, 아버지. 예, 일단은 아버지죠. 근데 따님이 성격이 장난이 아니에요. 힘드냐고요? 말도 마세요. 하지만 정말 멋진 여자예요. 당연하다고요? 아, 당연이야 하겠지만…… 그러면 아버지께서 정말 수고했다고, 한마디 해주세요. 잘 버텼다고, 고생했다고, 이제 행복하면 된다고.”

눈물이 툭, 툭, 떨어져 내렸다. 알렉시스의 손이 그녀의 젖은 뺨을 스윽 훔쳐냈다.

“그만 좀 울었으면 좋겠다고 덧붙여주시면 좋겠는데요. 아버지. 이 여자 우는 거 보면 나도 눈물 날 거 같거든요.”

그리 말한 알렉시스는 그녀의 얼굴을 조심스레 감싸더니 해맑게 웃었다.

“제르, 너희 부모님이랑 동생들이 네가 정말 행복했으면 좋겠대. 정말 잘 버텼대. 이제 울지 말래.”

제르는 끝까지 능청스럽게 저를 위로하는 알렉시스를 바라보며 결국 웃지 않을 수 없었다.

지나치게 그다운 위로였다. 그래서인가, 설움과 슬픔이 순식간에 흩어졌다.

그녀는 어느 정도 정신을 추스르고는 비석 아래 수북이 쌓인 마른 꽃 더미를 훑어냈다. 손끝에 닿는 돌이 차가웠지만 그래도 좋았다.

그녀의 젖은 속눈썹이 내려깔렸다.

“……지스카르는?”

지스카르가 큰 부담을 감수하고 이곳을 그녀에게 돌려주었다는 건 묻지 않아도 알았다. 이곳은 강 유역을 끼고 있어 늘 카르시타와의 전쟁이 끊이지 않았던 어린 시절의 망가진 낙원이었다. 지켜내고 싶었으나, 지키지 못했던 것들의 표상이기도 했다.

그리고, 완벽하게 재건된 지금은 희망이었다.

“그는 여전히 산나에 있겠지.”

“처음부터 산나의 성으로 가는 게 아니었구나.”

"난 산나로 간다고 하지 않았어. 네가 혼자 짐작했던 거지."

못 당하겠다.

작게 웃던 제르가 곧 싸늘하게 쏘아붙였다.

"사기꾼."

알렉시스가 억울하다는 듯 과장된 표정을 지어 보였다. 제르는 마지막 물기까지 싹 훔쳐낸 얼굴로 곧게 일어섰다.

모든 것이 완벽했다. 미화된 기억과는 다른 부분도 조금씩 있었지만 지난 20여 년 가까운 세월을 무시할 수는 없는 일이었다.

제르는 희미하게 미소 지었다.

"보여줄 것이 있어, 알렉시스."

제르는 알렉시스의 손목을 붙잡고 급한 걸음으로 샤말론의 성을 빠져나가기 시작했다. 그녀는 호위들도 쫓아오지 못할 그녀와 체렌시와만의 지름길을 따라 소녀처럼 달렸다.

"여기가."

햇살을 받아 빛나는 붉은 물결은 기억 속의 그날처럼 아름답다.

비록 기억의 마지막에서 이 강은 사람의 피로, 짐승의 피로 가득하였으나 시간에 씻겨 내려간 지금은 낙원의 일부일 뿐이었다.

"내가 자란 곳이야!"

제르는 마치 어린 시절로 돌아간 것처럼 신이 나 달려가며 알렉시스를 돌아보았다. 검은 머리칼이 바람에 부드럽게 나부꼈다. 뒷걸음질에 넘어질까 싶어 어설프게 손을 뻗었던 알렉시스가 피식 웃고 말았다.

뭘 보여주겠다는 건가 싶었는데, 강이었다.

아름다운 강을 등지고 서서 웃는 제르를 보고 있자니 가슴이 짠하기 그지없었다.

"성과 가까워서 어릴 때 이곳에 자주 나왔어."

평야를 가로지르는 강줄기는 길게 굽이굽이 뻗어 있었고, 규칙 없이 자란 물풀들이 강변을 메웠다. 키 작은 나무들이 들쭉날쭉 자라난 강가의 가장자리 안쪽은 온통 지난겨울 막 죽었다 살아나는 금빛 잔디로 가득했다. 어린 동생들과 소풍을 나오고, 고기잡이를 하는 이들을 신기한 듯 바라보던 것 또한 이곳에서였다.

제르는 입을 다물지 못하고 연신 웃으며 주위를 둘러보았다. 치맛자락에 지저분한 강 진흙이 묻는 것도, 말라 죽은 누런 잔디가 묻는 것도 개의치 않았다.

그녀는 나중에는 급기야 불편한 구두를 벗고 맨발로 강가를 주회하듯 걸었다.

알렉시스는 말없이 그녀의 구두를 들고 느릿느릿 그녀를 따라 걸었다.

"여기서, 내 아버지가 처음으로 내게 말 타는 법을 알려주셨고, 저쪽에 나와 동생들이 기르던 개의 무덤이 있을 거야. 그리고 저쪽으로 가면 내 동생이 숨바꼭질을 할 때 꼭 숨어 있던……."

"제르, 시간은 많으니까 천천히 봐도 좋아. 이제 이곳은 네 땅이야."

"아름답지?"

알렉시스는 제르의 까만 머리칼이 내내 강바람에 부드럽게 흔들리는 것을 가만히 바라보았다. 그의 입가에 그림 같은 미소가 어렸다.

"그래, 정말 아름답다."

진심으로, 천진한 소녀처럼 환히 웃는 네가 서 있는 이곳이 아름답다. 그녀가 있어 더 완벽한 풍경이었다.

가만히 그의 시선을 마주 보던 제르가 맨발로 그에게 사뿐사뿐 걸어와 그의 손을 잡았다.

"나는…… 네게 얼마만큼 더 감사해야 할지 모르겠다. 네가 내게 얼마나 과분한 사람인지."

"과분하지 않아."

"네가 내게 알려주고 일러주고 깨닫게 해준 건."

"응."

"사랑뿐만이 아니야."

쑥스러운 사람처럼 손가락을 고물거리는 그녀를 바라보던 알렉시스가 크게 웃었다.

어떤 이유에서건 정말로 기분이 좋았다. 알렉시스가 씨익 이를 드러내며 성큼성큼 그녀를 제치고 걸었다.

"여기가 네가 살았던 곳이라…… 이거지."

"응, 응."

제르가 흙투성이가 된 발로 그를 따라 걸었다. 산들산들 부는 바람에 치맛자락이 펄럭였다.

스치는 풀 내음, 물 내음이 바짝 긴장했던 신경을 풀었다.

두어 걸음 앞섰던 알렉시스가 살짝 고개를 대각으로 젖혀 그녀를 바라보았다. 아무리 좋은 일이 있어도 저렇게 어린애처럼 웃는 걸 본 적이 없었던지라 알렉시스는 조금 더 그녀의 웃음을 눈에 담아두고 싶었다.

"이리 좋아할 줄 알았더라면 조금 더 서둘렀을 텐데."

하지만 그녀의 귀에는 제대로 들리지 않은 모양이었다.

그녀를 따라 한참을 더 걸어간 알렉시스는 밑동을 베인 거대한 고목의 그루터기 앞에 섰다.

제르가 조금 우울한 얼굴로 중얼거렸다.

"여기에, 아름다운 고목나무가 있었어."

알렉시스가 이미 닳을 대로 닳은 그루터기를 내려다보았다.

"나는 여기 나무를 썩 좋아했어. 그래서 가끔 이 나무 그늘 아래에서 악기도 연주하고 그랬었는데……."

진한 아쉬움이 묻어나는 목소리였다.

"네 추억의 장소구나."

나무는 그녀의 친구였다. 어쩌면 그녀보다 수십 년은 더 늙었을지도 모르지만 그녀의 유년을 함께해준 소중한 친구였다.

그녀는 천천히 그루터기에 앉았다. 옷이 지저분해질까 걱정하는 기색도 없었다. 그녀는 맨들맨들하게 잘려나간 나무의 밑동을 손바닥으로 어루만졌다. 금세 침울해진 기색이었다.

'으음…….'

알렉시스가 분위기를 바꾸어 말했다.

"선물은 이게 끝이 아니야."

고개를 든 제르가 눈을 느리게 깜빡였다.

"끝이 아니라니?"

"더 있으니까 아직은 그런 얼굴 하지 말라고."

"지금도 나는 충분히 기쁘다. 다만."

"더 기뻐할 일이 있을 거야. 나한테 많이, 많이 고마워할걸? 지스카르가 손을 쓰긴 했지만 내가 먼저 생각해낸 거니까."

알렉시스의 말에 제르가 고개를 갸우뚱했다. 도대체 뭣 때문에 저리 자신만만한가 싶어서였다.

하지만 아무러면 어떤가. 그녀는 진심으로 너무나도 행복했다. 어린 시절의 추억을 고스란히 담은 강가를 거닐며 되돌아볼 수 있는 이 순간이 값졌다.

물끄러미 시선을 내리던 제르가 작게 입술을 벌렸다.

"……꽃."

죽어 말라붙은 나무 밑동의 뿌리를 뚫고 올라온 작은 꽃 세 송이. 살포시 닫힌 보랏빛의 꽃봉오리가 은은한 향을 풍겼다. 그녀의 손끝이 곧 피어날 준비를 하는 것처럼 옹송그린 여린 꽃봉오리를 조심스레 어루만졌다.

"이 그루터기에도 꽃이 피어나는구나."

그녀의 입가에 미소가 어렸다.

제르는 발을 털었다. 어차피 돌아가는 길에 다시 더러워질 테지만 상관없었다. 제법 오랫동안 강가를 거닐었으니, 슬슬 돌아가 성 안을 다시 한 번 둘러볼 생각이었다. 그런데 얼마 지나지 않아 숲 저편에서 소란스러운 소리가 들리기 시작했다.

처음에는 몹시 작았던 바스락거림이 어느새 고함이 되고 말굽 소리가 되었다. 제르보다 민감하게 그 사실을 알아차린 알렉시스가 고개를 돌렸다. 가늘게 뜬 그의 적주홍의 눈동자에 이내 웃음기가 어렸다.

그가 걸음을 멈추었다.

"왜……?"

몇 걸음 더 디딘 제르가 그를 돌아보았다. 알렉시스는 어깨를 으쓱하며 웃기만 할 뿐이었다.

그때, 제르의 뒷덜미로 그리운 목소리가 울려 퍼졌다. 시나와 님! 어디 계세요! 숲에 메아리치는 목소리는 몹시도 귀에 익었다. 꿈에도 그리던 하나 남은 동생의.

이게 어찌 된 건가. 다 마른 줄 알았던 눈물이 순식간에 투둑, 뺨을 타고 굴러 떨어졌다.

"시나와 님!"

그리운 목소리가 멀찌감치부터 울려 퍼졌다.

자신이 미친 건 아닌지. 그런 의심이 들 정도로 가슴이 세차게 뛰었다.

얼어붙은 제르를 가만 바라보던 알렉시스가 너털웃음을 지으며 손을 내밀었다.

"더 좋은 선물이 있을 거라고 했지?"

제르는 흐르는 눈물을 닦을 생각도 하지 못한 채로 그의 손을 잡았다. 알렉시스가 제르의 젖은 눈가에 짧게 입 맞춘 후, 속삭였다.

"뒤돌아봐."

"젠장, 길이 너무 복잡하잖아요! 여기!"

한결 가까워진 고함 소리, 말굽 소리에 제르가 그녀도 모르게 웃음을 터뜨렸다. 알렉시스가 고개를 삐딱하게 기울이며 한숨 섞인 웃음소리를 냈다.

"정말, 네 시종은 입이 걸다니까."

돌아선 제르는 숲에서 뛰쳐나온 말의 기수를 바라보았다.

부드럽게 일렁이는 갈색 머리칼, 그에 꼭 어울리는 엷은 나뭇빛의 눈동자가 그녀를 똑바로 바라보고 있었다. 마지막에 보았을 적보다 훨씬 풍성하게 긴 머리칼이 바람에 나부꼈다. 눈이 마주치자 활짝 웃으며 그녀에게 달려오는 여자는, 그녀가 사랑해 마지않는 또 다른 사람이었다.

"시나와 님!"

르니아가 높게 소리쳤다.

제르는 눈물로 부연 시야를 애써 다잡았다.

두려울 정도로 치밀어 오르는 기쁨과 슬픔이 뒤섞인 감동 속에서, 웃음이 나면 나는 대로 눈물이 나면 나는 대로 두었다.

금세 지척까지 달려온 르니아가 소리쳤다.

"하선했습니다! 전 이제 자유예요!"

뒤에서는 셀파가 잔뜩 지친 얼굴로 르니아를 뒤따라오고 있었다.

'후안 경이…….'

비로소 제르는 알렉시스가 얼마나 오래전부터 이것들을 준비했는지 알아차렸다.

"가봐. 쟤네는 지금 데바람의 서쪽 끝에서 달려온 거라고. 반겨줘야지."

알렉시스가 툭, 제르의 어깨를 밀었다. 그가 떠민 후에야 제르는 비로소 한 걸음을 내디뎠다. 그러던 찰나, 제르의 귓가에 또 다른 말굽 소리가 울려 퍼졌다.

다그닥다그닥.

제르가 느리게 고개를 돌렸다. 르니아의 까마득히 먼 저편에서, 또 한 명의 남자가 느릿느릿 그들을 향해 다가오고 있었다. 까마득히 멀었지만 눈길 한 번 준 것만으로도 제르는 그가 누구인지 알았다. 울음으로 일그러진 표정이 어떻다 해도 좋았다. 미워 보여도 어쩔 수 없었다.

입술을 우그러뜨린 제르는 소리 내지 않기 위해 끅끅 안간힘을 쓰며 알렉시스의 옷자락을 쥐었다.

"임무에서…… 이제야 돌아왔습니다, 주군."

밤하늘을 닮은 남자였다. 간혹 하늘이 지독히 어두울 때면, 적적하니 외로울 때면 떠오르던 그녀의 마지막 기사.

그가 타박타박 다가오고 있었다.

"다녀왔습니다."

제르는 그들을 향해 달려갔다.

돌부리를 밟은 맨발이 아픈 것도 몰랐다. 이런 상처야 사실 아무래도 좋았다.

"시나와 님!"

"이리……."

이 순간은 기적의 연속이었다. 마음이 넘쳐흘렀다. 차오르고 또 차오른 기쁨으로.

"이리 오너라."

제르가 양팔을 벌렸다. 눈물 젖은 입가는 더없이 환히 반짝였다.

잃지 않았다고 믿고 있었다.

그리고 믿음에 보답해주는 이들에 둘러싸인 자신은 얼마나 행복한 사람이었나.

말에서 뛰어내린 르니아가 제르에게 와락 안겼다.

"보고 싶었어요!"

서른한 해의 긴 시간이었다.

어린 시절, 여자는 아름다운 강가에서 자라났다. 그러나 강은 그녀에게서 많은 것을 빼앗아갔다. 그녀는 강을 떠나야 했고, 모든 기억을 그녀의 가슴속에 묻었다.

그리고 오늘, 외로이 떠났던 이 강가는 많은 이들과 함께 그녀의 기억 속에 되돌아왔다.

끝끝내 돌고 돌아온 인연 속에서,

그녀는 행복했다.

한바탕 울며 재회한 그들이 돌아간 자리에 한 마리 새가 내려앉았다. 아름다운 오색의 깃털을 부풀리고 다가와 살금살금 그루터기를 맴돌던 새는, 기둥이 잘려나간 나무 밑동 아래에 웅크려 펼쳤던 날개를 접었다.

키에에에.

새의 이름은 한비였다. 작게 운 한비가 몸을 앞히고 고개를 숙였다.

따뜻한 해가 저물어간다. 나른한 오후의 온도에 게슴츠레 눈이 감겼다.

얼마 후, 한비는 기분 좋게 갸르릉거리며 고개를 돌렸다. 새의 큼지막한 눈알에 막 피어나기 시작한 세 송이의 꽃들이 비쳤다.

바람에 살랑살랑. 살랑살랑.

평온이 흐르는 그루터기, 자그마한 키의 꽃송이들이 수줍은 보랏빛을 붉히며 옹기종기 모여 웃고 있었다.

세 번째 에필로그

다시, 그곳으로

이것은 샤말론의 중립 지역 선포가 있기 석 달 전의 이야기이다.

망망대해의 푸른 물결이 산란한 빛을 반사했다. 눈부신 새하얀 태양을 등지고 난간에 선 테일런은 폐부 깊숙이로 밀려드는 바다 내음을 맡았다. 그의 턱 언저리에서 시작된 심한 화상은 양팔까지 이어져 있었다. 그는 떨리는 손바닥을 내려다보았다. 지문 하나, 손금도 제대로 남지 않은 화상으로 짓이겨진 흉터가 짙게 남아 있다. 독기가 덜 빠진 건지, 아니면 아예 귀가 상한 건지, 한쪽 귀는 소리도 잘 들리지 않았다.

완전히 정신을 차린 지 이제 보름.

그가 눈을 떴을 때 이미 그는 데바람의 서해에 있었다. 모든 것이 끝난 시작.

등 뒤로는 언제나처럼 쾌활한 르니아의 어깃장 소리가 아주 가물가물하게 들렸다.

"……니까…… 조타실로 가서…… 속력…… 못 해!"

테일런은 고개를 돌렸다. 멀찍이 갑판의 저편에서 험상궂게 생긴 선원들이 울상을 하고 뛰어다니는 것이 보였다. 그들은 마치 르니아의 목소리에 칼이라도 달렸다 믿는 사람처럼 그녀의 고함을 피해 도망쳤다. 그중에는 테일런의 간병을 도왔던 해적도 있었다.

마지막으로 한 해적의 뒤통수를 맛깔 나게 후려친 르니아가 가뿐가뿐 걸어 테일런의 옆에 섰다. 부쩍 길어진 머리칼이 거슬린다는 듯 두건 아래로 묶어 내린 르니아는 해적이라는 말이 너무나도 잘 어울리는 여자였다. 전보다 까맣게 탄 피부도 마찬가지였다. 퀸시오에서 제르의 뒤를 졸졸 따라다닐 때는 의식하지 못했던 그녀의 갖가지 부분이 눈에 띌 때마다 테일런은 조금 위화감을 느꼈다.

"오늘은 좀 어떠세요?"

"움직일 만합니다."

"다행이에요, 테일런 님."

바로 옆 난간에 기대어 선 르니아가 귀엽게 입꼬리를 올려 웃었다.

저렇게 웃는 걸 보면 한없이 순진해 보이는데 속 알맹이는 해적들도 무서워하는 난폭한 여자라는 게 신기할 정도였다.

"그래도 이스케한테 진찰받는 건 게을리하시면 안 돼요."

테일런은 말없이 고개를 끄덕였다.

모두가 그가 죽을 거라 점쳤다. 화상에 검상까지 더해진 심각한 상태였으므로 그 역시 자신이 깨어난 게 얼떨떨하기만 했다. 그는 죽음의 문턱에 주저앉았던 마지막 순간을 기억했다.

주마등이라 하던가. 그건 많은 기억을 떠올리게 했고, 그에게 많은 것들을 인정하게 만들었다. 외면해오던 것, 모른 체했던 것, 얼마나 그녀를 사랑하는지에 관한 것 같은.

그는 정상적으로 사고할 수 있을 만큼 안정을 찾았을 무렵, 르니아로부터 상황을 전해 들었다. 이곳은 데바람의 서해이며 이한과의 약조로 인해 카르시타의 북해로 올라갈 수는 없다고. 그는 자신이 정신을 잃은 후 카르시타의 북해에서 무슨 일이 벌어진 건지 전혀 알 수 없었으므로 몹시 당혹스러운 말이었다. 어찌 되었건 해적들은 지금 서해에서 남해로 영역을 넓히기 위해 새 항로를 찾고 인근의 또 다른 해적단을 규합하는 데 힘쓰고 있다고 했다.

르니아의 말에 의하면 그가 제대로 정신을 차리기까지 2년 가까이가 걸렸다 한다. 깨어난 후에도 정신을 차리지 못하고 실신하고, 다시 깨어났다 실신하고, 그러기를 몇 년이라고 했다. 인생의 몇 년이 눈 감앉다 뜬 사이에 송두리째 날아가버렸다. 그래도 불평할 수 없는 것은 푸링귀, 무감초 정제액을 복용한 것이 그의 신경 활동을 완전히 억제해 쇼크사하지 않고 버틸 수 있었다고.

그리고 그 결정을 한 건 제르였다.

제르를 떠올리니 절로 웃음이 났다.

그녀는, 잘 지내고 있다고 했다.

결국 세드로 전하가 왕위에 올랐고, 그녀는 그 남자의 곁에 머물기로 결정했다고 했다.

그녀에게는 좋은 일이다.

"……언제쯤 배에서 내릴 수 있습니까?"

"조금 더 치료하시고 장거리 이동이 가능해지면요. 그건 그때 다시 이야기해요."

르니아의 선택권 없는 설득에 테일런은 긴 숨을 내쉬었다. 연기를 마셔 다쳤던 목 안쪽이 여전히 따끔거렸다.

데바람의 남해로 가는 길. 정말 까마득히 먼 곳이다. 서해보다 남해가 카르시타에 인접해 있긴 하지만 아무래도 막막한 건 사실이었다.

그러나 르니아가 같이 홀 호에 따라 타서 얼마나 극진히 자신을 돌봤는지 들었기에 보채는 것으로 더 그녀를 곤란하게 할 수는 없었다. 쓰러진 그에게 죽이며 물이며 섭취하게 하고 모든 생리 활동을 감당해내며 간병한 게 그녀다.

"저어…… 테일런 님, 배에서 내리면 퀸시오로 바로 돌아가실 거죠?"

잠깐 뜸을 들이던 르니아가 조심스레 물었다. 테일런이 느리게 반문했다.

"왜 물으십니까?"

"뭐…… 시나와 님이 지금 알렉시스 테피온 그놈이랑 잘 지내고 계시니까…… 일단은 테일런 님은…… 시나와 님을…….."

"제 자리가 이미 없어졌다는 건 저도 잘 알고 있습니다."

거줌 4년이 지났다. 그녀가 그에게 내려준 마지막 임무를 기억했다.

죽어가는 귓가로 흘러들던 흐느낌. 원망. 그리고 돌아와라.

테일런은 난간을 짚고 조금 더 높은 허공을 올려다보았다. 그녀는 그에게 마지막 임무를 주었고, 그건 진짜 마지막 임무가 되었다. 살아남았건 죽었건 상관없이 이제 그는 그녀의 곁에 남아 있을 수 없었다.

명백히 그를 경계하는 알렉시스 테피온이 가만히 있지 않으리라는 것을 잘 알기에. 그녀의 행복을 제 삿된 마음으로 짓누르고 싶지 않기에.

아니, 어쩌면 4년이나 지났으므로 그녀는 이제 자신을 잊었을지도 모른다.

"……안 가실 건 아니죠? 저랑 같이 가실 거죠?"

테일런은 대답을 아꼈다.

그는 영원히 그녀의 사람이었다. 다만 그녀가 그의 사람이 아닐 뿐이다.

"테일런 님은……."

"르니아 양의 말처럼 시간이 많이 흘렀다는 걸 알겠습니다. 알렉시스 테피온이 주군을 보필하고 있다면, 저는 그분을 모시지 못할 테지요. 조금 고민이 되기는 합니다. 이제 어떻게 해야 할지. 어디로 가야 할지."

"당연히 시나와 님의 곁이죠."

빛 잃은 남색의 눈동자가 힘없이 르니아를 돌아보았다.

테일런에게 있어 르니아는 정말 존경스러울 정도로 충성스러운 여자였다. 그녀는 사랑에도 열정적인 여자다. 르니아에게 있어서 지상 목표는 제르의 곁 하나뿐이라는 듯.

"반겨주실지."

르니아가 노골적으로 눈살을 찌푸리며 그의 멱을 홱 끌어당겼다.

"무슨 나약한 소릴 지껄이는 거예요?"

테일런은 순식간에 제 코앞으로 다가온 르니아의 노여운 얼굴에 숨을 멈추고 눈을 깜빡였다. 반사 신경이 무뎌진 건지, 르니아가 더 날래진 건지 미처 피할 새도 없었다. 르니아는 당장이라도 주먹을 날리고 싶은 사람처럼 멱을 쥔 손에 힘을 주었다 풀었다.

물론 놓지는 않은 채였다.

"시나와 님은 당신을 기다려요. 자리가 없다는 말을 현실적으로 부정할 수는 없겠지만 적어도 무사하다고 얼굴은 비쳐야 하는 거예요. 그리고 알렉시스 테피온이 있으면 뭐? 좋아하잖아요. 빼앗아버리든가요."

그녀의 저런 시원스러운 언변이 늘 불만이었지만 지금만큼은 웃지 않을 수 없었다. 테일런이 마른 입술을 당겨 미소 지었다.

르니아가 얼굴을 구기더니 발을 동동 구르기 시작했다. 그건 그녀가 분을 참지 못하고 빽빽 소리를 지르기 직전의 행동이었다. 테일런이 답했다.

"르니아 양, 약탈이 일상인 해적인 당신에게 이해하라고는 하지 않겠습니다. 저는 지금의 주군을 축복합니다."

그의 목소리는 담담히 울렸다. 르니아는 도리어 제가 울고 싶다는 표정으로 결국 빽 소리쳤다.

"한심해 죽겠어! 안 돼! 시나와 님한테 테일런 님이 살아 있다는 걸 보여줘야 한단 말이에요! 얼마나 울었는데, 그때, 그때, 우리 시나와 님이 얼마나 울었는데……."

"……."

"알렉시스 테피온이 있다고 해서 테일런 님이 시나와 님의 인생에 없는 사람이 되나요? 이 멍청아! 시나와 님은 정이 많아서 한번 정들면 3년이 뭐야, 30년도 못 잊는 분이라고! 당신도 잘 알잖아요! 그리고 테일런 님의 자리가 시나와 님의 기사라는 것 하나뿐이었나요? 퀸시오에 두고 온 것들, 다 잊으신 거예요?"

"아……."

"하여간 멍청이!"

아아. 테일런은 문득 그곳에 두고 온 아이들을 떠올렸다.

그가 살짝 입을 벌리자 르니아가 결국 참지 못하고 그의 뒤통수를 빡 갈겼다. 쿨럭. 순간 뇌가 흔들리고 사레가 들린 듯한 느낌에 테일런이 휘청했다. 때마침 갑판으로 올라오던 이스케가 놀라 소리쳤다. 반펠트 니이이임! 환자한테 폭력은 돼! 안 돼!

르니아가 멀찍이서 울리는 이스케의 음성에 새된 고함으로 답했다.

"안 돼! 근데 정신 못 차리면 맞아야지!"

이스케가 우는소릴 내며 안절부절못하는 표정으로 테일런을 바라보았다. 아이고, 아이고!

테일런은 뒤통수를 부여잡고 신음했다. 르니아의 행동거지가 예전보다 난폭해졌다는 건 알았지만, 이렇게 진심으로 후려칠 줄은 몰랐다.

"한 대 더 맞을래요?"

르니아가 무서운 건 처음이었다. 검도 뭣도 없는 지금 르니아는 맨주먹의 지배자였고, 테일런은 정반대의 상황이었다.

"사람은 의리!"

르니아의 당당한 외침에 테일런이 낮게 웃음을 터뜨렸다.

르니아가 양손을 허리에 짚으며 웃었다.

"한번 친해졌으면 의리는 죽을 때까지 지키는 거예요. 테일런 님이 한 충성 맹세도 그런 거 아닌가요?"

"르니아 양, 어차피 인사는 드리러 갈 생각이었습니다. 다만 뒷일을 생각해보고 있던 겁니다. 무작정 주먹질을 해대면 어떡합니까."

"선원 놈들이 우는소리 하는 것도 지겨워 죽겠는데, 테일런 님까지 헛소리를 하니까 순간 욱해서. 미안해요. 아파요?"

"후안 경에게 이를 겁니다."

"셀파 님 얘기가 왜……."

르니아의 얼굴이 순식간에 굳어졌다. 그녀는 말을 멈추고 잠깐 고개를 숙였다가 들었다가, 눈동자를 굴렸다가 긴 한숨을 내쉬더니 끝내는 쪼그리고 앉았다. 뜻밖의 큰 반응이었다.

"셀파 님은 저 잊으셨을 거예요."

"갑자기 왜 그렇게 약한 모습을 보이십니까. 후안 경도 르니아 양을 좋아했습니다. 르니아 양은 아직 좋아합니까?"

"시나와 님보다 쪼금 덜?"

르니아가 검지와 엄지를 벌려 살짝 틈을 만들며 발그레한 얼굴로 웃었다. 하지만 그다지 즐거운 목소리는 아니었다.

"하지만 4년이나 지났는걸요. 기다리고 계시지는 않을 거예요. 나이도 있으시고……. 애초에 그분은 귀족이잖아요. 처음부터 말이 안 됐는걸."

"후안 경이 퀸시오에 남은 건 르니아 양 때문이었다 알고 있는데요."

르니아가 눈을 깜빡였다. 그녀의 얼굴이 순식간에 새빨개졌다. 그 과정을 구경하는 건 썩 재미있었다.

"……그거, 듣기는 좋네요. 빈말이라도 고마워요."

르니아는 슬쩍 눈가를 팔뚝으로 훔쳐낸 후 벌떡 일어났다. 그러고는 선수 저편에서 물살을 가르며 앞질러 가는 시모레 호를 비장하게 바라보았다.

"자, 그럼 하선해서 카르시타로 돌아가는 건 제게 맡기세요. 시간은 좀 걸릴 것 같지만 책임지고 돌아갈 수 있도록 방법을 마련할게요."

그때, 케퍼가 슬그머니 그녀에게 다가왔다.

"저, 반펠트 니이이임?"

르니아가 홱 고개를 돌리더니 용건도 듣지 않고 이부터 드러냈다.

"이번엔 또 뭘로 나를 열받게 하려는 거야? 응? 엉? 케퍼."

이쯤 되면 그냥 거의 화내는 게 자동 반사였다.

"아나, 반펠트 님. 조금만 시간을 더 주세요. 지금 화약고 정리도……."

"나한테 우는소리 지껄일 시간에 빠릿빠릿 움직여!"

"흐에에엥, 너무해애!"

"진짜 너무한 거 보여줘? 아앙?"

이마에 힘줄이 돋은 르니아가 버럭 고함을 지르며 그를 걷어차기 위해 달려갔다. 이 새끼, 날다람쥐처럼 빠르네! 살려줘요! 잘못했어요오!

멀어지는 그들의 소란을 뒤로한 테일런은 난간에 팔꿈치를 대고 턱을 괴었다. 르니아가 저리도 쾌활하게 지내는 걸 보니 마음이 조금은 풀렸다. 역시, 그에게는 돌아갈 이유가 있었고 르니아에게도 돌아갈 이유가 있었다. 사실 지금에 와서 가장 큰 미련은 그가 거두어들인 아이들이었다. 우스운 것은, 그에게 이런 삶의 목적을 준 것 역시 제르라는 것이다.

테일런은 선수 저편으로 대륙이 있을 어느 방향을 응망했다.

이제는 결코 예전 같을 수 없을 테지만 그녀와 지낸 수많은 나날들이 여전히 그의 안에서 숨 쉬고 있었다. 그의 마음속 무수한 별빛이 수를 놓고, 바람이 노래하듯 울던 그런 시간. 이제는 되돌릴 수 없는 시간이었다.

감사한다 말하리라. 충의와 삶의 목적이 되어준 당신에게 감사한다고.

단 한 마디, 사랑했다는 말은 삼키고서.

한 달 후.

홀 호는 스패뉴다 호가 침몰하고 그레스완 호까지 엉망진창으로 난파된 후로 기존의 선원들이 유입되고 새로운 배를 주조하는 동안 섞여든 선원들로 인해 이젠 완전히 해적선이 되었다. 그러나 분명 홀 호는 초기에는 위장 상선이었다. 겉보기에는 해적 냄새가 나지 않는 멀쩡한 함선이라는 말이었다. 홀 호를, 거대 함선을 경계하는 이들은 적었고, 그들은 홀 호를 미끼 삼아 차례차례 데바람의 남해로 향하는 길목의 다른 해적들을 으스러뜨렸다.

그리고 오늘도 마찬가지였다. 홀 호는 그들을 위협적으로 여기지 않고 지나던 윈더레스터의 어느 거대한 함선에 거대한 몸체를 부딪쳤다.

"해, 해, 해적이……!"

윈더레스터 호에서는 순식간에 난리가 벌어졌다.

수십 개의 갈고리 밧줄이 날아들었다. 윈더레스터의 거대 함선에 승선해 있던 이들은 홀 호의 갑판 아래, 난간 아래 숨어 있던 해적들을 막기 위해 뒤늦게 칼을 뽑아 들고 달려왔지만 이미 늦어 있었다.

그래도 그들은 최대한 저항했지만 홀 호의 뒤편, 수평선 끝에서 서서히 모습을 드러내는 로마탄 그레온의 해적기를 발견하고 전의를 잃을 수밖에 없었다.

걸리적거리는 이들을 모두 때려눕힌 르니아는 적선의 선장실로 쳐들어갔다. 피 칠갑을 한 채였다.

선장실에서는 선장 패트로와 항해사 벤피르가 책상 아래 숨어 있었다.

"어디 있니?"

책상 다리 아래로 두 사람의 그림자가 보였다. 르니아는 못 본 체 콧노래를 부르며 책상 안쪽으로 걸어 들어갔다. 그리고 숨죽인 이들의 침 삼키는 소리가 들릴 만큼 가까워지자 르니아가 홱 고개를 숙였다.

숨어 있던 선장과 항해사의 얼굴이 삽시간에 허옇게 질렸다.

"여기 계셨네에에?"

금방이라도 오줌을 지릴 것 같은 얼굴에 르니아가 빙그레 웃으며 턱 짓했다. 피투성이가 되어 생글생글 웃는 젊은 여자는 아무리 봐도 정신 상태가 정상이 아니었다.

"나와. 책상에다 도끼를 박아버리기 전에."

"흐이이익."

선장과 항해사는 허겁지겁 달려 나와 그녀의 앞에 시립했다.

마치 제가 선장인 양 썩 안착감이 좋은 가죽 의자에 등을 기대고 앉은 르니아는 선장실 밖에서 계속해서 울리는 시끄러운 고함에 귀를 후볐다. 말없이 자신들을 노려보는 여자의 서늘한 눈빛에 윈더레스터의 선장과 항해사는 도망칠 기회를 보듯 눈동자만 굴렸다.

머리를 굴려대는 게 빤히 보였다. 노골적으로 비웃기 위해 입꼬리를 크게 올린 르니아는 돌연 눈에 익은 항해사의 얼굴에 고개를 갸웃했다.

"음……?"

선장 패트로도 느리게 그녀를 따라 고개를 기울였다. 르니아가 무릎을 탁 치며 일어섰다.

"어? 너 이 새끼."

항해사와 눈이 마주친 르니아가 눈을 빠르게 깜빡였다.

"너, 나 알지!"

양 볼이 움푹 꺼져 깡마른 항해사가 턱을 쭉 앞으로 빼며 능청 떨었다.

"처, 처음 보는데요?"

"너…… 나 알잖아. 너! 초록 도끼, 그 바퀴벌레 해적단에 있었지!"

전 초록 도끼 해적단의 항해사였던 벤피르는 사실 일찍이 르니아를 알아보았다. 아니, 그는 애초에 홀 호가 나타난 순간 알았다. 그래서 선장실로 뛰어와 패트로에게 도망쳐야 한다 주장했던 터였다. 하지만 패트로는 처음 보는 상선을 왜 경계해야 하는지 모르겠다며 항로를 고정하라고 말했고, 결국 이 사달이 난 것이다.

벤피르는 그냥 죽고 싶었다. 저 미친 계집애랑 대체 무슨 악연이 있어서. 초록 도끼 해적단이 퀴네도사이에게 작살이 나고 가까스로 목숨만 부지해 도망쳐 다시 자리 잡은 게 바로 남해 해역의 윈더 해적단이었다.

악몽 같았던 로마탄 그레온의 영향권에서 벗어났던 그는 직전까지만 해도 꽤 큰소리를 치며 잘 살고 있었다.

'신이시여, 왜 제게 이런 시련을 주시는 건가요? 착하게 살게요.'

그는 울먹이며 내심 기도했다.

윈더레스터 호와 홀 호 시모레 호가 나란히 붙어 바다 한가운데에 정박했다.

르니아는 선장은 대충 다른 선원들에게 넘긴 후 신이 난 얼굴로 벤피르를 돌돌 묶어 홀 호에서 시모레 호로 훌쩍 뛰어 넘어왔다.

조금 전 홀 호의 선원들과 윈더레스터 선원들 사이에 벌어진 전투를 불구경하듯 차를 홀짝이며 지켜보던 퀴네도사이가 피투성이가 되어 나타난 르니아를 못마땅히 흘겼다. 그러건 말건 르니아는 마치 자랑이라도 하듯 소리쳤다.

"야, 오라비. 이거 카르시타 북해에 있던 걔네 기억나? 바퀴벌레들

말이야. 나 쫓아와서 퀸시오까지 엉망으로 만들려 했던."

"어, 초록 도끼 해적단 말이지."

전직 초록 도끼 해적단의 항해사였던 벤피르는 치욕스러워 죽고 싶었다. 바퀴벌레 하면 자동으로 연상되는 게 어째서 초록 도끼 해적단이냔 말이다!

"이게 여기까지 도망쳐 있었네?"

"그래? 멀리도 왔군."

그러든지 말든지. 퀴네도사이는 심드렁한 얼굴이었다. 이제 저 르니아 반펠트만 그에게서 관심을 떼면 완벽했다. 벤피르는 차마 퀴네도사이에게는 눈길도 주지 못한 채로 다리만 달달 떨었다. 살, 살려주세요. 모기만 한 목소리가 흘러나왔지만 두 남매 중 누구도 그의 말을 귀담아듣는 이는 없었다.

이제나 저제나 죽는 것밖에 남지 않았나. 벤피르는 자포자기의 심정으로 르니아에게 끌려갔다. 그러나 뜻밖에도 르니아는 그를 잘 접대해주었다. 놀랄 정도였다. 한때 초록 도끼 해적단은 로마탄 그레온에 악심을 품고 르니아 반펠트를 죽이기 위해 뭍까지 쫓아갔던 해적들이다.

르니아가 홀 호의 부함장실에 앉은 르니아는 한쪽 다리를 건들건들 반대쪽 무릎에 가로로 눕혀 올린 채로 그에게 술을 따라주었다.

여기 독이 들었나? 그럴지도 몰라.

벤피르는 벌벌 떨리는 손으로 그녀의 술을 받았다.

그녀가 먼저 술을 홀짝 들이켜는 것을 보고 난 후에야 간신히 따라 마실 수 있었다.

"넌 언제 카르시타를 떠난 거야?"

"귀하의 오라버니가 초록 도끼 해적단의 선장선을 약탈해 간 후에 일대를 떠돌다가 데바람으로 건너왔습니닷!"

벤피르가 떨리다 못해 갈라지는 목소리로 우렁차게 답했다. 르니아가 퍽 눈살을 찌푸렸다.

"시끄러워. 좀 작게 말하자."

"알겠습니다!"

"카르시타에서 만났던 애를 여기서 또 만나니까 반갑네. 한 잔 더 할래? 응? 추워? 왜 이렇게 떨어?"

벤피르는 대체 저 미친개가 왜 저러는지 이해를 할 수가 없어 꾸역꾸역 잔을 받았다.

르니아는 시종일관 웃음기를 지우지 않으며 그에게 이것저것 물어가며 이야기를 이어나갔다. 대부분이 카르시타에 관한 것이었다.

홀 호로 건너와 잠깐 향후 계획에 대해 논의하려던 퀴네도사이와 아게곤은 부함장실 앞에 멈춰 섰다. 그들의 뒤에는 홀 호의 선장도 함께였다.

부함장실의 작은 유리창 안쪽으로 양 볼에 홍조를 띠고 신이나 말을 잇는 르니아와 그런 그녀를 간질 환자처럼 몸을 떨며 바라보는 한 포로가 보였다. 겁먹어 금방이라도 눈을 까뒤집을 것 같은데 르니아의 눈에는 보이지 않는 모양이었다.

방음이 제대로 되지 않아 목소리가 적잖게 새어나왔다. 대부분의 이야기는 카르시타에 관한 것이었다.

멈춰 선 퀴네도사이의 양쪽 뒤로 선 홀 호의 선장과 아게곤이 난처한 표정을 지었다.

르니아는 테일런이라는 이름의 기사가 깨어난 이후로 늘 퀴네도사이에게 자신을 하선시켜줄 것을 부탁했다. 물론 그녀와 퀴네도사이 사이의 청탁이란 늘 폭력이 수반되는 일이다. 최근에는 조금 뜸해졌지만 퀴네도사이의 갑판 정원을 망가뜨리는 건 예사요, 욕설과 폭언을 퍼부으며 도끼를 들고 달려들기도 하고, 애원하듯 회유하기도 했다. 그녀답지 않은 애교까지 떨어가며 퀴네도사이에게 살랑살랑 꼬리를 흔들 때는 도리어 보는 이들이 짠할 정도였다.

가장 해적들이 안쓰럽게 여긴 건 그녀가 대련의 승패를 걸고 하선을 요구할 때였다. 르니아는 결코 퀴네도사이를 이긴 적이 없었고, 사실 누구도 르니아가 퀴네도사이를 이길 수 있을 거라고 생각하지 않았다.

불가능한 가능성에라도 기대어 어떻게든 카르시타로 돌아가고 싶어 하는 르니아를 잘 알기에, 모두가 그녀에게 더 잘해주려 노력했다.

하지만 결국 허사였던 모양이다.

"카르시타에서 활동하던 해적이라……."

퀴네도사이는 부함장실로 들어서는 대신 느리게 발길을 돌렸다.

"논의는 차후 하지."

아게곤이 떨떠름한 얼굴로 고개를 끄덕이며 그의 뒤를 쫓았다.

아게곤의 입장에서도 저런 르니아의 모습을 보는 것보다, 차라리 퀴네도사이에게 달려드는 르니아를 보는 게 마음이 편했다.

어린 소녀처럼 양 볼에 홍조를 띠고, 자신이 아는 이야기라며 큰 소리를 내며 웃고, 지나온 땅을 잊지 못하고 저리 애다는 얼굴을 하는 그녀를 보는 건 그들에게 죄책감을 불러일으켰다. 하지만 퀴네도사이에게 선뜻 말을 꺼낼 수도 없었다.

그가 르니아에 대해 가지는 가치관만큼은 명백했으므로 쉬이 꺾이지 않을 것을 아는 탓이다.

홀 호의 선미로 나와 다시 시모레 호로 건너가려던 퀴네도사이는 미즌마스트에 기대어 서 있는, 눈에 익은 기사를 발견하고 작게 욕지거리를 내뱉었다. 그답지 않았다.

"환장하겠군."

드물게 그가 짜증 섞인 목소릴 내뱉었다. 퀴네도사이는 강자에게도 강하고 약자에게도 강하다. 하지만 르니아에게는 약했다. 르니아가 죽기 살기로 달려들면 두드려 패는 걸로 꺾어버리면 된다 생각하지만 저렇게 혼자 속앓이를 하는 건 그가 어찌할 수 없는 범주였다. 그는 훌쩍 시모레 호의 갑판 위로 뛰어 넘어가며 중얼거렸다.

"저걸 결혼시킬까."

아게곤이 뒤따랐다.

"르니아를? 누구랑?"

늘 무슨 생각인지 모를 놈의 속이 까맣게 타들어가는 것을 실시간으로 지켜보는 아게곤의 입장에서는 유쾌하면서도 짠했다.

퀴네도사이는 나기를 사람 머리 위에서 났다. 많은 이들이 그에게 자연스럽게 고개를 숙였다. 수십 척에 이르는 산하 해적까지 포함해 이 바다 위에서 그의 의도대로 따라주지 않는 이는 딱 하나였다. 그 유일한 하나가 퀴네도사이가 아닌 체 아끼는 단 한 명의 여동생이라는 게 비극이라면 비극이었다.

선장실로 향하는 그의 뒤를 종종 쫓으며 아게곤이 너털웃음 지었다.

"해적 놈들 중에 르니아 감당할 만한 놈이 어디 있다고 결혼을 시켜? 뭍에서는 조금 얌전하다며."

"……."

"차라리 그럴 거면 내보내지그래? 저리도 뭍으로 가고 싶어 하는데."

퀴네도사이가 눈꼬리를 치켜세웠다.

"너, 린이랑 혼인해라."

아게곤이 눈알을 부라렸다.

"미쳤냐."

"미쳤냐고? 내 동생이 뭐가 어때서."

퀴네도사이의 뻔뻔하기까지 한 요구에 아게곤은 기가 막혀 헛웃었다.

"돌았구나. 날 죽이고 싶냐? 신혼 첫날밤에 신랑을 죽일 셈이야?"

"……널 죽이진 않을걸."

"……."

"반 죽이는 건, 모르겠지만."

퀴네도사이는 퍽 진지했다. 장난으로 웃어넘기는 게 어렵다는 걸 깨달은 아게곤이 차근차근 그를 설득하기 위해 말을 골랐다.

"반펠트가 원하지 않을걸. 혼인을 시킨다고 할 애도 아니란 거 알잖아. 좋아하는 사람도 있다며."

"그 기사 놈."

처음 배에 승선했을 때, 그녀는 한동안 종종 관심도 없는 선원들을 붙잡고 대륙에서 만난 이들의 이야기를 늘어놓고는 했다. 그녀의 이야기 중 가장 압도적인 비율을 차지하는 건 역시 제르였고, 그다음은 셀파 후안이라는 이름의 기사였다. 눈치 빠른 선원들 중 일부는 그녀가 셀파라는 기사의 이야기를 할 때마다 그녀답지 않게 수줍어한다는 걸 알아차렸고, 암암리에 그 소문은 퀴네도사이의 귀에까지 들어갔다.

"역시 카르시타에 있을 때 죽여버렸어야 했는데."

어째 결론이 그리 나냐? 하여간…… 아게곤이 어색하게 웃었다.

"아아…… 젠이 다 망쳐놨어. 빌어먹을."

아게곤도, 후회라는 감정을 쓰레기 취급하는 퀴네도사이가 유일하게 르니아를 제르에게 보낸 것만큼은 후회하고 있다는 건 알았다. 후회라기보다는 추회에 가까웠다. 하지만 이미 벌어진 일이고, 돌이킬 수 없는 일이다.

아게곤은 르니아를 정말 좋아했고, 다른 선원들도 마찬가지로 그녀를 좋아했다. 그녀는 분명히 그들이 아끼는 로마탄 그레온의 꽃이었다. 하지만 그녀가 바다를 집으로 여기지 않는다면 더는 잡아두는 것도 못 할 짓이었다.

"반펠트에 대해 네가 너무 걱정이 많아."

그녀는 어디에서나 꽃필 수 있는 강한 바위꽃 같은 여자다.

"이제 우리 애들 걱정도 좀 해야 할 것 같은데?"

그녀가 로마탄 그레온에 합류한 이후로 치솟았던 해적들의 사기는 이미 꺾이다 못해 얼어붙었다. 그녀가 홀 호의 선장을 뒤에 두고 홀 호에서 공포 통치를 행하고 있다는 걸 알 만한 이들은 다 알았다.

"대체 저건 누굴 닮아서."

잇속에 밝은 로만가에서 어째 저런 돌연변이가 났는지 모르겠다며 중얼거리는 퀴네도사이를 보는 아게곤의 눈이 흐뭇해졌다.

그는 '너도 마찬가지거든?' 하고 핀잔을 놓으려다 가까스로 삼키고 진지한 체 말을 꺼냈다.

"그래서 네가 끼고 살 생각이냐? 그러다 진짜 둘 중 하나 골로 갈 수도 있어. 요즘은 좀 잠잠하지만 저거 터지면 감당은 누가 하냐. 어차피 그 기사는 하선시켜야 하지 않나?"

잔뜩 심기 불편한 얼굴로 홀 호를 째리던 퀴네도사이는 문득 고개를 돌려 지팡이의 손잡이에 곱게 묶인 손수건을 내려다보았다. 낡고 때 묻은 손수건을 내려다보는 그의 입가에 쓴웃음이 어렸다. 표현에 서툴렀던 르니아가 그에게 보인 참회의 표시였다.

다른 선원들이 르니아를 보면 울며 웃는 것처럼 퀴네도사이 역시 그녀가 행복하길 바랐지만 그녀의 진짜 집이 로마탄 그레온이라는 생각만큼은 바뀌지 않았다. 그녀가 돌아올 곳은 이곳이었고, 그들은 늘 그녀를 기다려왔다.

믿을 수 없는 대륙인들의 정에 기대어 그녀를 내보내는 그런 모험, 다시는 하고 싶지 않았다.

"싫어."

아게곤이 한숨을 푹 내쉬며 뒤돌아 갔다.

"마음대로 해라. 그래."

윈더레스터 선을 약탈하고 보름 후, 그들은 데바람의 남서해의 자그마한 항만에 정박했다. 정박한 지 이틀째 되던 날 아침, 데바람의 왕실 인장이 찍힌 서신이 한 통 날아들었다. 지스카르의 이름이 선명히 새겨진 것을 바라보는 퀴네도사이의 표정이 착잡해졌다.

좋지 않은 예감은 언제나 맞았다.

퀴네도사이는 서신의 내용에 허탈하게 웃었다.

대충 요약하자면 '개인적인 이유로 르니아 반펠트가 필요하니 빌려 달라.'는 것이었다.

드물게 어깨를 늘어뜨리고 앉은 퀴네도사이가 하늘을 올려다보며 긴 숨을 내쉬었다. 웃음이 그칠 줄 몰랐다. 앞으로 어찌 될지 뻔하지 않은가.

"……지스카르마저도 이리 나오는군. 데바람 왕실 놈들은 하나같이 재수가 없다니까."

"뭐라 하길래?"

아게곤이 고개를 갸우뚱하며 물었다.

"쓰레기 같은 말."

퀴네도사이의 선득하니 날 선 목소리에 아게곤은 더 캐묻지 않았다. 지스카르의 서신을 구겨 쥔 퀴네도사이가 중얼거렸다.

"……나 참."

미련이란 게 이리 지독하다. 끊어내기가 힘들었다.

그래서 그리 부여잡았는데도 결국 안 되는 모양이었다. 애초에 그녀를 강제로 바다에 안착시키려는 것이야말로 자신의 이기였는지 모른다.

홧김에 거절할까 했던 그는 홀 호로 고개를 돌렸다. 르니아는 테일런이라는 기사와 조잘거리며 그에겐 보여주지 않는 환한 웃음을 짓고 있었다.

퀴네도사이의 시선은 제법 길게 르니아에게 머물러 있었지만, 르니아는 그의 시선을 알아채지 못했다. 언제나 그랬으므로 이상한 일도 아니었다.

아마 이번에 배에서 내리면 그녀는 영영 로마탄 그레온으로 돌아오지 않을 것이다. 그녀의 집은 이곳이 아니기에. 이제는 인정해야 했다. 아무리 부정해도 제 동생은 바다보다는 뭍이 더 잘 어울리는 여자였다.

'네게 미안해.'

모든 것을 약탈하는 북서해의 왕이 빼앗긴 단 하나였다.

퀴네도사이는 구겨 쥔 서신을 시모레 호의 난간 밖으로 내던진 후 탁 소리가 나게 지팡이를 짚고 섰다. 그는 선체 아래를 굽어보았다. 지스카르의 기사들이 주욱 늘어서 있고, 그들 사이에 웬 기억에 익은 한 남자가 서 있었다.

퀴네도사이는 자신의 오만을 인정하지 않을 수 없었다.

"……아게곤, 린에게 꼴도 보기 싫으니 하선하라고 해라."

르니아는 바다에서도, 대륙에서도 사랑받는 아이였다.

데바람의 왕실에서 사람이 왔다는 소문이 돈 지 얼마 지나지 않아 르니아의 하선 명령이 떨어졌다. 어떻게 해야 퀴네도사이가 자신을 내쫓을까 고민에 고민을 거듭하던 르니아는 갑작스러운 그의 변심에 어안이 벙벙했다. 바로 며칠 전까지만 해도 죽어도 배에서 안 내보낼

듯 고집스레 굴어 언쟁을 했던 걸 생각하면 이상한 일이었다.

"잘 지내라, 이 녀석들아!"

르니아는 냉큼 짐을 챙겼다. 퀴네도사이가 마음을 바꾸기 전에 뛰쳐나갈 생각이었다. 그녀는 기쁨 반, 아쉬움 반으로 선원들에게 짤막히 인사를 하고, 테일런을 이끌고 홀 호 밖으로 향하는 통로를 가로질렀다. 발판은 이미 열려 있었다. 르니아는 주저 없이 가파른 경사의 발판을 밟았다. 드디어 자유였다.

"퀴네도사이가 왜 마음을 바꿨는지는 모르겠지만, 정말 다행이에요. 테일런 님도……."

테일런 역시 갑작스러운 하선에 의아해하던 차였다. 르니아의 조잘거림을 들으며 말없이 따르던 테일런이 멈춰 섰다.

"왜요?"

르니아가 의아하게 물었다. 테일런은 희미하게 웃으며 손가락으로 발판 아래 기사들을 가리켰다. 그때까지도 테일런에게 집중하고 있었던 르니아가 고개를 돌렸다.

르니아는 발판 아래 서 있는 한 남자의 얼굴이 몹시 낯익다는 것을 알아차렸다.

"어…… 어떻게."

그녀의 목소리가 크게 떨렸다. 늘 유쾌하게 반짝이던 눈은 순식간에 토끼처럼 발개졌다.

데바람의 기사들과 나란히 서 있던 남자는 테일런에게 짧게 목례로 인사한 후 르니아를 향해 말했다.

"더 왈가닥이 된 것 같소."

르니아의 입술이 파르르 떨렸다. 그녀가 금방이라도 울음을 터뜨릴 사람처럼 입술을 그러 물며 코를 훌쩍이다가 그에게 달려가 와락 매달려 안았다.

"르니아, 인사가 격한데."

"셀파 니임, 어떻게 여기 계세요……!"

"기다리고 있었으니까. 근데 또 우시는 거요?"

르니아는 엉엉 큰 소리로 울음을 터뜨리며 그를 꽉 끌어당기더니, 별안간 예고도 없이 그에게 키스했다. 전혀 예상치 못한 표현이었던지라 셀파는 어쩌지 못하고 얼어붙었다.

르니아는 대륙을 가로질러 데바람의 남서쪽 끄트머리에서 다시 만난 남자에게 고백했다.

"잊어버리지 않아서 고마워요."

"그럴…….”

"정말, 정말로, 정말로…… 보고 싶었어요."

"당연히 잊지 않…… 르니…… 읍! 자, 잠깐…… 으읍!"

테일런이 고개를 절레절레 저으며 고개를 돌렸다. 그의 얼굴에 떠오른 작은 웃음에 셀파는 귀까지 빨개진 얼굴로 허공에 손을 휘저었다. 나란히 서 있던 데바람의 기사들이 흠, 흠, 헛기침했다.

시모레 호의 선수상 옆에 기대어 그들을 굽어보던 퀴네도사이는 오만상을 찌푸렸다.

그때, 멀리서 아게곤이 소리쳤다.

"반펠트 배웅 안 가냐?"

뾰로통하니 그들을 내려다보던 퀴네도사이가 자리에서 일어났다.

"난 됐어."

그는 지팡이를 들어 느리게 허공을 저었다. 아게곤이 저 솔직하지 못한 놈, 하고 혼잣말했다. 퀴네도사이는 못 들은 척 그의 평화로운 선상 정원으로 걸음을 옮겼다.

언젠가 다시 볼 터였다.

그들 남매에게는 구질구질한 작별 따위 필요 없었다.

르니아가 뭍에서 살아야 행복한 것과, 퀴네도사이가 바다에서 비로소 편안함을 느끼는 건 남매의 숙명이었다. 아무리 노력해도 그들은 결코 같아질 수 없었다. 어떤 강제도 두 사람을 묶어둘 수 없었다.

이건, 조금은 안타까운 한 남매의 이야기.

누구도 알지 못하는 그들의 이야기였다.

I

718년, 데바람과의 협정으로 카르시타와 데바람 사이에 전 대륙 중립 지역의 존재가 선포되었다. 카르시타의 유일한 독립령과 전 대륙 유일 중립령의 주인은 제르 시나와 엘 제이하이 카르시탄으로, 많은 사람들 이 그녀를 우러렀다.

719년, 중립 지역 샤말론의 성을 주축으로 범대륙적인 목적으로 발족 된 체렌사 아카데미의 역사가 시작되었다.

720년, 마르티사의 성장에 섭정왕 알렉시스 테피온 펜 올리비에 카르시탄은 섭정의 자리에서 물러났다.

722년, 왕도로 반환된 요크 반도의 퀸시오는 이르베르트 백작에게 양도되었다.

722년, 체렌사 아카데미가 본격적으로 세상에 대두되었다.

3

727년, 아름다운 음유시인의 노래가 전 카르시타를 휩쓸었다. 한 기사의 사랑 이야기는 온 백성의 심금을 울리었다.

729년, 평민 출신의 기사가 최초로 근위대장의 자리에 오르게 된다. 그의 이름을 딴 기사단도 설립 되었다. 기사단의 이름은 클로이스 기사단이었다.

네 번째 에필로그

이스털리 윈드, 동녘바람
– 앙상블로의 길

세드로 마르티사의 즉위 후 4년 9개월, 데바람의 라잘바누는 전 대륙 유일의 중립 지역으로 공포되었다.

세드로 마르티사의 즉위 후 5년 8개월, 알렉시스 테피온은 섭정의 지위에서 공식적으로 물러났다.

세드로 마르티사의 즉위 후 8년 2개월, 라잘바누의 샤말론 지방 피잔티아 강 유역 일대에서 체렌사 아카데미가 공식 발족했다.

세드로 마르티사의 즉위 후 14년 3개월, 현재.

누군가의 질문에 의해 레피스는 이 아카데미가 설립된 이유와 목적을 설명하기 위해, 내키지 않는 긴 말보따리를 풀어내야 했다.

대륙의 크고 작은 왕국들 중, 가장 커다란 세력으로는 서쪽의 땅을 차지한 데바람, 중앙과 북부의 옥토를 차지한 카르시타, 그리고 카르시타와 아슬아슬하게 북동쪽으로 접경한 유목국 트란실이 있었다.

트란실은 대대로 폐쇄적인 문화 풍토 속에서 저들끼리 자급자족하는 경제 체제를 갖추고 있어 마찰이 없었지만 데바람과 카르시타의 관계는 사뭇 호전적이었다. 그들은 서로를 못마땅하게 여겼고, 내심 스스로가 저들보다는 낫다는 믿음을 갖고 있었다.

그렇게 수백 년 서로를 못마땅히 여기던 그들의 관계가 완벽하게 틀어진 것은 카르시타에서 벌어진 대규모 토목 공사가 시작된 지 얼마 지나지 않아서였다. 혹독한 부역을 버티지 못하고 도망친 카르시타의 노예 수천 명이 데바람의 국경선을 넘어갔다.

피잔티아의 아름다운 강줄기를 따라 도망쳐 온 노예들은 데바람의 자비에 선처를 구했고, 데바람 왕은 그들의 밀입국을 묵인해주었다. 별안간 노역꾼들을 빼앗긴 카르시타는 몇 차례에 걸쳐 그들에게 노예의 강제 송환 조치를 요구했다. 하지만 몇 차례의 수장 회담 이후에도 문제는 해결되지 않았다.

전쟁은 필연이었다.

데바람의 땅은 지켜지지 못해 처참한 폐허가 되었고, 강은 피로 물들었다.

그리고 수년 후, 전쟁은 카르시타의 승리로 끝이 났다. 데바람은 여러 가지 내부 사정이 겹쳐 불가피하게 항복을 선언할 수밖에 없었다.

거기까지 설명했을 때, 삐딱한 목소리가 던져졌다.

"구태여 처참하다, 그리 수식하는 건 선생이 데바람에 편견을 가지고 있다 봐도 되겠습니까?"

협탁을 등지고 서 있던, 말끔하게 넘겨 올린 금발의 남자의 미간에 힘줄이 돋았다. 그는 분필을 멈추고 몸을 돌려 시건방진 발언을 던지는 근원지를 응시했다. 사실 누구인지 확인할 필요도 없었다.

루카이는 데바람에서 온 대부호 가문의 차남이었다. 그는 이미 수차례 이런 식으로 레피스의 성미를 건드렸다.

"다짜고짜 편견을 가지고 있다 하는 건 듣기 거북하군."

"선생이 카르시타 인인데 데바람에 객관적인 평을 내릴 수 있다고는 생각되지 않는걸요."

"의견을 피력하는 것도 좋지만 윗물 아랫물은 가려 말을 해야 한다고 배우지 못했나?"

누운 칼처럼 가늘게 뜨여 있던 레피스의 눈동자가 주위를 슥 훑었다. 호화롭기 짝이 없는 의자에 푹 퍼져 앉아 있는 수십 명의 아이들,

그중 킥킥거리고 있는 것은 대부분 데바람 출신이었다. 그리고 그들 사이사이에서 불안함으로 눈동자를 데굴데굴 굴리거나 루카이를 노려보는 이들은 카르시타를 비롯한 여타 왕국의 인재들. 확연한 차이가 있었다.

"체렌사에서는 작위가 무용지물이라 했는데요? 우리에게 대우는 받고 싶으신가 보죠? 학칙, 샤말론 중립 지역에 설립된 체렌사 아카데미의 일원은 모두 평등······."

따악.

골이 울리는 충격에 소년은 괴상한 신음과 함께 얼굴을 감쌌다.

"악!"

사정없이 날아든 분필을 미처 피하지 못한 루카이가 짧은 단말마를 내질렀다. 으스러진 분필이 바닥을 나뒹굴었다.

레피스는 헐렁거리는 왼팔의 소매에 묻은 분필가루를 무심히 털어 내며 말했다.

"작위도, 본국에서의 권력도 무용지물인 이곳에서도 서열은 있지 않나? 너희들이 암묵적으로 계급을 짓고 놀고 있는 걸 누가 모를까. 하지만 이곳에서 언제나 가장 높은 서열은."

쾅. 루카이의 우스꽝스러운 우는소리에 킬킬거리던 학생들은 협탁을 내리치는 그의 기백에 놀라 화들짝 바로 앉았다.

"이 자리에 설 수 있는 사람들뿐이다."

홱 고개를 치켜든 루카이가 발갛게 촉촉해진 눈을 부릅뜨고 소리를 냈다. 쯧, 어디선가 한숨 섞인 혀 차는 소리가 들렸다.

"포, 폭력은 학칙 위······!"

"폭력이 아니라 체벌이다. 그리고 상대를 봐가며 떠들어. 나는 한 팔로도 네놈의 머리채를 끌어다 창 밖에 내던질 수 있으니까.”

자상한 말 몇 마디보다 힘 담긴 공갈이 언제나 더 효과적인 법이다.

조용해진 아이들을 슥 둘러본 레피스는 노골적으로 피곤한 표정을 지었다.

제 생각만 고집하며 치기를 부려대는 어린애들은 정말 화가 난다. 이쯤 되니 본국에 있는 세드로가 얼마나 영민하고 똑똑한 아이였는지 알겠다.

레피스는 카르시타와 데바람의 첫 범대륙 화합의 증명이자 역사의 시작을 끊은 체렌사 아카데미의 다섯 책임자 중 한 사람이었다. 이렇게 교단 앞에 서 있을 필요가 하등 없는, 중책을 짊어지고 있는 자이건만 그가 이러는 덴 이유가 있었다.

그와 다툰 선생 한 명이 밑도 끝도 없이 휴가를 내고 줄행랑을 친 것이다. 역사가 짧은 시작 단계의 사업이다 보니 체계도, 인력도 여러모로 부족했다. 게다가 제 탓도 조금 있었으니 어쩔 수 없지 않았겠나. 철부지 다루기야 늘 해왔던 일이고, 저들과 비슷한 나이인 세드로를 교육하는 데 익숙했던 그는 이 일이 전혀 어려울 거라고 생각지 않았다. 하지만 교단에 선 지 일주일 만에 그의 평가는 정정되었다.

전 대륙의 아이들이 다 모이다 보니 감정 소모가 보통이 아니었다.

‘노고가 클 테니 봉급 인상부터 고려해봐야겠군.’

진심으로 그렇게 생각에 골몰한 와중, 창가에서 앞쪽 두 번째 줄에 앉아 있던 한 소녀가 우아하게 손을 들었다.

녹갈빛 눈동자에 까만 머리칼을 차분히 빗어 내린 썩 예쁘장한 아이였다. 속까지 까만 머리카락이 유달리 윤기가 흐르는 듯 반짝였다. 하지만 레피스는 까만 것이라면 진절머리가 날 정도로 싫었다. 목숨 걸고 따랐던 남자가 좋아했던 여자의 특징 중 하나였으므로. 그 여자와 비슷한 특징을 가진 이들은 다 싫었다.

낭랑한 목소리가 울렸다. 어린것이 제법 또랑또랑했다.

"질문 있습니다. 해도 될까요?"

지스카르의 딸이군. 레피스는 소녀를 알아보고 못마땅한 표정을 지었다. 하지만 한편으로는 웃기기도 했다.

'……지스카르, 결국 취향은 버리지 못한 모양이지.'

"뭔지에 따라서."

"베이하크 선생님께서는 그 팔을 엘올라 내전 당시에 잃으셨다고 했습니다."

소녀의 지적에 레피스는 오랜만에 텅 빈 소맷자락을 의식하고 입술을 찡그렸다.

"자세한 이야기가 듣고 싶은데요."

"무슨 얘기? 질문을 할 때는 학생의 이름을 밝히도록."

"테카르나인데요."

"그래, 테카르나. 네가 요하는 자세한 이야기라는 게 뭔지 명확히 말해봐라. 예민한 걸 아무렇지도 않게 건드리는 걸 보면 구체적으로 알고 싶은 게 있는 모양이지."

"카르시타의 전 섭정이신 엘올라에서 태어난 남자, 카르시탄이지만 올리비에라는 왕명을 지니신……."

"그리 아는 체 말고 붙여 불러. 더 헷갈려."

"알렉시스 테피온 펜 엘올라 올리비에 카르시탄이 놀러 다니는 걸 좋아해서 왕위를 포기했다는 구설수에 대해서 듣고 싶습니다."

저 꼬맹이. 외팔이라는 것을 상기시키는 것을 시작으로 지스카르와 제르를 연달아 떠올리게 하더니, 기어코 아픈 데를 후빈다. 저쯤 되면 악의적인 악마였다. 하긴 지스카르의 새끼라면 악마는 악마일 테지.

"구설수라."

"당시에 알렉시스 테피온 펜 올리비에……."

"알렉시스라고 불러."

"하지만 카르시타의 전 섭정을……."

"내 앞에선 허락해주지."

"뭐, 좋아요. 알렉시스는 왜 왕좌에 오를 수 있었는데 포기한 건가요?"

레피스가 툭 쏘아붙였다.

"네 아비가 아무 말도 않던?"

테카르나는 노골적으로 얼굴을 찌푸렸다.

"제 아버지가 여기서 왜 나오는지 모르겠는데요? 그렇다면 저를 왕녀로 대접해주시겠다는 뜻인가요?"

맹랑한 것이 속은 제 애비를 꼭 닮은 모양이다.

레피스가 숨을 크게 내쉬었다. 참자, 참자. 이미 예전 일이었다. 알렉시스가 양위하고 세드로는 충분히 그의 역할을 잘해주고 있으니 아쉬울 것도 없는 일이다.

"스스로가 왕좌에 걸맞지 않다 판단하셨기 때문이지."

"선생님은 그분을 지지하지 않으셨나요? 그러면 선생님께서 안목이 없으셨던 건가요?"

저 고얀 것. 분필, 분필, 분필 어딨나.

레피스가 협탁 주위를 두리번거리고 있으려니 테카르나의 눈이 게슴츠레 가늘어졌다.

물의 자흔을 쫓는다 외전

"제가 너무 어려운 질문을 한 건가요?"

"분필."

너무 간절해서 그는 저도 모르게 입 밖에 내고 말았다.

"하지만 궁금한 게 있으면 얼마든지 물어도 된다고 했잖아요."

"아, 카나, 그만해. 베이하크 각하 성질 건드리면 뒤끝이 무섭단 말이야."

소녀의 바로 앞에 앉아 있던 어두운 금발의 소년이 몸을 돌려 테카르나를 향해 작게 속삭였다. 그 소년은 카르시타 출신의 귀족 영윤(令胤)이었다. 그러나 조바심 난 듯한 만류에도 불구하고 테카르나는 외려 소리를 높였다.

"하지만 너도 궁금하다고 했잖아?"

"그건 그런데……."

"하지만 소문만으로는 납득하기가 어려운 게 사실이에요. 그런 사람이 있을 수가 있어요? 듣고도 안 믿기는걸. 베이하크 선생님께서는 그분과 가깝게 지내셨다고 알아요. 그러니 뭔가 재미있는 이야기를 더 알고 계시지 않을까? 당시 왕위 쟁탈 때 실제로 그 자리에 있던 사람의 말을 들어보고 싶은데요."

분필을 찾아 몸을 돌리던 레피스의 움직임이 뚝 멎었다.

정말 그런 사람이 있을 수가 있느냐고?

지난 수년 스스로에게 했던 물음이었다. 어떻게 그럴 수가 있지? 알렉시스는 어떻게 그럴 수가 있었나? 그래, 천성이 유들유들하고 제 내키는 대로 행동하는 것은 괜찮다. 비록 그가 비운의 왕자라고는 회자되긴 했지만 애초부터 사람 머리 꼭대기에 앉아 태어난 사람이니 돈이나 명예에도 가치를 두지 않는 사람이었다. 그건 알고 있었다. 하지만 책임감에도 가치를 두지 않은 사람은 아니었다.

그러면 어떻게 이렇게 된 걸까.

사실 그는 지금 자신이 샤말론의 땅에 있다는 것도 새삼스러웠다.

카르시타의 누스말 일대와 데바람의 라잘바누의 국경 영지 중 하나인 샤말론은 본디 데바람. 오랜 시간 동안 크고 작은 분쟁이 벌어졌던 혼돈의 땅이었다. 하지만 지금은 더할 나위 없이 평온하기만 하다.

그뿐인가. 전 대륙에서 전쟁이 나도 유일하게 안전하리라 공포된 중립 도시였다. 독립국도 아니지만 엄밀히 말해 이제 이곳은 데바람의 땅도, 카르시타의 영토도 아닌, 오롯이 한 여자의 것이다. 물론, 이 땅의 주인이 카르시타에 깊은 연고를 두고 있기에 카르시타의 영토에 가깝긴 하지만 어쨌든.

지스카르가 그리 말했다더라.

'아주 작은 것에서 시작된 것이 역사를 바꾸었다.'

그래, 전 대륙의 판도가 바뀌었다.

그 여자 한 명 때문에.

레피스는 물끄러미 지스카르의 딸을 바라보았다. 그녀의 대각선 뒤에는 눈에 익은 한 소년이 턱을 괴고 앉아 있었다.

"나 참······."

소년이 한숨을 내키며 시선을 창가로 옮겼다.

그 당시, 카르시타에는 한때 세 명의 왕위 후보가 있었다.

너무 이른 나이에 선왕이 붕어하여 숙부 유스카리에게 왕좌를 내어 주어야 했던 비운의 왕자 알렉시스, 왕가와 가까운 혈족 중 가장 장성했던 뉘사나, 그리고 그들이 장성했을 때 막 세상에 알려진 유스카리의 아들 세드로 마르티사가 그들이었다.

그만그만한 균형을 유지하며 왕위를 노리고 숨죽이던 그들이 본격적으로 맞부딪친 것은, 재위 중이던 유스카리의 느닷없는 붕어를 시작으로 촉발되었다. 알렉시스가 왕도를 벗어났던 그 짧은 시간, 뉘사나는 엘올라의 근위대장 제피언을 포섭하고 엘올라를 대대로 수호하던 수호위 가문의 후계자들을 제 편으로 끌어들인 후 유스카리를 시해, 왕비인 에사렛타와 적자로 알려진 어린 사촌 동생 세드로를 볼모삼아 왕위에 오르려 했다.

선왕의 유일한 아들이던 비운의 왕자 알렉시스는 그를 지지하던 세력들을 모아 뉘사나에 맞서 엘올라 탈환 내전을 일으켰다.

그러나 카르시타뿐만 아니라 전 대륙이 수장 교체로 몸살을 앓던 역변의 시기라, 데바람에서 도망친 패주자 베제스가 엘올라의 북부에 위치한 규젤 만에 발을 디뎠고, 그를 추격하기 위해 데바람의 왕위를 수복한 지스카르가 나타났다. 데바람의 폭군으로 알려졌던 베제스는 그 자리에 나타난 트란실의 여전사 론희 사호에게 머리 사냥을 당하고 치세를 공식적으로 매듭지었다. 당시 카르시타의 고위급 인사와 협동조약을 맺고 있었던 지스카르는 베제스를 구하기 위해 나타난 이한 연합국과 카르시타의 마찰을 중재한 후 알렉시스 테피온을 도와 그의 왕도 수복을 지지했다.

"결과만 간단히 말하자면 먼저 분란을 조장했던 뉘사나는 몰락했다. 그리고 알다시피, 지금 재위 중인 데바람의 왕 지스카르가 참관한 즉위식에서 알렉시스 님은 왕좌를 지금의 세드로 전하께 양위했다. 데바람의 왕은 세드로 전하를 전폭적으로 지지했으며, 알렉시스 님은 섭정으로서 5년간 정무를 돌보고 하야하셨다.”

“그걸 누가 몰라요?”

루카이가 발끈해 발간 이마를 매만지며 쏘아붙였다.

“그리고 계속 데바람을 폄하하시는 발언을 하시는데 굉장히, 모옵시! 모욕적입니다!”

레피스는 루카이의 항변을 완전히 묵살했다.

“여기서 질문을 받지. 지금 내가 한 설명을 듣고 의문이 드는 점을 물어라.”

“…….”

“없나?”

그가 한 이야기는 이미 유명한 일화인지라 아이들은 뭘 질문해야 할지도 감을 잡지 못하는 표정이었다.

“트란실의 여전사가 왜 갑자기 카르시타에 나타났는지, 막 데바람의 왕위를 수복했던 지스카르가 왜 급한 시기에 카르시타에 남아 세드로 전하의 즉위식에 참관했는지, 궁금한 놈이 하나도 없다? 바로 10년도 되기 전까지 카르시타와 데바람 놈들은 한자리에 있으면 둘 중 하나를 죽여도 성치 않을 만큼 사이가 나빴다.”

그의 말은 거칠고 과장된 면이 적잖이 있긴 했지만 거짓은 아니었다.

“아까 고관 귀족이랑 협동 조약을 맺었다면서요?”

“그게 너희 머리가 내릴 수 있는 최적의 합리인가?”

“그니까 저희는 왜 그런지 선생님께 듣고 싶어서…….”

“카르시타에서조차 쉬쉬하는 이야기를 서슴없이 꺼낸 용기는 가상하다고 해주지. 그런데 한 가지 알아둬라. 너희가 이곳에 교류를 위해 모여 있고, 너희를 묶어둘 명분으로 교육이라는 것을 시작하긴 했지만 사실 난 그다지 관심이 없어."

순식간에 할 말을 잃고 조용해진 어린 학생들을 깔보듯 흘긴 레피스가 그다지 기대 없는 음성으로 말을 맺었다.

"동기는 몹시 작았다. 하지만 영향력은 컸다."

레피스는 잠시 말을 멈추었다.

인정하고 싶지 않은 말이었지만 인정할 수밖에 없었다.

알렉시스에게 심어진 자그마한 동기의 씨앗이, 그리도 크게 뿌리내리고 있었던 것을 몰랐다. 인생을 왕위를 위해 살아왔다 해도 과하지 않을 치열한 삶이었다. 30여 년 가까이 왕좌를 목표로 했던 남자가 고작 한 여자 때문에 그것을 버렸다. 제게 매달려 있던 수많은 기대와 바람마저 저버리고.

침묵에 빠진 교실을 찬 눈으로 훑던 그가 테카르나에게로 시선을 옮겼다.

"샤말론을 포함한 라잘바누 일대에서 벌어졌던 전쟁이 우리를 지금 이 자리에 모았다."

그제야 학생들의 표정에 의아함이 떠올랐다.

왜? 그게 지금 이 상황과 무슨 상관이란 말인가?

"그것이 주는 교훈을 이해하기 전까지 너희에게 교육은 없다."

데엥. 데엥. 데엥.

체렌사 아카데미의 중급반 교실의 종이 울렸다.

레피스가 칼처럼 나가버리자 테카르나의 뾰루퉁한 얼굴을 곁눈질로 보던 뤼민느가 일어서며 끼기긱 의자를 끌었다. 테카르나를 비롯

134   135

한 그녀의 추종자들이 고개를 돌렸다. 그러건 말건, 뤼민느는 나른한 걸음으로 교실을 빠져나갔다.

때마침 그녀가 교실 앞에서 기다리고 있었다.

"어이, 뤼민느. 밥 먹으러 가자! 빨리 와! 배고파!"

귀족 영애답지 않은 시원스러운 외침이었다. 뤼민느는 희미하게 미소 지으며 그녀에게 다가갔다.

"천천히 가, 제일리 누나."

뤼민느의 말에 깡총 돌아선 제일리는 들고양이처럼 웃었다.

6년 전, 카르시타의 퀸시오.

폭설로 쌓인 눈이 햇살에 녹아 흘렀다. 지붕 위를 타고 내려오는 녹은 물방울이 또옥, 또옥 떨어져 내리는 밤이었다. 자욱한 평온이 창문 틈을 타고 들어와 응접실 안으로 차올랐다.

하루 종일 뛰어다니다 발목을 삔 뤼민느는 얌전히 응접실에 벽난로 앞에 앉아 간식거리로 허기를 채우며 시간만 보내고 있었다. 어린아이의 촉이라고 해야 할까, 이상한 예감이 들었다. 그러다 불현듯 느껴지는 인기척에 뤼민느는 손톱만 한 젤리를 먹다 말고 고개를 돌렸다. 허리까지 내려오는 갈색 머리칼을 정돈하지 않고 풀어헤친 여자가 서 있었다. 귀신이야! 하고 놀랄 법도 했지만 뤼민느는 금세 상대가 누구인지 알아차리고는 활짝 웃었다.

퀸시오의 이르베르트 백작 부인, 르니아. 그녀는 뤼민느에게는 더없이 좋은 친구 같은 누이이기도 했다.

그녀의 이름을 부르며 일어서던 뤼민느가 엉거주춤 움직임을 멈추었다. 작고 앙증맞은 입술이 곧 힘을 잃고 다물렸다. 르니아의 흠뻑 젖은 얼굴이 벽난로의 불빛을 받고 불그스름 빛나고 있었다. 그녀의 눈동자도 꼭 그만큼 붉었다.

"네가…… 진짜였으면 좋겠어."

왜 울어요, 누나?

퉁퉁 부은 눈으로 그를 내려다보던 르니아가 팔을 뻗어 뤼민느를 끌어안았다.

"시나와 님이."

훌쩍훌쩍, 여자의 숨 떠는 소리가 바로 귓가로 내려앉았다. 그와 함께 뤼민느의 쿵쾅거리던 심장 소리도 벽난로가 타오르는 소리 속으로 수몰했다.

"시나와 님이 나를 미워하면 어쩌지? ……어떡하지?"

한때는 해적이었고, 거친 바다 사람들 못지않게 호탕했으며, 누구보다도 꿋꿋하던 그녀가 울었다. 봄을 앞둔 마지막 겨울이 우는 날이었다. 그녀를 마주 안은 뤼민느는 영문도 모른 채로 함께 울었다.

카르시타 왕국의 북서쪽에 위치한 차가운 얼음의 땅도 슬슬 질척거리기 시작했다. 겨우내 얼어 있던 연못 위로 따사로운 햇살이 내려앉아 은결을 반짝였다. 날이 풀리자 주위를 주회하는 행인들의 옷차림도 얇아졌다.

퀸시오 성.

전 영주 시절부터 1년 내리 닫힐 줄 모르고 열려 있던 본성의 입구는 오늘따라 유독 많은 사람들로 복작거렸다. 새벽 이른 줄 모르고 내리 부산스럽게 움직이던 하인 하녀들도 흐트러짐 없이 시립했다. 햇살의 온도가 적절해 더할 나위 없이 쾌청한 날씨다. 그리고 오늘은 이곳의 전 주인이 예정 없는 걸음을 떠나기로 한 날이기도 했다.

제르 시나와 엘 제이하이 카르시탄. 제이하이 카르시탄으로 유명한 그녀는, 부군인 전 카르시타의 섭정 알렉시스와 양자 뤼민느를 키우고 있는 것으로 유명했다.

"정말 가시려나 봐……."

"그러게……. 오늘 영주 마님도 잔뜩 우울해하시던데."

알렉시스와 제르가 단둘이 성을 빠져나가는 일은 종종 있었지만 뤼민느까지 데리고 나가는 건 이례적인 일이라, 모두들 어떤 예감과 아쉬움을 감추지 못했다.

얼마 지나지 않아 시립한 고용인들 사이로 그녀가 걸어 나왔다. 전 퀸시오의 영주답게 그녀는 몹시도 자연스럽게 시립한 이들 사이를 헤쳤다. 카르시타의 왕족인 카르시탄 중 한 명이었지만, 그녀는 카르시타인답지 않은 몹시 까만 머리칼을 가지고 있었고, 꼭 그만큼 까만 눈동자를 지녔다. 전체적으로 창백하고 차가운 인형 같은 미색의 소유자였다. 질박하면서도 우아한 그녀의 옷차림은 한때 본의 아니게 엘올라에서 화제가 되기도 했다더라.

오늘은 그런 그녀가 떠나는 날이었다. 제르는 평소처럼 긴 머리를 틀어 올려 목을 드러내고, 새끼 담비 목도리를 두른 수수한 차림이었다. 곧 그녀의 뒤로 덩치 크고 건장한 남자가 따라 나왔다. 두꺼운 모피를 두른 까무잡잡한 피부의 남자는 명백히 외지인이었다.

락혼 로도. 보기 힘들다는 말이 거짓인 것처럼 종종 퀸시오를 방문하는 트란실 인들 중 한 명이다.

『그럼 언제 또 볼지 모르겠군.』

걸걸한 트란실 어에 아직 적응이 되지 않은 어린 고용인 하나가 화들짝 놀랐다.

제르는 대수롭잖게 대꾸했다.

『다른 네 동지들에게도 안부 전해라.』

『마음에도 없는 소리.』

그때 한 소년이 그들 사이로 끼어들었다.

"제르으!"

제르는 피식 웃으며 두건을 머리끝까지 올려 덮은 후, 종종거리며 달려온 뤼민느의 손을 잡았다. 락혼이 무뚝뚝한 눈길로 곁눈질하자 뤼민느는 잠깐 위축되었다가, 제르의 손을 더 세게 움켜쥐며 천연덕스럽게 인사했다.

"잘 가, 라콘!"

"락혼."

"라콘이나, 라콘이나!"

제대로 된 이름을 듣길 포기한 락혼이 살짝 턱을 내려 인사를 받았다. 제르는 공용어로 마무리했다.

"지난번에도 이야기했지만 만일 너희에게 그럴 의향이 조금이라도 있다면 체렌사에서는 너희를 기쁘게 맞을 거다. 중립 도시 역사의 시작을 트란실과 함께하게 된다면 카르시타도 몹시 영광일 테니까."

"사호에게 말은 전해보지. 그렇지만 내키지는 않아. 그리고 왠지는 모르겠지만 데바람 인들은 우리를 너희보다 더 싫어해. 데바람 인근

138   139

까지 어린아이들을 보내고 싶지는 않다."

"진심은 아니겠지?"

"뭐가 말인가?"

락혼이 진심으로 모르겠다는 표정으로 그녀와 시선을 맞추었다.

지스카르와 협력한 것이긴 하지만, 엄연히 그들은 한때 데바람의 최고 권위자인 베제스의 머리를 잘라 갔다. 머리 사냥꾼이라는 이유로 트란실 내부에서는 어떤 대접을 받는지 모르겠지만 대륙인의 입장에서는 상당히 치욕스럽고 두려운 일이 맞았다. 아마 향후 트란실의 선출제가 벌어질 때마다 전 대륙의 왕들은 꽁꽁 성문을 걸어 잠그고 숨어 있게 될지도 모른다. 제르는 실소하듯 짧게 웃었다.

"준비 끝났다."

봇짐을 잔뜩 얹은 나귀를 끌고 나온 알렉시스가 뤼민느를 번쩍 들어 올렸다. 으악. 알렉시스! 뤼민느는 불시의 손길에 놀라 바둥대다가 곧 나귀의 앞자리에 앉혀졌다.

락혼이 팔짱을 낀 채로 내뱉었다.

"어린아이는 강하게 키워야 한다."

"남의 훈육에 감 놔라 배 놔라는. 언제부터 너희가 그리 오지랖이 넓었다고."

뤼민느가 뚱하게 소리쳤다.

"나도 걸을 수 있어, 알렉시스!"

"네 그 짧은 다리로 걸으면 얼마나 걷는다고?"

"그렇게 안 짧거든?"

"달리기 해볼까? 네가 날 따라잡을 수 있을 것 같아?"

"넌 성인이잖아!"

사람들이 하나둘씩 모이기 시작하자 입구는 금세 떠들썩해졌다. 얼마 지나지 않아, 출발 준비를 미친 그들을 배웅하기 위해 셀파가 정문 입구로 나왔다.

"……주군, 무사히 다녀오십시오."

"그래."

락혼과 아닌 듯 죽이 맞아 투닥투닥거리던 알렉시스가 텅 빈 셀파의 옆자리를 의아한 듯 바라보았다. 그의 고개가 삐딱하게 기울었다.

"네 안사람은?"

"그것이…… 몸이 좋지 않다고 하여……."

"무슨 지나가는 개도 안 웃을 소릴 그리 하시나. 이르베르트 백, 무슨 일 있어? 르니아답지 않은데."

시원스러운 알렉시스의 반박에 깔깔 웃던 뤼민느가 너무 크게 웃어 나귀에서 떨어질 뻔하고 단말의 비명을 질렀다. 알렉시스가 냉큼 잡아 올리며 혀를 찼다. 넌 아직 멀었다니까.

그들의 음성을 뒤로한 채, 셀파와 가만히 눈을 마주하던 제르가 시선을 들어 올렸다. 르니아가 있을 3층 방의 창문은 커튼으로 빈틈없이 가려져 있었다.

셀파가 고개를 조아리며 얕은 한숨을 내쉬었다.

"주군……. 역시, 데리고 나오겠습니다."

제르가 고개를 저었다.

"아니야. 그냥 두렴. 후안 경, 르니아를 잘 부탁한다."

"……샤말론으로 가실 겁니까?"

"아마 들르겠지."

"이곳으로는 언제쯤 다시 돌아오실 겁니까?"

"글쎄."

"돌아오실 시기라도 언질을 주신다면 마음이 조금 더 편할 듯합니다."

"때가 되면 오겠지."

그녀의 담담한 음조에 밴 단호함을 깨달은 셀파가 입을 다물었다.

성질이 많이 죽긴 했지만, 까탈스럽기 짝이 없던 그녀가 저리 말을 줄이기 시작할 때면 정말 아무것도 얻어낼 수 없다는 것을 몸으로 익히 알고 있는 탓이었다. 근 10년을 변함없이 그녀를 모셔온 그는 이르베르트 백작의 작위를 하사받고 이 땅의 영주가 되었지만 그래도 여전히 그녀의 기사였다.

주군의 마음을 잘 헤아리는 것이 참된 기사의 도리.

셀파는 공손하게 물러났다.

"건강히 다녀오십시오. 그리고…… 죄송합니다."

"그리 말하지 마라. 그것이야말로 죄스러운 말이니. 너희를 축복한다."

제르가 다가가 셀파의 손을 조심스레 감싸 쥐며 작게 용기 내어 속삭였다.

"……리니에게 전해주렴. 축복한다고, 진심으로."

그들이 떠나는 길, 성 안의 하인들이 손을 흔들었다.

뤼민느는 양껏 신난 얼굴로 그들에게 맞인사를 했다. 성문을 벗어나 행장을 얹은 말 두 필을 건네받은 알렉시스가 말에 올라탔다.

"갈까?"

그가 뻗어온 손을 잡아 말에 오른 제르는 따스한 봄바람이 흘러드는 동쪽의 저편을 응시했다.

퀸시오를 떠나는 내내, 그녀는 뒤돌아보지 않았다.

이한 연합. 루터 모스빔 해변 별장.

"카다로부터 거절의 회신이 돌아왔습니다. 불안함을 내색하는 이들이 많아지고 있고요…….."

"카다 항만에서도 거절이라……. 이유는?"

"아무래도, 데바람과 카르시타와 이번에 교류 조약을 맺은 모양입니다. 그들의 눈 밖에 나고 싶지 않아 그런 것이 아닐까 합니다."

'그럴 테지.'

솔린은 못마땅히 수긍했다.

카르시타와 데바람은 무시할 수 없는 대륙의 대왕국이고, 겉보기엔 멀쩡해 보인다 하지만 이한의 내부 경제는 날이 갈수록 위태로워지고 있었다. 어디로 봐도 대륙의 패자들에게 줄을 대는 것이 더 이익이라 여겼을 터다.

테라스 난간에 기댄 솔린이 바다 끝 어귀를 응시했다. 항만 저편의 풍경이 물빛으로 새파랗다. 그녀의 시선을 가로막는 장애물들은 없었다. 끝 모르고 펼쳐진 바다, 그리고 바다에 접경한 하늘.

시선 닿지 않는 곳까지 배를 몰아 나가면 카르시타와 데바람의 영해에 이른다. 한때는 잡아 죽이지 못해 안달을 하던, 지금은 손을 잡고 온 세상이 저들 것인 듯 의기양양하게 구는 두 왕국의 바다였다.

저들이 저리 되리라고 누가 상상이나 했을까?

서로에게 호전적이던 두 왕국의 정상이 등을 맞대리라고는 사실 몇 년 전까지만 해도 아무도 알지 못했다.

9년 전쯤, 대륙을 크게 떼어 먹은 세 왕국의 왕위 계승이 마무리되었다.

데바람의 왕위는 지스카르에게 돌아갔고, 카르시타는 어린 왕자를 왕위에 앉히는 대신 섭정왕 알렉시스를 내세워 내란을 마무리 지었다. 트란실 또한 비슷한 시기에 차르 쟁탈전을 마무리해 론희 사호의 손아귀에 들어갔다.

모르는 이들은 신기한 우연이라 말하지만 솔린은 그날을 기억했다.

이한, 트란실, 카르시타, 데바람. 네 나라의 지도자가 될 존재들이 약속조차 않고 한 점의 지표에 모였던 순간. 무적함대와 로마탄 그레온이 뒤섞여 혼란하던 와중에 출몰한 거대 고래까지. 그날은 사실 그녀의 인생에서 가장 최악의 순간이었고, 또 최고의 순간이었다.

"엔조반도 등을 돌렸나?"

엔조반은 데바람의 북동쪽에 위치한 자그마한 소왕국이었다.

"아직 확답은 돌아오지 않았습니다."

"낌새를 보니 그쪽도 기대하지 않는 게 좋겠어."

어쨌건 베제스를 통해 데바람의 전 북해를 차지하려던 계획은 수포로 돌아가고, 이한은 카르시타와 데바람의 적의를 샀다. 이한을 적대하는 카르시타로 인해 관세는 천정부지로 뛰어올랐고 당연하다는 듯 그들은 내륙의 자유 무역에서 배제되었다.

무역으로 상당 부분의 국고를 충당하는 이한에겐 달갑지 않은 사건이었다. 특히나 그녀를 향해 개인적인 적개심까지 보이는 카르시타의 왕과 그의 측근들, 엄밀히 따져 말해 에사렛타를 생각하면 입안이 참 썼다.

그러나 그녀는 좌절하지 않았다. 그녀는 역사에 길이 새겨질 장엄함을 목도하고 살아남은 여자였으므로 무엇도 두렵지 않았다.

라카라나가 공손한 태도로 음성을 낮추었다.

"솔직히 말씀드려도 되겠습니까."

"말해, 라카라나."

"에사렛타 왕비에게 직접 친교를 청해야 한다는 이야기도 들리고 있습니다. 이한 내부에서도 사분오열하기 시작하고 있다는 게 걸립니다. 9항구에서 특히나 불만의 목소리가 큽니다. 그러니, 어떻게든…….

솔린이 바람보다 빠르게 고갤 돌려 리카라나를 노려보았다. 한 마디라도 더 했다간 손을 올릴 기세였다. 라카라나가 즉시 사과했다.

"……죄송합니다."

"……됐다. 네 말의 요지는 알아들었어. 서로 씹어 죽여도 시원찮다 여기던 대륙 놈들이 천년만년 우호국이 될 기세로 손뼉을 맞추고 있으니 우리에겐 별다른 방도가 없다는 것이지. 차라리 그 적륜이라고 하던 호전적인 놈이 차르가 되었더라면 상황이 조금은 더 나았을 텐데."

그 우악스러운 놈들은 무얼 하며 늘어졌다더냐. 다 쓸어버리지 않고. 사나운 기세로 덧붙인 솔린이 비뚤게 눈살을 찡그렸다.

내부 개혁을 단행하고 있다 전해지는 트란실 민족 또한 이미 데바람과 카르시타의 발치에도 미치지 못하는 처지가 되었다. 애초부터 은밀한 민족이긴 했지만 최근은 그 정도가 심하다.

이제 더는 웅크리고 있을 수만은 없어서, 그녀는 한 가닥의 희망을 걸었다.

"소문에 대한 진위 파악은 마쳤나?"

"아, 그 건은…… 최종 보고가 올라오면 말씀드리려 했습니다만, 중간 보고는 올라왔습니다. 당장 증명하기는 어렵지만 긍정적입니다."

"하."

솔린이 기가 찬 표정을 지었다. 긍정적이라는 대답을 바라긴 했지만 체통도 잊고 크게 웃고 싶은 심정이었다.

"아무래도…… 오래전 일이긴 하지만 의문이 제기되었다는 것을 기억하는 이는 있었던 모양입니다. 은퇴한 관료 중 현 카르시타의 왕 세드로의 대관식에 참석했던 이들이 여럿 됩니다. 확신 없는 증언이 있었다는 소문도 있는데 증거를 확보하기는 어려울 것 같습니다. 또한 짐작하신 대로 중립 도시 샤말론의 영주에 대해서는 데바람 왕실에서도 그 기록을 아주 힘들게 찾을 수 있었습니다."

"지스카르를 피해 잘도 알아냈구나."

"제법 유명한 여자였습니다."

'……지스카르가 꽤 아끼지 않았나?'

함께 해적선에 승선했을 당시, 지스카르가 그 여자에게 집중하고 있었던 것이 어렴풋이 기억이 났다. 당시엔 미처 신경 쓰지 못했던 부분이었다.

"그래? 유명했다? 카르시타에서가 아니라 데바람에서?"

"소문뿐이지만 전 데바람 왕실의 여자였다는 이야기도."

"그건 지스카르가 공식 부정한 것으로 아는데?"

"데바라네가 카르시탄이라는 걸 인정할 수가 없어 그런 것이 아니겠습니까? 기정사실이라고들 합니다."

"공식적이지 않으면 소용없는 일이지. 그 여자가 지금은 알렉시스 테피온, 전 섭정의 부인이라고 했던가."

카르시타의 전 섭정, 알렉시스 테피온.

솔린은 붉은 머리칼이 인상 깊던 남자를 떠올렸다. 그가 왕이 되었더라면 이한의 상황도 지금보다는 나았을 것이다. 객관적으로만 따져봤을 때 그는 제법 괜찮은 사내였다. 하지만 끝이 참 아쉬운 남자이기도 하다. 다 잡은 왕위를 내던지고 방랑을 선택했다는 얘기를 들었을 때, 솔린은 세상에 저런 미친놈이 있는가 싶었다.

이유야 분분했지만 어떤 이유도 바다 건너의 그녀를 납득시킬 수는 없었다. 개인적인 호감과는 별개로 그녀에게 있어서 알렉시스는 그녀와는 섞일 수 없는 정반대의 부류였다.

"하기야, 그것도 대단한 거지."

"뭐가 말입니까?"

"신경 쓸 것 없어. 혼잣말이야."

어쩔까. 어찌해야 데바람과 카르시타 두 놈들이 서로를 못 잡아먹어 안달인 평화의 시대로 되돌아갈 것인가.

그녀는 문득 네반 플라무나가 반백일도 남지 않았다는 것을 상기했다.

"카르시타의 국경일이 코앞이었지."

"예. 그렇습니다만?"

"사람을 보내."

라카라나는 그녀의 답에 다소 회의적인 태도를 보였다.

"하지만…… 에? 사절을요?"

"내가 직접 가고 싶지만 내가 가면 체면이 살지 않지."

"직접? 네?"

"아니, 넌 오늘따라 왜 이리 등신처럼 되묻기만 하는 거야?"

"하지만……."

그녀의 강경한 각오를 알아차린 라카라나가 침착하게 정리했다.

"떳떳하게 그냥 들어가기는 어려울 텐데요. 우리는 초대받지 못했습니다. 이미 저쪽은 우리 측의 친교 사신까지 문전박대한 자들인데 교섭 단체를 들여보내줄 것 같지는 않습니다. 그렇다고…… 저들이 만족할 만한 것을 내어주기에는 이쪽도 내부 상황이 그다지 좋지 않으니……."

"누가 떳떳해야 능사라 하더냐."

"그렇지만……."

"그리 반대만 하는 걸 보면 묘안이라도 있는 모양이지?"

라카라나가 기다렸다는 듯 목소리를 높였다.

"발언을 허락해주셔서 감사합니다. 우둔한 머리로나마 생각해봤습니다만 다시 화친을 도모하시려는 생각이시라면 우선 라싱의 마르윈 귀비는 어떠하겠습니까? 왕 세드로의 친누이가 아닙니까?"

"대륙에서는 출가외인을 대하는 것이 박하다고 했다. 그리고."

솔린이 설핏 비웃었다.

"화친이라니?"

"……예? 아닙니까?"

아이쿠, 또다시 바보같이 되묻고 말았다.

"사람을 보내 줄이 닿은 카르시타의 앞잡이들에게 이야기를 흘려라. 세드로가 데바람과 관계가 있다면 흠집을 내서 정신없게 만들어."

"아직 확실하지도 않습니다. 그리고 그걸로는……."

"넌 그걸 확실히 증명해낼 수 있을 거라 생각하나?"

아마 불가능할 것이다. 계속해서 소문만 떠돌고 떠돌다가 그리 묻혀

사라질 확률이 컸다. 아니, 그런 것이 섭리다.

라카라나가 침을 꼴깍 삼킨 후 덧이었다.

"……하지만 그 소문에 관한 것을 입에 올리려는 자가 있을지 회의적입니다. 일이 잘못되면 지금보다 사태가 악화될 수 있습니다. 우리는 대륙에서 큰 영향을 미치는 자와 닿아 있지 않으니……."

"아무리 저들이 우방인 양 굴지만 데바람과 카르시타는 다른 나라다. 세드로 즉위 직전까지 얼마나 저들이 이를 갈고 싸워댔는지 전부잊었나? 에사렛타가 죽어주면 더할 나위 없겠지만 카르시타의 대비를죽이는 건 우리로선 불가능에 가깝겠지. 로마탄 그레온이 버티고 있는 이상 데바람에 붙기도 불가능하고. 어차피 둘 다 불가능하다면 그나마 빌미가 있는 벌집을 쑤셔. 세드로 마르티사가 에사렛타의 적자가 아니라는 이야기가 사실이건 아니건."

솔린이 가느스름한 눈으로 잔잔한 파랑이 이는 바다를 응시했다.

햇살에 눈이 부셨다.

"카르시타의 왕, 그 핏덩이와 에사렛타와의 관계만 틀어져도 숨통이 트일 거다. 데바람과의 관계가 파탄 난다면 더할 나위 없겠지. 우리는 그 틈에 데바람과의 관계를 재조명해볼 수 있을 테니까."

가뜩이나 이한을 적대하는 카르시타의 왕을 도마에 올려 악소문을불러일으킨다는 건 몹시도 위험한 계획이었다. 하지만 그 밖의 묘안도 없었던 터라, 라카라나는 입만 우물거리다 물러났다.

장대비가 삐딱하게 열린 낡은 창 안으로 들이쳤다. 때늦은 봄비가

게걸스러웠다.

허름한 움막에 앉은 알렉시스는 도톰한 망토에 스민 빗방울을 털어 냈다. 넘겨 올린 머리칼은 이미 흠뻑 젖은 채였다. 며칠을 면도하지 못해 꺼칠한 수염 위로 물방울이 맺혔다.

"흠……."

훤히 드러난 이마 아래 적주홍의 눈동자가 곤혹스러운 빛을 띠었다.

이리저리 떠돌아다니는 세월 속에서 숱한 빗줄기를 마주했지만 이번만큼 비가 원망스럽긴 처음이었다.

그는 금방이라도 무너질 듯 위태로운 창가에 기대어 중얼거렸다.

"난감한걸."

정말로 난감했다.

허름한 대피소 앞 둑은 이미 물이 넘쳐 범람하고 있었다. 줄기가 가늘고 갸름하니 깊은 실개천이었지만 섣불리 건너려 하다간 급류에 휩쓸릴 수가 있었다. 제 몸 다치는 건 그다지 중하지 않았지만, 만일 물에 빠지기라도 한다면 품 안의 약재들이 모조리 젖어 못 쓰게 되어버릴 터다.

그는 이런 갑작스러운 비에 당황하지 않을 만큼 경험이 많았지만 그건 혼자 다닐 때의 이야기였다.

많은 사람들이 알다시피, 알렉시스는 아주 어린 시절부터 이리저리 떠돌아다니는 것을 좋아했다. 반항적이고 압박적이었던 엘올라 왕성의 분위기 탓일지도 모르지만 그의 천성도 작용했을 것이다. 몇 년 전까지 그는 섭정이라는 위치로 엘올라에 묶여 있었지만, 세드로 마르티사가 어느 정도 성장한 후에는 한동안 제르와 함께 샤말론과 퀸시오를 오가며 단조로운 생활을 했다.

물론 섭정의 지위에서 하야하고도 버릇은 어디 가지 않아, 뤼민느를 돌보느라 바쁜 제르를 두고 홀로 방방곡곡을 쏘다니기도 했다. 그렇지 않을 때는 종종 제르와 뤼민느와 함께 인근 명소를 돌거나, 할 일 없는 사람처럼 휴양지에 늘어져 있기도 여러 번이었다.

얼마 전에는 제르의 요청에 아예 퀸시오를 떠나 장거리 여행을 하고 있었다. 그리고 지금 그의 목적지는 제르와 뤼민느가 있는 산골짜기의 작은 마을이었다.

이번 여행의 종착지는 아니지만, 지금 당장의 종착지였다.

"금방 그칠 것 같지가 않은데……."

거센 빗줄기를 바라보는 그의 심중엔 평소의 여유는 모조리 사라지고 초조함만 남았다.

정말 곤란하다. 차라리 홑몸이라면 이 또한 여행의 묘미려니 여겼을 테지만 지금은 아니었다.

"어쩐다……?"

알렉시스는 골똘하게 생각하며 중얼거렸다.

샤말론은 현재 제르에게 귀속된 중립 지역으로, 그곳에서 활발하게 벌어지고 있는 국가 간 교류 활동 때문에 언제고 한 번은 들러야 했던 곳이었다.

그래서 그들은 퀸시오를 떠나 남부로, 서부로 짧은 일정의 여행 계획을 잡고, 마지막으로 샤말론에 돌아갔다 오는 길이었다.

제르의 체력을 생각해 최대한 여유롭게 이동했다고 생각했는데, 제르의 건강은 샤말론을 떠나자마자 악화되었다. 단순한 고뿔이라고는 하지만 그녀의 체력이 하루가 다르게 떨어지고 있었기 때문에 걱정을 그칠 수가 없었다.

그가 그녀와 함께할 수 있는 시간은 다른 연인들처럼 넉넉하지 않았다. 그렇기 때문에 이런 일이 벌어질 때면 매번 괜찮다 말하는 그녀에게 화가 나는 게 아니라 스스로에게 화가 났다. 왜 조금 더 세심하지 못했나. 왜 조금 더 관심 있게 살피지 못했나. 샤말론의 성 개방 문제로 몇 날 며칠의 논쟁을 거듭하는 동안 무리했다는 걸 알고 있었는데 괜찮으리라 생각했다.

4년쯤 전, 샤말론이 범대륙 공식 중립 지역으로 공포된 직후 체렌사 아카데미 설립 계획안이 제출되었다. 기다렸다는 듯 사업을 제안한 건 루덴 공이었다. 루덴 공은 대륙 유일의 중립 지역인 샤말론에 각국의 인재들을 모아 교류를 하게 하자는 원대한 바람을 역설했고, 반년의 회의 끝에 지스카르 헨솔과 그 당시 섭정이었던 알렉시스의 인가로 아카데미 설립이 본 궤도에 오르게 되었다. 그리고 2년 전 아카데미는 공식 출범했다.

그러나 샤말론은 온전히 제르의 땅이었으므로 성을 개축하고 다른 기숙사 건물과 교육 건물을 증축하는 데에는 온전히 제르의 입김이 닿았다. 인재 육성이나 입학 관련 등의 실무를 제외한 모든 것이 그녀의 소관이라는 말이다.

결론적으로 이번에 샤말론을 방문해 이것저것 신경 써야 했던 그녀는 샤말론을 떠나는 날부터 위태위태하더니 카르시타의 국경을 넘은 지 나흘 만에 앓아누웠다.

치솟은 열은 내릴 줄 모르고, 종국엔 제대로 걷지도 못했다. 공기 좋고 물 좋은 산길 가장자리를 돌고 있던 터라 좋은 의료 시설이 구비된 대도시는 멀기만 했다.

결국 알렉시스는 그녀를 업은 채 헤매고 또 헤매다 산골짜기에 위치한 조그만 마을을 발견했다. 다행스럽게도 마을에는 의원이 있었다. 의원은 다소 신경질적이긴 했지만 제르의 상태를 보고는 말없이 그들을 받아주었다.

하지만 받아준 마음과는 별개로 열악한 산골 의원에게서 받을 수 있는 처방은 한정적이었다.

이리 말하면 미안하지만 의원의 집에 있는 거라곤 웬 돌팔이 냄새나는 것들뿐이었다. 설상가상 제르는 온갖 약초와 독에 당연하단 듯 내성을 가진 여자였다.

변변찮은 약재들은 그녀에게는 거의 효험이 없었다.

평소 제르의 건강 상태를 잘 알고 있던 뤼민느는 불안에 어쩔 줄 몰라 했고, 알렉시스는 애써 뤼민느를 안심시킨 후 더 큰 도시로 나가 그녀에게 들을 만한 약재를 사 오기로 했다. 몹시 빠른 판단이었고, 적절한 판단이었다.

이렇게 난데없는 빗줄기가 쏟아질 줄 몰랐다는 것만 빼면.

쏴아아아아.

바깥으로부터 냇물 소리가 요란했다.

이럴 때면 동에 번쩍 서에 번쩍 어딘가에서 나타나 적재적시에 도움을 건네던 이르베르트 백작 부인이 대단하기 했다 싶다. 아마도 르니아라면 이 상황에서도 무리 없이 저 위험천만한 개천을 건너갔을 것이다.

먹구름이 켜켜이 덮인 하늘은 차츰 밝아지고 있었지만 알렉시스의 마음은 그와 비례해 불안해졌다. 속마음과는 다르게 완벽하게 침착한 시선으로 온통 빗소리로 뒤덮인 야외를 바라보던 그의 입술이 단단히 다물렸다.

✿

　후유.

　알렉시스가 없는 내내 뤼민느는 노의원과 교대로 그녀를 간호했다.

　이제 막 아홉 살이 된 어린아이였지만 간병에는 몹시 익숙했다. 점심시간을 막 넘겼을 때, 뤼민느는 제르가 잠든 것을 확인하자마자 까치걸음으로 방 밖으로 나왔다. 자신의 인기척에 제르가 깰까 걱정스러웠던 이유도 있지만 공기가 답답했다.

　밖으로 나온 뤼민느는 몹시도 불만스러운 얼굴로 연거푸 한숨을 내쉬며 창가에 매달렸다. 오라는 사람은 안 오고, 빗줄기만 야속했다.

　'느려 터졌어!'

　알렉시스가 홀로 내려간 지 사흘째였다. 비가 와서 시간이 지체될지도 모른다고 생각은 하지만 제르의 열이 떨어질 기미를 보이지 않아 마음이 몹시 조급했다.

　'르니아 누나가 있었으면 괜찮았을 텐데…….'

　알렉시스가 들으면 몹시 서운해 했을 말이겠지만, 이럴 때 가장 든든한 건 역시 르니아였다. 제르의 상태를 늘 한눈에 꿰뚫는 르니아가 함께 있었더라면 제르가 이렇게까지 앓게 되지는 않았을 것이다.

　"잠들었디?"

　며칠 사이 티격태격하느라 익숙해진 목소리가 들렸다. 뤼민느는 고개도 돌리지 않고 대답했다.

　"네."

물의 자흔을 쫓는다 외전

"고생했다."

노의원의 칭찬에도 뤼민느는 고개만 끄덕였다.

주제넘는다 말할지도 모르겠지만 저 노의원은 사실 거처를 제공해 준 것 말고는 하등 쓸모가 없었다. 의원의 집이라면 약재방 정도는 아니라도 쓸 만한 약초들이 상비되어 있어야 하는 것 아닌가? 이 집에 있는 거라곤 듬성듬성 걸린 마른 약초들, 그나마도 흔해 빠진 것들뿐이었다.

알렉시스는 이런 산골에 은둔해 자급자족하며 사는 이에게 크게 바랄 수 없다는 말로 뤼민느를 달랬지만, 산골에 산다는 것이 의원의 준비성 없는 모습을 정당화시키는 건 아니었다.

"그리 불안한 티를 내고 있으면 환자에게도 안 좋은 기운이 닿을 거여."

"……."

"안 죽어. 고뿔 조금 앓는 걸로 뭐 그리 야단법석인지."

째릿. 뤼민느의 뺨이 불쾌함으로 빵빵하게 부풀었다.

'차라리 말이라도 못 하면.'

"하이고, 눈 째지겠어. 사람이 살다 보면 좀 아프기도 하고 그러는 거지, 꼬맹이는 뭐 얼굴에 그리 걱정을 덕지덕지 붙이고서는……."

노의원은 대수롭잖다는 듯 중얼댔다. 뤼민느는 만사태평하게 앉아 턱수염을 빗어 내리는 그를 향해 결국 쏘아붙이고 말았다.

"할아버지는 잘 알지도 못하잖아요."

"말하는 본새 하고는. 어째 그리 버르장머리가 없노."

노의원은 대답도 않는 소년을 향해 혀를 끌끌 찬 후 빗줄기 쏟아지는 창 밖을 응시했다.

"뭐…… 그려. 느이만 불만인가? 나도 불만이여. 이리 치료할 맛 안 나는 환자는 또 오랜만이라니. 있는 약을 다 털어도 눈 하나 깜짝 않 는 건 반칙이지. 꼬맹이, 내가 무슨무슨 약재를 썼는지 알어? 엄청 귀 한 해열초도 두 뭉치나 넣고 달였고, 아끼고 있던 쉴레 열매즙도 썼단 말이여? 그런데도 눈 하나 끔쩍 안 하니, 고치는 재미가 나겠어?"

뤼민느가 아이답지 않게 날이 선 눈빛으로 툭 쏘아붙였다.

"할아버지는 재미로 사람 보세요?"

"어린게, 떼끼! 이놈! 막말로 그 약초들이 얼마나 귀한지는 아남? 값을 치를 돈은 있고?"

"걱정 마요. 쓰라는 약재 안 쓰고 쓰지 말란 약재 군이 가져다 쓴 것 도 알렉시스가 다 쳐줄 거니까."

"뭐, 이 녀석아? 그러면 고뿔에다 독초를 대려 맥이겠다는데 그걸 두 눈 멀쩡히 뜨고 보고만 있을 의원이 있을 거라 생각하는 거여!"

호랑이 같은 언성에도 눈 하나 꿈쩍 않던 갈색 눈동자가 가느스름하 게 접혔다. 뤼민느는 알렉시스의 만류로 삭이고 있던 불만을 쏟아냈 다.

"푸링귀는 그렇다 치더라도, 크라실린 말린 잎이랑 다모산 줄기, 페 셀 꽃잎 정도는 가지고 있어야 의원 아니에요? 어째 쓸데없는 잡풀들 만 잔뜩 모아놓고 의원이래요?"

"너 지금 느그가 읊어댄 것들이 얼마나 독한 것들인지 알어?"

"뭔지도 모르고 우리 제르한테 그걸 줘야 한다고 말했겠어요? 웬만 한 약초들은 다 알아요."

"……흥. 어디서 주워들은 건 또 있나 보구만. 뭐, 아홉 살이라고?"

어린 꼬마가 제법 똑 부려져 기특한 맘에 대화를 시도했지만 소년은 당돌하기가 짝이 없었다. 노의원은 눈을 뱁새처럼 뜨고 수염이 잔뜩 난 턱을 우물거렸다.

확 한 대 쳐버릴까 부다.

진지하게 생각하던 의원은 뤼민느의 얼굴에 떠오른 감추지 못한 걱정에 계획을 접었다. 하기야, 소년이 저렇게 예민해진 이유도 어느 정도 짐작은 갔으니까.

멀쩡한 사람이 환자를 끼고 산다는 건 보통 일이 아니었다. 아이를 안심시키겠다고 대수롭잖은 듯 말하긴 했지만 실제로 여자의 상태는 좋지 않았다. 그 여자의 문제는 고뿔이 아니었다.

'어찌 된 몸뚱인지……'

세 식구는 여드레 전 찾아왔다. 한때는 꽤 유명한 의원이었지만 나이가 먹어 일선에서 발을 뺀 지 어언 10여 년, 마을 사람을 제외하고는 다른 누군가를 돌봐줄 생각도 없었기에 귀찮은 손님들이었다. 감기가 든 여자를 업고 세상 무너질 것처럼 호들갑을 떨어대는데, 코웃음이 절로 나왔다.

해열초를 우려낸 탕약이나 한 사발 내어주고 그대로 내쫓아야지 했다. 하지만 여자를 봤을 때, 노의원은 저도 모르게 불청객들을 집 안에 들였다. 몸이 죄 망가진 환자를 보고 있으면 절로 피어나는 의원으로서의 본능이었다.

일단은 살려야지. 살리는 게 먼저지.

참 가냘픈 여자였다. 곱게 자란 티가 역력한 얼굴. 하지만 무던한 시간이 묻어나는 그런 침착함. 아픈 본인은 그저 겸허히 앓는 소리조차 내지 않고 신음만 삭이는데, 전혀 닮지 않은 두 남자는 세상 뒤집어진 듯 난장을 피워댔다. 희미하게 웃으며 그가 건네는 효험 없는 탕약을 받아 마시는 손길이 몹시도 자연스러웠다. 무슨 사연인지는 모르겠지만 의원의 눈으로, 병을 달고 사는 여자라는 것을 알아차리는 건 어렵지 않았다.

어찌 그리도 내성이 강한지. 있는 약재 없는 약재 죄 쓸어 모아 사흘 밤낮을 간호했지만 여자의 상태는 호전될 줄을 몰랐다. 악화되지도 않았지만 호전되지도 않았다. 호전되지 않는다는 건, 결국 몸을 갉아먹고 있다는 것과 같은 말이다. 결국 남편이라는 벌건 머리의 남자는 여자를 맡기고 모자란 약초들을 구해 오겠다며 뛰쳐나갔다. 말은 않았지만 의원도 사실 그가 빨리 돌아오길 바랐다.

타닥, 타닥. 빗줄기가 창을 때렸다.

"하이고야. 지겹게도 내리는고만. 네 애비도 이 빗길을 뚫고 오긴 힘들 것인데."

뤼민느의 얼굴이 시무룩해졌다.

아이의 얼굴을 훔쳐보던 노의원은 먼저 떠난 아들 내외와 산골짜기를 떠난 손주를 떠올렸다. 그놈도 저리 말은 지지리도 안 들었지. 그런 사소한 생각이 들었다.

비구름에 덮인 탓에 해는 평소보다 빠르게 저물었다. 저물녘까지도 떠난 사람은 소식이 없었다. 지루하게 잎담배를 씹으며 창 밖을 내다보던 노의원이 툭 뱉듯 물었다.

"그나저나 약재에 대해 잘 알고 있는 듯하던데 어서 배운 것이여? 따로 공부라도 했는가?"

"아뇨."

"알아둬서 나쁠 것은 없지만, 어중간한 배움으로 약초를 판단하다간 나중엔 큰코다쳐."

"……그냥 기본적인 건 알아두는 게 좋을 거라고 했어요."

"누가?"

"아는 누나가요."

"누나? 의원이여?"

뤼민느는 대답하지 않았다.

바깥나들이에서는 귀족들과 연관되어 있다는 것을 내색하지 말라 가르친 알렉시스의 말이 떠오른 탓이다. 귀족들과 엮이면 바가지를 씌우는 일도 숱했고, 때로는 괜한 반감을 살 수도 있다고 했다. 남 일에는 다 대수롭잖다는 듯 구는 저 노의원이 악심을 품을 거라고는 생각지 않지만, 알렉시스의 가르침엔 늘 이유가 있는 법이었다.

"제르는 자주 아파서."

뤼민느의 시선이 허술하게 닫힌 나무문 건너로 향했다가 제자리로 돌아왔다. 노의원이 턱을 괴었다.

"친부모여?"

뤼민느가 작게 입술을 벌렸다. 어린 소년의 내내 찡그려져 있던 눈이 서서히 커졌다.

"친부모 아니제?"

뤼민느는 어떻게 답해야 할지 알 수 없어 그저 눈만 깜빡였다. 그러자 노의원이 그새를 못 참고 투덜거렸다.

"눈까리 하고는……. 뭘 그리 괴상한 표정으로 날 보는 거여?"

"무, 무슨 말이에요? 왜 그런 걸 물어봐요?"

"고냥. 자식이라면 자고로 부모 중 하나는 닮기 마련인디, 네 애비라는 작자랑 네 에미라는 작자를 두고 널 앉혀봐도 뭣 하나 닮은 구석이 없지 싶어서. 얹혀사는 거면 내 밑에 와서 이것저것 좀 배워볼려?

어린것이 기특하게도 대가리에 든 건 있어 뵈는데."

"아, 아, 안 닮을 수도 있죠!"

"하나는 시꺼멓고 하나는 불그죽죽한디, 늬는 저 나무껍질처럼 생겨서 하는 말이여, 마."

노의원의 말에 뤼민느의 얼굴이 금세 붉으락푸르락해졌다.

그의 말처럼 뤼민느는 그가 부모라 믿고 따라온 이들 중 누구와 비교해도 닮은 구석을 찾을 수 없었다. 까치 둥지에서 깨어난 뻐꾸기 같은 그런 존재. 이미 알고 있는 사실이지만 누군가에 의해 지적당한다는 건 견딜 수가 없었다.

그는 양자였다. 아주 어릴 때는 몰랐지만, 나이를 먹으면서 자연히 알게 되었다. 사실 제르의 아이라기에도, 알렉시스의 아이라기에도 그는 많이 달랐다. 사정 모르는 이들은 그의 뒤에서 수군거렸다. 영주님의 아이가 맞을까요? 어디서 데려온 걸까요? 악의 없이 던지는 돌맹이들을 숱하게 맞고 자라나면서 뤼민느는 제르를 엄마라고, 알렉시스를 아빠라고 부를 수 없게 되었다.

한때는 그들이 미웠던 적도 있었다. 몰래 숨죽여 울었던 날도 허다했다.

그들은 자신의 친부모가 아니다. 자신은 그들의 자식이 아니다. 단 한순간도 그들에게서 부정당한 적은 없지만, 그 또한 알렉시스와 제르에게 속내를 털어놓은 적이 없지만 아닌 건 아닌 거였다. 물론, 언제 한 번은 거듭 뻗어나가는 부정적인 사고를 견디다 못해 '내 부모가 나를 네게 맡긴 거야? 아니면 나를 버린 거야?' 하고 물어볼 뻔한 적도 있었지만 각고의 인내로 참았다. 그녀가 먼저 말해주지 않는다면 물어보지 않을 생각이었다. 아홉 살밖에 되지 않았더라도 뤼민느는 충분히 제 분수를 알았다.

게다가 친자처럼 입적된 것은 자신뿐이지만 자신과 비슷하게 은혜를 입은 이들이 여럿 있다. 퀸시오에서 자주 보았던 악사인 욜랑 형도 제르가 거둬 키운 것과도 진배없다 했다. 자신은 그들보다 아주 약간의 호의를 더 입은 것뿐이다. 그 호의를 권리인 양 행사하고 싶지는 않았다.

"그게 무슨 상관이에요, 할아버지랑."

하지만 목과 가슴 사이 어딘가가 꽉 막힌 듯 울컥하는 기분이 치미는 것만큼은 참을 수가 없었다.

"그리고 나무껍질이라니, 살다 살다 별 소릴……."

"하이고, 대가리에 피도 안 마른 것이 살면 얼마나 살았다고. 너 내가 니 갑절은 산 거 알어?"

"할아버지가 몇 살인지 제가 어떻게 알아요?"

노의원은 한참을 헛헛하게 웃었다. 뤼민느는 시침을 떼기라도 할 것처럼 모르쇠 표정으로 일관하다가 이내 개미만 한 목소리로 넌짓 물었다.

"근데…… 그렇게 티 나요? 한눈에 그렇게 티가 나요?"

"나이 헛먹은 줄 알았는감? 살면서 봐온 놈들이 몇인디, 딱 보면 딱이구만."

그런가. 다른 사람들이 보기에도 그런가.

그때였다. 거센 빗줄기 저편으로 한 인영이 바삐 다가오는 것이 보였다.

노의원이 들쑤셔 화드득 일어났던 만감이 삽시간에 씻겨나갔다. 뤼민느가 벌컥 문을 열고 빗속으로 달려갔다.

"알렉시스!"

✦✦✦

제르는 지금 자신이 얼마나 폐가 되는지 알고 있었다. 괜찮다고 생각했는데, 이 약한 몸뚱이는 한번 흐트러지기 시작하자 완전히 그녀의 통제를 떠났다. 열에 들뜬 한숨이 나왔다. 얼굴이 시려 이불을 끌어올렸다. 밖에서는 도란도란 이야기를 나누는 뤼민느와 노의원의 목소리가 울리고 있었다.

알렉시스의 목소리도 들렸다.

앓는 정신에도 알렉시스가 도회지에 다녀오겠다며 온갖 당부를 했던 것이 떠올랐다.

'돌아왔구나.'

"아니, 이 귀한 걸 어찌 가져왔대. 바로 달여 맥이면 되겠구먼."

"부탁합니다, 어르신. 아, 그런데 당장 노자를 다 써서 의원께서 처방해주신 약재에 대한 대금을 치러드리기는 어려울 듯해요."

"어허이, 나는 땅 파서 장사하나?"

"근처에서 돈을 구해 올 수는 있으니 곧 치러드릴 수 있을 겁니다. 그보다, 안사람 상태는 어떻습니까?"

의원이 쯧쯧 하고 혀를 차는 소리가 들렸다. 문고리 돌리는 소리가 들렸다.

"일단 그쪽도 좀 물기부터 말리지그려. 지금 들어가봐야 환자한테 하나도 도움 안 된다. 인마, 애비고 자식새끼고 앞뒤 안 가리는 건 똑같구먼."

문고리 소리가 멈췄다.

"아…… 그럼 지금 제르는 뭐 하고 있습니까?"

"겨우 잠들었으니 깨우지 말어."

알렉시스의 한숨 같은 웃음소리가 났다.

한참 후, 의원이 따뜻한 호박빛 약물이 담긴 사발을 가지고 들어왔
다. 그의 뒤로 알렉시스가 젖은 머릴 털며 따르고 있었다. 제르는 가
물가물한 눈으로 그를 바라보았다. 알렉시스는 웬일인지 흠뻑 젖어
있었다.

"언제 일어났누? 정신이 좀 드는가 벼?"

의원이 건넨 따뜻한 약초 물을 천천히 목 안으로 흘려 넘긴 제르가
걱정스러운 시선으로 그녀를 살피는 알렉시스를 마주 보았다. 잔뜩
피로해 보이는 그는 안쓰러운 기색을 지우지도 못하고 그녀만 유심히
살피고 있었다.

"그럼 난 다른 약재들을 다시 달이러 가볼 테니, 쉬고들 있게나."

의원은 그녀가 비운 약사발을 들고 일어나 터벅터벅 나갔다.

제르는 깊게 호흡을 몇 번 고른 후 제 이마에 손을 얹어보았다. 아직
뜨거웠다. 고개를 두어 번 털어 흔든 그녀가 얕은 한숨을 내쉬었다.
알렉시스가 조심스레 침상 밑에 의자를 끌어와 앉았다. 그러곤 그녀
의 손을 끌어다 뺨에 대며 비볐다.

"좀 나아졌어?"

"……처음보다는."

"다행이네. 그래도 열은 아직 안 내렸고……. 곧 새로 약초 달여다
주신다고 하니까 그거 마시면 나을 거야."

"뤼민느는?"

"부엌에서 너 먹을 거 만든다고 갔어. 허기지지는 않아?"

그러고 보니 은근한 피죽 냄새가 나는 듯도 했다.

고개를 저으며 뜨거운 눈을 깜빡깜빡하던 제르는 알렉시스의 몸에서 나는 물 내음에 무거운 고개를 갸우뚱 기울였다. 머리만 젖은 게 아니라 몸에도 물기가 있었다.

"비가……."

그러고 보니, 빗소리가 나고 있었다. 차가운 알렉시스의 손에 잠깐 움츠러들었던 그녀는 뜨거운 날숨을 내쉬며 물었다.

"비 맞았어?"

그의 차가운 몸이 싫다기보다는 걱정스러웠다. 그녀가 없는 힘을 내어 그의 손을 이불 아래로 끌어당겨 꽉 쥐었다. 그러고는 무거운 몸을 눕히고 그의 손을 끌어안듯 모아 감싸 이마를 기댔다. 그에게서 나는 물 내음에는 코끝이 아릿한 풀 향기도 섞여 있었다.

"시원하게 내리고 있어."

쏴아아아.

"힘들지?"

"네가 더 힘들지."

제르가 갈라진 음성으로 대꾸했다. 알렉시스는 침상 맡에 엎드리듯 몸을 기댄 후 빙그레 웃었다.

"나아. 낫기만 해. 우리 아직 못 간 곳이 많으니까."

다정한 말이었다. 빗소리에 섞여드는 그의 음성을 가만 경청하며 그녀는 모처럼 편안히 잠들었다.

다시 한숨 자고 일어나니 몸이 한결 가벼워졌다. 마지막에 마신 약이 어느 정도 효과가 있었던 모양이었다. 코에 익은 약초 냄새에 그녀가 다시 눈을 떴을 때 그녀의 머리맡에서는 알렉시스와 뤼민느가 똑같은 자세로 의자에 앉아 고개를 푹 꺾고 졸고 있었다.

떨어질 듯 기울어지던 고개가 다시 자리로 튕기듯 돌아가고, 또다시 떨어질 듯 기울어지고. 가만히 그 두 사람을 바라보던 그녀의 입가에 웃음기가 어렸다.

깨울까. 말까.

고민하며 눈동자를 굴리고 있는데, 기침이 새어나왔다. 콜록, 하는 소리에 알렉시스가 귀신같이 고개를 들었다.

"일어났어? 좀 어때?"

잠이 덜 깬 목소리였다. 제르는 대답 대신 턱을 살짝 들었다 내리며 물었다.

"계속, 여기 앉아 있었나?"

"응. 열은? 어디 보자…… 많이 내렸네. 내 손이 뜨거워져서 그런가."

피로에 잠긴 목소리는 잠결에도 다정했다. 제르는 졸고 있는 뤼민느를 눈짓했다. 알렉시스가 눈치 빠르게 알아차리곤 아홉 살 난 소년을 무거운 기색조차 없이 번쩍 안아 들었다. 잠에 취한 와중에도 놀라 목에 매달리는 소년의 칭얼거림이 들렸다.

"으으응……?"

"방에 가서 편하게 자자."

알렉시스는 뤼민느를 옆방으로 옮기고 되돌아왔다. 땀에 흠뻑 젖어 있던 그녀는 협탁에 놓인 수건으로 얼굴을 조심조심 닦아내고 있었다. 그녀가 스스로 움직일 정도가 되었다는 걸 확인한 알렉시스는 눈에 띄게 안도한 얼굴로 한숨 섞인 웃음을 비쳤다.

"이제 좀 낫긴 했나 보다. 다행이다."

"미안."

"뭘 미안해. 감기 한 번 걸린 거 가지고."

그 별거 아닌 고뿔 한 번에 세상 멸망할 듯 난장을 피웠던 스스로의 모습은 잊은 지 오래였다.

"환절기라 그런가 보다. 요즘 네 건강이 괜찮아져서 약 생각을 미리 못 했어. 고생하네, 우리 부인."

"좀 씻고 싶은데."

"아직은 안 돼. 비가 와서 바깥은 꽤 추워."

"너무 불편하다. 몸이."

정신이 좀 드니 찝찝해서 견딜 수가 없었다.

"안 돼."

"씻을래."

제르는 완강했다.

얼마간 씻냐 안 씻느냐로 승강이를 벌이던 제르와 알렉시스의 설전은 결국 언제나처럼 알렉시스의 패배로 끝이 났다. 백기를 든 그가 물을 받아 오겠다며 일어났다. 대신 목욕물이 다 준비가 될 때까지 꼼짝도 하지 말고 기다리라고 누차 당부하는 것도 잊지 않았다. 마음대로 방 밖으로 나오면 밤새도록 괴롭힐 거라는 엄포에 제르는 그저 웃기만 했다.

알렉시스는 두 번째는 의원과 승강이를 벌였다. 의원은 고뿔에 걸린 환자가 야밤에 무슨 목욕이냐며, 장작 값도 내놓으라 성을 내는 데도 아낌이 없었다. 알렉시스는 제르를 상대할 때와는 정반대로 "저도 불만입니다, 어르신." 하고 퉁명스레 한마디 한 후, 낡은 목욕실의 열쇠를 가지고 돌아왔다.

　좁다란 욕실의 반을 차지한 목욕통은 몹시 낡아 있었다. 얼마나 뜨거운 물을 갖다 부어놓은 건지, 도처가 김이었다. 제르는 한 발 들어서기 무섭게 습기가 입과 코로 밀려들자 짧게 기침했다.
　"내가 해줄게."
　그녀는 묵묵히 그의 손길에 몸을 맡겼다. 알렉시스는 사심 없는 손길로 그녀의 옷을 받아 문고리에 걸쳤다. 제르는 천천히 뜨뜻미지근한 나무 욕조 안에 발끝을 담가보았다. 그렇게 뜨겁지는 않았다. 부드럽게 온몸을 휘감는 물에 완전히 잠기고 나자 마음이 평온해졌다.
　찰방거리는 물소리만 울려 퍼졌다.
　"물이 식으면 말해."
　"……응."
　"목소리가 기운이 없는데, 갑자기 또 현기증 나고 그러는 거 아냐?"
　"아니, 나른해서. 기분 좋아."
　알렉시스는 작은 의자를 하나 끌고 와 욕조 밖에 앉아 그녀의 머리칼을 단정하게 정리했다. 익숙한 손길에 그녀는 그대로 머리를 맡긴 채 눈을 감았다. 듣기 좋은 낮은 웃음소리가 그녀의 뒷덜미를 간질였다.
　제르가 고개를 돌렸다.
　"……왜?"
　"그냥. 뒷모습이 예뻐서."

"……."

"예뻐서 웃는 것도 안 되나? 응?"

알렉시스가 그녀의 사슴처럼 하얗고 가느다란 목덜미를 손끝으로 어루만졌다. 제르는 잠깐 움츠러들었다가 곧 아무렇지도 않은 사람처럼 고개를 돌렸다.

뒷목 언저리에 알렉시스의 입술이 느껴졌지만 피하지 않았다. 그의 속삭임이 턱 언저리까지 가까워졌다.

"좀 나은 것 같기는 한데 그래도 내일까지 열이 떨어지지 않으면…… 내키지는 않겠지만 엘올라로 가서 제대로 된 의원한테 보이자. 왕실 의원이라도 불러서."

"감기가 뭐 대단한 병이라고 왕가의 의원을 네 수족처럼 부리려 하나. 몸 관리를 제대로 하지 못한 내가 잘못이지. 괜한 걱정 마라. 안 죽으니까."

"그래도 점점 체력이 떨어지잖아."

알렉시스의 대답은 어딘지 모르게 자학적인 어조를 띠고 있었다.

그가 일깨우는 현실이 괜스레 서글퍼서 제르는 착잡한 기분에 잠겼다.

어쩔 수 없는 일이라지만 그녀 역시 속이 상하긴 마찬가지였다. 원래 좋지 않았던 몸은 알렉시스와 함께한 후로 잠깐 좋아졌다가, 다시 시간이 지나면서 차츰 망가지기 시작했다. 애초에 망가져 있던 몸이었던지라 그 속도는 몹시 빨랐다.

알렉시스는 늘 그런 그녀를 걱정했고, 뤼민느 역시도 마찬가지였다.

그들에겐 몹시 미안한 일이었다.

2년 전쯤이었나? 이른 나이에 폐경이 찾아왔다. 영문 모를 미열에 밤낮으로 앓아누워 있어야 하긴 했지만 독한 푸링귀를 욱여 삼키는 일은 없어졌다. 그러나 한번 쇠해진 몸은 쉽게 건강해지지 않았다.

멈춰버린 월경을 임신의 징조라 의심하고 남모르게 기대한 적도 있었다. 그러나 이제 완벽하게 아이를 가질 수 없다는 현실에 직면했을 때, 그녀는 절망했다. 애초에 망가진 몸이라는 걸 알았지만 막상 닥쳐온 현실은 받아들이기가 쉽지 않았다.

그녀는 여성성을 거세당한 것과 다름없었다. 차마 알렉시스에게는 말도 꺼내지 못했다. 북받치는 서러움에 매일 밤 그저 밤이 새도록 숨죽여 울었다. 그리 소리 없이 울다 젖은 베개가 축축해져 고개도 대지 못할 정도가 될 즈음에야 잠들었다. 눈물마저 말라 흐르지 않게 될 무렵의 어느 밤. 알렉시스는 그녀에게 아무것도 묻지 않고 혼잣말했다.

네가 살아 있는 것만으로도 나는 충분해. 네 몸이 축나지 않는다면 난 오히려 기뻐 날뛸 거다.

이미 다 알고 있었다고, 그래도 여전히 사랑한다고. 이 모자라고 망가진 여자, 어디가 좋다고. 변함없이.

아이를 가져보자 노력했던 것도 결국 실패했거니와, 언제 어떻게 될지 모를 몸뚱이 때문에 늘 마음고생만 얹어주는 것 같아 가슴이 아팠다. 그가 자신 때문에 포기했던 것들이 떠올라 미안하고, 한창 뛰놀 나이에 부모 걱정을 달고 살게 해서 뤼민느에게도 미안했다.

수시로 어깨가 식지 않도록 물을 부어주는 알렉시스의 일손을 덜어주고자 그녀는 더욱 깊이 몸을 담갔다. 알렉시스는 그녀의 복잡한 심정을 알아차리고는 평소보다 더 상냥한 미소를 지어 보였다.

"그리고 사실, 지금 여기 의원 어르신한테 약재 대금을 치러드려야 하는데 내가 다 써버렸어. 어차피 들러야 할 것 같아서 그래. 나 혼자 다닐 때야 빈털터리라도 괜찮았지만 너랑 뤼민느는 아니야. 좋은 것만 보고, 좋은 것만 먹고, 좋은 데서 자야지. 왕도가 정 싫으면 일단 퀸시오로 돌아가서 몸 좀 추스르고 다시 나오는 것도 좋고."

애써 유쾌하게 말하는 그를 바라보는 제르의 기분은 더욱 착잡해졌다.

그는 참 든든하고 미더운 남자였다. 모든 것을 그녀에게 맞춰주고, 화 한 번 낸 적이 없었다.

제르는 소탈한 웃음으로 내심 뒤범벅된 모든 감정을 무마했다.

"응? 어떻게 생각해?"

"……그냥."

"왜."

엘올라도 내키지 않았지만 퀸시오는 더 내키지 않았다. 그녀는 자신이 짐이란 것을 알고도 선뜻 결정할 수가 없었다.

제르는 폐경 이후 우울함이 극에 달했다. 눈치 빠르게 알아차린 르니아가 그녀에게 끊임없이 격려의 말을 해주지 않았더라면 지금보다 곱절은 더 힘들었을 것이다. 하지만 그녀 역시도 스스로의 임신만큼은 어찌 말 풀어낼 재간이 없었던 모양이었다. 셀파와 정식 혼인한 지도 근 4년을 넘겼으니 그럴 때도 되었다.

한때는 천덕꾸러기처럼, 한때는 어머니처럼, 한때는 친구처럼 저를 돌보던 르니아가 아이를 가졌다는 이야기는 놀라운 만큼 축복받아 마땅했다. 처음 우연히 그 사실을 알게 되었을 때는 기뻤다. 르니아가 대견하기도 했다. 그녀가 먼저 사실을 말해주었더라면 제르 역시 온

전한 기쁨으로 축복했을 터였다.

그러나 르니아는 그 순간부터 죄인마냥 스스로를 숨겼다. 자신의 임신이 마치 죄악인 것처럼 제르에게 들키지 않기 위해 발버둥 쳤다. 사정을 짐작한 셀파는 이러지도, 저러지도 못한 채로 전전긍긍했다. 모른 체하려 해도 선명히 와 닿는 그런 만감이었다.

처음 르니아가 그녀에게 거짓말을 한 날 제르는 다시 한 번 절망했다.

그녀를 의식할 때마다 고개를 숙이는 르니아의 속내가 비칠 때마다 '나는 괜찮은데.' 하고 말해주려고 했지만 진심은 목 졸린 듯이 나오지 않았다. 그러다 문득 그런 생각을 했다. 평생, 이리 살게 되는 걸까. 평생 이리 누군가의 족쇄가 되어. 가슴이 미어지는 현실이었다.

그래서 그녀는 알렉시스와 뤼민느와 함께 퀸시오를 떠났다.

알렉시스에게도 말하지 못한 그런 서글픈 이유로.

"퀸시오로는…… 당분간 돌아가고 싶지 않아."

습윤하게 젖은 음성이 그와 그녀의 사이를 메웠다.

"당분간이 언제까지야?"

그녀는 그대로 몸을 돌려 알렉시스의 목을 끌어안았다. 그녀를 포근히 안고 잠들었던 물결이 크게 일어나 파랑을 만들었다. 찰랑, 찰랑. 물소리와 숨소리가 나란했다. 알렉시스는 목을 앞으로 기울인 채로, 젖은 그녀의 등을 감쌌다.

"……네 몸은 차가워지면 안 돼."

그가 간격을 두고 다독이듯 말했다. 제르는 불현듯 그와 하나 되고 싶은 충동에 휩싸였다. 이대로 그에게 알렉시스에게 안겨 밤을 지새우고 싶다. 그녀답지 않은 그런 진득한 욕망이었다. 하지만 짧은 소금

170   171

끓었던 마음을 죽이는 건 그녀에겐 참 쉬운 일이었다.

아쉬운 듯 그녀를 떼어낸 알렉시스가 능청스레 턱을 매만지며 중얼거렸다.

"부인, 차라리 나도 같이 들어갈까?"

"……좁아."

"딱 붙어 있으면…….."

"싫다."

제르가 딱 잘랐다. 너털웃음을 지으며 그녀의 머리칼을 감겨주던 알렉시스가 조심스레 물었다.

"르니아랑 무슨 일 있나?"

"…….."

"우리 갈 때 나오지도 않았잖아. 말해주기 어려워? 너한테 이르베르트의 안사람이 대들 리가 없으니 다툰 건 아니겠고…… 묻지 말까?"

제르의 숨소리가 울 듯 떨리기 시작하자, 알렉시스는 말을 맺었다. 그는 제르의 마른 등허리를 어루만지며 화두를 돌렸다.

"내 꿈은, 너를 돼지로 만드는 거야."

퍽 진지한 목소리라 제르는 때에 맞지 않게 웃을 수밖에 없었다.

"……실없는 꿈이다, 참."

"정말이야. 살을 피둥피둥하게 찌워서 매일 밤마다 잡아먹을 거야."

"…….."

제르는 저 농담을 어찌 받아들여야 하나 심각하게 고민했다.

막 제 젖은 머리칼을 물로 헹궈내며 돌돌 말아 장난을 치는 알렉시스의 손길에 나른하게 눈을 감은 제르가 그의 팔을 끌어다 목에 감았다. 얼결에 끌려온 알렉시스가 촉촉해진 뺨을 비비며 그녀의 귓가에

훅 바람을 불었다.

제르가 슬그머니 눈살을 찌푸리자 넉살 좋은 웃음소리가 울렸다.

"걱정 마. 난 오늘 숟가락 들 힘도 없어."

"다행이군."

"귀 빨개졌어, 제르. 상상한 거 아니지? 응?"

발끈한 제르가 홱 고개를 돌렸다.

쪽.

알렉시스의 입술이 그녀의 입술 위로 그대로 덮쳐왔다. 잠깐 멈칫한 제르는 그의 입맞춤을 받아들이려다가, 퍼뜩 정신을 차리고 고개를 뒤로 젖혔다.

"옮아."

"뭐 어때."

"너 말고, 뤼민느한테 옮아."

"아, 걔 좀 독립시켜버리자. 내가 피가 말라."

알렉시스가 투덜거리며 그녀의 얼굴을 강제로 끌어다 입 맞췄다. 다행스럽게도 이마였다.

"이렇게 젖어 있으니까, 정말 야해 보인다고. 허벅지를 찔러가며 참아야겠구나. 오늘은."

"……누가 들으면 어쩌려고. 말 좀 가려 해."

제르가 쇄골까지 발갛게 물들어 핀잔을 주었다.

"듣는 귀라고 해봐야 이 댁에는 세잔 어르신과 너랑 나, 그리고 뤼민느뿐인데 뭘. 어르신이야 남녀상열지사에 도가 트셨을 거고, 뤼민느는 이미 곯아떨어졌는데 걱정할 것 없지. 그리고 막상 들으면 좀 어때? 이제 뤼민느도 슬슬 알 거 다 아는 나인데."

"또 그런 말도 안 되는 소리를."

그녀는 절대 동의할 수 없었다. 뤼민느는 이제 겨우 아홉 살이다. 물론, 뤼민느가 더 컸다고 해도 믿고 싶지 않았을 테지만.

알렉시스가 뭉근하게 놀리듯 소곤거렸다.

"너 남자들이 얼마나 빠른지 모르는……."

"말하지 마."

"진짜로, 남자가 이성한테 관심이 생기면……."

제르가 확 그의 얼굴로 물을 끼얹었다.

"아, 참. 이 아가씨가."

알렉시스는 물기를 털어내며 특유의 나직한 소리를 내며 웃었다. 목 안쪽으로부터 울리는 음성이 좁은 욕실 안에 갇혀 기분 좋게 떠돌았다. 얼굴이 화끈거렸지만 그의 웃음소리에 덩달아 우울함이 흐려지는 것도 사실이라, 제르는 새침하게 고개를 돌리며 올라가려는 입꼬리를 잡아 내렸다.

물이 미지근해지자 알렉시스는 다시 뜨거운 물을 한 바가지 조심스레 부어준 후 그녀의 머리를 어루만졌다. 길고 까만 머리칼이 잔뜩 물을 먹고 투박한 남자의 손 위에서 이리저리 문질러졌다.

그가 다시 원래의 화제로 되돌아왔다.

"왕궁까진 들어가지 않아도 돼. 그러니 엘올라에 가서 다시 진찰을 해보자. 내가 없는 사이에 뤼민느 녀석도 속앓이를 좀 했는지 얼굴이 영 죽상이던데. 알지? 곧 네반 플라무나가 있잖아. 그 녀석 한 번도 본 적 없으니까 이번 기회에 가서 보면 좋지 않을까? 응?"

뤼민느까지 갖다 붙이는 걸 보니 포기하지 않을 모양이었다. 승강이를 한다면 끝내는 그가 고집을 꺾으리라는 것을 알았지만 제르는 이번만큼은 어쩔 수 없이 고개를 끄덕였다.

"……그래."

"옛날 생각 나네. 너랑 같이 보는 게 9년 만인가? 아니지, 10년 만이구나."

알렉시스에게 처음으로 배반감을 느꼈던 날. 그의 존재가 생각보다 그녀에게 영향을 미치고 있었다는 것을 깨달은 날. 그가 오스와르로부터 그녀를 보호해주었던 날.

그날은, 수십 가지의 만감이 교차했던 날이었다.

이미 아득한 그런 날들.

"이리 노는 걸 좋아해서 지난 5년을 어찌 버렸을까."

알렉시스가 그녀의 귓불에 입술을 맞추었다. 그가 우쭐하듯 햇수를 정정했다.

"5년 하고 8개월."

조곤조곤 말할 때마다 흘러나오는 따뜻한 입김이 저릿하면서도 기분이 좋았다.

"네가 보고 싶다는 생각에 사로잡히면 하루가 1년처럼 길 때도 있지만 가만히 네 생각을 하면 시간이 멈췄다가도 금방 지나가버려. 그냥 너는 뭘 하고 있을까. 네가 지금은 행복할까. 널 만나면 무슨 말을 할까. 어떻게 해야 네가 웃을 수 있을까……. 그런 생각을 하다 보면, 그냥 네 생각을 한다는 것만으로도 즐거워서 시간이 금방 가는 거야. 그럴 때는 레피스의 악 받친 잔소리도 귀엽게 들렸지."

언제나처럼 적나라하고, 담담하고, 자그맣고, 사랑스러운 속삭임이었다. 그리고 그건 그녀도 마찬가지였다. 서신을 주고받으며 마음을 키웠다. 그의 서신이 언제쯤 도착할까 기대가 커지고, 서신이 도착하는 날이면 온 피로가 녹아내리는 것처럼 기분이 둥실 떠올랐다. 결코 그에겐 말한 적 없지만.

"뭐…… 아, 그래, 엘올라에 체류하는 동안 사람들이랑 인사도 좀 하고."

그건 썩 마음에 드는 제안이었다. 제르는 엘올라에 머무는 그녀의 몇 없는 지인들을 상기했다.

"그러고 보니, 아스난이나 테일런도 못 본 지 꽤……."

"아아, 두 번째 놈은 싫어."

"응?"

"두 번째는 빼."

알렉시스의 반응은 즉각적이었다. 이미 여러 차례 그가 테일런에 대한 반감을 드러낸 적이 있던 터라 놀라지는 않았으나 새삼 이상해 물었다. 그를 못 만난 지도 해를 넘겼건만 알렉시스의 저런 반응은 사그라질 줄 몰랐다.

"대체 왜 그러는지 영문을 모르겠다."

"내가 이유 없이 싫다고 하는 거 봤어? 다 이유가 있다고."

턱 가장자리로 알렉시스의 삐진 숨결이 느껴졌다. 제르는 떨떠름하게 말을 이었다.

"네가 질투하는 건 알지만 테일런은……."

"어, 질투 맞으니까 그리 알아. 그놈은 앞으로도 네 근처에 얼씬도 못하게 할 거야."

하지만 그녀에겐 모두 고마운 사람들이었다.

"……하지만."

알렉시스가 노골적으로 들으란 듯 한숨을 내쉈다. 그러다가 고개를

숙이더니 그녀의 하얗게 드러난 젖은 어깨를 앙 깨물었다. 반쯤 발음
이 먹힌 음성이 천덕꾸러기처럼 울렸다.

"시으어. 싫으다고. 싫어. 나 진짜 걔 싫다니까?"

제르는 어깨를 으쓱이는 것으로 대답을 대신했다.

다행히 알렉시스가 가져온 약초들을 달여 마신 후로 제르의 몸 상태
는 분초마다 나아졌다. 하지만 밤마다 미열이 오르는 것만큼은 잡히
지가 않아서 알렉시스는 고심을 거듭했다.

어린 뤼민느는 눈치 빠르게 제르의 상태에 맞춰 노의원과 같이 투닥
거리며 약을 달이거나 환자식을 준비하는 데에 열심이었다. 알렉시스
가 늘어져서 장난 아닌 장난으로 반찬투정을 할 때면 그때마다 노의원
과 죽이 맞아 "주는 대로 먹어요!", "주는 대로 처머그라!" 하고 소리
치고는 킬킬거렸다.

그리고 사흘째가 되는 새벽. 완전히 비가 그쳤다. 맑게 갠 하늘을 확
인하자마자 알렉시스는 득달같이 떠날 준비를 했다. 뤼민느가 그런
그를 멀뚱멀뚱 쳐다만 보고 있으니 알렉시스가 시선도 주지 않고 통보
했다.

"왕도에 들를 거야."

"왕도는 왜?"

"봄이잖아."

저게 뭔 소리람?

계획에도 없던 왕도라는 말에 뤼민느는 어안이 벙벙했다.

하지만 그들이 떠나기로 한 날은 공교롭게도 노의원이 제르에게 옮기라도 한 건지, 몸살을 앓기 시작할 무렵이었다. 막 짐을 챙겨 나와 노의원에게 인사를 건네려던 일행들은 벌거죽죽한 얼굴로 쉴 새 없이 기침을 하며 코를 틀어막는 노의원을 발견하고 아연했다.

뤼민느가 혀를 차며 타박했다.

"할아버지도 아파?"

"됐다, 됐어."

"진짜 가지가지 한다. 무능한데 감기까지 옮아버리면 어째요."

노의원은 고작 아홉 살 난 놈한테 이런 대접을 받는다며 억울해 미치겠다는 듯이 욕지거리를 중얼거렸다. 아닌 체해도 요 며칠 복작복작하던 것이 마음에 들었던 모양이다 싶어 뤼민느는 그의 증상에도 거리낌 없이 그를 안았다.

그러다 높은 열에 깜짝 놀랐다.

"으앗! 엄청 열나잖아!"

"됐다고, 인마야. 쿨럭, 거, 부인도 아픈 건 너무 참지 말고 꼭 몸을 따뜻하게 하고 다니고, 여행도 좋지만 쉬엄쉬엄 다녀."

뤼민느의 눈이 가늘어져 노의원에게 머물렀다. 뤼민느는 결코 아니라고 생각했지만 노의원은 지금 누가 누구한테 훈계야, 이런 눈빛이었다고 주장했다.

"괜찮으십니까?"

"내가 내 병 하나 못 고칠까 봐? 느그들 때문에 요 며칠 피곤해서 그러니 썩 꺼져."

"……."

"이눔들아, 갈 거면 빨리 가."

하필이면 그들이 떠나는 날 그가 앓아누울 기색을 보이니, 그들도 마음이 불편하긴 마찬가지였다. 제르는 이래저래 그에게 도움을 많이 받았기 때문에 더욱더 신경이 쓰이는 얼굴이었다.

"진짜 괜찮어."

노의원이 귀찮은 듯 손을 휘휘 저었다. 하지만 감기보다도 내심 작별이 아쉬운 눈빛이라 제르는 희미한 미소를 보였다.

알렉시스가 그림자를 내려다보고 시간을 가늠하더니 칼같이 마무리했다.

"어르신, 몸 안 좋으신데 몸조리 잘하시고…… 대금은 사람을 통해 보내드릴 테니 걱정하지 마시고요."

"그려, 그려."

"안 떼어먹습니다."

"떼어먹으면 잡으러 갈 거여."

쿨럭쿨럭, 연이은 기침에 우엑 표정을 짓던 뤼민느는 평소처럼 틱틱거리는 대신 긴 한숨을 내쉬며 입술을 오물거렸다.

"그럼 가보겠습니다."

알렉시스와 제르가 떨어지지 않는 걸음을 옮기기 위해 막 몸을 돌리려는데, 그를 빤히 올려다보던 뤼민느가 대놓고 터덜터덜 반대로 걸어갔다.

"이 돌팔이 할아방탱이……, 고집 하고는……."

걸음을 멈춘 제르와 알렉시스가 뒤를 돌았다.

뤼민느는 노의원의 옆에 서서 그들을 마주 보고 있었다.

뤼민느가 잔뜩 못마땅한 표정으로 노의원을 흘기며 말했다.

"내가 이 돌팔이랑 같이 있을게. 며칠 안 걸리는 거 맞지?"

그러자 노의원의 주름 자글자글한 손이 뤼민느의 뒤통수를 쳐 올렸다. 아야! 뤼민느가 뒷머릴 감싸며 오만상을 짓자 노의원이 갈라진 음성으로 틱틱거렸다.

"허이고, 하다하다 너 같은 꼬맹이한테 돌팔이 취급을 당해! 썩 에미애비 따라가!"

"할아버지, 돌팔이잖아! 돌팔이한테 돌팔이라고 하는데 왜 때려!"

"누가 돌팔이여! 돌팔이는!"

"할아버지가 돌팔이지!"

"어허이, 이거 안 되겠구먼. 이 꼬맹이는 내가 데리고 있으면서 버르장머리라도 고쳐놔야겠다!"

서로를 쏘아보던 뤼민느와 노의원이 짧은 신경전을 벌이는 걸 당황스럽게 바라보던 알렉시스와 제르가 서로 눈을 맞췄다. 뤼민느가 워낙 낯가림이 없긴 했지만, 덜컥 남아 있겠다 할 줄은 몰랐던 탓에 그들도 적잖이 당황한 상태였다.

노의원이 크엣취! 크게 재채기를 하더니 알렉시스에게 소리쳤다.

"서서 미적거릴 시간에 가서 돈이나 가져와!"

"하지만, 뤼민……."

"나 괜찮아. 걱정 마요."

뤼민느가 하얀 이를 드러내며 천진난만하게 웃었다. 결국 알렉시스가 가볍게 고개를 끄덕여 승낙했다.

"뭐 정…… 그렇다면 그러자. 사람을 보낼 테니까. 영감님, 엘올라에 도착해 사람을 보내면 한 닷새 정도 걸릴 겁니다."

"그동안 이 꼬마 녀석이 먹어치우는 밥값, 내 방을 쓰는 침대값, 전부 계산에 칠 줄 알어!"

노의원은 제 옆에 버티고 선 뤼민느를 쑥스러워하는 사람처럼 곁눈질하다가 목에 핏대를 세우며 되레 큰소릴 냈다.

제르는 이 상황을 어찌 받아들여야 하는 건지, 알렉시스가 너무 쉽게 승낙한 건 아닌지, 뤼민느의 마음을 돌려야 하는지 분간하지 못해 굳어졌다.

알렉시스가 그녀를 설득했다.

"괜찮아, 제르. 어차피 네반 플라무나까진 보름 정도 남았으니까."

"……하지만."

그녀의 심경을 예민하게 읽어낸 뤼민느가 그들을 떠밀었다.

"괜찮아, 제르. 이 할아방탱이 안 나아도 데리러 오면 갈 거니까. 제르는 가서 진짜 의원한테 꼭 진찰 받고……."

퍽. 또다시 노의원의 매운 손이 뤼민느의 등짝을 시원스레 내리쳤다. 휘청한 뤼민느가 이젠 바락바락 소리쳤다.

"아야! 왜 또 때려요! 이 할아버지야!"

"의원을 앞에 두고 진짜 의원 타령을 해대는 네놈이야말로 무슨 고약한 심보야!"

"아야아아!"

제르가 부리부리한 눈으로 노의원을 노려보았다. 감히 누굴 때려. 당장이라도 손찌검을 날릴 것 같은 얼굴이라 알렉시스가 급히 나서서 수습했다.

"일단 알겠습니다. 그러면…… 며칠만 더 돌봐주십시오."

"그래, 나중에 다시 봐, 제르. 아프지 말고."

등을 어설프게 어루만지던 뤼민느가 신이 난 사람처럼 말하며 깡충거렸다. 끝까지 발길을 떼지 못하는 제르를 바라보던 뤼민느는 부러 노의원을 올려다보며 물었다.

"그래서, 할아버지, 나랑 뭐 하고 놀아주게요?"

"예끼, 인마. 지금 환자 앞에 두고 네 보모 노릇이나 하라고! 놀긴 뭘 놀아줘! 넌 찍소리 말고 내 간호나 해! 시끄럽고 귀찮게 굴지 말고 심심하면 책이나 읽고!"

"할아버지, 나 까막눈인데요?"

"허구야. 허이야. 내 팔자야. 이런 무식한 놈이 여태까지 난티 돌팔이라고!"

"할아버지가 가르쳐줄래?"

"싫어, 마!"

뤼민느는 노의원의 얼굴이 벌겋게 물들건 말건 아랑곳없이 깔깔거렸다. 제르는 결국 단념하고 긴 한숨을 내쉬었다. 성격이 좋으니 다행이다. 하지만 어쩐지 뤼민느의 넉살이 점점 알렉시스를 닮아가는 것 같아 걱정스러워지기도 했다.

대륙에 전에 없던 중립 지역이 생겨나며 많은 것이 변했다.

국경선의 분쟁은 현저히 줄었고, 군비 또한 자연스럽게 축소되었다. 축소된 군비로 양국은 영구한 샤말론 영주의 허락 하에 체렌사 아카데미를 설립했다. 샤말론의 성을 거점으로 아카데미 건물을 증축하고 일대를 교육 부지로 만드는 데에만 2년 가까운 시간이 소비되었지만 작업은 순조로웠고, 아카데미의 창설은 수많은 사람들을 놀라게 하는 결과를 불러왔다.

체렌사 아카데미.

우선 첫 번째로 대외적인 의미가 매우 컸다. 한때 가장 치열했던 양국의 전쟁이 있었던 누스말–라잘바누의 변두리를 따라 지어진 거대한 아카데미는 모순적이게도 대륙에서 가장 안전한 곳으로 납득되었다.

바야흐로 평화의 시대를 상징하는 하나의 매개로 자리 잡은 것이다.

두 번째로는 각국의 문화 교류와 각 가문에서 개별적으로 행해지던 사교육 대신 기숙의 개념으로 다양한 귀족 자제들을 동고동락하게 하는 곳이라는 의미가 컸다. 발족 초기 단계라 전통도, 체계도 부족했지만 새 역사의 한 귀퉁이를 장식할 만큼 의미 있는 곳이었다.

기본적으로는 체렌사는 양국의 귀족 자제, 높은 계층의 영윤들을 받아 교육을 진행하는 커리큘럼을 갖추었지만 재능 있는 평민들을 입학시키는 것 또한 철저하게 염두에 두고 추진하는 중이었다.

무표정하게 보고서를 읽어 내려간 세드로는 주전자를 들어 뜨겁게 녹아내린 금물을 양피지 위에 조르르 흘린 후, 압인을 찍어 문서를 봉했다.

"다음."

세드로가 봉투를 옆으로 밀어내자 대기 중이던 시중인이 다가와 공손히 압인이 덜 마른 문서 봉투를 양손으로 받쳐 들고 물러났다. 또 다른 대기 중이던 시중인이 탁자에 둥근 두루마리를 펼쳤다. 세드로의 눈이 매섭게 빛났다.

세드로 마르티사. 그는 이제 겨우 열넷을 바라보고 있는 카르시타

의 소년왕이었다. 두꺼운 성장을 걸친 데다 또래보다 체구도 비교적
커서 얼핏 열예닐곱쯤으로도 보였다. 어린 나이에도 불구하고 섬세하
며, 손짓 하나하나가 교양을 갖춘 성인처럼 서슴없이 부드러웠다.

"다음."

잇따른 또 다른 문서를 들추는 평온한 손동작이 반복해 이어졌다.

"다음."

시간이 길어질수록 소년 왕의 얼굴에서는 지루함이 묻어나기 시작
했다.

"다음."

단순 노동이란 몹시 피곤하고 재미없는 일이었다.

'이러니 형님이 학을 떼실 만도 하지.'

요즘 부쩍 그런 생각이 들었다. 당연히 그가 해야 할 일이라는 의무
감으로 어려운 문건을 꼼꼼히 살피지만 새삼 이 자리를 박차고 나간
알렉시스의 마음이 이해가 되었다.

세드로의 투명한 보랏빛 눈동자가 탁자에 머물렀다. 스스로가 모자
라 여유를 부릴 여력이 없다는 걸 알지만 조금은 지쳤다. 경험이 미비
해 쉽게 무언가를 결정할 능력이 없는 소년으로서는 사소한 안건에도
다양한 각도에서 여러 번 생각을 반복해야 했다. 자칫 실수했다가는
어려서라는 이유로 무시당할 것을 알기 때문이다. 실제로 여전히 세
간에서는 알렉시스가 너무 빨리 왕좌에서 물러난 것이 아니냐는 소문
이 돌고 있었다. 그는 자신을 믿고 물러난 사촌 알렉시스를 실망시키
고 싶지 않았고, 스승들과 모후를 실망시키고 싶지도 않았다.

그러니 피곤한 와중에도 한 아름 서류철과 문건들을 가지고 오는 신
하들을 질책할 수도 없었다. 네반 플라무나가 목전이라 일은 곱절이

었다.

묵묵히 마지막 보고서까지 꼼꼼히 마무리한 세드로는 도장을 내려놓고 문서를 둘둘 말아 기계적으로 시종에게 건넸다.

"지금은?"

"오전에 올라온 것은 조금 전의 것이 마지막이었습니다, 전하."

"나가봐."

세드로가 고개를 끄덕였다. 일이 마무리가 된 것 같지만 아니었다. 곧 또 다른 이가 찾아와 오후 안건을 한 아름 가지고 들어올 것이고, 그는 또다시 같은 노동을 반복해야 할 것이다.

그는 비로소 의자에서 일어나 소파로 걸어갔다. 지금 당장 다른 해결할 일이 남아 있었다는 것을 상기한 탓이다.

"다 되셨습니까? 이리 불러다 앉히고서 언제까지 무시하시려나 했습니다."

날카롭게 날아드는 목소리에 그녀의 건너편에 앉은 세드로가 고개를 저었다.

"일부러 그런 건 아닙니다."

"전하께서 공무를 보시는 데 기다리느라 시간이 꽤 지체되었으니 바로 용건으로 가지요. 왜 부르셨죠?"

소파에 앉아 내내 잔을 달그락거리거나 손톱을 뜯는 소리를 내며 그를 거슬리게 하던 여자가 치켜뜬 눈으로 물었다. 화려하기 짝이 없는 루마국 스타일로 머리를 땋아 둥글게 말아 올린 후, 그 위에 커다란 깃장식을 올린 그녀는 몹시도 사치스러워 보였다. 차림은 루마국의 것이었지만 갈색에 가깝게 어두운 금발과 갈색 눈, 전형적인 카르시타인의 생김새였다. 소피아 실레리. 그녀는 세드로의 어린 시절 일찍이 마르윈과 함께 인근 왕국으로 시집간 출가외인으로 그의 큰누이였다.

하지만 함께 자란 정이 없어서인지, 세드로는 그녀를 그다지 좋아하지 않았다.

세드로는 너절하게 남은 탁자 위의 종이 더미를 마지막으로 한 번 슥 곁눈질한 후, 용건을 꺼냈다.

"……누님께서 지난밤엔 어머니께 너무 무례하셨잖습니까?"

그의 정중한 지적에 소피아는 되레 눈살을 찌푸렸다.

"내 이럴 줄 알았지. 그 때문에 나를 부른 겁니까? 아니, 애가 들어서는 방법을 아신다면 딸인 내게 알려주는 게 무에 그리 어려워서요? 전하?"

"잘은 모르지만 어머니께서 불쾌해하지 않으셨습니까? 그리고 사람 힘으로 안 되는 것이 있다 했습니다."

"전하께서 그리 말하시면 아니 되지요."

소피아의 눈이 비웃듯 가늘어졌다.

"선왕과 모왕이 얼마나 오매불망 공을 들여 전하께서 이 땅에 나셨습니까. 제가 지금 사정이 어려워 그 덕을 좀 보아야겠다는데, 어찌 이 누이의 앞길을 가로막으시려 하십니까?"

"그게 아니라, 어머니께 말씀을 올리실 땐, 어머님을 좀 헤아려달라 말하는 겁니다."

"아니, 내가 어제저녁 못 할 말을 한 것도 아닌데, 어미를 닮아 후계 생산을 하지 못해 손가락질 당하게 생겼으니 무슨 묘안이 있다면 나눠 어달라 청한 게 그리 대역무도한 불효였습니까?"

"그러니 제 말은, 그런 식으로 말하지 마시라는 겁니다."

"어머니를 닮아 이리 회임이 늦는 거라면, 어머님과 같은 처방을 하면 나아질지 모른다 생각하는 게 무에 이상합니까?"

소피아가 딸을 하나 낳은 후 줄줄이 유산을 하고 몹시 곤란한 상황에 처했다는 건 세드로도 언뜻 들이 알았다. 비록 소국이라지만 루마로 시집을 간 그녀는 이제 온전히 루마의 사람이었으므로 그곳의 왕비로서 그곳의 법도대로 살아야 했다. 그곳에서는 여러 명의 비를 두는 일이 비일비재했는데, 얼마 전 다른 왕비가 아들을 낳은 후로 소피아는 그곳에서 완전히 고립되었다고 했다.

하여 얼마나 독한 마음을 먹은 건지, 그녀는 이틀 전 친정인 카르시타로 돌아와 다짜고짜 에사렛타에게 무례한 말을 줄줄이 늘어놓았다. 자신이 아이를 갖지 못하는 것은 어머니를 닮아서라는 것부터 시작해 무슨 수로 세드로를 낳았느냐, 왜 내게 알려주지 않느냐, 독하게 혼자만 알고 있는 비법이 있는 것은 아니냐.

멋모르는 세드로가 듣기에도 지나친 언사였다.

사정이 딱하지만 세드로는 지금 카르시타 내부 규율을 제 힘으로 잡는 것도 벅찼다. 그 와중에 분란을 일으키는 그녀를 내버려둘 수는 없었다.

"저는 어려서 잘 모르지만 후계 생산은 누이의 몫입니다. 마치 누이가 이루지 못한 것을 어머니의 탓인 양 말하는 것이 몹시 듣기 언짢습니다."

"오죽 답답하면 이러는지는 헤아리지 못하십니까? 그저 물은 것뿐인데 왜 다들 이리 저를 못 잡아먹어 안달인지 모르겠군요. 출가외인이라 그리 박대하는 것도 이해는 하겠지만 지금 배신감을 느끼는 건 접니다."

소피아는 그에게도 거리낌이 없었다.

하기야, 어린 시절 그가 기어 다닐 때부터 그를 봐왔던 누이라 했다. 세드로는 그다지 기억나는 것이 없지만.

무어라 대답해야 할까 말을 고르는데, 방해꾼이 찾아들었다. 반가운 불청객이었다.

"전하."

그는 누구인지 묻지도 않고 무조건 들였다.

"들어와라. 일단, 이야기는 나중에 마저 하죠."

소피아는 몹시도 모욕적이란 듯 인상을 찌푸렸으면서도 예를 갖추는 건 잊지 않았다. 공무실의 문이 열리자 고약한 냄새가 구물구물 풍겨왔다. 막 밖으로 나가려던 소피아가 질겁하며 뭐야! 하고 끝내 큰 소릴 내고는 도망치듯 사라졌다.

세드로는 살짝 콧잔등을 찌푸리며 공무실에 드는 병사와 남루하고 지저분한 차림의 젊은 여자를 응시했다. 병사는 거지꼴을 면치 못하는 여자를 몹시 거칠게 다루고 있었다.

병사가 보고했다.

"감히 입에 담으면 안 될 말을 떠들고 다니는 백성입니다. 처분을 청하기 위해 이리 포박해 왔습니다."

"그런데 왜 내게까지 데리고 왔다는 말이냐? 왕도의 수호는 방위대와 근위대가 도맡아 하는 일이고 범죄자의 처벌은 경비대가 하는 일이다. 죄인의 호송은 관청으로 가는 것이 규칙이 아니던가?"

"그것이⋯⋯. 기록으로 남기기 해괴한 일이라 전하께서 직접⋯⋯."

힘차게 왕의 앞에 여자를 내동댕이친 사람답지 않게, 병사는 머뭇거렸다.

세드로의 보랏빛 눈동자에 일순간 번뜩대는 짜증이 배어들었다. 이럴 시간도 아까웠다. 세드로는 소파에서 일어나 공무 탁자로 돌아가 앉아 삐딱하게 턱을 괴었다.

"말해봐라."

"그것이……."

여자가 벌벌 떨며 외쳤다.

"억울합니다! 저도 그저 주워들은 것뿐입니다. 억울합니다, 전하! 제가 그리 말을 지어낸 것이 아니라……!"

여자는 무슨 일인지는 모르겠지만 몹시도 겁에 질려 있었다. 세드로의 심기가 점점 불편해지고 있다는 것을 깨달은 병사는 마지못한 사람처럼 더듬더듬 말을 얽었다.

"……어찌 된 일인지는 모르겠으나, 이상한…… 노래를 부르고 다녀……."

"노래? 노래 몇 구절 부른 것이 무슨 죄가 되어 지금 내 앞까지 끌려온 거지?"

"그 내용이……."

"불러봐라."

여자는 꿀 먹은 벙어리처럼 생전 처음 보는 소년왕을 올려다보았다. 감히 그런 무례도 없는 시선이라, 병사가 여자의 허리를 나동그라지지 않을 정도로만 세게 걷어찼다.

"적당히 해라."

결국 세드로가 경고하고 난 후에야 병사가 한 걸음 물러났다.

"전하, 전하, 아닙니다. 결코……."

"괜찮으니 불러봐. 다시 말하게 하지 마라."

세드로는 퍽 지친 음성으로 명한 후 얕은 날숨을 내쉬었다.

여자는 거의 까무러칠 것 같은 표정으로 목숨을 구걸했다.

우리의 소년 전하는 데바람 사람이랍디다.
유스카리께서 외도하여 난 자식이랍니다.
그래도 사랑스러운 우리 전하시랍니다.

세드로는 모든 일을 중단하고 방으로 돌아갔다. 불쾌하고 불편했다. 그러나 화가 나기보다는 스스로가 놀랄 정도로 담담하기도 했다.
"전하, 오늘 업무는……."
"잠깐 쉴 테니 나가 있어라."
시중인은 세드로의 우울한 얼굴에 말없이 물러났다.
세드로는 여자가 부른 노래의 가사 말을 되새김질했다.
카르시타의 왕은 데바람의 핏줄이라. 진정한 왕은 알렉시스 테피온이라.
모든 노력이 부정당하는 기분이었다. 그 노래 가사를 데바람 인에게서 들었다는 남루한 엘올라의 백성은 결백한가? 국왕 모독의 대죄였지만 세드로는 그녀를 벌하고 싶지는 않았다. 악의가 아닌 실수라면 관대하게 넘겨주는 것이 도리일 테니까. 무지하니 따라 불렀을 것이고, 퍽퍽한 삶에 소일거리 삼아 말을 옮겨 붙였을 터였다.
백성들의 무지에 대해서는 아르노만에게서 숱하게 들어왔으므로 한 치의 의심도 없었다.
세드로는 길게 놓인 가죽 소파에 기대어 앉아 고개를 젖혔다. 뒷목이 저릿하게 아파왔다. 천장은 기하학적인 무늬들로 양각되어 어지러웠다. 왕의 방은 그 자체로 화려한 하나의 궁전이었으므로 새삼 그는 자신의 위치를 자각했다.

사실 후회했다.

'괜히 들었네.'

남루한 여자에게 다시는 그런 헛소리를 떠벌리고 다니지 말 것을 명한 후 풀어주었다. 사소한 입 하나를 막는 데에 폭력을 사용하는 것은 실용적이지 않은 것이라 배웠다. 게다가 그 여자를 처벌한다고 해서 이미 떠돌고 있다는 모욕적인 노래를 근절시킬 수 없을 거란 것도 잘 알았다.

담담하게 가라앉은 속 어딘가가 아팠다.

세드로는 창 밖으로 시선을 옮겨 하늘에 박았다.

유유히 떠도는 구름, 푸르른 벽공. 문득 오래전의 기억이 났다. 어릴 적 왕이 되기 직전 그는 해적선에 억류된 적이 있었다. 그곳의 뱃전에서 뛰어다니며 장애물 하나 없는 하늘을 매일같이 올려다보기도 했었다.

잘려나간 듯 드문드문했지만 그때 만났던 이들의 이름 하나하나까지도 그는 기억했다.

"……."

순간 들끓는 어떤 불안에 세드로의 보라색 눈동자가 위장된 고요로 침닉했다.

무엇이 불안한 줄도 모른 채로 그는 참았다.

왕이란 인내해야 한다.

왕이란 감정을 드러내선 안 된다.

루덴 공과 레피스에게 귀가 아프게 들어온 교육이 이 자리에서 빛을 발할 줄은 몰랐다.

'스승님들이 참……, 좋아하시겠군.'

물론 그들이라면 칭찬보다는 저런 헛소문 따위에 마음 쓰느라 정무를 멈춘 그를 꾸짖을 것이 뻔했지만. 지금은 이 정도로 위안이 되었다.

외인들은 모르겠지만, 세드로는 생각보다 많은 것을 기억하고 있었다.

그는 사실 정식으로 왕이 될 수 없었다. 카르시타에 내란이 일어났을 때 그는 네 살이 채 되지 않은 어린 나이였다. 부왕인 유스카리는 사촌 뉘사나에게 사주받은 당시의 금위대장의 모략에 피살당했고, 일시에 그의 기반은 무너졌다. 그로 인해 그가 기댈 수 있는 건 어머니인 에사렛타와 피노제의 대공, 아르노만이 전부였다. 풍랑에 휩쓸린 외로운 나룻배처럼 그 당시 그의 상황은 그렇게나 위태로웠다.

'전하께서는, 전하이시기 때문에 역대 어느 왕보다도 더 카르시타를 위해 헌신하셔야 합니다.'

아르노만은 그에게 세뇌에 가까운 의무를 주입시켰다. 세드로는 그런 그가 두려운 날이 여러 밤이었다. 에사렛타는 아르노만 역시 세드로를 몹시 아끼고 있으며, 모두가 현명한 왕이 되길 바라는 마음에서 우러난 충언이라 그를 달랬지만 어렴풋이 알았다.

아르노만은 카르시타를 다스리는 벌을 받아야 하는 죄인을 보듯 그를 보았다.

'전하께서는 그러시지 않으면 안 됩니다.'

외조부인 그가 자신을 데면데면하게 대하는 이유는 사실 잘 몰랐다.

다만 알렉시스가 물려준 왕관이 제게는 어울리지 않는 왕관이라 여긴 것일까. 어림짐작해볼 따름이었다. 실제로 몇 해 전까지 섭정위에 머물던 사촌 알렉시스가 섭정에서 물러난 그해, 아르노만 또한 은퇴했으므로 전혀 가능성이 없는 건 아니었다.

세드로는 아직도 처음 제 머리에 얹혔던 왕관의 무게를 기억했다.

모든 카르시타의 귀족들이 시립한 대관식에서였다. 무서운 사람들이 도처에 모여 있었다. 언제나 모든 이들의 관심을 독차지했던 세드로가 완벽하게 모든 이들의 관심 밖으로 밀려났던 시간이었다. 그러던 중 갑자기 자신의 이름이 불리고, 그대로 즉위할 거라 믿어지던 사촌이 그를 붉은 융단 아래로 끌어냈다.

그들의 술렁거림은, 어떤 배 위에서 들었던 파도 부서지는 소리처럼 선명했다. 그리고 정신을 차렸을 때 세드로는 장엄한 왕좌에 앉아 있었다. 알렉시스가 씌워준 왕관이 무겁게 그의 머리에 놓이고 곳곳에서 울음소리 같은 것이 울렸다.

열네 살쯤이면 알 만한 것들은 다 알게 되는 나이다. 왕이 되었어야 하는 사람은 그의 사촌이었다. 세드로가 유스카리의 적자로서 적통성을 부여받은 것처럼 알렉시스는 유스카리의 전대인 제누바시스의 아들로서 흠잡을 데 없는 적통성을 가진 사람이었다. 나이도, 지지 기반도, 상황도 모든 것이 그에게 합당했다.

하지만.

'이제 당신이 왕좌에 오르실 시간입니다, 전하.'

아직도 그의 목소리가 귓가에 쟁쟁했다. 위축된 공간 속에서 무엇도 판단할 수 없어 더듬더듬 되물었던 것이 떠오른다.

'……내가?'

기억조차 나지 않는 어린 시절, 아마 사실 자신도 알고 있었던 건지 모른다. 스스로가 왕으로서 어울리지 않는다는 걸. 그래서 세드로는 그만큼 알렉시스를 믿었다.

가만히 기억을 더듬으며 눈을 깜빡이던 세드로는 문득 일편 잠들어 있던 어떤 기억을 일깨웠다. 누군가가 그리 말했다.

'적통이 어찌 둘…….'

누구였지?

그건 기억나지 않았지만 분명 그리 말한 이가 있었다. 한번 물꼬가 트이자 줄줄이 떠오르는, 뇌리에 박혀 잠들었던 기억에 세드로가 벌떡 일어났다.

어릴 적에는 이해하지 못하고 흘려버린 이야기들이었다. 사실 지금 제가 떠올리는 기억이 진실인지조차 모호했다. 하지만…….

'제이하이.'

어슴푸레 기억이 났다.

그 여자도 울고 있었다. 어째서인지 에사렛타가 오열하며 알렉시스에게 매달릴 때, 그 여자도 울며 소리쳤다. 하지만 여자는 알렉시스의 부인이었다. 거기까지 생각하자 진심으로 이상하게 느껴졌다. 왜 그 여자가 이렇듯 뇌리에 박혔을까. 대관식엔 수십 명의 사람들이 모여 제각각의 이유로 떠들어대고 소리를 쳤는데, 왜 그 여자가…….

'아.'

'……제이하이 카르시탄, 묻겠습니다. 세드로 전하와 당신 사이에 어떤 관계가 있습니까?'

'몹시 무례하고 불쾌한 이야깁니다. 사랑으로 키워 헌신하는 왕비 전하께서 계신 이곳에서 어찌 그런 말을 함부로 할 수 있단 말입니까?'

대관식 중에 왜 그 여자가 거론된 걸까.

이쯤 가니 세드로는 스스로의 기억을 의심할 수밖에 없었다.

앞뒤가 하나도 맞지 않았다.

자리에서 일어난 세드로는 그의 넓은 방 한구석에 서 있는 잘 닦인 거울 앞에 섰다. 거울은 지친 소년의 얼굴을 고스란히 반사했다. 소년은 보랏빛 눈을 하고 있었다. 그는 분명 초상화 속의 부왕 유스카리와 친누이 마르윈과 몹시 닮아 있었으므로, 스스로가 유스카리의 자식임을 부정하지는 않았다.

하지만 이 눈동자만큼은 누구를 닮은 건지 알 수가 없었다. 에사렛타는 담갈빛이었고, 유스카리 또한 짙은 갈색이었다고 했다.

그는 이제까지는 신경 쓰지 않았던 것들을 신경 쓰기 시작했다.

카르시타의 역대 왕족들 중, 보라색 눈을 가진 사람이 있었던가?

그가 알기로는 없었다.

"전하, 몸이 좋지 않으시다 들었습니다……. 괜찮으십니까?"

얼마 지나지 않아 에사렛타가 방문했다. 퍼뜩 정신을 차린 세드로가 공손히 그녀를 맞았다. 에사렛타는 자연스럽게 다가와 그의 손등에 입을 짧게 맞춘 후 고개를 들었다.

세드로의 얼굴에 피곤한 미소가 번졌다.

"어서 오세요, 어머니. 몸은 괜찮습니다."

"너무 고단하다면 제게 맡기셔도 된다 몇 번이나 말씀을 드렸습니다. 정말 괜찮으니……."

"조금 지쳐서 꾀병을 부린 겁니다. 걱정하지 마세요."

에사렛타는 표정 하나 변하지 않고 의젓하게 자리에 앉는 제 아들을 내려다보다가 그의 의자 팔걸이에 따라 앉았다. 그녀의 핏줄이 불거진 나이 든 손이 세드로의 손을 감싸 쥐었다.

"요즘 전하께서 너무 무리하고 계시지는 않은가 합니다."

"이미 어머니께서 저 대신 처리해주시는 일이 많은 것을 압니다. 루덴 공 또한 분담하여주고 있으니 괜찮습니다. 전 섭정이셨던 사촌 형님이 하셨던 업무량을 나눠 하고 있으니 사실 제가 하는 건 그리 대단한 것도 아니지요."

"그래도 힘들면 언제든지 이 어미를 찾아오세요. 요즘은 우리 전하께서 너무 조숙해지신 건 아닌가 싶어 걱정스러울 정도입니다. 아까 소피아를 부르셨다지요."

"나눌 말이 있어 잠깐."

에사렛타가 세드로의 손을 어루만졌다. 오랜만에 느끼는 손길이 기분이 좋아 세드로는 개구지게 입꼬리를 올려 웃었다.

"어머니께서 제 모자람 때문에 고생하지 않으셨으면 합니다."

에사렛타의 낯빛에 약간의 감격이 어렸다가 이내 고상한 표정 아래로 가라앉았다. 무심코 그녀와 눈을 마주친 세드로는 갑자기 낯설게만 느껴지는 담갈빛 눈동자를 유심히 들여다보았다. 세월의 흔적이 짙게 남은 주름살도 오늘은 보이지 않았다. 세드로가 돌연 에사렛타의 손을 힘주어 쥐었다.

"하지만 알렉시스 형님은 하루가 멀다 하고 놀면서도 늘 완벽하게 일을 해내셨다는데, 부럽기도 합니다."

"알렉시스와 비교하실 것 없습니다. 그는 사람을 잘 부렸으니까요. 전하께서도 직접 하지 마시고 일을 나누어주시면 되지요. 좋은 사람을 두는 것은 그만큼 중요한 것이랍니다."

"할아버지께서도 떠나시기 전 그리 조언해주셨어요. 하지만 저는 우선 제가 스스로 더 잘하고 싶습니다. 조금 더 익숙해지면 그리 할게요."

에사렛타가 기특하다는 듯 고개를 끄덕였다.

연륜이 드리워진 그녀의 손등을 내려다보던 세드로가 툭 물었다.

"헌데 제 이 눈은 누구를 닮은 겁니까?"

"예?"

"……아버지도 아니고, 어머니도 아니고…… 외조부도 아니고, 마르윈 누님과 소피아 누님도 저와는 좀 다르지 않습니까? 카르시타에는 보라색이 드물다고 하던데. 선조들 중 누군가가 있다면 한번 보고싶어서. 어머니 쪽 계보에 있습니까? 혹 어머니는 아십니까?"

에사렛타는 별안간 쏟아져 나오는 질문에 황망한 사람처럼 입을 벌렸다.

"……왜 갑자기 그런 것이 궁금해지셨습니까?"

"그냥요."

"그냥 궁금하실 리가 없지요. 왜 물으시는 겁니까? 고민이 있다면 이 어미에게 다 털어놓으세요. 늘 어미는 전하의 편입니다."

에사렛타가 유달리 예민하게 캐묻기 시작하자 세드로가 되레 겸연쩍어져 미간을 긁었다. 사실 대수롭지 않은 뜬소문이 낮은 곳에서 떠돌고 있다는 건 크게 문제 될 일은 아니었다. 하지만 선뜻 말하기는 역시, 껄끄러웠다.

"이상한 소문이 있다고 해서……."

"소문?"

"세인들 사이에 제가 카르시타 인이 아니라는, 그런 노래가 떠돈다고 하더군요. 그걸 신경 쓰는 건 아니지만 문득 보라색 눈은 데바람 인들에게 왕왕 나타나는 것이라 한 것이 생각나서. 혹 제 선조 중에 데바람 사람이 있는 건 아닐까 궁금해졌습니다."

무거운 침묵이 이어졌다. 최대한 가볍게 한 말이 불러온 끔찍할 정도의 적막에 세드로가 당황해 에사렛타를 살폈다. 그와 눈을 마주치자마자 에사렛타는 무의식적인 듯 고개 돌려 피했다.

"……어머니?"

"그런 소문에 휩쓸리셔야 어디 왕이라 하시겠습니까."

그녀가 전에 없이 딱딱한 음성으로 말했다.

"그런 뜬소문일랑은 잊으십시오. 아무래도 오늘은 이만 물러가겠습니다."

"……어머니?"

도망치듯 자리를 피하는 에사렛타의 뒷모습을 바라보는 세드로의 표정이 묘하게 굳어졌다.

<hr />

에사렛타의 태도는 세드로를 더욱 당황케 했다.

말을 꺼내기 전까지는 무슨 말도 안 되는 소리냐며 그를 다독여줄 손길을 기대했던 세드로의 예상은 정반대의 결과 앞에서 허물어졌다. 대체 왜 그녀가 제게 화를 내고 돌아간 건지 알 수 없었다.

그리 몇 날 며칠을 홀로 고민을 거듭하는 와중에 뜻밖의 소식이 들렸다.

사촌인 알렉시스가 왕도로 돌아왔다는 것이다.

거즘 1년 만에 돌아와 왕실 의원을 요청한 알렉시스의 서류에 인가를 내린 이튿날, 알렉시스가 찾아왔다.

"어서 오십시오, 형님."

세드로는 반갑게 몸을 일으켜 그를 환대했다.

"오랜만입니다, 전하."

알렉시스와 짧게 포옹한 세드로는 활짝 웃어 보였다.

"바쁘신데 시간을 내주셔서 감사합니다. 왕실 의원을 내어주신 데 고맙다 말씀드리고 싶어 찾아왔습니다."

"별말씀을요. 비록 왕명의 무게를 벗어버리셨다고는 하지만 형님은 여전히 제 형님입니다. 게다가 제이하이 카르시탄은 우리에게 중요한 사람이 아닙니까."

알렉시스가 잠깐 입꼬리를 내렸다가 이내 빙그레 웃었다. 중요한 사람이라는 의미는 샤말론에서 벌어지는 국가 간 교류의 중심에 그녀가 있기 때문이었다.

세드로가 그를 자리에 안내한 후 물었다.

"제이하이는 좀 나아지셨습니까?"

"예, 덕분입니다."

"몸이 좋지 않으시면 왜 왕성으로 들어오시지 않고요. 또 에드하인다로 가셨다지요."

"밖을 오가는 데에는 그편이 편해서."

알렉시스는 겸손한 투로 말을 맺었다. 1년 전과 그다지 다를 바 없는 사촌을 빤히 바라보던 세드로는 내심 드는 껄끄러운 기분에 어색하게 웃었다.

제이하이.

그 여자는 결코 왕성에 발을 디디는 법이 없었다. 알렉시스와 함께

왔다면 간간이 얼굴이나 비치며 안부를 전할 법도 한데, 늘 건강을 핑계로 왕성 밖 귀족 사가에 머물렀다. 대수롭잖게 넘겼던 것들이 하나하나 기억 속에서 살아나며 끝내는 다시 대관식의 그날을 상기시켰다.

'……제이하이 카르시탄, 묻겠습니다. 세드로 전하와 당신 사이에 어떤 관계가 있습니까?'

'몹시 무례하고 불쾌한 이야깁니다. 사랑으로 키워 헌신하는 왕비 전하께서 계신 이곳에서 어찌 그런 말을 함부로 할 수 있단 말입니까?'

알렉시스의 부인인 그 여자에게 왜 그런 질문을 했을까? 그 여자는 울고 있었다. 선명하게 기억해내기 전에는 알렉시스의 양위를 분하게 여겼기 때문이 아닐까 생각했던 적도 있다. 실제로 알렉시스도, 제이하이도 몹시 소탈한 사람이라는 걸 알지만 그 말고는 설명할 길이 없었으니까.

세드로가 넌짓 운을 뗐다.

"건강이 좋지 않다 하시니 걱정이 많으시겠습니다. 필요하신 것이 있으시다면 언제든지 이야기하세요. 이번에는 언제까지 머물다 가시려고요?"

"네반 플라무나의 기간 동안만 있다가 바로 떠날 생각입니다."

"아…… 열흘 정도 머무실 거라면 차라리 완치가 될 때까지 왕궁에 머물며 치료를 받는 것이 어떠할지요? 이리저리 옮겨 다니는 것보다는 낫지 않겠습니까?"

세드로의 제안에 알렉시스는 짧은 간격을 둔 후 태연하게 고개를 조아렸다.

"감사한 제안입니다. 여지를 주신다면 안사람과 상의해보겠습니다.

그보다 옥체 강녕하셨습니까, 전하?"

"말 편히 하세요, 형님. 지금은 물러나셨다고는 하나, 형님께선 엄연히 선대이십니다."

"말꼬리를 잡으려는 건 아니지만, 전 섭정과 선왕은 같은 위치에 있을 수는 없지요."

세드로는 깍듯한 그의 태도에 눈을 접어 웃었다. 보랏빛 눈동자가 정겨움으로 빛났다. 그런 세드로를 바라보는 알렉시스의 마음 역시 묘하게 즐거워졌다.

어릴 적에는 에사렛타의 품에 매달려 떨어질 줄을 몰랐던 아이가 어느 순간 빠르게 성장하더니 금세 저리 조숙한 소년이 되었다.

세드로는 기묘하리만치 아름다운 보랏빛 눈동자를 제외한 모든 것이 유스카리를 답습한 아이였다. 물론 간혹, 어쩔 수 없이 세드로를 보며 제르를 떠올릴 때도 있지만 그런 건 아주 잠시의 회고에 그쳤다.

"한창 바쁘시지요. 네반 플라무나가 있어 더 정신없으실 텐데."

"그렇지요. 마음 같아서는 형님께 왕도로 돌아와 제게 조금만 더 가르침을 주셨으면 하고 청하고 싶습니다."

"저보다 좋은 스승이 많지 않습니까."

유연하게 거절하는 알렉시스에게 "기대도 않았습니다." 하고 농담처럼 덧붙인 세드로가 불쑥 물었다.

"형님은 지금이 좋으십니까?"

"예?"

"이 자리에 앉아 계실 적이 간간이 생각나지 않으시는가 해서."

세드로의 의중을 파악하기 위해 입술을 다물고 침묵하던 알렉시스의 낯에서 웃음기가 지워졌다.

"그럴 리가요."

"전혀 말입니까?"

"그만두십시오. 다른 귀가 들으면 오해를 일으킬 수 있는 말입니다."

"저는 형님을 믿는걸요."

"헌데 왜 그런 말을 하십니까?"

"그냥."

고요가 두 사람의 사이를 갉아먹었다. 세드로가 턱을 매만지며 중얼거렸다.

"……형님, 막 엘올라에 들어오셨으니 잘 모르시겠지만 요즘 이상한 노래가 떠돌아다닌다고 합니다."

"무슨 노래 말입니까."

"제가 데바람 사람이라는 그런 가사 말입니다. 백성들 사이에 떠돌기 시작했다더군요."

말을 꺼낸 세드로는 슬그머니 알렉시스의 기색을 살폈다. 그의 입술이 노골적으로 굳게 다물려 있었다. 그가 서늘히 되물었다.

"누가 그런 소릴 합니까?"

알렉시스의 신경이 예민하게 벼려졌다는 걸 깨달은 세드로가 적당히 물러섰다.

"저도 왜 그런 소문이 도는지 참 모르겠습니다."

세간에 이상한 이야기가 돌고 있다고는 해도 세드로는 그를 깊이 신뢰했다. 그는 늘 세드로에게 속삭이곤 했다. 어서 자라서 당신의 자리를 가져가달라. 때문에 경계는커녕 오히려 그가 섭정이던 시절 저를 무릎에 앉히고서 해주었던 수많은 가르침들을 가슴에 새겼다.

"말도 안 되지요. 세드로 전하야말로 유일한 카르시타의 기둥이십니다."

유일한. 정말 자신이 유일할까. 지금도 알렉시스를 아쉬워하는 이들이 많았다.

세드로는 침묵했다.

알렉시스는 아이를 가질 수 없는 여자를 사랑했다. 때문에 자신이 왕이 되면 공석이 될 후계자의 자리를 두고 혈극이 벌어질 것을 몹시도 경계했다, 라는 것이 그가 양위를 선택한 이유였다.

그러나 간혹 궁금하긴 했다. 완벽한 혈통이 그의 대에서 끊기는 데에 그는 아무런 아쉬움도 없었을까. 그 방법 말고도 그가 제이하이를 곁에 둘 방법은 있었을 터인데.

'제이하이.'

다시 불현듯 떠오르는 기억에 세드로가 눈꺼풀을 반쯤 내리깔고 물었다.

"혹시 제이하이는 형님이 왕위를 포기한 후에 형님에게 화를 내셨습니까?"

"……전하?"

"형님께는 처음 꺼내는 이야기지만 조금은 기억납니다. 대관식 날 제이하이가 제 오른편에 서 있었지요."

이번에는 알렉시스 역시 적잖이 당황한 눈치였다. 그때 세드로는 고작 네 살을 바라보는 어린 나이였다.

"……지금 무슨 말을 하고 싶으신 겁니까?"

"그저 문득 생각나서 묻는 겁니다."

"저를 떠보시려는 게 아니라면 그쯤 하십시오."

"언짢게 하려는 생각은 아니었습니다. 죄송합니다."

"사과는 마십시오. 전하는 그리 하실 필요도 없거니와 그러시면 안 되는 분입니다."

세드로가 고개를 느리게 한 번 끄덕였다.

최대한 평탄한 낯으로 일관하며 입술을 매만지던 세드로가 조용히 물었다.

"벵제일로의 제이하이를 만나봐도 되겠습니까, 형님?"

"……무슨 연유인지 먼저 여쭈어도 되겠습니까?"

알렉시스의 음성에 그도 모르게 날이 섰다. 세드로는 내심 놀랐지만 내색하지 않고 미소 지었다.

"무슨 특별한 연유가 있어서는 아닙니다. 들어보니 벵제일로의 제이하이가 데바람의 지스카르와 면식이 있는 사이라 들었습니다. 예전에 데바람 쪽에서 머물다 오기도 했다지요. 궁금한 것도 있고 데바람과 본격적인 수교를 시작하기도 했고…… 샤말론 일대의 영구한 주인이니 이번 체렌사 아카데미에 대한 것도……."

"제 안사람은 샤말론에 관한 대부분의 권한을 양국 수장인 전하와 지스카르 헨솔에게 위임했습니다. 구태여 불러들이지 않으셔도 될 듯합니다만."

부드럽게 말하는 듯하지만 알렉시스는 완고했다.

세드로가 살짝 눈을 치켜뜨며 덧이었다.

"그것도 그렇지만 제 친인척인데, 요 몇 년 제대로 만나본 적이 없는 것 같아 뒤늦게야 마음이 쓰여 그렇습니다. 안부라도 전하고 싶고요."

알렉시스는 천진한 듯 말을 잇는 세드로를 가만히 바라보았다. 세드로는 자신의 완곡한 거절의 의사에도 물러날 기색이 없었다. 어리숙

하고 무르기만 한 아이가 아니라는 얘기는 들어 알았지만, 실제로 그가 겪는 건 처음이었다.

너무 잘 가르친 것이 흠이었다. 평탄한 낯으로 싱긋 웃는 아이의 속내를 읽어내기가 어려웠다. 알렉시스는 이번에는 드러내놓은 거절을 했다.

"송구합니다. 결코 무례하려는 것은 아닙니다만 긍정적으로 답을 드리기 어려울 듯합니다."

침묵으로 그를 응시하던 세드로가 조용히 보랏빛 눈을 감았다 떴다.

"그렇습니까."

소년왕의 입술은 다시 열리지 않았다.

그의 앞에 고개를 조아리고 있던 알렉시스가 마지막 인사를 아뢴 후 물러났다.

어전에서 물러난 알렉시스는 참았던 숨을 몰아쉬었다. 복도를 빠르게 걷는 그의 머릿속은 온통 뒤죽박죽이 되어 있었다. 분명 왕성에 들어설 때만 해도 즐거웠건만, 지금은 그 반대였다.

'노래?'

대체 무슨 노래가 어찌 떠돌아 세드로의 귀에까지 든 건가. 당황스럽기 짝이 없었다. 대관식에서 있던 일들은 지난 수년 단 한 번도 화두에 오른 적 없었다. 귀족들은 함구령을 받았고 카르시타 내부의 귀족들 중 근거 없는 속설을 담아 입방아 찧는 이들은 모두 차례차례 숙청당했기 때문이다. 시간이 흐르며 의문은 자연스레 잊혔고 모든 것은 평화로웠다.

앞으로도 그럴 거라 예상했다.

그가 예상하지 못한 건 세드로의 기억이었다. 어디서부터 어디까지 기억하나? 차마 물을 수도 없었다. 최근 수년을 통틀어 그는 이리도 노여웠던 적이 없었다.

애초 세드로만 만나고 돌아가려 했던 알렉시스는 예정을 바꾸어 에사렛타를 찾아갔다.

그들은 아주 짧게 인사치레 안부를 한마디씩 전한 후 바로 용건으로 들어갔다. 에사렛타 역시 예상했단 듯 담담했다.

"이상한 소문이 돈다는 것을 들으셨다 합니다."

"누가 그런 말을 입 밖에 낸단 말입니까."

"나도 모릅니다."

그리 말한 에사렛타는 멍하니 창가를 돌아보았다. 찻잔을 소리 없이 어루만지는 그녀의 손길이 몹시 초라해 보였다.

"하여 숙모께서는 무어라 말하셨습니까?"

"아무 말도 않았습니다."

"전하께서 제게 제르를 만나보고 싶다 했습니다."

그에 움찔 힘이 들어갔던 에사렛타의 손이 탁자 아래로 떨어졌다. 알렉시스가 낮게 말했다.

"어차피 기록은 다 지웠습니다. 제르가 데바람 왕가에 있었다는 것 역시 지스카르 쪽에서 말소했습니다. 전부 근거 없는 것으로 치부할 수 있는 일입니다. 또 카르시타 내에서도 제르의 망명에 관한 공문서는 남아 있지 않을 겁니다. 가장 시급한 건 소문의 근원지를 찾아 처벌하는 것이……."

"백성들의 입과 입을 타고 오가는 이야기입니다. 근원을 찾는다 해도 이미 늦은 게 아닌지."

"지금 무슨 소릴 하시는 겁니까."

"그냥…… 그렇다는 이야기입니다."

세드로는 에사렛타가 제 배로 낳은 두 딸아이보다 더 깊이 사랑한 아들이었다. 어미임을 부정당하고 싶지 않은 마음에 철저하게 모든 것들을 위조했다. 아르노만과 레피스를 앞세워 제르에 대해 기록된 모든 것을 말소하고, 직접 그 이야기를 들었다는 라니를 앉혀놓고 애원하듯 침묵을 청하기도 했다.

그리고 몇 년 평온했다. 쭉 이어질 거라 생각했다. 하지만 어느 순간 아이는 자랐고, 스스로 의문을 파헤치기 시작했다. 그녀의 조언 없이도 아이는 스스로 생각하고 결론 내릴 수 있는 나이가 되었다.

알렉시스가 답답하단 듯 물었다.

"레피스는 지금 무얼 하고 있습니까? 이 사실을 알고 있습니까?"

"베이하크 공은 체렌사 아카데미의 일을 도맡아 하고 있어 바빠 얼굴을 보지 못했습니다."

아, 그랬지. 알렉시스가 바로 몇 주 전 그를 만났다는 것을 상기하곤 깊은 한숨을 내쉬었다.

"다른 이들은?"

"못 들으셨습니까. 루덴 공은 얼마 전까지 왕도에 머물다 두 주쯤 전 자리를 비웠고, 피노제의 전 대공 또한 은거 중이시지요."

알렉시스는 신경질적으로 목을 죄는 단추를 풀어 헤쳤다. 입술을 작게 벌렸다 다문 에사렛타는 한참 후에야 한숨을 삭인 음성으로 물었다.

"……제이하이는 좀 어떻습니까."

"지금은 좀 괜찮습니다. 요즘 잘 지내고 있고요."

"하지만…… 제이하이께서 이 일을 아시면 어찌 나올지는……."

"대비 전하."

알렉시스의 음성이 다소 거칠어졌다.

"제가 그리 두지 않을 겁니다."

제르는 뤼민느를 돌보며 이제야 겨우 앞으로 나아가고 있었다. 숱한 괴로움을 견디고 견뎌 거머쥔 한 줌의 평온이었다. 그것을 세드로가 깨부수게 두지는 않을 것이다.

"제르에게 아들은 한 명뿐입니다. 하지만 그건 세드로는 아닙니다."

알렉시스가 짓씹듯 내뱉는 사나운 일침에 에사렛타 또한 조금씩 정신을 찾았다.

"데리고 나가겠습니다."

알렉시스는 더 생각할 것 없이 말했다. 절대로 그 둘은 만나게 하고 싶지 않았다.

제르는 지난 수년 세드로에 대해서 단 한 번도 묻지 않고 지냈다. 아주 간간이 스치듯 안부를 묻는 것도 없이. 완벽한 외면이었다. 묻지 않아도 들리는 이야기들이 있어 그러려니 하긴 했지만, 가끔은 그런 모습이 불안하다. 세드로가 기묘한 의심을 품기 시작했다는 걸 알게 되면 제르는 어떻게 반응할까. 전혀 상상할 수가 없었다. 그리고 어떤 식으로 반응하건 간에, 제르가 흔들리면 전부 흔들리는 것과도 같다.

그건 용납할 수 없었다.

"내가 왕년에는 말이여, 한 끗발 날리면서 전쟁통에 다친 부상병들도 돌봐주고, 다 죽어가는 노인네도 벌떡 일으켜 세워주고, 내가 지나는 곳마다 아주 그냥 사람들이 다 쌩쌩해져서……. 한 번은 높으신 나리가 날 찾아와서 직접 주치의가 돼주십사……."

아, 또 시작이다, 저 돌팔이.

비는 멎었지만 습기까지 막을 수는 없어서, 이미 눅눅해진 약초들을 아궁이 근처에 쭉 늘어놓던 뤼민느가 귀를 후볐다.

"나가, 그래가지고. 싫다고 싫다고 노래를 부르는데도 꼭 와달라고 와달라고……."

그는 몹시 수다스러웠다. 감기 기운이 있어 하루 정도 조용한가 싶더니, 노인네 몸이 오죽 튼튼한지 이튿날 바로 쾌차해버려 이곳에 남은 의미가 없었다. 노의원은 당최가 말이 많아도 너무 많았다. 하루 종일 종알종알하면서도 지치는 기색이 전혀 없어서 감탄이 목 안에서 끓어오를 정도였다.

"한 번은 또 데바람의 잡놈 목숨을 살려준 적이 있는데, 지 형한테 칼 맞고 빌빌거리면서 길바닥에 나동그라져 있길래 구해줬더니만, 아주 그냥 계속 나를 귀찮게 하면서 의술을 배우겠다고 수제자로 삼아달라 생떼를 부리는데……."

그랬거나 말거나.

뤼민느는 묵묵히 약초들을 고르게 펴 말린 후 손을 털었다. 한참을 떠들어대던 노의원이 눈을 홉떴다.

"고얀 놈, 대꾸 한 번 안 하는 거 보소."

"아, 지금 할아버지 일 대신 하느라 바쁜 거 안 보여요?"

"어디서 큰소리여? 어린 게 답싹답싹 남의 집에 눌러앉겠다고 하는 거 눌러앉혀줬더니만……."

"눌러앉은 게 아니라 할아버지 아파서 간호해주겠다고 한 거잖아요. 뭐 말을 저렇게 해?"

"그렇다고 진짜 남나? 너도 느그 부모랑 같이 있기 불편해서 남은 거지? 보니까 데면데면해가지고는 애다운 맛이 하나도 없구만."

"와! 이 할아버지가, 진짜!"

발끈한 뤼민느가 발딱 일어나 째려보았다. 그러나 노의원은 도무지가 말이 통하지 않는 상대였다.

"뭐, 인마? 그리 야리면 어쩔 거여?"

"심심해 죽을 것 같단 얼굴로 괜히 시비 거는 거 화도 안 나니까, 부스러기나 정리하는 거 도와요. 다니는 데 거슬려 죽겠네. 내 집도 아니고."

"콩알만 한 게!"

그리 투덜거리면서도 노의원도 양심이 찔렸던지 빗자루를 가져와 슥슥 바닥을 쓸었다. 야무진 어린아이의 손이 곱게 널어놓은 약초들 위로 그의 시선이 옮겨졌다.

"아주 앙큼하단 말이여. 그럼 네 친부모는 어디 있어?"

"몰라요."

"너만 덜렁 남기고 나자빠졌나 보구먼."

"그냥 내다 버렸을지도 모르죠. 제르는 버려진 아이들을 잘 돌봐주거든요."

"너 같은 애들을 다 거둬? 피 안 섞인 형제가 몇이여?"

"……형제는 없는데, 제르가 애들을 좋아해요."

"다 먹여 살릴 정도면 돈이 많은가 부지?"

"뭐, 할아버지가 입에 풀칠할 걱정 대신 안 해줘도 될 만큼은 돼요."

"그래봐야 얼마나 잘났겠어."

홍, 잘났다고 떠드는 돌팔이한테 듣고 싶지는 않네요. 베에에.

하지만 뤼민느도 이젠 노의원의 저런 장난기 섞인 말을 웃어넘길 정도는 되었다. 대충 무시하면 또 금세 다른 얘길 할 걸 경험으로 알아서, 이제는 신경도 안 쓰였다.

막 부엌 아궁이 위의 선반에 널려 있던 마른 약재들을 그러모으던 뤼민느의 손이 문득 멈추었다. 조그마한 나무통에 옹기종기 꽂혀 있는 식기들이 꽤 많았다. 식기가 많은 것은 이상한 건 아니지만 인적 드문 마을, 드나드는 이도 별로 없는 허름하고 적적한 집에 저리 복작복작 놓인 것들을 보니 왠지 기분이 이상해졌다.

오랫동안 쓰지 않은 모양인지, 먼지도 수북이 앉아서 더 쓸쓸해 보였다.

뤼민느가 불쑥 물었다.

"근데…… 할아버지는 왜…… 이런 데 혼자 살아요?"

딴엔 조심스럽게 묻는다고 물었지만, 대답은 쉽게도 나왔다.

"아들 내외는 죽었고, 손주는 독립해서 도시로 나갔어."

어린아이의 머릿속에도 죽음이란 것이 무엇인지는 정확하게 박혀 있었다. 몸이 아픈 사람을 주위에 두고 지내다 보면 자연스럽게 알게 되는 것이다.

뤼민느가 즉각 사과했다.

"……아, 죄송해요."

"뭘 새삼. 20년 가까이 된 일인데."

"왜…… 아들분은 어쩌다가 죽었는지 물어봐도 돼요?"

"선천적으로 몸 약한 손녀딸 의원한테 데려가 치료해주겠다고 내려 가다가, 14년 전쯤에 산사태에 휩쓸려서 그대로 다 같이 떠났지."

"할아버지, 그래도 의원이잖아요? 손녀따님은……."

"내가 그때 자리를 비우고 있기도 했지만, 것보다는 손녀딸의 병색 이 짙었지. 못 고칠 병이었어."

"……아."

잠깐 머뭇거리던 뤼민느가 슬그머니 토를 달았다.

"……그러니까 할아버지, 좀 의원이면 의원답게 집에 약재도 좀…… 아악! 때리지 말라니까!"

"이놈이 뚫린 입이라고!"

노의원은 빗자루를 들고 쫓아왔다. 본능적으로 그가 진짜 때릴 거 란 걸 알아차리고 겁을 집어먹은 뤼민느는 요리조리 빗자루를 피해 몸 을 숨겼다. 그러나 좁은 방에서는 도망칠 만한 곳이 많지 않았다. 예 끼. 이놈! 버르장머리를 고쳐주마! 으악, 때리지 말라고요! 우리 엄마 도 안 때리는데! 몇 번 머리 위로 날아드는 빗자루를 피해 무릎으로 바 닥을 짚고 도망치던 뤼민느는 어느 순간 노의원의 추격이 멈춘 걸 깨 닫고 고개를 들었다.

빗자루 몇 번 휘두르고 지친 건지 노의원은 문턱에 쪼그리고 앉아 숨을 할딱대고 있었다. 세월의 흔적이 짙은 검버섯 핀 얼굴이 어두웠 다. 물끄러미 그를 올려다보던 뤼민느는 슬픔의 그림자일지도 모르겠 다고 생각했다.

뤼민느가 옷을 툭툭 털며 엉덩이를 맨바닥에 붙이고 앉았다.

그리고 머뭇머뭇 말을 꺼냈다.

"……우리 엄마도 몸이 약해요."

"안다. 네 어미는 보니 상할 대로 다 상해 있드만. 웬만한 약재가 몸에 안 듣는 건, 몸이 아주 맛이 갔거나 내성이 생겼거나 둘 중 하나란 소린데, 그래도 멀쩡히 살아 돌아다니는 걸 보면 그냥 약을 달고 살았던 모양이제."

몸 약한 사람 돌보는 건 정말 못 할 짓이지, 노의원이 중얼거렸다.

제르를 고작 일주일 남짓 돌본 게 전부라지만 그녀의 몸에는 고단한 삶의 흔적이 고스란히 녹아 있었다. 몸에 난 흉터와 피부에 밴 약재 냄새들, 그리고 안팎으로 남은 독의 흔적까지.

어떤 이유든 아픈 사람을 데리고 사는 건 그만큼 고단한 일이었다. 아픈 당사자도 속 끓긴 마찬가지지만 주위 사람들을 피 말리게 하는 것이라. 어린 소년이 나이답지 않게 생각 깊은 것 또한 이해가 되었다. 죽음과 가까운 삶을 살다 보면 사람은 자연스럽게 관조적인 성찰과 성숙을 달성하는 법이니.

아닌 체 우울해진 뤼민느의 얼굴을 내려다보던 노의원이 떫은 기분으로 혀를 찼다.

"딱하지, 나이도 젊은 처자가."

"한번 망가진 몸은 다시는 못 고치는 거겠죠?"

"왜 망가졌느냐에 따라 다르겠지. 하지만 내가 보기에 느이 에미는 글렀다."

뤼민느는 무릎을 끌어당겨 웅크렸다. 무릎을 감싼 아이의 손이 연약하게 흔들리는 걸 발견한 노의원이 다가가 소년의 머리에 손을 얹었다.

"인마, 사람은 어차피 다 죽어."

"……."

"못 고칠 병 가진 사람한테 미련 두는 것 아니다. 그냥 있을 때 잘하면 되어."

"……."

"조그만 것이 머릿속에 생각만 많아서는…… 어미 앞에서도 엄마 소리 안 하고 이리 뒤에서 꽁하면 누가 알아주나."

홀쩍, 홀쩍. 코를 들이마시는 소리가 났다.

노의원은 에잇 더러운 것! 하고 일부러 크게 소리친 후 뤼민느의 옆에 털썩 주저앉았다. 하필이면 잘 펼쳐놓은 약재더미 위라, 뤼민느가 벌겋게 충혈된 눈으로 아주 잠깐 노의원을 쏘아보았다. 노의원은 못본 척 벽에 걸린 마른 나물들을 응시했다. 바짝 말라서 이미 생기 따위 없는 거무죽죽한 나물들도 언젠가는 푸르렀다.

"네 에미가 아픈 것 하나 내색하지 않는 것도 다 느그들 때문이겠지. 가끔은 편하게 해줘라. 엄마, 엄마, 애교도 좀 부려보고. 보니 잔망스러운 것이 데면데면해서는."

"……."

"아니면 네가 의원이라도 돼서 신통방통하게 불치병 고쳐볼텨? 혹시 모르지. 나는 못 하지만 너는 할지도."

뤼민느가 사뭇 진지한 물음에 눈물을 멈추고 어깨를 들썩이며 웃었다.

"제가요? 한다고 하면 할아버지가 가르쳐주시려고?"

"예끼. 제대로 배우려면 제대로 된 놈한테 가야지. 늙어 눈이 나빠져 약초도 제대로 구분 못 하는 나는 이제 더는 제자 들일 생각 없다.

전에 한 말은 그냥 해본 말이고. 하지만 그거 하나만큼은 가르쳐줄 수 있다. 사람은 다 죽지만, 다들 행복하고 건강하게 살다 갈 권리가 있어. 의술엔 국경도, 민족도 없다. 아프면 도와주고 도움 받고, 그러는 것이여. 내가 그때 구해준 벨림이라는 꼬맹이는 말이여……."

류민느의 표정에서 웃음기가 사라졌다. 잠깐 진지해지는가 싶더니 다시 자신의 젊을 적, 진위조차 불분명한 일대기를 장황하게 늘어놓을 모양이다.

"아, 지겨워 죽겠네, 진짜."

"이 꼬맹이가!"

"류민느예요! 꼬맹이라고 좀 그만 불러요."

"……허? 어, 그러고 보니 류민느는 카르시타 이름이 아니지 않은가? 느그, 데바람 놈이었어?"

노의원이 성질대로 손바닥을 들어 류민느의 등짝을 내리치려다가 멈추고 신기한 듯 물었다.

"생긴 건 카르시타 남부인처럼 생겼는데."

"어머니가 데바람 쪽에 머무신 적이 있대요."

"데바람의 새끼로구만. 그 벨림 놈이랑 같은 놈이었어. 어쩐지 주제도 모르고 잔망스럽게 달려든다 했더니만 그놈들의 종족 특성이여. 데바람 잡것들은 말이지, 하나같이 이기적이고 계산적인 데다가……."

"데바람 사람 아니라니까! 할아버지는 이름이 뭐예요?"

"그걸 이제야 궁금해하는 거여? 아니, 아즉도 몰랐어?"

류민느가 눈을 둥글게 뜨고 천연덕스럽게 고개를 끄덕였다. 노의원은 그를 빤히 내려다보다가 부리부리한 눈을 접으며 헛헛하게 웃었다.

"세잔이다."

"그냥 세잔?"

"느그는 그렇게만 알면 돼."

똑똑똑. 그때, 누군가가 문을 두드리는 소리가 났다. 알렉시스와 제르가 떠난 지 이제 딱 닷새가 되는 날이었다.

노의원이 허리를 두드리며 일어섰다. 뤼민느는 냉큼 얼굴에 남은 눈물 자국을 닦아낸 후 노의원의 옷자락에 달라붙었다. 의원이 문을 열자, 얇은 봄 망토를 걸친 번쩍번쩍한 갑옷을 입은 기사들 셋이 모습을 드러냈다.

"사람을 찾아왔습니다."

눈을 끔뻑이던 의원은 기사들이 차고 있는 검에 한 번 놀라고, 그다음 그들의 완장에 새겨진 유명한 문양에 두 번 놀라 쾅 문을 닫아버렸다.

'쇼하인.'

아무리 시골 깡촌에 산다 해도 그 문양은 잘 알았다.

노의원이 당황해 문에 기대어 허둥거렸다.

"뭐, 뭐여, 저놈들은? 왜 예까지 왔대?"

"누군데요?"

놀라 발을 구르는 노의원을 대신해 뤼민느가 빼꼼 문을 열어 밖을 내다보았다. 시선을 아래로 내린 기사들이 뤼민느를 발견하고 공손히 웃으며 말했다.

"뤼민느 도련님이십니까? 쇼하인 공작가에서 왔습니다. 전 섭정 전하의 명에 따라 치료 대금을 치르고 이곳에 머물고 계신 뤼민느 도련님을 모시러 왔습니다."

노의원이 눈을 휘둥그레 뜨고 뤼민느를 내려다보았다. 왠지 모를 안
도와 당혹감이 여실히 밴 얼굴이었다. 뤼민느는 익살스럽게 웃으며
혀를 내밀었다.

"그러면……."

축축이 젖은 땅에 기사들의 발자국이 숱하게 남았다. 말은 산등성이
아래에 묶어두고 왔다고 했다. 뤼민느는 대충 옷가지만 챙겨 짐을 꾸
린 후 밖으로 나왔다. 기사들 중 한 명이 빗자루를 지팡이마냥 짚고 선
노의원에게 작은 꾸러미를 건넸다.

"받으십시오."

노의원은 작은 꾸러미에는 관심도 주지 않은 채로, 뤼민느를 응시했
다.

"됐네. 저 도련님 많이 부려먹어서 대금을 대신했으니, 조심히 데려
가시게."

"받아요, 할아버지."

"다 늙어서 돈이 뭐에 필요하다고."

"전 명령받은 대로 이것을 드려야 합니다. 내키지 않는다면 저희가
간 후 버리십시오."

"됐어. 나리들 험한 길 올라오느라 고생하셨을 터이니, 사이좋게 나
눠 드시거나 가는 길에 저 도련님 새참이나 좀 사 멕이시구려."

무안해진 손을 거둔 기사가 어쩔 줄 모르겠다는 표정을 지었다. 뤼

민느가 부은 듯 동그란 뒤통수를 매만지며 짧게 인사했다. 고마웠어
요. 노의원이 대꾸했다.

뭐얼.

기사들은 완강히 거부하는 노의원에게 공적인 태도로 감사를 표한
후, 뤼민느의 손을 잡았다. 몇 걸음 외롭게 젖은 흙길을 걸어가던 뤼
민느가 고개를 돌렸다. 노의원은 여전히 집 앞에 선 채로 말끄러미 그
들을 눈배웅하고 있었다.

뤼민느가 걸음을 멈추고 조심스레 물었다.

"할아버지, 심심하면 같이 갈래요?"

무표정으로 아쉬움을 감추던 노의원이 처음으로 인자한 미소를 지
으며 고개를 저었다.

따사로운 늦봄의 기운을 흠뻑 받은 에드하인다의 사저는 활기로 가
득했다. 미처 마르지 않은 이슬이 반짝이는 시간이었다. 정원 곳곳이
분주히 움직이는 가솔들로 정신없이 바빴다. 그리고 정원 바깥 둘레
로는 가슴에 에드하인다의 문장을 자랑스럽게 맨 기사들이 순찰을 돌
고 있었다. 그들은 중간중간에 멈춰 서서 건너편에서 벌어지는 에드
하인다의 두 아가씨의 여상한 논쟁을 훔쳐 들었다.

두 아가씨란 사실 둘 다 소녀에 가까웠다. 한 명은 10대 중반으로 어
느 정도 젖살도 빠지고 썩 어른스러운 소녀였고, 또 한 명은 그 소녀보
다 서너 살 정도 더 어리고 머리 하나는 훨씬 작은 진한 갈색 머리칼의
소녀였다. 큰 쪽은 에드하인다의 장녀 테르테오 아네, 작은 쪽은 에드

하인다 대백작의 양녀인 제일리 시에이였다.

둘의 분위기는 몹시도 위태로웠다. 테르테오가 무언가 열변을 토하듯 쉬지 않고 말을 했는데, 제일리는 노골적으로 귀를 막았다 뗐다를 반복하며 명백히 테르테오를 약 올리고 있었기 때문이다.

"안 들려. 안 들려."

"제일리!"

"다른 얘기 할 거 아니면 난 간다?"

"이 버르장머리 없는 게, 안 서?"

테르테오가 앙칼지게 소리치며 제일리의 어깨를 움켜쥐었다. 제일리는 입술을 삐죽이며 귀찮은 내색을 감추지 않았다.

제일리 시에이는 9년 전 양친을 잃고 에드하인다에 위탁된 소녀였다. 입 밖으로 대놓고 꺼내는 이들은 드물었지만 그녀의 친부모는 몹시도 유명한 이들이었다. 그녀에게는 그런 별명도 있었다. 반역자의 딸. 미친 왕재의 핏줄. 하여 제일리에게 우호적인 이들은 그녀가 기가 죽어 의기소침해질 것을 우려했다. 그러나 실제는 몹시 달랐다.

제일리는 뻔뻔했다.

"싫어, 안 들린다. 나는 테르테오 언니 말 안 들린다."

아아아아아. 입을 크게 벌려 이상한 소리를 내는 것은 물론이거니와 제일리는 그로도 모자라 다시 손바닥으로 양쪽 귀를 막았다 열었다를 반복하며 테르테오의 속을 뒤집었다.

테르테오는 씩씩거리며 가까스로 이성을 찾았다.

"다시 생각해보라는 말에 알았다고 대답 한 마디 하는 게 그렇게 어려워!"

"아아아아아아. 안 들린다. 안 들린다."

"너 정말 끝까지 이럴래!"

결국 제일리가 한숨을 푹 내쉬었다.

"아니, 언니야말로 이미 끝난 얘긴데 왜 그러는 거야? 이미 늦었어!"

"내가 차라리 키로에 있는 아카데미를 고려해보라고 했잖아! 대체 어디로 들은 거니, 내 말은!"

"귀로 듣지 어디로 들었겠어. 아, 몰라, 몰라, 갈 거라니까. 백작님께서도 허락해주신 일인데 왜 자꾸 이러는 거야?"

"지금 아버지께서 네반 플라무나 준비에 바쁘신 것 때문에 정신없을 때 어떻게 홀린 게 분명해! 그렇지 않고서야 내가 그렇게 부탁했는데 허락해주실 리가 없어!"

"내가 가겠다는데!"

"내가 안 된다고 했어!"

테르테오가 발칵 소릴 높였다.

"넌 진짜 세상 무서운 줄도 모르고! 이 콩알만 한 게 어디 데바람 국경까지 간다는 거야!"

"콩아알? 너랑 손바닥 한 뼘밖에 차이 안 나거든!"

"그거보단 더 나거든? 너어어? 진짜 까불래? 그리고 체렌사는 품위 유지 규정도 없대? 너처럼 왈패 같은 애를 넣어주게!"

테르테오가 화를 이기지 못하고 제일리의 머리 리본을 움켜쥐었다. 별안간 가해진, 머리 하나는 더 큰 소녀의 힘에 홱 끌어당겨진 제일리가 새된 비명을 지르며 테르테오를 밀쳤다.

"정마아알! 그만 좀 하라니까! 네가 아무리 말려도 난 갈 거야!"

"내가 아버지한테 못 가게 하라고 할 거야."

"웃기시네. 그랬담 봐! 언니고 뭐고 없어!"

"동생이고 뭐고 안 봐주는 건 나야!"

테르테오가 마지막까지 지지 않고 받아친 후 홱 몸을 돌렸다. 에드하인다의 두 아가씨 사이의 설전은 이렇게 마무리되는 듯 보였다. 하지만 씩씩거리며 테르테오의 뒷모습을 응시하던 제일리가 고래고래 소리치며 뒤따라가는 것으로 2차전은 시작되었다.

"언니, 언니! 자, 잠깐마아안, 응? 진짜 못돼먹었어! 어쩜 그래!"

테르테오는 자신의 뒤를 짧은 다리로 종종대며 쫓아오는 제일리를 흘긴 후, 못 이긴 척 보속을 낮추었다.

나이 차이가 적은 것도 아닌데 이 저택에서는 두 자매의 저런 다툼이 비일비재했다. 적게는 "너 왜 쩝쩝거리며 먹느냐.", "넌 왜 그리 쿵쿵거리며 걷는데?", "옷이 네게 하나도 안 어울린다." 따위의 아주 사소한 것부터 시작해, 진로를 결정하는 과정에의 마찰까지. 언쟁의 종류도, 강도도 다양했다. 고상한 대백작가의 두 딸이 종종 머리채를 쥐고 싸우기도 한다는 건 아주 공공연한 비밀이었다.

테르테오가 저택 안으로 쏙 사라져버리자, 그녀의 그림자처럼 뒤따르던 제일리도 시야 밖으로 사라졌다. 멀찍이 티 테이블에 앉아 두 자매의 다툼을 못 들은 체 엿듣고 있던 제르가 피식 웃었다. 자매가 소리 높여 설전을 벌이는 내내 난처한 얼굴로 한숨만 내쉬던 아넬라가 겸연쩍은 듯 변명했다.

"부끄럽습니다. 저리 매번 아옹다옹한답니다."

"사이가 좋아 보이는군."

"나쁘지는 않지만…… 제일리가 머리가 크면서부터 테르테오와 사사건건 부딪치는 바람에 바람 잘 날이 없네요."

제르의 입가에 미소가 어렸다.

자매를 보고 있으니 기분이 묘했다. 원래 사이가 좋을수록 저리 티격태격하는 법이다. 친하기 때문에 속마음을 드러내는 데에 거침이 없고, 거침이 없으니 거슬리는 것이 생기고, 그렇게 싸우면서 맞춰가고, 이해하게 되고, 그러다 다툼마저 인생의 일부가 되면 서로를 마음에서 놓아줄 수 없을 만큼 사랑하게 되는 거다.

그녀에겐 그런 쌍둥이 동생들이 있어 잘 알았다. 저리 투닥거리다가 또 어느 순간 서로 부둥켜안고 깔깔거리고…… 아름다운 우애였다. 앞으로도 사이좋게 자랄 자매의 모습이 눈에 훤해 가슴 한쪽이 따뜻했다.

온화한 눈길로 가만히 제르를 살피던 아넬라가 물었다.

"그나저나, 몸은 좀 괜찮으십니까? 왕실 의원이 무어라 하던가요? 안색은 한결 풀리신 듯한데……."

"별일 아니네. 알렉시스가 워낙 유난이어야 말이지."

"성심성의껏 모실 테지만, 혹 준비가 미흡해 조금이라도 불편하신 게 있다면 언제든지……."

"괜찮아."

제르는 간결히 답하며 찻잔을 입술 가로 끌었다. 이런 평온한 여가는 오랜만이었다. 퀸시오를 떠난 후로 줄곧 알렉시스와 떠돌아다닌 데다, 샤말론에서는 워낙 일이 많아 어찌 여유를 즐길 새도 없었다.

"……헌데 둘째가 이제 몇 살이었지?"

"곧 열두 살이 막 됩니다."

"아직 열하나군."

"예."

테르테오의 성장도 괄목할 만한 것이었지만 제일리가 더 눈에 밟히는 건 어쩔 수 없었다.

제일리는 뉘사나와 리안의 살아남은 장녀로, 뤼민느의 친누이였다. 뤼민느와 두 살 정도 차이가 나는. 뤼민느는 사내아이라는 이유로 세상 속에서 그대로 사라져야 했지만 그녀는 에드하인다에서 주눅 들지 않고 잘 지내고 있었다.

"세월이 벌써."

아넬라의 입가에 수채화처럼 흐린 미소가 번졌다.

"……예, 시간이 많이 지났지요. 벌써 9년이라니. 눈 깜빡할 사이라는 말이 괜한 게 아니었습니다. 애들은 참 놀랍지 않습니까. 테르테오도, 제일리도……. 아, 그러고 보니 막내는 한 번도 못 보시었지요?"

"아, 그래. 이 댁의 막내 공자를 본 적이 없군."

"어찌 이리도 시기가 안 맞나 모르겠습니다. 지금 막내는 친가에 가 있답니다. 당분간 네반 플라무나의 준비로 바쁜 바깥사람을 도와주는 데에 아이를 돌볼 여력이 없을 듯해……. 클로이스 경이 마침 그쪽을 방문할 일이 있다 하시어 함께 보냈는데, 왕하께서 이리 오실 줄 알았더라면 조금 더 데리고 있을 걸 그랬습니다."

"……아아. 테일런이?"

"간혹 들러주고 있습니다."

귀에 익은 이름만으로도 기분이 좋아졌다.

테일런은 기적적으로 귀환한 후 아이들 중 제대로 기사가 되고 싶어 하는 이들을 데리고 퀸시오를 떠났다. 그리고 왕도에 머물며 금위대와는 별개로 왕도 수호를 하는 직위를 받았다고 했다. 그에게는 잘된 일이었지만 썩 아쉬워 괜히 우울했던 적이 있었다.

그리고 아르노만이 완전히 일선에서 물러나기 전 마지막으로 그를 천거해, 많은 이들의 주목을 받으며 나이에 비해 빠른 출세를 했다는 소문도 들었다.

문득 그가 어찌 지내는지 보고 싶었다.

말수가 적은 사람이라 이야기상대로는 재미없을 테지만, 침묵이 어색한 관계는 아니니 나쁘지 않을 것이다. 하지만 선뜻 그러겠다 마음먹지 못한 것은 알렉시스 때문이었다.

내심 이런저런 생각을 정리하고 있는데 문득 풀밭을 밟으며 빠르게 다가오는 발소리가 들렸다.

"아아! 어머니! 제일리 좀 말려주세요!"

"안 돼요! 부인! 테오 언니의 말 듣지 마세요!"

두 아가씨와 소녀가 다시 나타나자 정원은 언제 고요했냐는 듯 소란스러워졌다.

제일리를 꽁무니처럼 단 채 치마 양옆을 살짝 들고 정원을 총총 가로질러 오는 테르테오는 숨을 씩씩거리고 있었다. 제르가 고개를 돌리자 뒤늦게 그녀를 의식한 테르테오가 걷다 말고 뚝 멈춰 황급히 무릎을 굽혔다.

"어어어어? 와, 왕하, 인사 올립니다. 어머니와 함께 동석 중이신 줄은 꿈에도 모르고……."

"언닌 분명 제가 잘되는 게 배가 아픈…… 앗, 아얏. 왜 멈춰, 갑자기! 어? 왕하! 인사드립니다. 제일리 시에이예요!"

테르테오의 어깨에 얼굴을 부딪쳐 투덜대던 제일리는 그다지 놀라지 않은 사람처럼 제르를 향해 예의 바르게 무릎을 굽혔다.

기세등등했던 테르테오의 안색만 흙빛이 되었다. 어릴 적부터 제르를 썩 무서워했던 에드하인다의 장녀는 성장 후에도 그녀에게 쩔쩔맸다. 좀 나아지는가 싶더니, 꼭 그런 것만도 아니었던 모양이었다. 제르가 의뭉 떨며 물었다.

"아스난이 바쁜 모양이지?"

"에, 예⋯⋯."

"흠, 네 어미에게 할 말이 있어 온 거라면 내가 자리를 비켜주어야겠구나."

"아, 아니! 저, 저희가 물러가겠습니다. 와⋯⋯ 왕하! 급한 건 아니었습니다!"

"이런, 내가 불편해 자리를 피하려는 것은 아니겠지?"

"물론⋯⋯! 아, 아, 아니⋯⋯ 아니, 그럴 리가요!"

"그런데 왜 그리 떨어, 떨기는."

제르는 심술궂은 질문을 던지며 차를 홀짝였다.

테르테오는 어쩔 줄 모르는 얼굴로 귀까지 발갛게 붉혔다.

"그럼 어찌할 생각이니. 이제?"

"⋯⋯아⋯⋯, 어, 어쩔까요⋯⋯?"

제일리가 참새 부리처럼 입술을 오므린 채 키득거렸다. 눈썹이 위아래로 신나게 오르내리는 것이 고소하다는 듯한 표정이었다. 제르의 시선이 잠깐 테르테오에게 머물렀다가, 곧 제일리에게로 옮겨 갔다.

금방이라도 도망칠 것 같은 얼굴의 테르테오를 응시하던 아넬라가 빙그레 웃으며 위로했다.

"그리 서 있지 말고 와서 이쪽에 앉으련? 제일리, 테르테오?"

"아니⋯⋯ 아니, 어머니⋯⋯."

머뭇거리는 테르테오와는 달리 제일리는 앞으로 치고 나와 아넬라의 옆자리에 답삭 앉았다.

"테르테오 언니가 체렌사 아카데미에 입학하지 말라고 계속해서 저를 괴롭혀요. 배짱도 좋아. 샤말론의 영주님 앞에서."

제르가 엄한 체 목소리를 깔고 테르테오를 향해 말했다.

"동생을 괴롭히면 안 되지."

"아니…… 괴롭히는 것이 아니라……."

"언니도 앉아. 백작 부인께서 앉으라시잖아."

제일리는 새침하게 말하며 턱을 치켜들었다. 비스듬이 고개를 돌린 제르는 빤히 제일리의 얼굴을 응시했다. 뤼민느와 닮은 구석을 찾아보고 싶었다. 콧날? 코끝이 약간 동그란 것이 닮은 것도 같다. 눈이 큼직한 것이…… 입꼬리가 개구지게 오른 것이 닮은 것도 같다.

"제 얼굴에 뭐 묻었나요?"

어린것이 썩 당돌하기까지 했다.

"아니, 헌데 너는 내가 샤말론의 영주라는 것은 어찌 알았느냐?"

제일리가 자신만만한 음성으로 대꾸했다.

"쇼하인 둘째 부인께서 그리 입에 침이 마르도록 이야기하시는 분이 왕하이신데 누가 모르겠어요? 못해도 왕도의 젊은 아가씨들 사이에선 명성 자자한걸요."

"라니를 말하는 거지?"

"네! 이번에 저희 집을 방문하신 걸 알면, 쇼하인 부인께서 아주 배아파하실 거예요."

제일리가 깔깔깔 웃음을 터뜨리자 테르테오가 테이블 아래로 제일리의 허리를 쿡 찔렀다. 제일리는 아랑곳 않은 채로 더 능청스레 웃었다.

물의 자흔를 쫓는다 외전

"자주자주 와주세요, 왕하! 몇 번 뵌 적은 없지만, 왕하 정말 좋아요. 테르테오가 꼼짝도 못 해서 더 좋…… 아야! 왜 때려!"

"누구 앞이라고 입을 그리 막 놀려! 이 바보야!"

'어미보다는 아비를 닮았나.'

제르는 곧 가슴 아픈 생각을 접었다.

활기로 넘치는 아주 발랄한 아가씨는 보는 것만으로도 참으로 어여뻤다.

얼마 지나지 않아 테르테오는 전전긍긍하다 못해 자리를 박차고 도망쳤고, 제일리는 그런 테르테오를 아닌 체 걱정하며 뒤따라갔다.

한참 후에야 아넬라가 매우 세심한 어조로 운을 뗐다.

"조심스럽지만…… 뤼민느 도련님은 이쪽으로 오십니까?"

"아니, 그 아이가 엘올라에 이르렀다는 소식이 들리면 쇼하인의 사저로 옮길 생각이다."

"……왕하께서는 역시 신경 쓰이시겠지요?"

"생이별한 피붙이들이 얼굴을 마주하고도 알아보지 못하는 것도 가슴 아플 테고, 알아볼 수 있을 리도 없지만…… 그리 되면 더 문제가 커질 테니."

제르는 담담히 수긍했다.

뤼민느는 남몰래 살려낸 아이였다. 뤼민느가 살아 있다는 것만으로도 여전히 레피스는 신경을 곤두세우고, 아르노만 또한 반기지 않는다. 어쩔 수 없었다.

뤼민느를 떠올리니 몹시 보고 싶어졌다.

'지금쯤 어디 오고 있을까.'

그러고 보니 알렉시스도 오늘은 어디에 간 건지 보이지 않았다.

어떻게 말을 꺼내야 할지 알 수 없어, 겨우 고르고 고르다 뱉은 말이었다.

"제르, 내일 해 뜨면 우리 엘올라를 벗어나자."

긴 머리칼을 빗으로 쓸어내리던 그녀의 손이 멈추는 것도 당연했다. 제르는 고개를 비스듬 돌려 알렉시스를 바라보았다. 이틀을 내리 사라졌던 남자가 나타나 대뜸 건네는 첫마디가 정말로 이상하게 느껴지기 적당했다. 어딘지 좋지 않은 예감이 들었다. 잔잔하게 흐르는 따뜻한 난로의 온기 대신 불편한 느낌이 그녀를 휘감았다.

"갑자기 무슨 말이야? 어딜 다녀온 거냐, 알렉시스? 말도 없이."

"이곳저곳에."

"이곳저곳?"

"응. 우선 준비해. 내일 바로 나가자."

어쩐지 심상치 않은 얼굴인데 알렉시스는 이렇다 할 설명이 없었다. 가만히 경청하던 제르의 입술이 서서히 불쾌감을 드러내기 시작했다.

"왜?"

"오랜만에 왔더니 불편해서. 알아보는 이들도 많고, 영 재미가 없네……."

"알아보는 이들이 불편하다면 돌아다니지 않으면 되지 않나? 축제 때까지. 그리고 너답지 않은데."

제르는 애써 모른 체 대화를 맺었다.

알렉시스의 입술이 느리게 벌어지며, 참아 누르는 것 같은 숨소리도 같이 흘러나왔다.

"아아, 그냥 변덕이라고 하자. 그냥 가자."

"하지만 아직 뤼민느가 오지 않았잖아."

"괜찮아."

"괜찮다니. 엇갈리면 곤란해. 네가 갑자기 왜 그런 변덕을 부리는지 모르겠다만."

"말 남겨놓고 다른 곳에서 만나자고 하면 돼. 뤼민느는 내가 알아서 할게."

이상했다. 어딘지 초조해 보이기까지 하는 그를 말끄러미 바라보던 제르가 힘주어 불렀다.

"알렉시스."

알렉시스는 그녀의 시선을 피했다.

"나중에 얘기해줄게, 나중에."

"알렉시스, 너 지금 네가 얼마나 이상해 보이는지 아나? 그리고 에드하인다 백작 부인과 내일 출타하기로 약조가 되어 있다."

"그다지 중요한 일은 아니잖아."

"그렇다면 네 변덕은 얼마나 중요한 일이기에?"

제르의 날카로운 대답에 밴 거절을 깨달은 알렉시스가 다가와 그녀를 단단한 팔 안에 가두며 말했다.

"……이번만, 그냥 내 말대로 하자. 그리고 네반 플라무나 같은 건 내년에도 볼 수 있어."

그녀는 본능적으로 그의 거짓을 알아차렸다.

"왜 무슨 일인지 내게 지금 이야기하지 않고?"

그녀는 최대한 차분함을 가장해 물었다. 얼핏 그를 다독이는 것처럼 들리는 부드러운 음조였다.

"무슨 일인지 말해봐. 정 말하지 못하겠다면 뤼민느가 돌아오면 같이 떠나자."

"뤼민느는 지금 중요하지 않아."

"중요해. 나는 뤼민느를 걱정하게 하고 싶지 않아. 난 애초에 그 아이를 거기 두고 오고 싶지 않았어. 뤼민느는 아직 어려. 네가 가끔 그걸 잊는 것 같은데."

제르는 여지를 두지 않고 답했다. 알렉시스는 누적된 피로를 이기지 못한 사람처럼 그녀의 어깨에 기대어 재청했다.

"내 말 들어, 좀. 제발. 피곤하게 하지 말자. 나도 걔가 어린 거 알아. 걱정하게 하고 싶지도 않고."

"아는데 어찌 그리 말해? 의원의 집에서도 그렇게 쉬이 놓고 오겠다고 하더니."

"제르, 그 얘긴 지금 하지 말자."

제르는 그의 완강한 태도에 조금 놀랐다. 하지만 그럴수록 그녀 안에 싹트는 불안과 묘한 반감도 같이 자라났다. 그녀는 무지한 채 누군가에게 끌려 다니는 삶의 말로를 잘 알았다.

"싫다."

그녀가 그를 밀어냈다.

알렉시스는 힘없이 밀려나 그녀를 응시했다.

"나는 그렇게 내게 숨기는 네가 밉다. 왜 내게 아무런 말도 하지 못하는 건지 모르겠지만 몹시 불쾌해."

"한 번만 따라달라는 게 어려운 일이야?"

"속이지 말라는 부탁이 어렵나?"

"나는 널 속이려 하지 않⋯⋯."

"다시는."

제르가 그의 말허리를 자르며 힘주어 말했다.

"다시는 엘올라에 돌아오지 않을 생각이잖아."

알렉시스는 고스란히 읽힌 심중에 당황하기 이전에, 제르가 보인 적대감에 말문이 턱 막혔다. 그녀는 그에게서 한 걸음 뒷걸음질해 섰다.

"⋯⋯여긴 내 고향이야."

"⋯⋯알아."

"내 유년 시절을 전부 보낸 곳이야. 이곳이 나를 키웠어. 그런데 내가 다시는 돌아오지 않을 생각이라는 걸 알아차렸다면 지금 내가 얼마나 절박한지도 이해하지 못하겠어?"

"내일 당장 엘올라가 망하기라도 한다던가? 알렉시스, 막무가내로 돌아가자 말하는 네게 내가 요구한 건 고작 며칠이다. 내게 설명해 주지 못하겠다면 뤼민느가 돌아올 때까지 며칠만 머물다가 떠나자고 한 것뿐이야. 그 아이는 우리가 책임져야 할 아이야. 이해와 몰이해의 문제로 나를 비난하는 건 지나치다고 생각하지 않나. 네가 뤼민느를 네 자식처럼 여기지 않아 아무래도 좋다는 식으로 구는 걸 알지만 나는⋯⋯."

"그렇게 말하지 마."

"네가 뤼민느를 어떻게 생각하는지 모르겠지만."

"제르, 너야말로 말이 지나치잖아."

거칠게 씹어 뱉는 음성이었다.

제르는 순식간에 가라앉은 그의 분위기에 말을 멈추었다.

"자식처럼 여기지 않는다고?"

"……아니잖아."

제르의 대답은 제법 충격이었다. 알렉시스는 깊게 숨을 들이켰다. 짧게 치고 올라온 감정이 불쾌감으로 화하는 건 순식간이었다.

"아니지만, 자식이 아닌 것도 아니야."

"……."

"애초에 네가 뤼민느를 대하는 방식이랑 내가 뤼민느를 대하는 방식이 같을 수가 있어?"

그럴 수 있을 리가 있나? 웃기지도 않은 말이었다. 뤼민느는 그가 죽인 사촌 형 내외의 핏줄이었다. 일생을 그와 싸워왔던 남자의 핏줄. 깨끗한 내리사랑을 전해줄 수 없는 건 당연했다. 그의 얼굴 곳곳에 숨어 있는 뉘사나와 리안의 흔적을 발견할 때면 마지막까지 그를 미친놈이라 비웃었던 가련한 사촌 형의 목을 치던 순간이 떠오르고, 그 아이를 죽여야 한다 몇 번이고 제르를 설득하던 스스로가 떠올랐다. 부모를 살해한 자를 부모라 여기며 살아나가는 어린아이를 볼 때마다 그의 가슴 역시 미어졌다.

애당초 시작부터 온전할 수 없는 사랑이었다. 하지만, 9년이었다. 함께한 시간은 고작 5년 남짓이지만 알렉시스 역시 뤼민느가 자라나는 걸 지켜본 사람이었다. 그리고 아이를 다른 눈으로 보는 만큼 그는 제르가 미처 깨닫지 못한 뤼민느의 번뇌를 이미 이해하는 이해자였다. 뤼민느는 모를 테지만, 알렉시스는 늘 그런 안타까움을 참고 살아왔다.

"내가 그 녀석을 아무것도 아니라고 생각하는 것 같아?"

"……."

"그 녀석을 볼 때마다 내가."

알렉시스가 깊이 숨을 들이켜며 고개를 돌렸다.

노기를 갈앉히려 애쓰는 모습이었다. 그의 화살은 이내 조금 더 근본에 숨어 있던 서운함으로 향했다.

"아니…… 대체 그러면 너는 지난 9년 동안 내 뭘 보고 살았어?"

알렉시스의 음성이 주저 없이 던지는 원망을 깨달은 제르가 입을 다물었다. 이미 조금 전에 무슨 이야기를 나누고 있었는지에 대해서는 죄 잊히고, 남은 것은 가라앉지 않은 앙금뿐이었다.

"너만 그 녀석을 사랑한다고 생각했어?"

"……."

"넌 정말 나에 대해 하나도 모르는구나."

"알렉시스."

"적어도 뤼민느에 관해서만큼은 네가 내게. 그리 말해선 안 되는 거다."

그의 일그러진 낯을 마주하고 나서야 제르는 비로소 자신이 실언했다는 것을 깨달았다. 하지만 선뜻 사과를 할 용기는 나지 않았다. 알렉시스가 제게 화를 낸 적이 없었기에 그저 마주 보고 있는 것만으로도 덜컥 겁이 났다.

어찌 해결해야 하나 당황한 채로 제르가 손을 뻗어 그를 붙잡았다.

"내가."

"놔."

그의 팔은 따뜻했지만 음성은 차가웠다.

제르는 무작정 다시 팔을 뻗었지만 그는 어느새 그녀와 거리를 두고 서 있었다. 허공에 떠 있던 그녀의 팔이 스르르 떨어졌다. 심장이 두려움으로 쿵쾅거렸다.

"아니…… 정말, 내가 말이야, 정말…… 내가."

알렉시스는 차마 더는 말을 잇지 못하겠다는 듯 입술을 깨물었다. 순식간에 방 안은 말 잃은 침묵에 짓밟혔다.

머물 곳을 찾지 못하고 흔들리던 제르의 눈동자가 이내 그의 발치로 떨어졌다.

"내가 대체 뭘 얼마나 더, 아니, 너는 여태까지 그럼 나와 함께 있으면서 나를 그렇게 생각해왔던 거야? 내가, 내가 죽인 사촌 형의 자식을 보면서 아무것도 느끼지 못할 거라고?"

"……."

제르가 뒤늦게야 고개를 느리게 저었다. 하지만 알렉시스는 이미 그녀를 보고 있지 않았다. 사납게 의자를 끌어다 앉은 알렉시스가 한 손으로 얼굴을 쓸어내렸다. 그는 한참 후에야 신음처럼 말을 이었다.

"너란 여자는, 정말. 나야말로 정말."

알렉시스와 달리 제르는 대저 말수가 적긴 하지만 느낀 바가 있다면 숨김없이 말하는 편이었고, 오히려 말을 가리지 않는 편이었다. 알렉시스는 그걸 잘 알았고, 그런 면조차도 사랑할 수 있었다. 하지만 그도 사람인 이상 견디기 힘든 날은 있었다.

바로 오늘이었다. 자신이 지금 그녀에게 화를 내는 건 단순히 말꼬리 잡기 이상은 되지 못했다. 평소에도 그는 뤼민느를 끼고돌려는 제르에게 왕왕 아이를 떼어놓고 둘만의 시간을 보내자 진심 섞인 장난을 걸곤 했었고, 사내아이인 만큼 독립적으로 자라야 한다고 생각했으므로 제르가 그리 느낄 수도 있었다.

하지만 지금은 아니었다.

지난 이틀 촉각을 곤두세우고 지켜본 결과, 세드로는 물러나지 않을 의사가 명백했다. 사람을 시켜 대관식에 참석했던 귀족들을 수소문하고, 왕실의 족보들을 일일이 살펴보고, 심지어는 은퇴해 피노제령으로 돌아간 아르노만에게까지 서신을 보냈다.

필경 그의 의혹 안에는 제르도 있으리라.

미칠 듯이 끔찍한 직감이었다. 세드로가 바로 반시간 거리의 왕궁에 있다는 사실만으로도 매분, 매초마다 심장이 덜컥덜컥 내려앉는 기분이었다.

마음 같아서는 소리치고 싶었다.

너 때문이라고.

가까스로 침착을 가장한 그의 붉은 눈동자가 유독 어둔 빛으로 섬뜩해 보였다.

"너는 아직도 나를 못 믿어? 확실히 해."

"……알렉시스, 내가 말을 잘못……."

"확실히 해."

물에 잠긴 듯 갈라진 음성이, 음조가 바윗덩이처럼 제르의 뒷목을 짓눌렀다.

"실언…… 이었어."

"……아니, 이제 내가 너를 모르겠다. 너는 대체 무슨 생각으로 날 보고 있었는지도 모르겠고. 네 머릿속에 뭐가 있는지도 모르겠고."

"내가 실언했다."

"실언했다는 한마디가 네가 할 수 있는 변명의 전부라 이거야?"

알렉시스의 목소리가 전에 없이 냉랭하게 울려 퍼졌다.

"나도 사람이라고, 지친다고."

제르가 작게 입술을 벌렸다.

"네가 무슨 생각을 하는지 혼자 상상하는 것도 지쳐. 나를 어떻게 보고 있는지 혼자 합리화하는 것도 지치고, 네가 세드로를 잊긴 한 건지, 아니면 숨기는 건지 걱정하는 것도 지치고."

제르가 침묵했다.

"……왜, 지금 세드로가 언급이 되는 건지."

홧김에 뱉은 말은 주워 담을 수도 없었다. 알렉시스는 놀라 눈을 느리게 깜빡이는 제르의 일그러진 눈빛을 외면했다. 제르는 조심스레 그에게 한 걸음 다가갔다.

"……모르겠지만. 나는, 네가 알 줄 알았다."

"뭘."

"너는 늘 나를 가장 잘 알아주는 사람이라고 생각해서."

"말을 안 하는데 어떻게 알아?"

"가시 세우지 마, 알렉시스."

알렉시스는 미친 듯이 솟구치는 노여움에 입술을 짓씹었다. 제르의 울 것 같은 얼굴에 분노는 오롯이 스스로에게 되돌아왔다. 그녀는 모르기 때문에 그리 말한 것뿐이다. 하지만 알면서도 잠깐의 이 분노를 억누를 수가 없었다.

용기를 내어 그에게 다가왔던 제르가 천천히 고개를 떨어뜨렸다.

"……내가 잘못했어. 내가, 아직도 이렇게 모자라."

알렉시스는 고스란히 느껴지는 제르의 불안 어린 사과에 무릎에 팔꿈치를 대고 맥이 풀린 사람처럼 허리를 숙였다. 왜 언쟁이 이렇게 불필요한 데까지 이른 건지 알 수가 없었다. 그녀에게 이렇게 화를 낸 적이 없었기에 스스로가 더 싫었다. 악순환이었다. 정신을 차리고 보니 이 꼴이라.

촉촉하게 젖은 속눈썹이 여리게 떨리는 것을 내려다보던 알렉시스가 몸을 돌렸다.

더는 무리였다. 잠깐 가라앉히고 오지 않으면 죽도 밥도 되지 않을 것이다.

"어디를 가?"

방을 벗어나려는 그를 몇 걸음 쫓아 나온 제르가 가느다랗게 물었다.

알렉시스는 대답하지 않았다. 방을 막 벗어난 그는 문 앞에 서 있던 아스난을 발견하고 싸늘히 비꼬았다.

"……어디 남몰래 엿듣는 취미라도 생기셨나? 에드하인다는. 그리고."

알렉시스의 눈동자가 아스난의 어깨 너머에 서 있는 남빛 머리칼의 기사에게로 향했다.

'빌어먹을.'

순간 욱하고 솟구친 불쾌감을 이기지 못한 그가 턱에 힘을 주고 말끄러미 자신을 바라보는 테일런을 외면했다.

문 앞에 멈춰 선 제르를 발견한 아스난은 변명이나 사정 설명을 늘어놓는 대신, 한 걸음 옆으로 옮겨 섰다.

알렉시스가 마지못한 듯 찬바람을 일으키며 그를 스쳐 지났다.

그를 두어 걸음 따라 움직였던 제르 역시, 문밖의 방문객들을 발견했지만 신경 쓸 여력이 없었다.

"알렉시스."

알렉시스는 잠깐 테일런을 노려보다가 그대로 자리를 떠났다.

제르는 멀거니 서서 그의 뒷모습이 복도 끝으로 사라질 때까지 시선을 떼지 못했다. 입술에 힘이 들어갔다. 마른 입술을 입 안쪽으로 당겨 오므린 그녀가 주먹을 꾹 쥐었다.

"……주군, 들어가도."

"……아."

제르는 비로소 아스난과 테일런에게로 신경을 돌렸다.

아스난의 온화하고 원숙한 눈동자가 그녀를 곤란한 듯 바라보고 있었다. 부끄러웠다. 테일런에게로 눈동자를 미끄러뜨린 제르는 굳어진 테일런의 입매를 발견했다. 몹시 부끄러웠다.

그들이 하필이면 지금 찾아온 건 우연일 터이나, 지금 그녀의 모습과 상황은 그들에게 결코 보이고 싶지 않은 모습이었다.

테일런이 고개를 조아렸다.

"……하필…….."

그녀가 감내할 수 있는 건 거기까지가 전부였다.

알렉시스가 뒤도 돌아보지 않고 멀어진 길을 멀거니 바라보던 그녀는 그대로 밖으로 나갔다. 외투조차 제대로 걸쳐 여미지 않은 차림으로.

오랜만에 그녀와 차나 한잔, 그녀가 원한다면 술이나 한잔 기울이며 나름 즐거운 시간을 계획했던지라 아스난은 정말 당황스러웠다.

"주군."

쫓아가서 그녀를 붙잡으려 했지만 제르는 거세게 그를 뿌리쳤다.

"잠시, 주군, 어딜 가시려고 하십니까. 이 시간에."

그녀는 대답도 없이 그들을 등지고 스스로의 걸음을 재촉했다.

아스난이 어쩔 수 없이 강제로라도 그녀를 멈춰 세우리라 마음을 다지는데, 테일런이 나섰다.

"제가 따라가보겠습니다. 엘보르트 경께서는 걱정하지 마시고, 다른 일 보십시오."

테일런의 미덥게 담담한 목소리에 아스난은 긴 한숨을 내키는 것으로 불안을 흐트러뜨렸다.

그대로 에드하인다의 저택에서 빠져나온 제르는 무작정 걸었다. 금방이라도 주저앉을 듯 다리에 힘이 빠졌지만 멈추지 않았다. 하지만 아무리 걸어도, 전경이 바뀌어도 그녀는 여전히 제자리에 서 있는 것 같은 기분을 떨쳐낼 수가 없었다. 결코 자신을 떠나지 않을 거라 생각했던 남자의 은닉되어 있던 심경을 엿보고 충격을 받은 지금, 가장 생각나는 건 르니아였다. 하지만 르니아는 지금 그녀가 없는 평온함을 영위하고 있을 것이다. 그녀의 눈치 볼 필요 없이 무럭무럭 자라날 새 생명을 보듬으면서, 또 다른 삶의 희망을 키워가고 있을 터였다. 그녀가 무사히 아이를 낳을 때까지 제르는 그녀의 삶에서 물러나고 싶었다. 그런데 이제 와, 그녀가 보고 싶어 견딜 수가 없었다.

이미 제 삶은 원하든, 원치 않든 타인에게 불편한 피해를 남겼다. 조금 극단적으로 표현해 원하지 않은 동정을 한 됫박 건네받고, 불안과 죄의식을 한 말씩 돌려주는 연속이었다.

흘려보냈던 감정들이 다시금 화드득 일어나 그녀의 전 신경을 일깨웠다. 화석에서 깨어난 두려움이 그녀의 가슴과 목 사이 언저리를 짓이겼다. 언젠가 그녀에게 실망하고, 너를 선택한 걸 후회한다 말하는 날이 올까 두려웠다. 경계했던 미래가 바로 목전까지 들이닥친 듯했다.

한밤에도 대로는 봄기운이 물씬 풍겼다. 길의 좌우로는 온통 봉오리가 맺힌 화분이 죽 늘어서 있었다. 조금 더 걸으니 공터가 나왔다. 그녀는 금세 알아차렸다. 이곳은 네반 플라무나의 행진로에 이어진 어딘가였다.

꽃의 축제. 봄 축제.

엘올라에서 그 축제를 구경한 것은 고작 한 번뿐이었지만 기억엔 참 선명히 남았다. 온통 아름다운 꽃잎들이 휘날리던 정경. 햇살이 꽃잎에 안겨 대롱대롱 반짝이던 세상. 온 곳이 웃는 사람들투성이였다. 그 속에서 그녀도 싫은 체 웃었다.

기억 한 조각 떠올리는 것만으로도 가슴 미어져 눈물이 났다.

겁이 나서 미칠 듯이 심장이 뛰었다. 차라리 지금이라도 돌아가서 미안하다고 사과를 해야 할까. 하지만 되돌아가도 입술이 붙어 아무 말도 나오지 않으리란 걸 잘 알았다.

그때 누군가가 그녀의 팔을 움켜쥐었다.

화들짝 놀라 걸음을 멈춘 제르가 고개를 돌렸다.

"주군."

테일런이었다. 테일런이라는 걸 알게 되자마자 드는 실망감에 제르는 스스로의 조악함을 자조했다.

무얼 기대했나.

누굴 기대해.

테일런이 몇 번이나 권했지만, 제르는 에드하인다의 저택으로 돌아가고 싶지 않다는 의사를 명백히 했다. 결국 그들은 조금 떨어진 대로변 왼편의 넓게 잔디 깔아둔 언덕에 올라앉았다.

그가 특유의 낮고 침착한 어투로 말했다.

"아직 날이 쌀쌀하니, 조금만 있다 들어가시는 겁니다."

"너 아직도 내게 그리 잔소리할 힘이 남았구나."

"비꼬셔도 소용없는 거 잘 알지 않으십니까."

테일런과는 근 2년 만의 조우였지만 어색하지는 않았다. 그리 얼마간 앉아 있으니 우울감은 조금 가셨다. 여유를 찾은 후에야 그녀는 테일런을 제대로 살펴볼 수 있었다.

마지막 보았을 적보다 조금 더 긴 머리카락을 멀끔히 넘겨 올린 그에게서도 어느덧 연륜의 냄새가 배어났다. 여전히 목 언저리에 남아 있는 희미한 화상 자국으로 눈을 미끄러뜨린 그녀는 새삼 실감했다.

'그래, 그대도 나이를 제법 먹었구나.'

그녀는 문득 그의 눈에 비친 자신은 얼마나 늙었을까, 얼마나 초라해 보일까 생각했다. 물론 묻지는 않았다.

"못 보일 모습을 보이는구나. 오랜만에 만나서 그런 모습이나 보이고."

"아닙니다. 사람 사는 일에 논쟁이 벌어지는 건 자연스러운 거니까요. 주군도 엘보르트 경과 종종 언쟁을 벌이지 않으셨습니까."

"언제 적 이야기를 하는 거야."

광량히 둥근 달이 엘올라의 왕궁 끄트머리에 걸려 있었다. 눈 시린 빛을 피해 시선을 내리깔고 있던 그녀가 곰곰이 기억의 조각조각을 더듬으며 실소했다.

"그리고 아스난은 사사건건 내가 뭔가를 하려고만 하면…… 아."

"왜 그러십니까?"

이제 생각하니 아스난도 몹시 당황했을 것이다. 뒤늦게 찾아드는 민망함에 제르는 깊은 한숨을 내쉬었다.

"아스난도 놀랐겠구나."

테일런은 대답 없이 빙그레 웃었다. 말없는 달빛이 침묵의 품에 안겨 그들 사이로 내려앉았다.

한밤중에 잔디 위에 앉은 그들을 발견하고 순찰을 돌고 있던 병사 몇이 다가왔지만, 테일런을 알아보고 망설임 없이 돌아갔다. 만일 테일런이 없었더라면 저들과 마찰을 빚었을 것이 뻔했던지라, 제르는 내심 안도했다.

"이제 유명인사라도 된 모양이지."

"할 일을 하며 잘 지내고 있습니다. 주군께서도 잘 지내시……."

"나에 관한 괜한 빈말은 하지 말자."

제르는 괜히 멋쩍어 그의 말허리를 자르며 제 무릎을 끌어안았다.

"잘 지내시는 게 맞지 않습니까. 처음 다투시는 것도 아닐 텐데요."

테일런의 말대로 그녀는 알렉시스와도 종종 다퉈왔었다.

무려 10년이 아닌가. 근본부터가 다른 행동 방식으로 살아가는 두 사람이 함께 지내는데 한 번도 다투지 않았다고 하는 게 더 이상할 것이다. 그러나 대부분은 그녀가 그를 납득하지 못해 생긴 일이었으므로 화를 내는 것도 그녀의 몫이었다. 알렉시스는 이해심의 영역이 그녀보다 훨씬 넓었으므로 어찌 보면 지금까지는 그게 당연했다.

지금까지는.

그가 자리를 떠나버림으로써 어영부영 끝나버린 다툼은 지금까지와는 달랐다. 그 사소한 다툼은 그녀를 두렵게 하기 충분했다.

만일 테일런이 왜 알렉시스와 다투었는지, 무슨 이유인지 물으면 무어라 대답할까. 머릿속으로 곱씹던 제르는 끊길 줄 모르는 침묵 끝에 실소하듯 입꼬리를 올렸다.

테일런은 먼저 묻는 자가 아니었는데, 그새 잊었구나 싶어서였다.

"……너와 내가 안 지 벌써 10년이 넘었구나."

제르는 무릎을 감싸고 있던 손을 들어 한 해, 한 해 정리하듯 손가락을 접었다 펴더니 너털웃음 지었다.

"길기도 해."

테일런의 눈매가 웃음기로 가늘어졌다.

제르는 몸을 그가 있는 방향으로 살짝 틀었다.

"지금은 너도 많이 유해졌구나. 왕도 생활이 체질인 모양이지?"

"날씨가 참 좋습니다, 이곳은."

"퀸시오보다야 어딘들 날씨가 좋지 않을까."

"퀸시오보다는 좋지 않습니다."

"왜?"

"퀸시오보다는 아름답지 않습니다."

"우리 앉은 곳의 잔풀들만 보아도 이곳이 훨씬 따스하고 보기 흡족한데, 너도 참……."

테일런은 고개를 그녀에게 돌리는 것으로 대답을 대신했다.

제르의 눈이 가늘어졌다. 차라리 그간의 생활에 대해서라거나, 왕도에 대해서라거나, 무어라도 다른 화젯거리를 꺼내면 오죽 좋을까.

제르가 핀잔을 놓았다.

"경이 그러니 여자한테 인기가 없지."

그러자 드물게도 그답지 않은 웃음소리를 내며 테일런이 작게 입술을 가렸다.

"퀸시오가 더 아름답다 말하기 때문에 그런 겁니까?"

"그래."

"하지만 사실입니다."

"그러면 돌아오지 그러나? 후안 경, 이르베르트 영주는 너를 기꺼이 받아줄 텐데."

무릎에 한 뺨을 댄 제르가 놀리듯 묻자, 테일런은 비스듬 고개를 기울여 그녀를 마주 보았다.

"아마 어렵지 싶습니다."

기대하지는 않았지만, 그래도 아쉬운 건 어쩔 수 없었다.

제르는 시선을 정면으로 향했다. 움츠러든 어깨 위로 따뜻한 무게가 더해졌다. 제르는 고개를 들어 제 어깨에 걸쳐진 테일런의 제복 외투를 멀뚱멀뚱 보았다.

"됐어. 너나 덮어라."

제르가 그리 심드렁히 대꾸하자 테일런은 평이한 어조로 중얼거렸다.

"주군은 여전히 싸움닭처럼 지내고 계십니까? 나이도 드셨는데……."

"뭐?"

제르는 제 귀를 의심했다.

무슨 닭?

"전엔 두려워서 말씀 못 드렸지만 늘 누구 하나 잡아드실 것처럼, 거의 매번 상대 가리지 않으시고."

"너, 너, 너 대체 지금……!"

막 발끈하려던 제르가 이내 맥 풀린 사람처럼 몸을 늘어뜨렸다.

"말자. 너답지 않게 농까지 하는 걸 보니 내가 썩 우울해 보이는 모양이지."

테일런은 부정하지 않았다.

제르가 한숨을 내쉬며 작게 중얼거렸다.

"……내가 그에게 말실수를 했어."

"주군께서는 늘 하지 않으십니까."

"……너, 너. 클로이스 경, 네 녀석 설마, 내가 인기 없다 한마디 한 걸로 이리 꽁하게 말꼬리 잡고 늘어질 생각인 거냐."

테일런이 고개를 절레절레 저으며 낮게 웃었다.

"그만하겠습니다."

제르는 뚱하게 아랫입술을 내밀고 그를 곁눈질하다가, 다시 천천히 말을 엮었다.

"그래서 그가 화가 났나 봐."

"……."

"잘 모르겠어."

"사과하시면 되는 일입니다."

"사과한다고 없던 일이 되지는 않잖아."

"비 온 뒤에 땅이 굳는다 했습니다."

"한번 바스러지기 시작하면 바위도 쉬이 쪼개지는 법이다."

"뭐가 두려우신 겁니까?"

제르는 선뜻 답할 수 없어 입술만 잘근잘근 씹었다. 웃음은 사라지고 불안만 무겁게 드리워진 얼굴이었다. 그녀를 물끄러미 바라보던 테일런이 나직이 혼잣말했다.

"알렉시스 테피온 전 섭정 각하께선 괜찮은 사람입니다. 대단한 사내라고 생각합니다. 주군께서도 제게 그리 말하지 않으셨습니까."

"……."

"평생 만나온 이들 중 그만큼 미더운 이가 없었다고. 잊으셨습니까?"

그의 말에 곰곰이 기억을 더듬던 제르는 작게 웃었다. 그랬던 적이 있었던 듯도 하다. 무엇보다 테일런은 어찌 그걸 아직도 기억하는지 놀라웠다. 못해도 10년 가까이 된 일이 아닌가.

"……내가? 그때는 내가 참 어리석은 소릴 했구나. 너도 있고 아스난도 있고 페이랑도 있고……."

그녀의 작은 웃음소리는 허공을 떠돌다가 이어지는 뒷말에 잠들었다.

"주군에게 있어, 단 한 번도 남자가 되지 못한 이들을 거론하시는 게 의미 없다는 것쯤은 잘 아시지 않습니까."

평소와 다름없는 대꾸였다. 그러나 평소와는 무언가 달랐다.

고개를 빳빳이 든 제르가 허리를 곧게 폈다. 갑자기 분위기가 불편해졌다. 테일런은 표정 하나 변하지 않고 입술을 다물었다. 이제는 닫힌 그의 입술이 풀어놓은 침묵은 풀 향기에 섞여 멀리 멀리로 퍼져나갔다.

"응?"

"왜 그러십니까?"

"……아니."

그리고 제르는 행간에 숨겨진 어떤 감정을 엿본 기분이었다. 테일런의 눈빛이 담담히 제게 향해 있었다. 흔들림 없이, 어떤 진득한 빛으로. 오랜 시간 그를 알아왔지만 그의 눈빛이 이토록 낯설었던 적은 처음이다.

하필이면 지금, 알렉시스가 유독 그에게 모질게 굴었던 이유가 떠올랐다. 질투라고 했다, 그는.

그녀를 부여잡는 허공에 뜬 남빛 눈동자는 밤하늘보다 쓸쓸해 보였다. 피곤해서 그리 보이는지, 제 눈이 지쳐버려 온 세상을 지친 빛으로 보고 있는 것인지.

그녀는 애써 생각을 치웠다.

"……그래? 그런가."

제르는 조금 난처한 기분으로 그를 외면했다.

"……그리고 보니, 내가 이런 말 하기는 그렇지만 경도 더 늦기 전에 자리를 잡는 게 좋지 않겠나?"

"괜찮습니다. 나이가 이미 늦기도 했지만 저도 지금이 좋습니다."

그녀는 늘 그랬듯 퉁명스러운 음조로 대꾸했다.

"그러게……, 보내준다고 할 때 돌아가서 잡았어야지."

"전 제가 가장 하고 싶었던 일을 했습니다."

"해야 하는 일이겠지. 그대나 아스난이나 하여간……."

"하고 싶은 일이었습니다. 주군을 지키는 게 가장 중했습니다."

가감 없이 대꾸하는 그의 솔직함에 제르는 말문이 막혔다.

곧 그녀는 묻지 않으면 안 될 만큼 사실에 근접한 순간을 받아들였다.

"테일런."

"예, 주군."

"내게 마음이 있었나?"

뻔뻔할 정도로 툭 내뱉어진 물음에 잠깐 테일런이 눈을 빠르게 깜빡였다. 곧 그의 낯에 곤란한 듯, 기쁜 듯, 씁쓸한 듯, 놀란 듯한 온갖 감정이 떠올랐다 가라앉았다. 제르는 그것을 놓치지 않고 바라보며 내심 충격을 갈무리했다.

테일런이 답했다.

"아니요."

"……."

"주군은 그저 제 주인이십니다. 경외하고, 존경하며, 감사하는 마음이 전부입니다."

이상한 일이었다. 부정하는 목소리가 외려 긍정을 호소하고 있었다. 그리도 가슴에 박힐 수가 없었다. 제르는 자신의 표정이 어떤지 알 도리가 없어 먼 곳을 향해 시선을 고정했다. 그녀는 그를 외면했다. 이미 지나버린 일이었다. 어쩔 수 없는 일이었다.

그리고 지금의 이 이야기는 테일런도, 그녀도 다시는 꺼내지 않을 이야기였다.

"주군, 누군가가 심중의 것을 말하지 않는다는 건 상대에게 알리고 싶지 않기 때문에 말하지 않는 겁니다."

"……."

"알아주길 바라는 것을 말하지 않으면, 상대는 알 수 없다는 걸."

"……."

"저는 이미 오래전에 배웠습니다. 주군께서도 미안하다면 그에게 사과하십시오. 망설이지 마시고."

그랬구나.

많이 바뀌었다고 생각했는데도, 여전히 그녀의 속 알맹이는 제 앞가림에 급급한 이기적인 여자였다. 왜 몰랐을까? 바닥까지 처박혀 발버둥치던 그 시절, 가장 지근에서 그녀를 헤아려주었던 남자였다. 무슨일이 생겨도 그저 묵묵하게. 말도 안 되는 고집을 부려도 말없이 따라주고 등 뒤를 지켜주던 테일런이 어떤 마음으로 자신을 따랐을지에 대해서는 단 한 번도 진지하게 고민해본 적이 없었다.

주위에서 그녀를 지지해주고 받쳐주는 이들이 소중하다는 것을 깨달은 후에도 제대로 한 명 한 명 헤아린 적이 없어 몰랐다.

그리고 지금 알렉시스에게도 마찬가지 짓을 했다.

광량한 달이 엘올라 왕궁의 저편으로 기울었다. 테일런이 천천히 엉덩이를 털고 일어났다.

"어찌 되었건……."

그의 음성이 너무나도 평온해, 외려 그녀의 눈에 눈물이 핑 돌았다.

제르는 차마 그와 시선을 맞추지 못하고 그의 바지 자락에 눈동자를 잡아두었다. 휘황한 정적이었다. 야금야금 그들의 편안한 분위기를 갉아먹던 그것은 끝내 일대를 정복했다.

세월과 함께 퇴적된 수많은 감정들이 고스란히 그녀의 어깨 위로 더해졌다.

온 도처가 향기다. 꽃향기인지, 바람 향기인지, 풀 향기인지 모를 혼미한 향들이 그녀의 정신처럼 둥둥 떠 있었다.

"당신께서는 후회하지 않으셨으면 좋겠습니다."

테일런의 손이 그녀의 눈높이까지로 기울어졌다.

"에드하인다 사저로 모셔다 드리겠습니다. 늦었습니다. 밤이 더 깊어지기 전에 들어가보셔야 하지 않겠습니까."

제르는 멍하니 화상의 흔적이 짙게 남은 그의 손을 올려다보았다. 제르의 눈꺼풀이 느리게 감겼다. 뜨였다.

"테일런."

제르가 고개를 비스듬이 숙였다.

"……네게 많이 감사한다."

해묵은 풀 내음이 잔잔히 코끝을 적셨다.

지금 당장 알렉시스가 할 수 있는 건 제르가 사라진 창 밖을 바라보며 분노하는 것뿐이었다. 제르의 방을 떠나기 직전 마주친 테일런을 생각하니 이가 절로 갈렸다. 도무지 가시가 수북이 돋친 심기는 가라앉을 줄을 몰랐다.

애초에 알렉시스는 그가 퀸시오에 있는 것이 싫어 왕도의 중추 기사단에 자리를 마련해주었다. 그간 제르를 돌보아준 데에 대한, 제르를 위해 명예롭게 헌신한 데 대한 예의이며 사내로서의 견제였다. 이쯤 되면 적당히 그 또한 알아차렸을 거라 생각했다. 감히 제가 있을 것을 알면서 제르를 찾아올 생각을 하지는 못하리라고.

그러나 제르가 엘올라에 이르자마자 먼저 그녀를 찾아올 줄은 몰랐다.

어디 시골 깡촌으로 보내버릴걸.

뒤늦게 후회가 막심했다.

제르는 에드하인다 사저를 벗어났다. 밤 산책이라도 하려는 모양이지. 그리 생각하면서도 걱정이 되었다. 아스난이 그녀의 안전을 위해 믿을 만한 기사를 붙였다 이야기했음에도 안심이 되긴커녕 더 열이 올랐다. 그가 붙인 믿을 만한 기사라는 게 바로 테일런이었다. 성격 같아서는 당장 쫓아 나가고 싶었지만, 아직 심기가 가라앉지 않은 데다 더 일을 조잡하게 만들고 싶지 않아 참았다. 하지만 엄밀히 말해 그는 지금 제르에게 화가 난 게 아니라 이 상황을 초래한 자신에게 화가 나 있었다.

제르가 빨리 돌아오길 바라며 창가를 서성거리고 있지만 그녀는 돌아올 낌새가 없다.

밤에 물든 창문 위로 겁먹은 듯 그를 응시하던 까만 눈동자가 아른거렸다. 속마음을 감추는 데 익숙한 그녀의 심중을 헤아리는 건 몹시도 어려운 일이었다. 때문에 지난 9년의 시간 동안 알렉시스가 할 수 있는 거라고는 돌발적으로 드러나는 그녀의 진심을 주워 안는 것뿐이었다.

사실 애초에 시작부터 어딘가 뒤틀려 있는 관계였다는 건 알았다. 그는 껍데기뿐이라도 좋다는 마음으로, 그저 옆에서 나란히 설 수 있는 기회만 있으면 족하다는 마음에서 시작했고, 그녀는 그에게 삶을 빚졌다는 마음으로 시작했다. 각기 다른 출발선에서 출발한 그들은 나란히 걸었다.

그러는 와중 욕심은 이미 걷잡을 수 없이 커져, 그는 제르의 유일한 이해자가 되고 제르에게 이해받고 싶었다.

하지만 여전히 제르가 9년 전의 그 여자라면, 조금도 나아지지 않았다면 앞으로라고 달라질 수 있을까.

터진 둑의 토사처럼 쓸려 나오는 부정적인 생각은 멈출 줄 몰랐다.

그는 끝내 그녀를 의심했다.

자신을 사랑하는 건 맞을까?

간혹 사춘기 소녀처럼 예상치 못한 말과 행동으로 그에게 감동을 주거나, 욕정을 불러일으키거나 하는 데에 재주가 있긴 했지만 그건 계산된 데서 오는 것이 아닌, 미숙한 순수함에서 오는 것이었다.

가만히 창 밖을 내다보던 알렉시스가 돌아보지 않고 입술만 달싹여 말했다.

"그리 뚱한 얼굴로 노려만 보지 말고 할 말 있으면 해, 에드하인다."

"뚱한 얼굴로 서 계신 건 전 섭정 각하십니다."

"그렇게 좀 부르지 마. 길다."

알렉시스는 커튼을 홱 닫고 몸을 돌려 앉았다. 벽난로 앞 소파에 앉은 아스난은 뻐딱하게 턱을 괸 채로 못마땅한 시선을 보내고 있었다.

'저놈이 아닌 척하는데 은근히 간이 크단 말이야.'

한껏 신경이 곤두서 있었으므로, 알렉시스는 탁자 위에 놓인 와인을 한 잔 따라 자리에 앉으며 여과 없이 쏘아붙였다.

"무슨 할 말이 남아 이리 날 노려봐?"

"심사가 뒤틀리신 듯합니다만 저는 노려보지는 않았습니다."

"노려보지는 않았다는 건 쳐다는 봤다는 거지. 왜 안 가고 있어?"

아스난은 제르를 주군으로서 따랐지만, 실제로 그가 그녀에게 느끼는 감정에 이름을 붙이자면 어린 누이동생을 대하는 것과도 흡사했다.

"부부싸움은 칼로 물 베기라 했습니다."

"싸운 직후에 그 눈에 거슬리는 놈을 데려온 놈한테 듣고 싶지는 않은데."

아스난은 제르와 알렉시스가 언쟁 중인 줄은 몰랐다며 정중히 사과했다.

"그래서, 바쁘신 에드하인다가 지금 내게 부부싸움에 대해 조언이라도 하려고?"

알렉시스는 지금 눈에 뵈는 게 없을 정도로 기분이 더러웠다. 주저 않고 빈정대는 그를 물끄러미 응시하던 아스난이 고개를 비스듬히 돌리며 노골적으로 한숨을 내쉬었다.

아스난은 불안했다. 같은 사내의 눈에도 알렉시스라는 남자는 정말로 대범한, 대단한 이였다. 그러나 한 인간으로서의 유능함과 세간의 인정이 제르의 부군으로서 적당하다는 의미는 아니었다.

그가 지닌 것들은 남편으로서의 미덕과 동일시되기 어려운 태생적 능력이었다.

분명 알렉시스는 지난 시간 제르에게 헌신적이었지만 그게 얼마나 더 지속될 수 있을까 하는 불안은 그가 왕위를 내려놓은 날부터 늘 아스난을 우려스럽게 하던 것이었다.

아무리 예법과 허례허식에 소탈하고 자유로움을 지향한다 해도 그는 결국 카르시탄. 실제로 그는 다 가진 남자였다. 그리고 그는 그가 가진 것들을 전부 외면하고, 끝내 왕위를 내려놓음으로써 제르의 곁을 얻었다. 알렉시스가 기회비용 삼은 왕위는 제르가 그에게 줄 행복을 조건으로 한 것이었다.

알렉시스라는 남자의 속에 들어가본 적이 없어 짐작할 뿐이지만 만일 알렉시스가 제르보다 잃어버린 기회비용에 더 가치를 두는 순간이 온다면, 정말 끔찍하리라.

'……하아.'

그들의 개인사에 관여하고 싶은 마음은 전혀 없었지만, 당사자가 제르이니 별수 없었다. 그녀는 참 손이 많이 가는 여자다. 가만히 둘 수가 없었다. 예나 지금이나.

아스난은 신중하게 운을 뗐다.

"주군과 함께 지내시는 것이 힘드실 거란 거, 압니다. 전 섭정 각하."

"말도 마."

알렉시스가 짧게 한숨을 내킨 후 시큰둥하게 중얼거렸다.

"그래서 무슨 얘기가 하고 싶은 거야. 내가 참을성이 없다고?"

"두 분께서 풀어나가실 문제가 많은 듯해 감히 참견해보려 합니다. 허락해주시겠습니까, 전 섭정 각하?"

"전 섭정이라고 말끝마다 붙이지 않는다면 허락해주지."

"올리비에 왕하를 존경하기는 하지만, 저는 여전히 제 주군의 편입니다."

"누가 모르나."

"화내지 마십시오."

"뭐? 내가 지금 화 안 내게 생겼나. 너한테 이렇게 조언이나 듣는 처지가 돼서 말이야."

"주군께 화내지 마시란 말입니다."

뭐 거창하게 그에게 훈계라도 하려나 싶었는데, 대뜸 그녀에게 화내지 말라니. 아스난과 어울리지 않아 되레 귀엽게 느껴졌다. 하지만 그와 별개로 알렉시스의 표정은 점점 더 딱딱해졌다.

"지금 주제넘는 소리를 지껄이는 그 입이 에드하인다의 입이 맞나?"

"예, 맞습니다. 그래서 미리 감히 참견하겠다 언질 드린 겁니다. 단순히 화를 내지 마시라고는 했습니다만, 화를 내지 마시란 것보다는 대화 도중 소리치며 도망치지 말라는 이야기의 함축이라 여겨주십시오. 애초에 부부란 많은 것을 공유하고 논의하며 함께 집 안팎에서 닥쳐오는 역경을 헤쳐나가는 관계입니다. 다툼 또한 역경 중 하나라고 생각하십시오."

"그만."

그럼 그렇지.

알렉시스가 손을 들어 신경질적으로 그의 말을 멈추게 했다. 하지만 아스난은 마지막까지 하고 싶은 말을 다 뱉은 후에야 멈추었다.

"감당하겠다 마음먹으셨던 건 왕하셨습니다. 첫 각오를 잊지 마십시오. 지금 이건 혼잣말이었습니다."

'하.'

기가 막혔다.

알렉시스는 머리끝까지 치민 화를 참지 못해 결국 가두고 있던 속마음을 내뱉었다.

"왜 내 잘못이라고만 하는 거야. 억울하게. 어디서 돌기 시작한 소문인지는 모르겠지만 세드로 전하의 혈통에 대한 뜬소문이 세드로 전하의 귀까지 들어갔다. 그 소문에 몹시 신경 쓰고 계신 세드로 전하께서는 대관식 일을 거론하며 제르를 만나고 싶다는 의사를 표하셨어. 내가 막아보려 했지만 강경하셨지."

"……."

"그래서 왕도를 떠나는 문제로 다퉜다."

세드로가 관련된 일이었다면 분명 문제는 조금 심각했다.

아스난이 괜한 걸 들은 사람처럼 차분히 우울한 표정을 지었다.

"제르가 세드로를 만나게 되면 어떻게 될 것 같아? 난 결코 좋은 결과를 상상할 수가 없어. 우리는 지금까지 충분히 잘 지냈다고. 나는 이제 와 세드로가 제르의 발목을 잡는다면, 정말 세드로를 용서하지 않을 거다."

"……겉보기에만 그럴듯한 변명이시군요."

"……뭐?"

서늘하게 되돌아온 아스난의 반응에 알렉시스가 오히려 당황스러울 정도였다. 알렉시스가 한쪽 눈썹을 치켜올렸다.

아스난은 위축된 기색 없이 평이한 어조로 말을 이었다.

"……그 말이 결국 왕하께서 제 주군을 믿지 못하신다는 말과 다를 게 무엇입니까?"

"……."

"한 여자가 제 혈육을 저버리고 당신의 곁에 남겠다 맹세했습니다. 왕하께서는 핏줄을 가슴에 묻고 새로이 시작한다는 것의 무게를 얼마나 가볍게 보고 계신 겁니까?"

"……."

"분명 저는 세드로 전하의 혈통 문제가 왕실을 어지럽히길 바라지는 않습니다. 저도 두 분이 만나지 않으셨으면 하고 바랍니다. 그럼에도 불구하고, 왕하의 그런 불신 가득한 우려에 제 주군이 안쓰러울 뿐입니다."

아스난의 음성은 뒤로 갈수록 노여움으로 높아졌다.

물의 자흔를 쫓는다 외전

알렉시스와 몇 마디 나눈 것만으로도 아스난은 알 수 있었다. 알렉시스와 제르의 사이에는 그게 없었다. 신뢰라는 것. 알렉시스는 그녀의 과거를 두려워했고, 제르는 오지 않은 이별의 미래를 두려워했다.

"지금 당장 주군과 왕하께 필요한 건 입에 발린 말 몇 마디가 아니라 정신 차리라는 쓴소리일 것 같습니다."

"……어이, 에드하인다. 자네 원래 말이 그리 버릇이 없었던가?"

"송구합니다. 하지만 진지하게 이야기 나누시길 조언 드리겠습니다."

아스난은 퀸시오로 좌천되었을 적, 수년간 아넬라와 떨어져 지낸 동안에도 단 한순간도 이런 문제를 겪어본 적이 없었다. 마음으로 이어진 단단한 신뢰가 있었기 때문이다. 그리고 테르테오라는 결실이 있었기 때문이기도 할 것이다.

그러나 저들에겐 그런 결실마저 허락되지 못했으므로, 시작부터 위태로웠던 가정을 차곡차곡 쌓아 유지한다는 건 그만큼 어려운 일일 터다. 그렇기 때문에 그들은 더 조심해야 했다.

"그럴 용기도 없으시다면 주군께 화내지 마십시오. 어찌 되든 그건 주군께서 판단하실 일이라고 생각됩니다."

아스난의 도발에 가까운 조언에 턱에 힘을 주고 그를 노려보던 알렉시스가 곧 표정을 누그러뜨렸다. 반박하고 싶어도 어느 정도 공감 가는 것이 있던 탓이다.

알렉시스는 쥐고 있던 와인 잔을 단박에 비워냈다.

"……거참, 내 편은 하나도 없군."

"왕하께서 주군의 편이시라면, 저 또한 왕하의 편입니다."

"그래, 참 든든하겠다, 에드하인다 대백. 그럼 뭐하냐. 이미 엎질러

졌는데. 그리고 나도 아직 화났어."

　말과는 달리, 사실 이야기를 마무리할 무렵에는 알렉시스의 들끓던 심기도 언제 그랬냐는 듯 가라앉아 있었다. 분노가 사라지고 나자 남은 건 후회뿐이었다. 그리 말하는 게 아니었는데.

　아스난이 뒤늦게 너그러운 음성으로 덧붙였다.

　"왕하를 비난하려던 것은 아니었습니다. 그리고 르니아 양도 회임으로 인해 주군께 많이 신경을 못 써드렸을 테니 주군께서는 심적으로도 외로우실 테고, 왕하께서도 더 번거로우셨을 거란 거 잘 압니다."

　"뭐?"

　"말실수라도 했습니까?"

　"누가 회임?"

　알렉시스의 눈이 큼지막이 뜨인 걸 발견한 아스난이 말을 멈추고 되물었다.

　"……모르셨습니까?"

　"……르니아가, 이르베르트 백작 부인이 회임을 했다고? 왜 엘올라에 있는 네게까지 닿은 이야기가 내 귀엔 들어오지 않은…… 제르도 모를……."

　알렉시스가 돌연 말을 멈추었다.

　모를 리가. 모를 리가 없다.

　갑자기 퀸시오를 떠나자고 했을 때부터 이상하다 여겼건만. 르니아가 제르를 배웅하러 나오지 않은 이유도 순식간에 납득되었다.

　나오지 않은 것이 아니라, 나오지 못한 것이다.

　충격에 빠진 사람처럼 입술을 벌린 채 숨을 멈춘 알렉시스를 내려다보던 아스난은 긴 한숨을 내쉬며 이마를 매만졌다. 생각보다 더 꼬여 있는 모양이다.

알렉시스는 그날 밤, 잠을 이루지 못했다. 거듭 밀려드는 부정적인 단상들을 잘라내지 못해 눈 뜬 악몽인 양 시달리다, 아침에야 겨우 잠이 들었다.

다시 눈을 떴을 때는 오후였다. 제르는 아넬라와 외출을 한 상태였고 알렉시스는 그녀를 만나러 갔다가 걸음만 무거워져 돌아왔다. 화해할 시기를 한 번 놓쳤다 생각하니 속은 더 뒤틀렸다.

그리고 그날 저녁 누군가가 그를 찾아왔다. 제르가 돌아오기를 기다리던 알렉시스를 방해한 건 다름 아닌 에사렛타의 심복이었다.

에사렛타는 신경 쇠약에라도 걸린 사람처럼 몹시도 불안해했다. 며칠 전, 세드로가 기어코 소문의 근원지라 일컬어지는 관계자 두엇을 잡아들였던 것이다. 감히 아르노만이나 쇼하인 공을 불러다 답을 재촉할 수는 없었고 레피스는 공석, 루덴 공 또한 최근 영지로 돌아가 있다고 하니 그들이 세드로가 선택할 수 있는 최선의 정보통이었던 셈이다.

그 얘기를 듣자마자 에사렛타는 황망함을 금치 못하고 알렉시스를 호출했다. 왕비궁에 든 알렉시스는 어찌할 바를 몰라 하며 무작정 에사렛타를 위로해야 했다. 어린아이들이 어디로 튈지 모른다는 건 뤼민느를 돌보는 과정에서 뼈저리게 배웠지만, 세드로가 휘두르는 건 권력이었다. 그건 조금은 에사렛타와 알렉시스를 불안하게 했다.

그리고 바로 이틀 전, 세드로의 거침없는 배후 조사 과정에서 점차 사실에 근접한 구체적인 보고가 들기 시작했다.

그리고 오늘 끌려왔다는 이들은 대관식에서 세드로를 반대했던 두 귀족이었다.

결국 세드로가 소문을 소문으로 덮어두지 않을 것이 명백해지자 알렉시스는 외려 마음이 차분해졌다. 제르를 데리고 나가는 것도 별안간 다투는 바람에 틀어져버려 지금 당장은 손쓸 수 있는 것도 없었다. 에사렛타는 금방이라도 굶어 죽을 사람처럼 식사까지 거부하며 알렉시스에게 거듭 말했다. 결코 들켜서는 안 된다고. 세드로가 사실을 아는 건 어쩔 수 없지만 그 조사 과정에서 세드로의 출신이 낱낱이 천하에 드러나는 날은, 또다시 카르시타에 피바람이 부는 날이라는 걸 알렉시스 역시 잘 이해했다.

알렉시스가 왕궁에서 돌아왔을 때 제르는 이미 잠든 후였다. 그는 그녀의 옆자리에 누웠다. 깨지 않도록 조심스럽게 거리를 두고 옆으로 비껴 누워 그녀를 바라보는 시간은 한 공간에 있는 것만으로도 달콤했다.

화를 내서 미안하다 말해야 하는데, 이야기를 나누어보자 해야 하는데. 차마 입이 떨어질 것 같지가 않았다.

그녀가 깰 때까지 자리를 지키려던 그는 마음을 바꾸어 잠든 입술에 짧게 키스한 후 돌아 나왔다.

그는 당장 자신이 해야 할 일을 하기 위해 움직였다.

알렉시스는 아스난의 집무실 문을 똑똑 두드린 후, 대답도 기다리지 않고 안으로 들어갔다. 아스난은 소파에 걸터앉아 있었다. 에드하인다의 늙은 집사가 그의 건너편에 알렉시스를 등지고 서 있었다.

먼저 알렉시스를 발견한 아스난이 몸을 바로 세워 그를 맞았다.

집사는 눈치 빠르게 물러갔다.

"어서 오십시오."

알렉시스는 아스난의 집무실에 놓인 널찍한 소파의 팔걸이에 엉덩이를 반쯤 걸치고 앉았다. 싸늘하게 식은 붉은 눈동자가 살기로 번뜩였다.

"간단하게 용건만 하고 가겠다, 에드하인다."

"예."

"데바람을 끌어들여 세드로의 혈통을 가지고 떠들어대는 놈들."

"……."

"전부 색출해내라. 쇼하인에게도 같은 부탁을 할 생각이다. 쇼하인과 에드하인다 둘이라면 충분하겠지."

여지없는 명령이었다. 사실 알렉시스에게는 그에게 공식적인 명을 내릴 권한이 없었으므로 이건 기밀이라는 말과도 상통했다.

아스난의 표정에 떠오른 우려의 기색을 읽어낸 알렉시스가 짤막하게 의문을 해소시켰다.

"단순히 제르 때문이 아니야. 일선에서 손을 전부 놓았다고는 해도 나는 한때 이 나라를 책임진 남자의 아들이다. 카르시타의 근간을 헤집어대는 그런 불미스러운 말을 떠벌리고 다니는 이들을 좌시할 생각은 없다."

아스난은 말없이 고개를 조아렸다.

뤼민느의 여린 갈색 눈망울이 연신 주위를 두리번거렸다.

엘올라로 들어온 지 반 시간이 지나도록 뤼민느는 신기함을 감추지 못했다. 그도 그럴 것이 퀸시오나 고만고만한 풍경 좋은 산골, 중소 도시만 가본 촌 소년인지라 어쩔 수 없었다. 모든 풍경이 전부 생소했다. 잘 닦인 도로 좌우로 늘어선 깔끔한 민가. 장사꾼들이 늘어진 시장 골목골목의 활기. 반팔을 입고 뛰어다니는 또래의 아이들.

그러나 뤼민느의 눈엔 왕성의 모양새만큼은 그저 그랬다.

지반이 단단한 퀸시오의 눈 쌓인 건축들이 대조적으로 더 아름다워 보였던 탓이다. 샤말론의 성도 아름다웠고.

"흐아아암."

길게 하품을 한 뤼민느가 그의 말 머리를 이끌어주는 기사의 옆통수를 말끄러미 응시했다.

기사들은 재미가 없었다. 산골짜기 노의원과 투닥거리던 시간이 그리워질 정도였다.

'그나저나, 할아버지는 잘 지내려나.'

뒤통수를 벅벅 긁은 뤼민느가 쑥 고개를 앞으로 기울여 물었다.

"그런데 우리 어디로 가요?"

"먼저 에드하인다 대백작가의 사저로 갔다가 쇼하인의 사저로 이동할 겁니다, 도련님."

지루해 죽을 것 같다 투덜거리던 뤼민느가 금세 반색했다.

"에드하인다 백작저면 아스난 아저씨가 있는 데잖아요."

"……일단, 엘보르트 경을 말하시는 거라면."

"그럼, 그럼 알렉시스랑 제르도 다 거기 있어요?"

눈을 반짝거리며 꼬치꼬치 캐묻는 뤼민느를 불편한 듯 곁눈질한 기사가 무뚝뚝하게 대꾸했다.

"모릅니다. 아마 그러실 겁니다."

매정한 대꾸에 뤼민느가 입술을 삐죽 내밀었다.

얼마 지나지 않아, 뤼민느는 에드하인다의 사저 앞에 도착했다.

에드하인다의 사저는 엘올라의 전반적인 활기찬 분위기와는 다른, 고즈넉한 운치가 있었다. 어딘지 조금 가라앉은 것 같기도 했다.

곧 쇼하인의 기사들과 그를 마중 나온 에드하인다의 집사는 제르가 마중 나올 거라 말하며 그에게 기다릴 것을 요청했다. 안에 들어가서 아는 어른들에게 인사를 하고 싶은 마음도 있었지만 뤼민느는 이유가 있겠거니 꾹 참았다.

'알렉시스는 없나?'

곧 다시 그들을 만날 수 있다는 생각에 뤼민느의 입가에 자그마한 미소가 번졌다. 기다리는 시간도 지루하니 제르가 나올 때까지 구경이라도 하고 싶어졌다.

"저, 정원 구경해도 되나요?"

집사는 또랑또랑하게 묻는 소년을 물끄러미 내려다보다가 한 번 고개를 끄덕였다.

자유롭게 에드하인다의 내정을 돌아다닐 권한을 얻게 된 뤼민느가 내정의 금사철나무 울타리 건너에서 다투던 에드하인다 자매의 언쟁을 엿들은 건 고의가 아니었다.

　오늘도 두 자매는 같은 문제로 싸우고 있었다.
　징글징글하게도, 반년째 이어지는 논쟁이었다.
　이미 입학에 관해 에드하인다 내외의 허락이 떨어졌다는 걸 알면서도 테르테오는 최후의 최후까지 반대 의견을 피력하는 데에 주저함이 없었다. 처음에는 미안한 기색이라도 내비치던 제일리 또한 반복된 논쟁 끝에 될 대로 되라는 식으로 바락바락 대들었다.
　논쟁이 고조되어 서로 머리채를 끌어 잡고 싸우다 결국 하인 하녀들의 손에 강제로 떨어뜨려지는 일도 비일비재했다. 그때마다 누군가가 말리지 않았다면 테르테오와 제일리 둘 중 하나의 머리는 이미 회생이 불가능해졌을 터였다.
　"아카데미 같은 데 가서 뭐 할 거냐고, 네가!"
　"아아아아, 또 시작이네."
　"그냥 너는 부모님이 길러주신 은혜나 생각하면서 시집이나 잘 가서 소리 소문 없이 살란 말이야!"
　"뭐라는 거야? 시집 안 가도 돼."
　"정말 너 그렇게 생각 없이 막 뱉는데, 질린다!"
　"질리면 좀 가. 언니, 언제까지 이럴 거야?"
　답답한 듯 소리를 높이는 한 아가씨와 시큰둥 받아넘기는 또 다른 소녀. 까치발을 들고 키 큰 금사철나무를 반듯하게 깎아 만든 울타리 너머를 훔쳐보던 뤼민느는 금세 그녀들이 에드하인다의 딸들이란 걸 알아차렸다. 에드하인다가 아니라도 에드하인다 사저에 방문한 귀족의 자제일 것이 뻔했다. 사저의 시녀들이라면 저리 고급스러운 옷을 입고 있을 리도 없을 테고, 사람들이 보는 앞에서 소리를 높이지도 못했을 테니까.

"이제 와서 그래봐야 이미 늦었어. 언니, 나 좀 그냥 내버려두면 안 돼?"

"차라리 그냥 내가 시집갈 때 같이 가자니까. 거기도 아카데미 있어. 거기서 기숙하면 되잖아. 그렇게 왕도를 떠나고 싶으면 나랑 같이 가자니까? 체렌사 아카데미는 너 같은 애가 가도 될 곳이 아니라고. 좀!"

체렌사 아카데미라는 말에 뤼민느의 귀가 절로 쫑긋 섰다.

체렌사 아카데미는 제르의 땅인 샤말론 성에서 운영되는 범대륙 통합을 도모하는 인재 양성소였다. 제르가 관리하거나 하는 것은 아니지만 제르도 완전히 손 놓고 있지는 못해서, 그들은 얼마 전에도 샤말론에 다녀왔다.

그곳은 지금 몹시 많은 이들의 관심을 받고 있었는데, 데바람 왕실과 카르시타 왕실이 주재하는 대규모의 아카데미로 역사상 전무후무하리라 말하는 이도 있었다.

"아아아안 들려어어어."

"너 진짜 계속 그렇게 나올래? 내가 왜 이렇게 죽어라고 말리는지 몰라서 그래! 네가 주제를 모르고 그렇게 방자하게 구니까 가문 창피해서! 역사도 없고 전통도 없는 그런 아카데미에 들어가서 뭐하게? 응?"

가만히 듣고 있으니 키 큰 여자의 말에 약간 빈정이 상했다.

'그게 뭐.'

체렌사는 모든 귀족들이 큰 기대를 걸고 있는 훌륭한 아카데미였다.

저 두 영양 간의 사정은 잘 모르지만, 뤼민느는 키 큰 아가씨가 못마땅하게 느껴졌다.

그들은 그 뒤에도 몇 마디 서로 못마땅한 말을 툭툭 던져 상처 주더니 키 큰 아가씨가 먼저 성을 내며 돌아가는 것으로 설전을 마쳤다. 뤼민느는 발꿈치를 최대한 높게 들어 자리를 떠나지 않고 있는 소녀를 살폈다. 갈색 머리칼에 저와 비슷한 갈색 눈동자를 한 소녀였다. 제법 예쁘장했다. 곧 신경질적으로 양 갈래로 땋아 내린 머리칼을 매만지던 소녀가 인기척을 느끼고 고개를 돌렸다.

소녀와 눈이 마주친 뤼민느는 화들짝 놀라 엉덩방아를 찧었다.

건너편에 있던 소녀의 얼굴이 금사철나무 위로 쑥 솟아났다.

"……너 뭐야?"

"어…….”

당황한 뤼민느는 눈동자만 데굴데굴 굴렸다.

여태까지 테르테오와 또다시 쓸모없는 논쟁으로 기운을 소비하느라 지쳤던 제일리는 처음 보는 허름한 차림의 소년을 발견하고 퍽 인상을 찌푸렸다.

제일리가 향나무 울타리를 빙 둘러 종종걸음으로 달려와 다짜고짜 뤼민느의 귀를 꽉 잡아 일으켜 세웠다. 뤼민느가 깜짝 놀라 비명을 질렀다.

"아야아야야야!"

"야, 너 뭔데 여기에 있어? 설마 엿듣고 있던 거니?"

"아야아!"

"도둑이야? 아니면 간첩이야?"

"놓, 놔아아!"

"쬐그만 게 감히 여기가 어디라고 남의 말을 엿듣고 있어?"

귀가 떨어져 나갈 것 같은 고통에 뤼민느는 항복하는 심정으로 소리쳤다.

"놓, 놔아! 제르 찾아온 거란 말야! 손님이야!"

"그게 누군……."

막 뤼민느의 볼을 비틀어 돌리려던 제일리가 말을 멈추었다. 뤼민느는 비로소 고통에서 해방될 수 있었다. 제일리는 툭 그의 관자놀이를 놓은 후 손을 털었다.

"제르? 카르시탄을 말하는 거야? 어? 왕하를 찾아왔어? 너 누군데?"

"뤼민느."

"아, 네가 그 왕하의 아들이구나."

제일리가 노골적으로 반색했다. 쓰라린 살을 뽀득뽀득 문지르며 눈살을 찌푸리던 뤼민느가 입술을 삐죽거렸다.

"아파 죽겠네. 손님한테 이래도 되는 거예요?"

"몰래 숨어 듣고 있었던 게 누군데? 왕하를 불러다줄까?"

제일리는 덧붙였다. 내가 꼬집었다고 말 안 하면 왕하가 있는 방에 데려다줄게.

뤼민느는 기막힌 얼굴로 자신보다 조금 더 큰 소녀를 째렸다. 불평이 목구멍까지 차올랐지만 참았다.

"곧 나올 거라고 여기서 기다리라고 해서."

제일리가 고개를 갸웃했다.

"아닐걸?"

"왜?"

"아까 손님이 들어가는 걸 봤는데. 아닌가."

"……하지만 여기서 기다리라고 했는데."

"그래? 뭐…… 어쨌든! 그러면 얌전히 기다리지 왜 여기까지 나와서 나랑 테르테오 언니의 대화를 엿듣고 있던 건데?"

"……싸우는 소리가 나길래."

제일리가 시큰둥하게 웃으며 근처의 나무의자에 엉덩이를 붙이고 앉아 중얼거렸다.

"오지랖도."

"오지랖이 뭔데?"

"쓸데없이 신경 쓴다고. 앉아."

어차피 혼자 기다리는 것도 지루했던 터라, 뤼민느는 말없이 그녀의 옆에 따라 앉았다. 그들은 간단한 것들을 시작으로 이런저런 이야기를 나누었다. 그녀의 이름은 제일리 시에이였다. 그녀의 나이는 뤼민느보다 두 살 많았다. 지금은 열한 살이지만 곧 열두 살이 된다고.

"아까 그 누나는?"

"누구?"

"싸운 누나."

"테르테오 언니야."

"친형제야?"

뤼민느의 물음에 제일리가 고개를 저었다. 그녀는 턱을 괴더니 눈을 일부러 큼직이 깜빡거리며 물었다.

"너 에드하인다 백작 가문의 골칫덩이 모르니? 나 꽤 유명한데."

유명 인사라도 소개하는 것처럼 자연스러웠으나, 자랑스러운 어조
는 아니었다.

"유명해?"

"응. 제일리 시에이. 꽤 유명한데 너는 왕도 사람이 아니라 모르는
구나. 어쨌든 반갑다, 뤼민느."

"반가워, 제일리."

뤼민느가 왠지 모르게 쑥스러운 기분으로 손을 내밀었다. 제일리는
자신에게로 뻗어진 손을 보며 깔깔거리고 웃었다.

"숙녀한테는 그렇게 악수를 청하는 게 아니야. 일어나봐. 한 손을
이렇게 하고, 왼쪽 다리를 조금만 뒤로 움직여서 고개를 숙이는 거
야."

의자에서 냉큼 일어난 제일리가 시범을 보이며 양쪽 치맛자락을 살
짝 들어 올려 고상하게 무릎을 굽혔다.

"숙녀들은 이렇게."

"나는 숙녀가 아닌데?"

"남자들 인사는 몰라."

제일리는 뭐가 그리 재미있는지 주위 사람들을 거리끼지 않고 깔깔
거리며 웃었다. 뒷머리를 긁적거리던 뤼민느는 겸연쩍은 기분에 어깨
를 으쓱했다.

"근데 너는 왜 유명한 건데?"

"너도 유명하잖아."

"내가?"

"제이하이 왕하와 전 섭정 각하의 양아들이니까겠지?"

뤼민느의 귓불이 살짝 붉어졌다. 제르와 알렉시스가 부끄러운 게 아

니라 생판 모르는 처음 보는 소녀가 양아들 운운하는 얘길 듣는 게 부끄러웠다. 눈치 빠르게 뤼민느가 창피해한다는 걸 알아차린 제일리가 뤼민느의 어깨를 탁 쳤다.

"내가 왜 유명한지 궁금하다고 했지? 나도 양녀라서 그래."

"어, 누나도?"

뤼민느의 고개가 기우뚱 기울어졌다.

"그럼 아까 그 누나랑은 친자매가 아닌 거야?"

"응. 우리 테르테오 언니는 에드하인다의 직계고, 나는 부모님이 돌아가셔서 막막한 상황이 되었을 때, 에드하인다 가문에서 거둬주셔서 이곳에 머물고 있는 것뿐이야."

"……."

"그런 눈으로 보지는 말아줄래? 너도 나도 지금 충분히 잘 살고 있는 거라고 생각하는데. 운이 좋기도 하고. 나는 지금도 좋아. 나는 과분한 사랑을 받고 있어. 그걸 인정하는 데에는 피가 섞였든 안 섞였든 상관없잖아."

뤼민느는 조금 놀랐다.

아직 그는 부끄러워 쉬이 입 밖에 내지 못하는 입양된 사실이나, 사실 부모가 없다는 것 같은 화두를 아무렇지도 않게 풀어내는 소녀가 몹시 대단해 보였다. 그건 뤼민느에게 비슷한 처지의 동질감을 일으키는 동시에 커다란 괴리감의 다리를 놓았다.

"누나 대단하구나. 그리고 이상해."

"내가 왜?"

가만히 제일리라는 두 살 많은 소녀를 올려다보고 있으니 몹시 편안했다. 뤼민느는 저도 모르게 주절주절 늘어놓고 싶은 충동을 느끼고 가까스로 억눌렀다.

"그…… 테르테오라는 누나가 그렇게 함부로 말했는데도 지금이 좋다고 했잖아."

"테르테오 언니는 정말 나쁘지 않으니까. 사실대로 말하는 거야."

"하지만 나 같으면 화가 났을 것 같은데."

"당연히 화는 나지. 하지만 그래도 이해하니까."

"그 누나랑 사이 안 좋은 것 아녔어?"

"넌 형제가 없구나."

제일리가 웃긴 이야길 들은 사람처럼 소리 내어 웃었다.

"테르테오 언니처럼 나를 예뻐해주는 사람이 어딨는데. 자주 다퉈서 오해들을 많이 하더라. 그래서 테르테오 언니가 맨날 억울해해. 그럴 거면 좀 그만 시비 걸지……. 어쨌든."

"체렌사 아카데미 때문에 싸우는 것 같던데."

"어! 그래! 맞아. 너 왕하의 아들이라고 했으니까 알겠구나. 가봤어? 거기 어때? 알아?"

"좋아."

"얼마나?"

"음……."

"엄청?"

"구체적으로 말해봐! 거기는 얼마나 커?"

뤼민느는 에드하인다 백작 사저의 규모를 잠깐 눈에 담은 후 고개를 갸우뚱갸우뚱했다. 계산이 어려웠다.

"샤말론 성은 엄청 큰 성인데, 그 주위 울타리 안에는 누나네 집 같은 저택이 한 스무 개는 더 있고, 또 이 건물보다 어어엄청 커다란 건

270   271

물이 열 개는 더 돼. 엄청 커. 잘은 설명 못 하겠지만."

"우와. 그렇게 크단 말이지?"

씩씩하게 웃은 제일리가 뤼민느와 눈을 마주치더니, 꼬집었던 게 마음에 걸렸던지 조심조심 뤼민느의 뺨과 귀 언저리 사이를 보듬었다. 처음에 뤼민느는 또 꼬집으려는 줄 알고 흠칫 굳어졌다가 손길이 다정해 이내 힘을 풀었다. 기분이 나른하니 좋았다.

"응, 정말 좋은 곳이야. 강도 있고, 들판도 있고. 만약에 누나가 원한다면 내가 그 테르테오라는 누나한테도 좋은 곳이라고 말해줄게."

뤼민느가 의기양양하게 말했다. 그러나 제일리는 의기양양한 뤼민느를 보고 감탄하거나 고맙다 소리치는 대신, 그가 무안해질 정도로 크게 웃었다.

"왜 웃어?"

"아, 귀여워."

"나랑 너 나이 차이도 별로 안 나거든."

제일리는 뤼민느의 얼굴을 끌어다가 제 뺨에 볼을 비비며 연신 웃음을 멈출 줄 몰랐다.

"그래도 네가 더 어리잖아. 근데 진짜, 너 표정은 늙은이 같은데 말하는 거 보니 애는 맞구나. 마음은 고마워. 그렇지만 사실 체렌사 아카데미의 문제가 아니야."

"그럼?"

제일리는 잠깐 말을 고르듯 눈을 데굴데굴 굴렸다.

"좀 복잡한데……."

"멀어서 그런 거 아냐?"

"비슷한데…… 그보다는 내 친부모님 때문에 그래."

"친부모가 누군데?"

"반역자야."

제일리가 아무렇지도 않은 사람처럼 답했다. 도리어 뤼민느가 당황할 만큼 덤덤한 말투였다.

"어…… 음…… 내가 아는 의미랑 또 다른 뜻이 있는 거야?"

"네가 아는 의미가 뭔데?"

"나쁜…… 거?"

뤼민느는 식은땀을 뻘뻘 흘리며 제일리의 눈치를 살폈다. 제일리는 그런 뤼민느를 어린아이답지 않은 그윽한 눈으로 바라보더니 피식 웃었다.

"그 뜻이 맞을 거야."

뤼민느는 어떻게 말해야 할지 알 수 없어 입술만 벙긋거렸다. 유감이라고 해야 하는 건가. 아니면 어찌 된 일이냐고 물어봐야 하는 건가.

"아마 너희 양아버지한테 죽었을걸? 네 양아버지가 전 섭정 각하 맞지? 제이하이 왕하의 아들이라고 했으니까."

그녀의 폭탄 발언에 뤼민느는 엉덩이를 들썩거렸다.

비록 친아버지는 아니지만 그는 제르에게 헌신적인 알렉시스를 존경하고 있었다. 알렉시스는 한때 카르시타의 섭정으로 재위했을 만큼 대단한 사람이기도 했다. 그러고 보니 그가 섭정이 되기 전에 엘올라에서 커다란 내란이 있어 많은 사람들이 죽었다는 이야기를 들었던 것이 떠올랐다. 뤼민느가 파랗게 질린 안색으로 안절부절못하고 입술만 벙긋거리자 제일리는 유쾌하게 웃으며 뤼민느의 머리를 쓱쓱 헝클었다.

"괜찮아. 오래전 일이라 나는 잘 기억도 못 하고 있는걸. 그리고 정말 나쁜 분이셨대."

그러나 말미에 덧붙인 말은 작게 흩어졌다.

"아……."

"내가 기억하는 건 거의 없지만."

제일리는 아주 일편 기억나는 그녀의 부모님을 떠올려보았다. 마지막으로 아버지를 보았던 것이 왕궁에서였던 것 같다. 어린 정신에 경황없는 와중에도 탑 꼭대기에서 펄럭거리던 왕궁의 깃발이 선명히 기억났다. 그리고 모두가 손가락질하는 아버지의 다정하던 목소리. 너만은 지키겠다. 그의 속삭임에 겁에 질려서도 위안을 느꼈던 것 같았다.

하지만 그것과는 별개로 그녀의 아버지는 몹시 잔인한 사람이었다. 제일리도 그 점은 명백히 분간했다.

그녀의 아버지는 카르시타의 선왕 유스카리를 시해했고, 엘올라를 전란에 빠뜨렸고, 백성들을 버렸다.

그의 말로는 모든 백성들이 보는 앞에서 효수되는 것이었다. 슬프지 않은 건 아니지만 억울하지도 않은 결말이었다.

많은 사람들이 제일리를 손가락질하며 그녀의 아버지를 비난했다. 제일리는 그들의 모든 원망을 감수하며 자라야 했다.

유일하게 그녀의 부모님을 비난하지 않는 건 에드하인다 내외였다. 아넬라는 제일리에게 간혹 그녀의 부모님의 이야기를 해주었다. 아넬라의 이야기에서 그녀의 부모님은 몹시도 인간적이고 나쁘지 않은 사람처럼 묘사되었다. 그래서 제일리는 아넬라가 해주는 부모님의 이야기를 참 좋아했다.

하지만 테르테오는 아넬라가 그럴수록 제일리를 더욱 끈끈한 에드하인다의 일원으로 만들고 싶어 했다.

"하, 하지만…… 미안."

"왜 네가 미안해 해? 내 아버지가 죽인 백성들, 아버지가 저지른 일들, 너 들어본 적 없니? 내가 살아남은 건 어머니 덕분이야. 그리고 에드하인다 내외분들 덕분이지. 나는 입장이 그나마 나았어."

"……왜?"

"나한테 동생이 있었는데, 아, 물론 난 기억이 잘 안 나. 어머니 배가 산처럼 볼록했던 거만 조금 기억나는데 한 번도 본 적은 없거든. 나는 계집아이라서 살아남았지만 내 동생은 남자아이라 태어나자마자 죽었대. 태어나자마자 죽은 동생도 있는데 나 혼자 이렇게 호의호식하면서 사랑받고 사는걸."

"……."

뤼민느가 고개를 바닥에 처박을 듯 목을 꺾어 숙였다.

"그런데 그게 왜 누나가 체렌사에 가는 데 문제가 되는 거야……?"

"반역자의 후손은 살아남을 수 없는 게 맞는 거야. 나도 내 동생처럼 이미 죽었어야 하는 사람인데 살아 있으니까."

뤼민느는 쉽게 이해할 수 없었다. 하지만 그렇다고 계속해서 캐묻는 것도 예의가 아닌 듯해 입을 다물었다.

"내 잘못도 아니지만, 테르테오가 잘못하고 있는 것도 아냐. 테르테오 언니는 정말 좋은 사람이야. 속단하지 말아줬으면 좋겠어. 쉽게 말하면 그냥 언니는 지금도 그렇게 사람들이 나를 비난하는데 전 대륙에서 철부지들이 모이는 아카데미에 들어가서 내가 다치기라도 할까 봐 걱정하는 거야."

제일리는 괜스레 감상에 젖어드는 기분을 떨치며 가뿐히 대꾸했다.

반역자의 딸이라는 배경이 주는 무게가 얼마나 무거운지 뤼민느는 완벽하게 이해할 수는 없었다. 하지만 한 가지만큼은 이해했다. 아마도 제일리의 저 씩씩함은 그녀가 그만큼 힘들게 버틴 결과였을 것이다.

섣부르게 그녀에게 동질감을 느꼈던 스스로가 부끄러워졌다.

"그래서 나는 더 밖으로 나가려고 하는 거고."

"……어려워."

"복잡한 얘기라고 했잖아. 어쨌든 나는 체렌사에 들어갈 거야. 반역자의 딸이라서가 아니라, 반역자의 딸이라도. 그런 이야기를 듣고 싶어. 나를 이만큼 길러주신 백작 내외분들이 후회하지 않으시도록 대단한 사람이 되고 싶어. 그래서 나는 인맥을 만들고 싶어. 더 넓은 곳에서, 내 가치를 인정해줄 사람을 찾아서. 체렌사에는 데바람이나 카르시타의 인재들도 있지만 그 밖의 왕국에서도 사람들이 온다고 들었어. 아직은 역사가 짧으니까 먼저 들어가서 자리만 잘 잡아두면……."

제일리는 정말 나이답지 않은 치밀한 계산으로 그녀의 미래를 그리고 있었다. 뤼민느는 자신과는 너무나도 다른 제일리를 존경하지 않을 수 없었다.

"왜 그렇게 얼빠진 표정이람? 모르겠으면 뭐. 어차피 네가 상관할 일 아니니까."

"제일리, 멋진 것 같아서."

대뜸 칭찬을 받자 제일리가 눈을 끔뻑거리다가 겸연쩍은 얼굴을 했다. 발그레 물든 그녀의 뺨이 생기로 넘쳤다. 빤히 그녀를 바라보던 뤼민느가 고개를 비스듬 기울이며 입술을 달싹였다.

"르니아 누나 같아."

"르니아가 누군데?"

"누나는 모르는 사람이야. 칭찬이야. 내가 정말 좋아하는 누나거든."

제일리의 입가에 하얗게 반짝이는 미소가 번졌다.

"왕하를 뵈러 갈래?"

"응? 하지만 같이 온 기사들이 기다리라고……."

"여긴 내 집이라고. 뭐, 어때?"

제일리가 씩씩하게 말했다.

제일리의 손에 이끌려 내정을 가로질러 사저 내부로 들어선 뤼민느는 어디로 가는지도 모른 채로 종종 그녀의 뒤를 따랐다. 가는 동안 저택 안의 시녀들이 낯선 뤼민느를 의아한 듯 바라보긴 했지만 그를 붙잡거나 하지는 않았다.

"저기가 왕하께서 머무시는 방이야."

제일리가 복도 끝의 커다란 갈색 문을 가리켰다.

"그럼 나중에 또 봐."

뤼민느는 그녀에게 고맙다고 인사했다. 아카데미에 가서도 잘 지내라는 소소한 축복도 잊지 않았다. 제일리가 돌아가고 난 후, 뤼민느는 발꿈치를 살살 들어 에드하인다 저택의 고풍스러운 복도를 가로질러 걸었다.

퀸시오와는 확실히 다른 따뜻한 분위기였다. 공기도 온화했다. 발소리를 죽여 도둑고양이처럼 살그머니 문 앞에 도착한 뤼민느가 조용히 문고리를 잡아 돌렸다. 문은 잠겨 있지 않았다. 가느다란 열린 문 틈새로 제르의 뒷모습이 보였다.

'놀래줘야지.'

막 살금살금 문턱을 넘은 뤼민느는 방으로 들어가려다 말고 문득 다른 누군가가 있다는 걸 깨달았다.

"아무래도 이 일은 상량하지 않을 수가 없어 이리……."

누군지 모를 낯선 여자였다.

하얀 가장자리에 매끄러운 칠이 되어 있는 둥근 티 테이블을 두고 제르와 에사렛타가 마주 보았다. 제르는 에사렛타가 기억 속 마지막 모습보다 훨씬 수척해졌다는 걸 깨달았다. 세월을 비껴 보내지 못한 그녀의 얼굴 곳곳에 수심의 그림자가 패어 있었다.

요 며칠 보이지 않던 알렉시스가 에사렛타와 함께 나타났을 때 처음엔 무척 놀랐다. 그다음은 불안함이었다. 대비인 그녀가 단순히 안부를 묻기 위해 자신을 찾았을 리가 없다는 건 예감이 아닌 현실이었다.

그 이유가 무얼까.

당혹한 그녀를 둔 채로, 알렉시스는 곧 방 밖으로 나갔다. 불안은 더 커져 에사렛타의 입술이 달싹일 때마다 저절로 손끝에 힘이 들어갔다. 아직 한 마디 제대로 듣지도 못했는데, 도망치고 싶은 충동이 들었다.

"장성한 아이의 귀에 들었습니다. 한창 예민할 시기에……."

"……."

"백성들 사이에서 아이의 혈통을 의심하는 노랫말이 떠돈다 합니다. 그에 몹시 상처를 받아……."

에사렛타의 이해가 가지 않는 말을 귀담으며 제르는 느리게 고개를 떨어뜨렸다. 그다음은 헛웃음이었다. 불가능한 일은 아니었다. 아무리 아니라 해도, 제르 본인이 데바람의 여자였으므로 많이 섞이긴 했지만 순수 카르시타 인과 데바람 인은 생김이 조금은 달랐다. 다만 그 시기가 생각보다 빨랐을 뿐이라.

그래서 에사렛타의 10년은 훌쩍 늙어버린 듯한 우울을 침착히 위로할 수 있었는지도 모른다.

"증좌가 없을 겁니다. 그냥 모른 체하면 지나갈 일입니다."

"그 아이가 기어이 올리비에 왕하를 불러다 왕하를 만나겠다고 했다 합니다. 소식은 들으셨습니까?"

"……예?"

"몇 번이나 올리비에 왕하에게…… 모르셨습니까?"

제르로서는 금시초문이었다. 그녀가 납득하지 못한 얼굴로 입술을 다물자, 에사렛타는 계속해서 말을 이었다.

"아직 자세한 내막을 아는 것이 아니기에 단순히 왕하께서 데바람과 친분이 있다는 이야기를 듣고 이것저것을 여쭈려는 모양입니다만."

"……."

"……사실 왕의 속을 이제는 저도 잘 모르겠습니다."

세드로는 지나치게 빠르게 자라버렸다. 에사렛타로서는 제 치맛자락을 맴돌며 떠나지 못하던 어린 아들이 어느새 스스로의 길을 걷기 시작했다는 걸 인정하기가 몹시 힘들었다. 이제는 먼저 달려와 안기는 법도 없고 먼저 고민을 이야기하는 법도 없는 소년왕은, 시나브로 온전한 왕의 면모를 갖추고 있었다. 레피스와 루덴 공이 너무 지나치게 아이를 훈육한 탓도 있었겠지만 지금 탓할 문제는 아니었다.

이렇게 제르에게 와서 의논을 청하기까지 사실 수많은 갈등이 있었다. 알렉시스는 끝까지 에사렛타를 만류했다. 하지만 피 말리는 열등감과 우울함은 세드로가 자칫 잘못될까 싶은 두려움을 이기지 못했다.

가만히 그녀의 말을 곱씹던 제르의 얼굴에 설핏 창백한 미소가 돌기 시작했다.

"……그래서, 알렉시스가."

"예……?"

"……아닙니다."

에사렛타의 예상과는 다르게 제르는 침착했다.

처음 에사렛타가 방문했을 때의 놀란 얼굴이 오늘 그녀가 보인 가장 큰 감정이었다. 제르는 혼란해하지도 않았고, 그리움에 찬 표정 한 끗도 비치지 않았다. 안도하는 동시에 의아해진 에사렛타가 마른 입술을 입 안쪽으로 당겨 물었다.

가만히 테이블에 시선을 두고 침묵하던 제르가 그녀의 손 위에 자신의 손을 덮었다. 야윈 손은 따뜻했다.

"불안하십니까."

"……불안하지 않다 한다면 거짓이겠지요. 왕께서 비밀리에 사람을 보내어 조사를 하고 있다고는 하지만 언제고 새어나갈 수 있는 일입니다. 혈통의 당위성에 관한 구설수에는 다시는 오르고 싶지 않습니다. 언젠가 밝혀질 것이라면 지금 밝히는 것이 좋을 테지만, 그리 되면 또다시 왕도에 큰일이 벌어질 겁니다. 분명 그리 될 거예요. 그러니……."

"이해합니다."

제르가 잠시 말을 고르듯 시선을 내리깔았다.

"기억하십니까?"

"……."

"당신께서 제게 보내주신 꽃 한 송이가 제게 얼마나 큰 기쁨과 행복이 되었는지. 아마 당신께선 짐작도 하지 못하실 겁니다. 기억도 하지 못하실 수도 있지요."

"감사하는 마음을 표할 길이 그것뿐이었던 것뿐입니다. 외려……."

"알렉시스의 진정에 감화되기도 했지만 제가 제 자식을, 아니, 당신의 아들을 내려놓을 수 있었던 건 전부 당신이 있었기 때문입니다. 당신께서 제 아이를 못지않게 사랑하고 아껴주신다는 것을 알았기 때문입니다. 당신께서 그런 분이 아니셨다면 저 또한 지금처럼 평온한 삶을 누리고 있지 못했을 겁니다."

"나는……."

"이미 일생을 저로 인해 불안하셨을 것을 알고 있습니다. 하지만, 저는 더 이상 당신께 그런 사람으로 남고 싶지 않습니다."

에사렛타의 담갈빛 눈동자가 느리게 떨렸다. 제르는 쓸쓸하게 웃었다.

"이리 말씀드리면 더 상처가 되실지 모르겠습니다. 하지만 분명히 제가 낳은 건 유스카리의 아이입니다. 선왕께서 얼마나 현군이셨는지는 당신께서 더 잘 아실 겁니다. 핏줄은 이어지는 법입니다. 저는 이미 당신들과는 아무런 상관 없는 제 나름의 울타리를 가지게 된 여자입니다. 전 여전히 변함없습니다.”

“하지만 당신은 괜찮으십니까?”

제르는 뤼민느를 떠올리고 웃었다. 지난 9년간 그녀는 한 사람의 어머니였다. 한 사람의 여인이었고, 사랑받는 여자였다.

“두 아이를 잃고 텅 비었던 가슴, 당신과 알렉시스로부터 많은 것을 받았습니다. 그리고 지금 뤼민느로 저는 그것을 채우고 있습니다. 과거로 주춤대다 일을 복잡하게 만들어 모두 망가뜨리는 우를 범하지는 않을 겁니다. 관계없으니 염려치 마십시오.”

“허면……”

“제가 놓은 아이를 찾아 돌아갈 일은 없을 겁니다. 용무만 마무리가 되면 엘올라를 떠날 테니 마음 놓으십시오.”

“……고맙습니다.”

에사렛타는 더 이상 마주하는 게 제르에게는 버거우리라 여기고 조용히 일어섰다. 제르 또한 따라 일어나 그녀를 배웅할 준비를 했다. 몇 마디의 조용한 격려가 서로 간에 오갔다.

뤼민느는 멍청하니 눈을 깜빡였다.

제르에게 아이가 있었다는 이야기는 들어본 적도 없었다.

‘제르가…….’

엿들었다는 걸 들켜서는 안 되므로 당장에 자리를 피해야 했다. 하지만 발이 떨어지지 않았다. 난생처음 보는 우아한 중년의 여자가 챙 좁은 모자를 눌러쓰고 조용히 그가 있는 문 쪽으로 걸어왔다.

그 순간 뤼민느의 뒷목덜미가 휙 끌어당겨졌다. 신음조차 낼 겨를 없이 복도로 질질 끌려 나간 뤼민느의 몸이 곧 붕 떴다.

“아…….”

정신을 차리고 보니 뤼민느는 익숙한 사람의 어깨에 걸터메져 있었다. 붉은 머리칼이 시야에서 어른거렸다. 알렉시스는 말없이 복도를 가로질러 계단 위로 올라갔다. 그리고 계단과 계단 사이를 잇는 평평한 바닥에 뤼민느를 내려놓았다.

그는 화난 기색이었다. 뤼민느는 어쩔 바를 몰라 시선을 발끝에 박았다.

"누가 그렇게 숨어서 엿듣고 있으라고 했냐, 이 녀석아."

"⋯⋯."

"쇼하인의 기사들이 왔다길래 찾으러 갔더니만 왜 안에 들어와 있어? 이따 우리가 나갈 때까지 기다리라고 얘기 전달이 안 됐어?"

"아, 아니⋯⋯."

"⋯⋯뭘 들었건 잊어."

"알렉시스, 미, 미안해. 나는 그냥 놀라게 해주고 싶어서⋯⋯."

전에 없이 딱딱하고 위협적인 분위기에 짓눌린 뤼민느의 작달막한 몸이 발발 떨렸다.

곧 알렉시스는 얕은 한숨을 내키며 뤼민느와 시선을 맞추었다.

"잊어. 네가 알 필요 없는 이야기들이야. 어른들의 이야기. 알지?"

"⋯⋯제르한테 친아들이 있어?"

뤼민느는 끝내 물었다. 입 밖으로 내자마자 눈물이 줄줄 흘러내렸다. 슬픈 것도, 서러운 것도 아니었다. 그냥 갑자기 눈물이 핑 돌아 멈출 수가 없었다.

뤼민느의 직설적인 물음에 잠시 말을 잊은 사람처럼 침묵하던 알렉시스가 목소리를 한층 다정하게 낮추었다.

"그런 건 신경 쓰지 마. 중요하지 않으니까."

"어째서 안 중요해?"

불현듯, 퀸시오를 떠나기 몇 달 전쯤 자신을 찾아와 울던 르니아가 생각났다.

'네가…… 진짜였으면 좋겠어.'

왜 우느냐 되묻지 못했다. 그녀가 했던 그 한마디의 행간에 숨어 있는 어떤 진실이 파헤쳐질 것 같아서.

그때부터 짐작했던 거였다. 진짜가 아닌 가짜가 있다는 건, 가짜가 아닌 진짜도 있다는 말이었으니까.

그리고 뤼민느는 가짜였다.

코를 훌쩍이고 어깨를 들썩이며 계속해 눈물을 훔치지만 훔친 자리 위로 또 다른 눈물이 떨어졌다.

"친자식이 아니라도 제르는 널 사랑해."

알렉시스는 가까스로 달래듯 말했다.

"응, 흑, 알아. 아는데, 으형형. 아는데……."

"알면 울지 마. 아, 넌 정말 왜 쓸데없는 걸 들어서는."

알렉시스가 깊은 한숨을 내쉬며 복도의 차가운 벽에 등을 기대고 앉았다. 그러고는 손을 뻗어 그의 무릎 위에 뤼민느를 앉혔다.

엉엉 울며 끌려간 뤼민느가 알렉시스의 목을 와락 끌어안았다.

"괜찮아. 괜찮, 흑, 으형형. 아는데, 다 아는데에 허허헝."

"뚝. 옳지, 괜찮아. 제르가 지금 제일 사랑하는 건 너니까. 괜찮아. 쉬이."

알렉시스는 뤼민느를 꽉 끌어안은 채로 속삭이듯 뇌까렸다.

제르가 가장 사랑하는 건 너다. 그건 사실 그의 바람이기도 했다. 그 역시 에사렛타와 제르가 한 방에 든 순간부터 무엇 하나 불안하지 않은 것이 없었다. 복도를 가로지르는 시녀들의 발소리, 저택 앞에 선 기사들이 거드름을 피우는 소리, 바람 부는 소리까지 전부 그에겐 불안이었다.

자그마한 뤼민느를 꽉 안은 알렉시스는 남모르는 두려움을 뤼민느에게 기대어 나누었다. 한심하게도.

알렉시스는 사실 알고 있었다. 뤼민느는 자신이 그들의 친자식이 아니라는 것을 알게 된 후로 서서히 그들을 멀리했다. 제르는 단순히 뤼민느가 어른스러워져 그리 되었다 여긴 듯하지만, 알렉시스의 눈에는 보였다. 두려움, 소외감 그런 억눌린 감정들.

그 무렵 알렉시스는 이미 뤼민느를 깊이 아끼고 있었다.

그의 가슴이 처음으로 찢기는 순간이었다. 살려준 것만으로 은혜를 베푼 것이라 스스로에게 뇌까렸지만 소용없는 일이었다. 서글프고 말간 아이의 웃음 앞에서 그의 합리화는 번번이 무너졌다.

그는 이 세상에서 가장 자주 뉘사나를 그려 회고하는 한 사람일 것이다. 유일한 사람일지도 모를 일이다.

한참 후, 알렉시스가 꽉 메인 음성으로 중얼거렸다.

"……울지 마, 인마."

"응, 으응…… 쿨쩍, 알렉시스는, 왜, 울어?"

"안 울어. 피곤해서 그래."

계단과 계단을 잇는 중간 층계의 복도 벽에 기대어 뤼민느를 더욱 세게 끌어안은 알렉시스가 아이의 옆머리에 제 뺨을 비볐다.

한참 후에야 큰 울음을 멈춘 뤼민느가 코를 훌쩍거리며 쑥스럽게 말했다.

"미안…… 미안. 알렉시스. 내가 울어서 놀랐지."

"그래. 소기의 목적은 달성하셨네, 이 녀석이."

그 후로도 연신 뤼민느의 뒷머리를 어루만지고 등을 쓸어주며, 아이의 떨리는 몸이 완전히 진정이 될 때까지 보듬던 알렉시스는 뤼민느가 완전히 훌쩍거림을 멈추고 난 후에야 천천히 그를 놓아주었다.

빨갛게 충혈된 뤼민느의 얼굴은 누가 봐도 한바탕 눈물을 쏟아낸 어린애였다.

알렉시스가 엄지손가락으로 뤼민느의 뺨을 스윽 훔쳐냈다.

"그렇게 놀랐어? 응?"

"……같이 있던 여자는 누구야?"

알렉시스는 뤼민느의 조심스러운 질문에 꾹 아랫입술을 깨문 후, 최대한 나긋한 음성으로 대수롭잖은 이야기를 전하듯 말했다.

"뤼민느, 알지. 제르가 널 얼마나 사랑하는지."

"응."

"하나밖에 볼 줄 모르는 여자인 것도 알지. 늘 너 때문에 나도 뒷전이잖아."

그의 농담에 뤼민느가 눈가를 훔쳐내다 말고 배시싯 웃었다.

"……제르는 지금 우리로서는 가늠할 수도 없는 힘든 과거를 다 묻고 내색 없이 살고 있는 거야. 속병이 나도 말을 않아. 아프면 말하면 되는데, 알지? 제르는 항상 우리한테 괜찮다고 하는 거."

"응응. 그래서 르니아 누나가 제르가 거짓말할 때 어떻게 하는지도 알려줬었는데……."

알렉시스가 기특하다는 듯 뤼민느의 머리를 헝클었다.

"잘 기억하고 있어. 또 아픈데 괜찮다고 눙쳐 넘길 사람이니까."

"응……."

"네가 신경을 쓰면 제르도 더 마음이 아파져. 어찌 되었든 간에. 네가 뭘 들었는지 모르겠지만 전부 별것 아니야. 아들…… 에 관한 것도 제르가 묻고 지나간 아픈 일들 중 하나일 뿐이니까. 그러니까 뤼민느 너도 신경 쓰지 마. 약속해."

"……."

"약속하자, 뤼민느."

알렉시스가 조금 절박하게 뤼민느의 눈을 마주 보았다.

한참 후에야 고개를 느리게 끄덕인 뤼민느가 조심스레 입술을 뗐다.

"……제르는 그러면…… 지금도 아파? 몸도 아픈데 마음도 아파……? 르니아 누나가 마음이 병나면 몸도 병난다고 했는데."

알렉시스는 입술을 다물었다. 그건 그도 알고 싶었다. 지금도 그녀가 세드로 때문에 아파하는지. 하지만 뤼민느에게 내색할 수는 없었다.

그가 부러 능청스럽게 입꼬리를 올려 웃으며 뤼민느의 양 볼을 쭉 잡아 늘였다.

"지난 건 지난 거야. 그리고 설사 제르에게 네가 유일한 아들이 아니라고 해도, 너는 내 유일한 아들이야. 앞으로도 그럴 거고, 영원히 그럴 거야. 반드시 피가 이어져야만 가족은 아니니까. 무슨 말인지 알지."

오늘 사귄 친구, 제일리의 당당한 말이 떠올랐다.

'나는 과분한 사랑을 받고 있어. 그걸 인정하는 데에는 피가 섞였든 안 섞였든 상관없잖아.'

제일리는 정말 대단한 소녀였다. 머리와 마음이 하나로 움직인다는 것은.

뤼민느는 또다시 눈물이 핑 도는 느낌에 콧잔등을 찡그리며 고개를 끄덕였다. 그는 곧 엉금엉금 알렉시스의 옆으로 기어가 그와 똑같이 벽에 몸을 기댔다.

"제르가……."

뤼민느는 그대로 자그마한 무릎을 당겨 안아 옹송그린 후, 무릎에 얼굴을 파묻고 웅얼거렸다.

"제르가…… 안 만날 거라고, 딱 잘라 말하는데."

"……."

"되게 마음이 놓였어. 나쁜 거지, 나."

한참을 허공을 올려다보며 침묵하던 알렉시스가 뤼민느의 뒤통수에 큼직한 손을 탁 얹었다.

"괜찮아."

"괜찮아……? 나쁜 거잖아. 왜 안 혼내?"

"내가 널 어떻게 혼내겠냐. 내가 더 나쁜데."

알렉시스가 씁쓸하게 중얼거렸다.

에사렛타가 나가고도 한참 동안 알렉시스는 돌아오지 않았다.

에사렛타가 돌아간 것을 몰랐을까. 아마 모르지는 않았을 것이다.

봄 햇살이 쏟아져 들어와 그녀의 발치로 떨어졌다. 재단된 듯 정방형의 빛 조각이었다. 올지, 오지 않을지 모를 남자를 기다리며 제르는 지난 추억을 반추했다. 10년 전, 알렉시스가 이곳으로 몰래 숨어들었던 적이 있었다.

당시 그녀는 이기적인 회한에 잠겨 있었고, 알렉시스는 신분을 숨기고 소일을 즐기는 악공을 사칭하던 남자였다. 사람을 대하는 것이 서툴렀던 그녀는 알렉시스에게 휘둘려 다니며 네반 플라무나라는 새로운 세상을 엿보게 되었다.

좋았던 시간이었다. 비록 그날의 마지막은 배신감으로 점철되었다지만, 지금에 와서 그때의 배신은 하나도 중요치 않았다. 중요한 건 알렉시스가 그녀에게 만들어준 추억이었다.

바로 이 시기 즈음이었다.

알렉시스는 말을 허투루 하는 이가 아니었다. 그리 크게 다툴 일도 아니었는데 어쩐지 생각보다 다툼은 커졌고, 그는 그녀가 지친다고 말했다. 다시는 그가 돌아오지 않을지도 모른다. 그건 당장 그녀가 상상할 수 있는 가장 끔찍한 결말이었다.

얼마간 그리 앉아 있었을까.

문이 열렸다 닫히는 소리가 났다. 제르는 순간 복받치려는 무언가를 억지로 내리밀었다. 시선이 저절로 아래로 떨어졌다.

"제르."

알렉시스의 목소리를 인지한 순간, 제르는 정수리 끝까지 주뼛 죄어들던 불안에서 풀려났다. 그녀가 발간 눈동자로 알렉시스를 응시했다. 알렉시스는 문에 등을 기댄 채 잠자코 그녀를 바라보고 있었다.

"얘기는 잘했어?"

알렉시스가 가까스로 물었다. 뤼민느가 왔으니 이제 쇼하인의 저택으로 옮기자 말하려 찾아왔는데, 도무지 아무렇지도 않게 말을 붙이기가 어려웠다.

한참이나 그를 바라보던 제르가 느리게 입술을 열었다.

"너는 내가 그리도 못 미더웠던가."

세드로가 의심을 품기 시작했다는 이야기를 들은 건 분명 충격이었다. 그러나 그게 전부였다.

제르는 끝내 터럭만큼 자그마한 서러움을 흘려보냈다. 가득 차, 넘친 것이었다.

그녀의 물음에 알렉시스는 시선을 비스듬히 내렸다. 미동 없는 그를 올려다보던 제르가 입술을 당겨 물며 일어섰다.

"……아니."

"왜."

입술을 꾹 깨문 제르가 서럽게 물었다.

그건, 그녀의 아주 깊숙한 곳에 숨어 있던 원망이었다.

"내 각오는, 너보다 못하리라 여겼나……?"

조악한 변명이라 했던가. 입이 있어도 할 말이 없다고 했다.

한참 후에야 알렉시스의 짓이겨진 듯 갈라진 목소리가 울렸다.

"……아니, 그런 거 아니야."

"……."

"미덥지 못한 게 아니라, 내가 어리석었다."

"……."

"내가 하나밖에 생각지 못했어. 내가 멋대로 짐작했다. 세드로에 대해 한 마디도 없는 건, 네가 죽기 살기로 참고 있는 걸지도 모른다고. 그래서."

"……."

"그래서 그냥 싫었어."

알렉시스의 흐트러진 숨소리가 애처로웠다. 애써 아무렇지도 않은 얼굴을 하려 해도 이미 제르의 눈엔 훤히 보였다. 그와 그녀는 오랜 시간 함께해왔다. 얼마나 남았을지 모를 제 삶에서 10년이라는 세월은 분명 짧지 않은 시간이었다. 10년 동안 그녀와 그는 서로를 배워가며 살았다. 대가한 것이 컸던 만큼 믿음도 컸다.

알렉시스는 본심을 가리는 데에 익숙한 남자였고, 제르는 속에 담긴 말을 입 밖으로 내지 않는 데에 익숙한 여자였다. 하여 그들은 구태여 사랑한다 말하지 않아도 사랑하는 사이였고, 구태여 옆에 남겠다 말하지 않아도 떨어질 수 없는 관계였다.

그러나 말하지 않으면 전해지지 않는 것도 있다 했다.

"네가 다시 돌아오지 않으면 어쩌나, 걱정했어."

제르는 가까스로 용기를 냈다.

그녀가 힘겹게 지난날 하지 못한 말을 뇌까렸다.

"네가 내게 크게 화를 내 돌아보지 않을까 봐 무서웠다. 미안해. 내가 네 마음을 헤아리지 못했다."

그녀가 바랐기에 알렉시스는 제가 죽인 사촌의 자식의 아버지가 되어야 했다. 그녀가 뤼민느를 볼 때마다 마냥 행복에 젖었을 때, 그는 지난날 그와 어울렸던 사촌 형을 떠올렸을 것이다. 그녀가 자라나는 뤼민느의 의젓한 모습에 흡족해할 때, 그는 뤼민느의 얼굴에 드리워진 지난 인연을 상기했을 것이다. 그럼에도 사랑스러워 결국 불평 없이 자식처럼 돌보며, 가끔은 친구처럼 투덕거리며.

그는 어떤 생각을 했을까.

사실 한 번도 물어본 적이 없는 일이었다.

"그동안 네 어깨가 참 무거웠겠구나. 뤼민느도, 나도 네게 짐이 되어서."

알렉시스는 그녀의 허리를 더욱 세게 끌어당겼다.

"짐 같은 거 아니야. 가족이야."

여전히 얼굴은 목덜미에 파묻은 채라, 제르는 그의 팔에 안겨 꼼짝도 할 수가 없었다. 이내 그녀의 어깨는 따뜻한 물기로 젖었다.

제르가 느리게 눈꺼풀을 내렸다. 이 남자의 마지막 눈물을 보았던 날은 그가 그의 전반의 생애를 내려놓고 그녀에게 텅 빈 손을 내밀었던 날이었다. 그의 희생을 청맹과니처럼 바라보며 그녀는 이기심으로 그를 제 곁에 잡아두었다.

그녀는 지금 당장 말하고 싶었다. 지금 당장 체증처럼 가슴에 맺힌 이것을 뱉어내지 않으면 안 될 것 같았다.

"알렉시스, 나는 너를 택했어. 세드로가 아니라 너를. 너만 있으면 돼. 내겐 이제 네가 가장 중해."

"……."

"그러니 나를 좀 믿어주면 안 되겠나. 응……?"

알렉시스는 대답 대신 그녀의 발그스름하게 젖은 눈가에, 뺨에, 콧등에, 그리고 이마에 다시 한 번 입맞춤을 남겼다. 입술을 뗀 그가 꺼질 듯한 음성으로 청원했다.

"……사랑한다고 해줘."

"난 네 손을 잡은 그날부터 온 마음을 다해 너를."

코끝이 찡해 콧잔등을 찡그린 그녀가 진심 어린 고백을 위해 입술을 떼는 순간.

"사……."

알렉시스는 그녀의 사랑을 고스란히 삼키기 위해 입술을 맞추었다.

제르의 뒷말은 알렉시스의 입술에 삼켜졌다. 알렉시스는 그대로 제르의 한 팔을 위로 당겨 올리더니 반대 팔로는 주춤하며 끌려온 제르의 허리를 감아쥐었다.

평소라면 먼저 정중하게 그녀에게 접근해 가벼운 입맞춤으로 시작했을 키스가 오늘따라 격렬했다. 흠칫 몸을 굳혔던 제르가 서서히 그의 입술을 받아들였다. 그녀의 입술이 열리자, 급박하게 그의 혀가 밀려들어왔다. 그는 그녀의 입술과 입안의 여린 살결을 어지르듯 헤집었다. 혀끝이 스칠 때마다 가슴이 저릿하게 아파왔다. 제르는 그대로 알렉시스의 허리를 끌어안아 당겼다.

알렉시스는 그녀의 입술을 물어뜯을 듯이 빨아 당겼다가, 살살 달래듯이 혀로 훑어 핥았다.

숨이 불편해져 제르의 손끝에 힘이 들어갈 즈음에야 그가 그대로 입술을 떼고 그녀의 목덜미에 고개를 떨어뜨렸다.

"안고 싶어. 지금."

그가 불처럼 뜨겁게 속삭였다.

그녀는 그의 날갯죽지를 감싸 안았다. 같은 마음이었다.

그녀의 앙상한 몸이 침대 위로 널브러졌다. 자연스럽게 그녀 위로 엎드린 알렉시스의 손이 가느다란 허리를 부드럽게 움켜쥐었다. 그녀는 드레스 아래로 덤벼드는 그의 손을 피하지 않고 살짝 허리를 들었다. 그 틈을 놓치지 않은 알렉시스의 팔은 침대와 그녀의 허리 사이를 깊숙이 파고들었다.

모든 소리가 멀어지는 열렬한 키스에 제르는 무작정 그의 얼굴을 끌어당겼다. 서로의 바닥까지 탐하는 그런 입맞춤이 이어졌다. 다시는 그를 잃고 싶지 않았다. 상상 속에서도 잃어버리고 싶지 않았다. 그의 숨 한 호흡도 놓치고 싶지 않았다.

"알렉시스…… 알렉시스."

알렉시스가 이를 세워 제르의 턱 언저리를 물었다. 뜯겨 나갈 것처럼 아팠지만 아무래도 좋았다.

"아…… 응."

이성이라는 건 지금으로서는 하등 쓸모없는 가식이었다.

알렉시스의 촉촉한 혀가 제르의 목덜미를 핥아 올렸다. 그의 입술이 비빈 곳마다, 그의 혀가 훔치고 지나는 자리마다 가슴 저린 쾌락이 뒤따랐다. 이성은 짙어지고 있던 두려움을 하나씩 벗어 내렸고, 제르는 온전히 그를 품에 안았다.

알렉시스의 입술이 그녀의 뒷목을 부드럽게 문지르고 지났다.

"아……."

그녀의 입술은 바라지 않은 신음을 흘렸다.

어느새 그들은 모든 것을 벗어버린 나신이 되어 있었다. 육체도, 정신도 오롯이 벗겨져 순수한 탐심만 남았다. 엎드린 그녀의 새하얀 등 위로 그의 입술이 온기를 흩뿌렸다.

그녀의 팔이 짓누르며 지나칠 때마다 침구 위로 진한 쾌락의 흔적이 이지러졌다.

솜털이 곤두서고 발끝이 저린 환락 속에 잠겼다. 그의 입맞춤이 정성스레 그녀의 보얀 겨드랑이 아래에 맞닿아, 이내 허리선을 따라 내려왔다.

미간까지 저릿해질 정도의 기묘한 열기가 두 사람을 집어삼켰다.

"으읏."

그의 가빠지는 숨소리가 귓등을 어루만질 때면 저절로 벌어지는 입술이 교태 어린 신음을 내보냈다.

"하…… 으응……."

죽음을 목전에 둔 것만큼이나 지독한 갈증에 제르가 몸을 돌려 그를 끌어안았다. 벌어진 무릎 사이로부터 그의 열기가 스며들었다. 그가 허리를 숙여 고개를 옆으로 뉘인 제르의 하얀 목덜미를 살짝 물었다. 그녀의 앙증맞은 젖가슴 위로 머물렀던 입술이 새끼가 어미의 것을 빨 듯이 정성스레 그녀를 애무했다.

사랑해.

그의 우는 듯한 고백이 귓전을 떠돌았다 이내 아스라이 멀어진다.

그가 그녀에게로 몸을 기울일수록 다리 사이로 밀려드는 묵직한 열 기도 선명해졌다. 전신을 휘감는 압박감은 더 뜨거운 것을 바라고 들 끓었다. 그가 땀에 젖은 허리를 움직일 때마다 그녀는 그를 더욱 세게 끌어안았다. 거듭, 거듭 그는 그녀의 가장 깊숙한 곳까지 맞부딪쳤다. 그녀는 그의 근간까지 삼킬 듯 그를 옥죄었다.

사랑해.

그의 체취가 배어난 땀 내음에 섞인 속삭임이 애원처럼 절박했다. 완전히 하나 되지 못해 끊임없이 두 사람은 그렇게 서로를 옭아매었 다.

서로가 서로를 삼키고, 삼켜지고, 침몰하여, 정신을 잃을 때까지.

식사를 마치고 근처 후원을 산책하고 돌아온 에사렛타는 문득 기묘 한 사실을 깨달았다.

늘 궁실들을 지키던 시녀들이 보이지 않은 탓이다. 그녀의 궁 시녀들이 모두 사라졌다는 걸 깨달았다. 순간 드는 어떤 불길한 예감에 에사렛타가 벌컥 침실로 통하는 궁실의 문을 열었다. 아니나 다를까, 세드로가 왕비궁의 궁실에 앉아 있었다.

에사렛타는 순간 자신이 헛것을 보는가 싶었다.

"닷새 전에 몰래 성을 나가 알렉시스 형님의 안사람을 만나고 오셨다지요."

조심한다고 온 신경을 다했건만, 어찌 이리 빨리 세드로의 귀에 들어간 걸까.

애써 평정을 가장하려는 에사렛타를 읽어낸 세드로의 입술 끝이 조금 더 아래로 굽어졌다.

"그리 놀라실 것 없습니다. 이곳저곳에 귀를 심어두어야 한다는 것은 외조부의 가르침이셨으니까요."

"대체 왜 말도 없이 이 어미의 궁실에 있는 건지부터 설명하십시오."

에사렛타가 화두를 돌리기 위해 날카롭게 쏘아붙였다. 그러나 세드로는 그녀의 노력에도 불구하고 논지를 잃지 않았다.

"……제이하이를 뵙고 오셨지요. 그분은 어떻습니까?"

"……."

"제이하이를 몇 차례나 소환하려 했는데 저는 벌써 두 번이나 거절을 받았습니다. 제이하이는 아주 정중하게 초대를 거절하더군요."

"몸이 좋지…… 않은 사람입니다. 그래서 잠시 들러 인사를 나누었습니다."

"그렇다면 저도 제이하이가 머무는 사저로 친히 가면 만날 수 있겠습니까?"

그걸 왜 제게 물으십니까.

그리 답했어야 했다. 그러나 에사렛타의 굳은 입술은 시기를 놓치고 말았다. 세드로가 뒷목을 어루만지며 싱긋 웃었다. 그의 웃음이 불길하게 느껴졌다.

"어제 형님이 찾아오셨습니다."

"전하."

"네반 플라무나가 끝나고 그대로 떠나실 거라고 하시더군요. 가기 전에 마지막 인사나 하라고 말씀드렸는데 그 또한 여의치 않을 것 같다며 마지막 인사를 미리 하고 가셨습니다. 이상하지 않습니까. 왜 저는 자꾸 제이하이를 제게서 숨긴다는 느낌을 지울 수가 없는 걸까요. 왜 모후께서도 그녀를 숨기고, 형님도 그녀를 숨기고, 그녀도 연거푸 제 초청을 거절하는지 이제 슬슬 이상한 의심이 들기 시작합니다. 이쯤 되니 제 초청이 제대로 그녀에게 닿기나 한 건지."

알렉시스의 마지막 한마디를 떠올린 세드로의 보랏빛 눈동자에 불쾌감이 어렸다.

'그리고 제이하이에게는 신경 쓰지 마십시오. 전하가 카르시타를 돌볼 의무가 있는 국왕이신 것처럼, 저는 제 안사람을 돌볼 의무가 있는 사내입니다.'

알렉시스는 전에 없이 단호하게 그리 말하고 돌아가버렸다.

분명 처음에는 얘기나 나누어보려던 마음이었다. 아주 작은 의심의 씨앗을 파헤쳐내기 위해서였다. 그러나 주위 인사들의 기묘한 태도에 세드로는 분명한 위화감을 깨달았다. 더 기가 막힌 건, 에사렛타에게 그녀가 왕의 초청을 두 번이나 거절했다고 먼저 언급을 했음에도 그녀의 불경스러운 태도에 대해 지적하지 않는다는 것이다.

"몸이 약한 분입니다."

세드로가 피식 웃었다. 그 역시 이미 고려해본 경우의 수였다. 하여 그녀의 진찰을 위해 에드하인다 사저에 들렀던 왕실 의원을 불러다 물었다. 그녀는 몸이 전체적으로 쇠약하고 기운이 없는 편이기는 하지만 거동에 무리가 있는 정도는 아니라고 했다.

그렇다면 결론은 하나밖에 남지 않았다. 그녀는 그를 피하고 있었으며 알렉시스와 에사렛타는 그를 속이고 있었다.

의문이 떠오르는 건 당연한 일이었다.

'왜?'

그럴 이유가 없지 않은가. 무언가 켕기는 게 있지 않다면.

"몸이 그리 안 좋다 하면 왕성으로 들여 좋은 왕실 의원의 보살핌을 받게 하는 게 낫지 않겠습니까?"

"제이하이는 왕성을 좋아하는 사람이 아닌지라……. 하지만 전하의 마음씀씀이에는 몹시 감사할 겁니다."

"……제가 어떻게든 만나보아야겠다 하면 어찌하실 겁니까?"

"그만두세요, 전하."

"이유를 말씀해주시면 포기하겠습니다."

"……."

"왜 구태여 어머니께서 에드하인다의 사저까지 발걸음 하셨습니까? 그리도 은밀히?"

에사렛타는 침묵으로 일관했다. 그녀의 사고는 지금 정지 상태였으므로 이상한 일도 아니었다.

그런 그녀의 안색을 침착하게 바라보던 세드로가 소파의 팔걸이를 짚고 일어섰다.

"스승님들이 제게 괜한 것들을 가르쳐주신 게 아니라는 걸 이번에 알았습니다."

"지금 무슨 말을 하고 싶으신 겁니까?"

"그리고, 엿새쯤 전부터 쇼하인의 기사들과 에드하인다 대백의 사병들이 시키지도 않은 수색을 하며 백성들을 들쑤시고 있다지요. 알아보기 어렵지도 않더군요. 제가 제 적통성에 대해 의심받았다는 건 어머니와 알렉시스 형님, 그리고 시종들에게만 꺼낸 이야기인데 그들은 어떻게 알았을까요. 아 물론, 그들이 밖에서 전해 들었을 수도 있겠다 싶긴 합니다. 하지만 그런 모욕적인 가삿말이 떠돈다는 걸 알았다면 응당 제게 와 아뢰어야 한다는 것을 알 만한 이들이 아닙니까? 그런 인사들이 제게 언질도 없이."

"……."

"구태여 살금살금 움직이는 걸 보면 참 이상해. 왜 저 몰래 그 소문을 덮으려 하는 지도 의문입니다."

"……."

"그러고 보니 쇼하인과 에드하인다는 특히나 알렉시스 형님과 각별하지요. 그리고 요 근래에는 어머니께서."

"……전하."

"알렉시스 형님과 각별하시고."

"……."

"물론, 우선은 내버려둘 생각입니다. 적어도 쇼하인과 에드하인다가 무언가를 알고 있다는 걸 짐작할 수 있게 되었으니 그것으로 족하지요."

하얗게 질린 낯의 에사렛타는 벼랑 끝에 내몰린 심정을 쥐어짜듯 읍소했다.

"전하, 불경한 일을 덮는 것은 당연한 것입니다. 어째서 의심을 거두지 못하십니까."

"부왕의 전철을 밟지 않고 싶어 이럽니다."

세드로의 보랏빛 눈동자에 차가운 분노가 어렸다.

"처음에는 아무것도 모르는 어린 왕이라고 멸시당하고 싶지 않아 확실히 하고 싶었을 뿐입니다. 그런데 일을 더 크게 키우는 건 아무 말도 하지 않고 숨기기 급급하신 어머니와 알렉시스 형님입니다."

"당신이 카르시타의 왕입니다. 당신이 세존이시며, 당신이 지금 유일하게 존재하는 카르시탄입니다."

"그렇다면 어머니께서는 순수한 카르시타의 혈통이신 형님보다 제가 더 고결하다고 분명히 말씀하실 수 있습니까?"

"지금 그 무슨 말도 안 되는 말을 하시는 겁니까. 전하!"

에사렛타가 눈을 부릅뜨며 별안간 언성을 높였지만 세드로는 눈 하나 깜빡하지 않았다.

늘 차분한 어머니의 분노는 익숙하지 않았지만 그럴수록 그의 심중에는 뼈아픈 의혹만 커질 뿐이었다. 에사렛타의 갈색 눈동자가 노여움으로 뒤흔들리는 것을 말끄러미 응시하던 세드로가 고개를 숙였다.

"송구합니다, 어머니. 하지만 제 뜻은 여전합니다."

세드로의 말이 끝나기 무섭게 에사렛타의 가느다란 목에 힘줄이 올랐다.

"그리 나를 모욕하고도 어미라고 부를 수 있습니까! 제이하이를 만나고 싶다면 만나세요. 만나 무얼 듣고 싶어 하는지조차 알고 싶지 않으니, 앞으로 내게 제이하이에 대한 이야기는 하지 마세요. 그리고 그리도 영민하시니 이제 제 도움도 필요 없으시겠지요. 찾아오지도 마십시오!"

"……물러가겠습니다."

세드로는 마지막까지 침착하게 예우를 다한 후 왕비궁을 벗어났다.

"왕하, 네반 플라무나가 끝나고 엘올라를 떠나신다는 이야기를 전해 듣고 이리 무례하게 달려왔습니다. 다짜고짜 죄송한데, 제발 부탁이니 제일리의 입학 신청을 거절해주시면 안 될까요?"

테르테오가 쇼하인의 공작가 사택까지 쫓아와 무릎을 꿇은 건 조금 놀라웠다. 온 도처에 꽃향기가 난무한 오늘도 저 자매는 싸움을 멈출 줄을 모르는지, 당황스럽다기보다는 웃겨서 제르는 말없이 실소했다.

"언니이이이이!"

간발의 차로 도착한 또 다른 소녀가 숨을 헐떡거리며 제르의 앞에서 멈추었다. 소녀는 살짝 무릎을 굽혔다 펴는 것도 잊지 않았다.

"송구합니다, 왕하. 저희 언니가 미쳤어요. 가자니까아! 여기서 지금 뭐 하는 거야!"

"……그래 보이는구나. 나를 그리도 무서워하던 네 누이가 이리 무례도 잊고 날 찾은 걸 보니."

테르테오가 간절하게 청했다.

"왕하! 부탁드려요! 어머니 아버지는 저 계집애한테 홀랑 넘어가셨어요. 이제 믿을 건 왕하밖에 없어요!"

"정신 못 차리냐구우우! 언니! 왕하께 이게 무슨 무례야!"

테르테오가 저리 앞뒤 분간 못하고 제게 달려왔다는 건 그만큼 제 동생을 보내고 싶지 않아서일 것이다.

"저리도 네 누이가 너를 보내기 싫어하는데, 고집을 부릴 필요가 있겠느냐?"

제르는 테르테오를 일으켜 세운 후 제일리를 향해 물었다.

"그렇죠? 왕하? 이렇게 부탁하는데도 저렇게 자기 하고 싶은 일만 하려고 하는 제일리는 인성부터가 글러먹었어요. 턱없습니다!"

"너, 너어어, 누구 앞길을 막으려고! 아, 죄송합니다."

그들은 여전히 힘이 넘쳤다. 제르는 얇은 세사로 수놓인 망토를 고쳐 여미며 작게 웃음을 삼켰다.

"입학에 관한 문제는 내가 어찌할 수 있는 부분이 아니구나. 그보다는 대체 왜 그리도 네 동생을 보내기 싫어하는 건지 궁금해지는데. 이제 곧 테르테오는 혼인을 해 출가할 나이가 아닌가? 네가 출가할 때까지 네 동생을 잡아둘 요량이냐?"

"그런 게 아닙니다."

테르테오가 고개를 저었다.

작게 한숨을 쉰 제일리는 조심스레 허리를 숙여 테르테오의 치맛자락에 묻은 흙이며 풀 조각들을 털어냈다. 하지만 테르테오는 콧방귀만 뀔 따름이었다. 호의가 무시당하자 제일리의 얼굴은 순식간에 복어처럼 부풀었다.

"그럼?"

"……그것은, 그냥, 제일리는 많이 부족합니다. 가서 폐를 끼치거나 할 게 뻔해요. 그리고…… 샤말론은 멀기도 하고."

"하지만 안전하다. 체렌사 아카데미는 듣기로 계절마다 짧은 한 달의 방학이 있다고 하니 마음만 먹으면 만나기 어렵지 않을 거다."

"하, 하지만…… 그냥…… 제일리도 저처럼 무난하게 살았으면 해요. 굳이 아카데미까지 가서 전문적인 것들을 배우지 않아도 충분히……."

테르테오는 말끝을 흐렸다.

"하지만 아카데미에 입학한다고 해서 무난하지 못한 삶을 살게 되는 건 아니란다, 테르테오."

"하지만…… 싫어요."

"왜?"

"……제가 지켜줄 수가 없잖아요."

'아아.'

테르테오의 가까스로 내뱉는 듯한 음성에 제르는 목에 가시가 걸린 듯한 기분으로 타이르려던 말을 삼켰다. 테르테오를 흘끔흘끔 째리던 제일리의 고개도 천천히 떨어졌다. 테르테오는 무슨 생각을 한 건지, 급기야는 북받친 감정을 이기지 못하고 뚝뚝 눈물을 흘리기 시작했다.

"……그렇게 먼, 데로, 가…… 훌쩍, 버리면. 무슨 일이, 생겨도, 훌쩍…… 가뜩이나 걱정, 흑, 인데. 못되게 훌쩍, 구는 애들 흑. 제가 혼내줄 수가……."

누가 자매 아니랄까 봐. 테르테오가 울기 시작하자 이내 제일리도 따라 울기 시작했다.

"아, 씨잉, 언니, 왜 갑자기 그래……!"

테르테오와 제일리는 서로를 부둥켜안았다.

조금 머리가 아프긴 했지만 제르는 새삼 두 딸을 둔 아넬라가 부러워졌다.

물론, 두 소녀는 퍽 아름다운 광경 속에서도 서로를 끌어안고 의견을 고수했다.

"그래도, 어헝, 그래도 갈 거야…… 어헝헝. 울지 마, 언니이."

"너, 훌쩍, 못 가. 이 계집애야. 훌쩍. 내가 널 어떻게 보내. 허헝."

그러는 와중, 멀지 않은 곳에서 뤼민느와 알렉시스가 말쑥하게 차려입고 걸어오는 것이 보였다. 제르의 시선이 제일리의 동그란 뒤통수로 향했다. 테르테오에게 안겨 우는 어린아이를 보며 우습게도 그녀는 마음의 위안을 찾았다.

뉘사나의 어린 딸. 똑같이 죄 없는 것이 제 친혈육과 함께하지 못하게 된 것도 안타깝거늘, 사랑받지 못하고 자랐다면 한없이 마음이 아팠을 것이다.

"훌쩍, 너, 안 보내애! 흑, 못 보내애!"

"언니, 어허헝, 창피하니, 끄윽. 이제 그만 헝헝, 울면 어헝헝…… 잘 갔다 올게. 걱정하지, 마아아 흐아앙."

어느샌가 다가온 알렉시스가 눈을 가늘게 뜨고 대낮부터 요란히 울음을 터뜨리는 두 소녀를 내려다보았다.

"이 아가씨들은 에드하인다의 딸들 아냐? 네가 울렸…… 어?"

"내가 한 거 아니다."

제르는 간결하게 부정하는 것으로 입을 다물었다. 뤼민느는 제일리와 테르테오를 물끄러미 바라보다가 고개를 크게 갸우뚱했다.

"테르테오 누나랑 제일리 누나, 아직도 저러고 싸워?"

"……뤼민느, 어찌……?"

뤼민느가 테르테오와 제일리의 이름을 어찌 알았을까. 물으려는데, 돌연 알렉시스가 두 소녀 앞으로 걸어가 쪼그려 앉았다. 그러더니 양 팔로 두 소녀의 어깨를 툭툭 때리며 무어라 소곤거렸다.

'……?'

그러자 곧 놀라운 일이 벌어졌다. 눈물 콧물 범벅이 되어 체면조차 잊고 울던 대백작가의 두 딸이 순식간에 눈물을 멈추더니, 태도를 바꾼 것이다. 무엇보다도 그리도 고집스럽게 동생을 뜯어말리던 테르테오가 백기를 들었다.

"하지만…… 아무리 그래도, 아아, 일단 그렇게 해주신…… 다면."

한참이나 울다가 벌건 얼굴로 서로를 흘깃대던 자매가 슬그머니 손을 잡았다. 그러고는 제르에게 실례했습니다, 꾸벅 인사한 후 달음박질해 사라졌다.

멀어지는 두 소녀를 물끄러미 응시하던 제르가 뤼민느의 머리칼을 느릿느릿 헤집었다.

"뭐라고 한 거냐, 알렉시스?"

그러나 제르의 물음에도 알렉시스는 능청스레 웃으며 다시 뤼민느를 번쩍 들어 한 팔로 업어 올릴 뿐이었다.

"글쎄."

"무슨 말로 구워삶았기에?"

"궁금해?"

"궁금해."

"음, 맨입으로는 안 되지. 오늘 하루 종일 데이트해주면 알려주지. 오늘은 불꽃놀이까지 보자. 꼭."

10년 전에 했던 말을 똑같이 반복하고 있다는 걸 그는 기억하고 있을까. 불편했던 과거와 행복한 현재는 그다지 다를 것이 없는데, 어째서 이리 특별하게 느껴지는 것일까.

"제르! 오늘 여기 축제라며! 맛있는 것도 많대! 알렉시스가 잘 안 대!"

알렉시스의 목에 매달린 뤼민느가 들떠 소리쳤다. 인마, 귀 떨어진다. 웃음소리가 높게 번져나갔다. 제르가 어쩔 수 없다는 듯 따라 웃으며 느릿느릿 걸음을 옮겼다.

"뤼민느, 손 놓는다. 알아서 잡아라."

어어엇! 대롱대롱 매달린 뤼민느의 엉덩이를 툭툭 두드린 알렉시스가 대각선 뒤로 팔을 뻗었다. 제게 내밀어진 손을 바라보던 제르는 말없이 맞잡았다.

슬픈 기억도, 아픈 추억도 꽃향기에 취해 잠든, 이름 없는 봄 길 위의 햇살이 발을 재촉했다.

골목 곳곳이 사람들로 붐볐다.

엘올라의 모든 백성들이 시간 맞추어 집 밖으로 뛰쳐나온 것 같았다. 새로 난 골목길로 길을 잘못 들었다 한참을 헤매고 나오니 이미 해가 기울어지고 있었다.

구경도 한때였던지라 뤼민느는 슬슬 투덜대기 시작했다.

"배고파."

"나도."

"뭐 좀 먹으러 갈까?"

제르 일행은 인파에 이리저리 치이느라 제대로 뭔가를 구경할 새도 없었다. 알렉시스 또한 뤼민느를 하루 종일 목마를 태우는 건 역시 무리였는지, 얼마 지나지 않아 앓는 소릴 내기 시작했다. 목이 부러진 것 같아, 하고 엄살을 떠는 모양새에 제르가 피식 비웃었다.

결국 뤼민느가 입술을 삐죽 내밀며 물었다.

"근데 제르랑 알렉시스는 왜 이렇게 불편하게 다녀? 오늘 쇼하인 공작 각하랑 같이 구경하자고 했었잖아, 원래."

원래 그런 계획도 있었다. 세드로가 개입하게 되면서 모조리 물거품이 되었지만.

일부러 피할 필요는 없다지만 구태여 만날 걸 알고도 찾아갈 필요는 없었다. 이건 제르와 알렉시스가 한마음으로 동의한 일이었다.

인파에 휩쓸리지 않도록 뤼민느의 손을 꽉 잡은 알렉시스가 태연히 말했다.

"뤼민느, 평민들 사이에 섞여 지내는 게 귀족들 사이에 숨죽이고 있는 것보다 즐겁다는 걸 너도 알잖아. 그리고 재미있는 얘기 해줄까? 제르와 내가 처음으로 서로를 알게 된 게 이곳에서였어."

"응?"

"내가 신분을 숨기고 네 어미에게 추파를 던졌거든. 그리고 제르가 넘어왔지."

제르가 노골적으로 비웃음 소릴 냈다.

"퍽이나. 이제 아무 말이나 지어내기로 한 거냐?"

"……응? 왜 제르를 속여?"

뤼민느는 처음 듣는 이야기가 신기한 듯 연신 고개를 갸우뚱거렸다.

"아아, 제르가 그때 유능한 남자 혐오증이 있었거든."

알렉시스가 눈썹을 과장되게 움직이며 제르를 바라보았다.

"웃기시네. 말은 바로 해. 그건 아니었어. 그냥 네가 싫었던 거야."

"레피스도 싫었잖아."

"그는 너무 건방지다."

"에들렌도 싫고."

"헤센 경은 괜찮았어."

"걘 왜 괜찮아? 어? 너 지금 나 질투 나게 하려는 거지?"

저걸 또 왜 저리 해석한담. 눈을 게슴츠레 뜨던 제르가 상종도 하지 않겠다는 듯 입을 다물어버리자 알렉시스는 제멋대로 정리했다.

"나도 싫고, 쟤도 싫고, 작위 있는 놈들 다 싫어했잖아. 어쨌든 그래서 속였지."

뤼민느가 눈을 게슴츠레 뜨고 알렉시스를 응시했다.

"으음…… . 역시, 예전부터 생각한 건데, 알렉시스는 사기꾼 기질이 있는 거 같아."

"아, 엄밀히 말하면 속인 건 아냐."

알렉시스가 재빠르게 말을 뒤집자 연신 코웃음만 치던 제르가 날카롭게 반박했다.

"말하지 않은 것에도 의도가 있다면 속인 거지."

"우와우와, 알렉시스, 이제 막 입에 침도 안 바르고 거짓말도 해?"

뤼민느가 눈썹을 모아 혐오스럽다는 표정을 짓자 알렉시스의 표정이 금세 난감함으로 물들었다. 그는 되레 제르를 향해 툴툴거렸다.

"아니, 전혀 의심하지 않은 네가 더 바보 아냐?"

"의심을 하기도 했지만, 네가 워낙 희대의 얼간이처럼 굴었어야지."

"세상엔 이런 사람, 저런 사람 많답니다, 부인."

뤼민느가 물었다.

"근데 알렉시스는 왜 제르를 꼬시려고 했는데? 첫눈에 반했어?"

"설마."

"……."

"아마? 아니, 솔직히 양심상 첫눈에 반했다고는 못 하겠고."

"제르의 뭐가 좋았는데?"

뤼민느는 자신이 모르는 두 사람의 과거 이야기가 몹시도 재미있는 모양이었다. 제르도 고개를 절레절레 저으면서 은근하게 알렉시스를 응시했다. 알렉시스는 기억을 더듬으며 음…… 하고 짧게 신음했다.

"……저렇게 간이 배 밖으로 나온 여자를 처음 봐서?"

제르의 눈썹이 치켜 올라가는 것과 뤼민느가 폭소를 터뜨린 것은 거의 동시였다.

"간이 배 밖으로 나온 건 너일 텐데?"

"그럴 리가. 난 너처럼 겁 없이 드센 여자가 좋은가 봐. 잡혀 사는 것도 좋은 걸 보면."

"……말을 말아야지."

제르가 홱 고개를 돌려버렸다. 확 차가워진 그녀의 태도에 뤼민느가 웃음을 멈추고 쿡쿡, 알렉시스의 허리를 찔렀다.

'어떻게 좀 해봐.'

'그러게. 삐졌네.'

알렉시스가 능청스럽게 그녀를 향해 고개를 기울였다.

"삐지셨습니까, 부인?"

"아니."

"에이. 삐졌네."

"아니라고."

"삐졌잖아."

"말 걸지 마."

"왜. 하지만 처음부터 말했잖아. 난 그냥 네가 좋다고. 네 지위에도, 외모에도 관심 없었어. 그래서 네 어디가 좋냐고 물어보면 할 수 있는 말이 없어. 그냥 어느 순간부터 다 좋았어. 내 전부랑 바꿔도 좋을 만큼."

그가 뾰로통한 표정을 하고 있는 제르의 이마에 입술을 맞추며 속삭였다. 그들을 멀뚱멀뚱 바라보던 뤼민느는 영 못마땅한 얼굴이었다.

"윽! 느끼해! 웩."

낮게 웃은 알렉시스는 말없이 제르의 까만 눈을 마주 보았다. 제르 역시 눈 한 번 깜빡이지 않고 그의 붉은 눈동자를 바라보았다. 조금 전 그의 고백은, 사연 모를 뤼민느에겐 가볍게 느껴졌을지 모르나, 그녀에게는 무거웠다.

"네 남은 시간에 내가 있었으면 좋겠다고 생각했어. 진심으로. 10년 전 오늘, 네게 정체를 들키고 나서는 한동안 뒤숭숭해서 아무것도 손에 잡히지 않았다니까. 솔직히 아무리 생각해도 내가 크게 잘못한 게 아니었는데도 죄인이 된 것 같았어. 네가 다시는 얼굴도 안 볼 것처럼 매정하게 구는데, 속이 타고 어찌나 미치겠던지. 그래서 내가 몇 번이나 사람을 보내 만나달라고 했던 거 기억나? 결국 네게 잘 보이려고 메린하프가의 늙은 구렁이랑 언쟁도 벌였다고."

"……."

"그리고 그다음에 만났을 때 청혼도, 솔직히, 아, 그래, 충동적이긴 했다? 근데 너 내 뺨 때렸잖아. 맞아도 좋다고 실실거리는 거, 아무한

테나 해주는 거 아니다?"

"그때는 맞을 만하지 않았나? 지스카르가 널 눈감아주지 않았다면 정말 그 자리에서 끝장이 났을지도 모를 상황이었다. 왕재가 되어 그리 무모한 짓을 하고도 반성하는 기색 하나 없이, 느닷없이 청혼하는 네가 이상한 녀석이었던 거다."

"좋았는데 어떻게 해. 그냥, 너를 생각하니까 가슴이 너무 아파서, 아, 이 여자 내가 데려가야겠다, 어떻게 할까 하고 머리가 생각하기도 전에 입이 말해버린걸."

이쯤 말했으면 감동할 법도 한데, 제르는 그저 가느다랗게 뜬 눈으로 코웃음만 칠 뿐이었다.

"미안하지만 내가 기억하기로, 넌……."

"뤼민느. 엇! 저거 보러 가자!"

또 왠지 좋지 않은 이야기가 되돌아올 것 같은 예감에 알렉시스가 홱 고개를 돌리며 소리쳤다. 그러고는 그녀가 그를 붙잡아 세워 더 날카로운 반박을 하기 전에 재빠르게 뤼민느를 끌고 앞질러 갔다.

결국 제르는 하고 싶은 말을 삼키고 알렉시스와 뤼민느의 뒤를 종종 쫓아갈 수밖에 없었다.

"얌체 같으니라고."

제르의 중얼거림을 들은 알렉시스는 외려 즐겁다는 듯 크게 웃었다.

얼마 후, 눈에 익은 광장 언저리로 들어선 제르는 신이 나 떠들기 시작하는 알렉시스와 뤼민느를 뒤로한 채 주위를 둘러보았다. 엘올라의 대광장은 여전히 넓고, 여전히 사람으로 붐볐다. 새로 세워진 유스카리의 석상이 눈에 들었다. 묘한 기분이었다.

그녀의 손목을 붙잡은 알렉시스는 체면 차리는 것 없이 소리쳤다.

"거, 아줌마, 밀지 마요!"

그때도 저랬다.

누가 저 녀석이 카르시탄일 거라고 상상이나 하겠는가, 그것도 한때 왕재로 주목받았던 두 사람 중 한 명이라고. 그저 빼입은 졸부쯤으로 보이겠지.

그러나 그녀의 예상은 오산이었다.

도대체가 지난 5년간 섭정의 자리를 지키며 무슨 짓을 하고 다닌 건지, 온 도처에서 "알렉시스 님!", "섭정 각하!" 하고 인사를 건네는 평민들이 수두룩했다.

기가 막혔다.

정말, 저치는 어쩔 도리가 없나 보다. 그가 재위 중일 당시 레피스가 신경성으로 앓아누웠다며 틈틈이 그녀에게 서신을 보내 온갖 성질을 부린 것이 이해가 갔다.

"아아, 이름이 뭐더라. 그래. 티모스, 맞지? 여긴 내 아들이야. 그리고 저긴 내 부인이……."

그녀는 알렉시스의 팔불출 같은 자랑질을 죄 흘려들었다. 피곤해. 뤼민느는 마냥 좋다며 손을 흔들었다.

제르의 까만 눈동자가 곧 광장을 가득 메운 꽃밭 위로 옮겨 갔다. 새삼스럽게 화려하고 평온한, 보고 있는 것만으로도 마음이 누그러지는 정경이었다.

"우와아아!"

뤼민느는 축제의 볼거리에 흠뻑 빠져들어 감탄사를 연발했다. 그가 이제까지 퀸시오나 작은 도시만 떠돌았다는 것을 생각하면 이해가 가는 반응이었다.

키가 작았던 터라, 뤼민느는 중간중간 알렉시스의 어깨에 올라타 크게 탄성을 내질러 알렉시스의 핀잔을 듣기도 했다.

하지만 즐겁기만 한 건 아니었다. 제르가 눈에 띄게 피로해 하는 모습에 몇 번이고 걸음을 멈추고 쉬기도 했다. 멀뚱멀뚱 앉아 있다 지칠 때면 알렉시스는 뤼민느에게 엘올라 곳곳의 역사나 기원 따위를 가르치며 그의 지루함을 달래주었다.

"곧 플라나노이의 행진이 있을 거야."

"그게 뭔데?"

"각국 사절들이 엘올라의 네반 플라무나를 축하하는 공연 같은 거? 가서 네 눈으로 봐."

"재밌어?"

"눈요기하기엔 좋지."

잠깐 쉬었다가 다시 이동한 그들이 플라나노이의 행진을 관전하기 위해 행진로 근처로 이르렀을 때는 해가 제법 많이 기울어 있었다.

제르를 배려해 여유롭게 움직인 탓에 이미 발 빠른 사람들에게 좋은 자리는 죄 빼앗긴 후였다. 하지만 뤼민느는 알렉시스의 목마 덕에 어른들보다 높은 곳에서 금줄이 쳐진 행진로를 구석구석까지 살필 수 있었다.

"뤼민느, 시작할 때까지 잠깐 내려와 있을래? 제르 네가 잠깐 얘 좀 봐. 피곤해 보이는데 마실 거라도 사 올 테니 여기 서 있어. 어디 가지 말고.”

“난 괜찮다.”

“그래도 배는 채우면서 놀아야지.”

“맛있는 걸로!”

반대편으로 걸어가는 알렉시스의 뒷모습을 향해 뤼민느는 마냥 신나 소리쳤다.

제르는 피로를 내색하지 않고 뤼민느의 손을 붙잡았다. 뤼민느가 행복해 하는 모습이 눈에 기분 좋게 찼다. 지난 며칠 그녀를 곤혹케 했던 많은 것들이 뤼민느의 웃음에 날려 흩어지는 기분이었다.

그때였다.

“제이하이 왕하십니까?”

제르가 고개를 돌렸다. 그전까지만 해도 그녀의 등 뒤로 빼곡히 서 있던 인파가 물길처럼 갈라졌다. 뤼민느의 시선도 후미로 향했다.

기사 세 명이 그들을 향해 똑바로 걸어오고 있었다.

뤼민느는 이미 쇼하인 가문의 딱딱한 기사들과 며칠 동고동락한 기억이 있어 그들을 두려워하지는 않았지만, 아무렇지도 않은 건 아니었다. 불길한 예감에 뤼민느가 제르의 손을 더 꽉 쥐었다. 제르는 말 없이 그녀를 에워싸는 기사들을 돌아보았다.

“제이하이 왕하를 뫼시러 왔습니다.”

“…….”

가만 살펴보니, 그들은 귀족의 사병 기사가 아닌 왕실 근위대였다.

“제이하이 카르시탄이 맞으십니까?”

축제에 정신이 팔려 있던 백성들은 별안간의 상황에 수군거리다가 눈이 마주치면 입을 다물고 고개를 숙이기 일쑤였다. 축제라는 말이 무색하게 그녀 주위의 분위기는 급속도로 냉각되었다.

왕실의 근위대.

기묘한 어떠한 예감에 제르는 대답 대신 입술을 살짝 물었다. 알렉시스가 없는 이 상황에서 그녀가 취할 수 있는 행동은 몇 가지 없었다. 부정하거나, 긍정하거나. 둘 중 하나다. 하지만 이 인파를 헤치고 온 거라면 자신을 안다는 말이었다. 무슨 목적이건 간에 부정이 통하지 않으리라는 것은 자명했다.

"무슨 일로 누가 나를 찾는지 묻겠다."

"기밀 임무입니다. 잠시 동행을 요청하겠습니다."

"……요청이라면 거절하지."

제르는 노골적으로 인상을 찌푸리며 뤼민느를 끌고 인파 사이를 빠져나가려 했다. 그러자 어디선가 나타난 또 다른 기사가 뤼민느를 강제로 그녀에게서 떼어냈다. 반사적인 방어 본능에 그 자리에 멈춰 선 제르의 눈빛이 매서워졌다.

"감히."

그녀의 예상치 못한 사나움에 가장 먼저 그녀에게 말을 걸었던 기사가 고개를 조아렸다.

"제이하이 왕하, 따라와주십시오. 요청이라 드린 말은 정정하겠습니다. 전하의 명이 있었습니다."

'뭐?'

전하라는 말에 제르는 그대로 반항의 기세를 꺾었다. 왕명이라는 것도 문제였지만, 이렇게 강압적으로 군다면 상대도 작정을 한 것이 분명했으므로 더 소란을 피우지 않는 것이 길이었다. 에사렛타일 리가 없다. 그렇다면 저들이 말하는 전하는 아마도.

'……아마도.'

기사는 얼이 빠진 듯 멈춘 제르에게 손을 내밀었다.

제르가 간신히 목소리를 가다듬고 물었다.

"……독대인가?"

"예, 저분은 저희가 모시고 있겠습니다."

"……."

제르가 내키지 않는 얼굴로 주저하자 기사는 최대한의 경의를 가장하며 그녀를 강제로 끌어당겼다. 제르는 더 그들을 막을 수 없어 그들에게 둘러싸여 반 강제로 자리를 떠났다. 험악한 분위기에 겁을 집어먹고 알렉시스를 찾기 위해 눈동자를 산만하게 움직이던 뤼민느는 그를 붙잡은 기사의 팔에 갇혀 몸부림쳤다.

"제르!"

"얌전히 있어주십시오. 방해하신다면 곤란한 일을 겪게 되실 겁니다."

제르는 어느새 멀어져 인파 저편으로 사라졌다. 뤼민느는 당장이라도 그녀를 잃어버릴까 두려운 사람처럼 악썼다.

"우리 엄마 데려가지 마아아!"

하지만 그녀에게는 닿지 않았다.

알렉시스가 돌아왔을 때, 이미 뤼민느는 엉엉 울며 기사들에게 폭행 아닌 폭행을 저지르고 있었다. 왕실 기사들은 묵묵히 뤼민느의 작은 솜주먹을 감당했다.

제르가 없었다.

알렉시스는 순식간에 상황을 파악했다.

뤼민느를 붙잡고 있던 기사가 먼저 알렉시스를 알아보고 예를 갖추었다.

"올리비에 전 섭정 각하께 인사 올립니다."

"……엄마아! 알렉시스, 이 사람들이 제르를 데려갔어어어!"

알렉시스를 발견한 뤼민느가 눈물범벅이 된 얼굴로 바락바락 소리쳤다. 알렉시스는 들고 있던 음료 잔을 반대편에 서 있던 기사에게 강제로 쥐어주며 쪼그려 앉아 뤼민느의 머리를 슥슥 어루만졌다.

"전하는 어디 계시냐? 아이는 놔줘. 내가 잡고 있을 테니."

뤼민느는 태연한 알렉시스의 음성에 충격을 받은 사람처럼 인상을 구겼다.

"무슨 말이야, 알렉시스으! 저 사람들이 제르를 데려갔……!"

"회합의 장소는 비밀에 부치신다 하셨습니다."

알렉시스는 얕은 한숨을 내쉬었다.

자리를 떠나지 말았어야 했나 하는 뒤늦은 후회가 들었지만 왕실 기사까지 동원한 이상 자신이 이 자리에 있었더라도 마찬가지였을 터였다. 그저 새삼 세드로에게 놀랐다. 이 정도로 적극적으로 움직일 수 있다는 게. 이제 그는 철부지 어린아이가 아니라 제게 주어진 권력을 적절히 휘두를 줄 아는 왕이었다.

이미 각오는 하고 있었다.

아무리 제르가 만나지 않겠다는 의사를 내비쳤더라도 언젠가는 만나게 될 터였다. 다만 조금 갑작스럽고 빨랐을 뿐이다.

"……무례하게 굴진 않았겠지?"

"예. 최대한 정중하게 모셨습니다."

"알렉시스으! 아냐, 저 사람들이 막 끌고 갔⋯⋯."

"쉬이, 뤼민느. 괜찮아. 왕실 사람들이다. 우리에게 해 끼치지 않을 거야."

알렉시스가 뤼민느를 안아 올려 등을 토닥였다. 기다리는 것 말고는 할 수 있는 게 없다는 건 그 역시도 힘 빠지는 일이었지만 현실이었다.

아무것도 할 수가 없다.

기다리는 것 말고는.

"바보⋯⋯ 바보, 알렉시스 바보!"

하지만 뤼민느는 그보다 더 절박했던지, 알렉시스를 세게 밀친 후 인파 사이로 달려가기 시작했다.

"뤼민느!"

알렉시스가 소리쳤지만, 이미 자그마한 체구의 소년은 사라진 후였다.

세드로에게 끌려가는 내내 제르는 오만가지 상념에 휩싸였다. 그러나 두려움은 없었다. 에사렛타가 이리 기사들을 보내 그녀를 끌어낼 리가 없으니 결국 한 사람, 세드로였다. 그 아이를 만나고 싶지 않다. 만나고 싶다. 가슴속, 두 가지 마음이 공존했다가 부딪치고 뒤엉켜, 그녀는 결국은 헤아리는 걸 포기해야 했다.

그들은 플라나노이 행진로 근처를 벗어나 비교적 인적 드문 골목골목으로 걸었다. 제르의 걸음이 자꾸만 느려졌다. 앞서 걷던 기사는 묵묵히 그녀의 보폭에 걸음을 맞추었다. 그렇게 골목을 서너 개 꺾어들고, 한참을 더 걷고 나니 세 갈래의 길이 난 삼거리 골목에 이르렀다.

앞서 걷던 기사가 멈춰 서는 바람에 제르 역시 덩달아 멈추었다. 골목 안쪽, 드리워진 담장의 그림자 속에 서 있던 한 소년에게서 명령이 떨어졌다.

"너희는 물러나 있어라."

변성기의 목전에 이른 소년의 목소리. 그녀의 온 신경이 일제히 요란하게 일어났다.

기사들은 모습조차 제대로 드러내지 않은 상대에게 깍듯이 예를 갖춘 후 물러갔다. 묵직한 군화 소리가 멀어졌다. 그리고 꼭 그만큼 조금 더 가벼운, 자박자박한 걸음 소리가 가까워졌다.

곧 봄날의 따스한 날씨에도 두꺼운 망토와 두건으로 얼굴을 가린 소년이 모습을 드러냈다. 보랏빛 눈동자가 노골적일 정도로 빤히 그녀를 응시하고 있었다.

"내가 누구인지 아시겠습니까?"

한동안 말을 잊고 있던 제르가 뒤늦게야 시선을 내리깔았다.

"전하를 뵙습니다."

"갑작스러운 초대에 응해줘서 고맙습니다, 제이하이."

이걸 초대라고 해야 하나. 제르는 설핏 웃었다.

"……어쩐 일로 저를 초대해주셨는지 여쭈어도 되겠습니까."

아무렇지도 않다고 생각했음에도 목소리는 떨리고 있었다.

"몸이 좋지 않아 번번이 내 초청을 거절할 수밖에 없었다는 말에 걱정스러운 마음이 앞서 내 직접 찾아왔습니다."

세드로의 말에 가시가 박혀 있다는 것을 알아채지 못할 만큼 어리석지는 않았다.

세드로는 어릴 적 에사렛타의 등 뒤에 숨어 옹알거리던 그때와는 몹시 달라져 있었다. 이리 많이 자랐구나. 기특한 한편 말투며 눈빛에 엄한 빛이 서린 것이 제법 왕 노릇 하는 티가 나서 기분이 묘하게 껄끄럽기도 했다.

하기야 9년이면 오랜 시간이었다.

그 시간의 벽을 깨달은 순간, 무언가가 변했다.

그녀의 아이였다. 그녀가 놓은 아이였다. 늘 심중 깊숙한 곳에 남아 있던 그 아이가 더 이상 아이가 아니라는 것을 깨닫는 순간, 그녀와 세드로 사이에는 어떤 보이지 않는 두꺼운 벽이 쌓아 올려졌다.

"염려해주신 덕에…… 지금은 조금 나아졌습니다. 그리고 말 낮추십시오."

"알렉시스 형님의 안사람에게 최대한의 예를 갖춰드리고 싶어 말을 올리는 것뿐입니다."

"……."

"나를 한 번 보시겠습니까?"

제르는 차마 고개를 들 용기가 나지 않아 세드로의 어린 가슴께만 응시했다.

그녀가 꼼짝도 않고 서 있자 세드로가 먼저 다가와 그녀의 시선을 그대로 올려 받았다. 세드로는 제르의 얼굴을 살살이 훑듯이 살폈다.

"잠시 자리를 비운 것이라 길게 사설을 잇지는 않겠습니다. 거짓 없는 사실만 이야기해주셨으면 합니다, 제이하이."

"……."

"요즘 이상한 소문이 떠돌고 있다 합니다. 제가 데바람과 밀접한 연관이 있을지도 모른다고 하더군요. 그러고 보니 제이하이 왕하께서 과거 데바람과 친밀하기도 했다지요. 해서 몇 가지 묻고 싶은데."

참 맑고 아름다운 보라색 눈이었다. 체렌시와.

어찌 저리 공교롭게도 그와 닮은 눈을 한 것일까. 새삼스럽게 우스웠다.

"……하문하십시오."

"동맹국의 왕인 지스카르가 샤말론을 통째로 내어준 이유 또한 그에 있다 들었습니다. 데바람에서 머물 적 그와 긴밀하게 아는 관계였다지요. 데바람 쪽 기록은 말소되었다 들었습니다만…… 아, 뒷조사를 했다고 불쾌해하지는 않으셨으면 합니다. 의문이 있다면 알아보는 것이 당연한 거니까요. 그러면 데바람과 밀접하게 관련이 있는 카르시탄으로서 제이하이."

"예."

"나의 출생이 데바람과 관계가 있다는 이야기, 어떻게 생각하십니까?"

"……."

"설득력이 있는 이야기로 보입니까?"

제르의 입가에 쓴웃음이 번졌다.

"제게 물으시는 이유를 먼저 여쭈어도 되겠습니까?"

"제가 즉위할 때 모두가 사촌 형님이 저를 죽이려 한다 여겼지요. 그 날 대관식에 들었던 귀족들 중 몇몇이 말하길 당신과 어머님이 절 구하기 위해 애쓰셨다 들었습니다."

"……."

"이상한 일이라는 생각도 들었습니다. 그리고 제 외조부가 당신에게 저와 무슨 관계가 있느냐 물었던 것이 어렴풋 기억이 나기도 합니다."

아마, 언젠가 저렇듯 자신의 존재를 알아주길 바랐던 적이 있었다. 분명 그런 이기심으로 가득했던 시간이 있었다.

그녀는 최대한 침착을 가장해 물었다.

"……제게서 답이 나온다면 무언가 바뀔 거라 생각하십니까?"

세드로는 완곡히 표현했다.

"글쎄요. 다만 제게 자질이 있는지, 이 왕위가 사실은 형님의 것은 아닌지 이제야 스스로 되돌아보게 되어 여쭙는 것입니다."

하지만 그 완곡한 표현은 자칫 알렉시스를 위험에 빠뜨릴 수 있는 말이었다.

눈 하나 깜빡하지 않는 세드로를 바라보는 제르의 입술이 찬찬히 굳어졌다.

"송구합니다. 이해가 가지 않습니다."

"거짓 없는 진실을 말하고 있다고 맹세할 수 있겠습니까?"

"지금 무엇을 염두에 두시고 물으시는지 알 수가 없어 무슨 답을 드려야 할지 모르겠습니다."

"내가 데바람과 어떤 관계가 있겠느냐 물었습니다."

"선대 유스카리 전하와 에사렛타 대비 전하의 아드님이신 전하께서 어째서 데바람과 관계가 있느냐 묻는지 모르겠습니다. 친혈육을 부정하시는 것처럼 들릴까 저어됩니다."

"그런 의도는 아닙니다. 다만 확실히 하고 싶을 뿐입니다."

"지금 제게 그것을 물으시는 것이 어찌 친모를 부정하는 것이 아니라 말하십니까?"

"왜 당신께서는 제 질문에 답을 하지 않으시는 겁니까?"
제르가 목이 메 흐트러지려는 목소리를 가다듬었다.
"……옳지 않습니다, 전하."
그녀의 음성이 사뭇 냉랭했다. 가슴이 아프지 않은 것은 아니었다. 하지만 해야 할 일이었다. 알렉시스가 그녀 몰래 짊어져왔던 그녀의 짐을 덜어내는 길이었다. 명백한 것을 행하는 데에 그녀는 한 치의 주저도 없었다.
"저 또한 한 아이의 어미입니다. 지금 전하께서 기묘한 의혹을 품고 계신다는 걸 아시면 대비께서 얼마나 비탄에 빠지시겠습니까."
"저는 지금 훈계를 들으러 온 것이 아닙니다, 제이하이."
제르는 뜨겁게 달아오르는 눈가를 애써 참았다. 울어선 안 되었다. 눈물 보여선 안 되었다. 어째서일까. 한때는 자신의 삶의 전부였던 제 핏줄을 마주하고도, '제르, 제르.' 하고 부르짖던 뤼민느의 목소리만이 어른거렸다.
'많이 놀라지 않았으면 좋겠는데. 걱정하지 않았으면 좋겠는데…….'
"제이하이."
세드로의 음성은 미지 앞의 두려움을 감추지 못하고 있었다. 하기야 아무리 그가 엄한 척해도 어린아이였다.
제르는 떨리는 소년의 음성에 저도 모르게 손을 뻗었다가 떨어뜨렸다. 떠나보낸 아이, 마음 평생 한구석을 차지할 그녀의 희망이었지만 그것은 일방적일 때에야 비로소 아름다운 끝을 맺을 수 있을 것이다.
"피노제의 대공이 왜 제게 그것을 물었는지는 저 또한 모릅니다."
세드로의 얼굴은 서서히 일그러졌다. 금방이라도 울 것처럼 뻣뻣하

게 구겨진 얼굴이었다. 소년의 떨리는 입술 사이로, 나약한 음성이 흘러나왔다.

"만에 하나를 상정할 때 저는…… 비난하려는 것이…… 아닙니다. 일을 더 크게 만들 생각도 없습니다. 그냥."

"……에사렛타 대비 전하를 사랑하십니까?"

"당연한 말입니다."

"그렇다면 그쯤 하십시오. 마음에 난 생채기는 쉬이 낫지 않는 법입니다. 그만두십시오……. 왜 제게 그런 것을 물으시는지는 알지 못하겠지만……."

목이 메 자꾸만 갈라지려는 음성을 가까스로 다잡은 제르가 천천히 세드로의 앞에 무릎을 꿇었다. 어쩔 수 없이 놓아주어야 했던 아이였다. 그리고 종국에는 다른 이를 선택함으로써 완전히 외면해버린, 제 하나 남은 혈육이었다.

그들은, 이제 완벽한 타인이다.

이제 와 접붙인다 해도 접붙을 수 있을 리 없는, 그런 다른 길 끝의 사람.

그녀는 용기를 내어 세드로의 꽉 쥔 주먹을 조심스레 잡아 폈다. 치미는 눈물을 꾹꾹 눌러 담은 그녀는 세드로의 손등에 입술을 맞추었다. 세드로는 무의식적으로 또 한 걸음 그녀에게서 물러났다.

제르는 그를 쫓지 않고 마른 입술을 열었다.

"……부질없는 짓입니다, 전하. 당연히 당신은 지고한 왕입니다. 의심하지 마십시오."

세드로는 그녀의 손에 붙잡힌 왼손을 주먹 쥐며 쥐어짜듯 물었다. 그는 혼란을 감추지 않았다.

"전혀 모르겠다?"

"대관식 때 있었던 일에 관하여는 오래되어 저도 잘 기억이 나지 않습니다."

"만에 하나라고 합시다. 그렇다면…… 짐작이라도 해보실 수 있으시겠습니까? 왜……."

그녀는 끝내 용기 없는 어미의 단 한 가지 진심을 밝혀야 했다.

"만에 하나조차 쓸데없는 감정 소모입니다. 전하, 전하께서는 하나만 기억하시면 됩니다. 당신의 아버지는 위대한 선왕이셨습니다. 그리고 대비 전하는 세상 어느 누구보다 당신을 사랑하십니다."

예리하게 어떤 모순을 짚어낸 세드로의 표정이 서서히 굳어졌다.

한참 후, 세드로가 입술을 뗐다.

"난 당신이 무언가를 알고 나를 피한다 생각했습니다."

"아는 바 아무것도 없습니다."

"……맹세합니까?"

"전하, 전하께 가장 중한 것이 무엇인지 기억하십시오. 스스로의 명예를 깎아내리지 말고 드높이십시오. 지금 받는 사랑을 아랫사람들에게 베푸십시오. 당신께서 지금 지키셔야 할 것을 지키십시오. 엘올라를, 카르시타를, 당신을 우러러 사랑하는 모든 이들에게 마음을 나누어주는 것, 당신의 마음은 그것들을 감당하는 것도 모자랄 터입니다."

그건 그녀의 유일한 진심이었다. 알렉시스를 대신해 그녀의 아들이 저 자리에 올랐다. 알렉시스에게 드는 죄의식을 조금이라도 덜어내기 위해 그녀는 세드로가 위대한 치세를 누리길 바랐다. 순전히 이기적인 바람이었다.

"……."

"대비 전하는 흔들리지 않는 곧은 품성을 지닌 분이시지만, 그분 역시 한 사람의 어머니입니다. 자식 둔 입장으로서."

세드로가 이를 꽉 물었다.

"제 아이가 제 진의를 의심한다면 저는 가슴 미어져 숨조차 쉬지 못할 것입니다."

그게 끝이었다. 그녀는 천천히 몸을 일으켰다.

세드로가 일어선 그녀를 올려다보며 또박또박 회답했다.

"분명 나는 모후의 사랑을 받고 자란 것을 한순간도 의심하지 않았습니다. 다만, 다만, 제게 이 나라를 이끌 자격이 있는지 알고 싶었던 것뿐입니다. 알렉시스 형님을 제치고."

제르의 속눈썹이 느리게 내리깔렸다. 사랑받았다. 그랬을 것이다.

에사렛타가 있어 숨줄 같던 그 아이를 떠나보낼 수 있었다. 멋모를 적, 악에 찼을 적에는 그녀가 미웠던 적도 있었다. 부질없는 미움으로 제 살 깎아먹는 짓을 거듭했다.

혹여 제 핏줄, 미운 가시가 박혀 괴롭힘을 당할까. 제 자식 아니라고 괴롭히지는 않을까. 걱정스러움이 과해 미움이 되었다. 핏줄이 제 전부였던 어리석은 여자의 우둔함이었다.

에사렛타는 가슴 문드러지던 그녀의 걱정을 불식해주었다.

그저 두 사람을 만난 것만으로도 알게 되었다.

사랑해주셨군요. 제 친어미조차 몰라볼 만큼 사랑해주시었군요.

에사렛타가 보내온 달리아 한 송이. 그건 그녀가 제르에게 표했던 마지막 경의였다.

고맙다는 그 한 마디.

사실 그건 자신이 에사렛타에게 건넸어야 할 꽃이었다.

에사렛타는 현숙한 여자였다. 그런 아름다운 여자의 슬하에서 행복하게 자란다면 그저 되었다. 어쩔 수 없는 일은 그리 흘려버리고, 앞으로는 행복하기를 그리 바라며 떠나보냈다. 그녀 역시 책임져야 할 이들이 있었으므로 후회는 않았다.

"제가 자격이 없다 말하시면 물러나실 겁니까?"

"……."

"알렉시스보다 당신께서 더 훌륭한 왕이 되실 것을, 저도 알고 알렉시스도 알고 있습니다."

"사촌 형님은 저보다 훌륭합니다."

"아직은 그럴지도 모르지요. 하지만 저는 알렉시스가 카르시타를 사랑해 한 몸 바치길 바라지 않습니다. 졸렬한 여인이라 폄하하셔도 좋습니다. 저는 그를 사랑하고, 그의 사랑으로 살아갑니다. 누군가와 그것을 나누어 가지고 싶은 생각은 추호도 없습니다. 설사 그게 카르시타라고 해도."

세드로는 말없이 처연한 눈으로 그녀를 올려다보았다. 더는 보고 있기 버거워, 제르가 공손히 말을 맺었다.

"용무가 데바람에 관한 것이었다면 저는 더 이상 답 드리지 못할 것 같습니다. 워낙 오래전 일이라 기억나지 않습니다. 가보십시오. …… 전하께서는 부디 지닌 것을 놓지 않으셨으면 합니다. 부질없는 허상을 쫓느라 주위를 등한시하지 마십시오."

"……."

"마지막으로 모자란 명예를 걸고 단언컨대, 당신은 누구보다도 높은 분입니다."

세드로의 눈에서 눈물이 떨어져 내렸다. 세드로는 그러고도 스스로 놀랐는지 화들짝 놀라며 소매로 눈가를 훔쳤다. 그가 매몰차게 쏘아 붙인 후 그녀의 곁을 스쳐 지났다.

"오늘, 나를 만난 건 비밀에 부치십시오."

제르는 말없이 고개를 조아렸다.

골목 저편으로 기사들을 대동한 소년왕의 걸음 소리가 멀어졌다. 발소리가 멀어지자 맥이 풀렸다.

끝. 진정 끝이었다.

밑바닥이 보이지 않는 탈력감이 그녀의 전신을 휩쓸었다.

그녀는 허리 꺾인 꽃처럼 몸을 기울였다가 끝내 주저앉았다. 제르의 고개가 들렸다. 그녀의 시선이 애달게 세드로가 떠난 방향을 쫓아 달렸다. 소년왕의 뒷모습은 기사들과 함께 작아지더니 어느새 시야에서 사라졌다.

미련 한 톨 남기지 않고 떠나는 소년은 뒤돌아보는 법도 없었다.

이번에는 아이가 그녀를 떠났다.

걸음 소리가 완전히 멀어지고 나자 적요한 공허감이 찾아들었다. 멀어지는 발소리, 그마저 그리워 눈물이 났다. 그대로 주저앉은 제르는 뒤늦게 터져 나오는 눈물을 참아내기 위해 끅끅 어깨를 떨었다.

일어서야 한다. 일어서야 한다. 하지만 그럴수록 그녀의 몸은 실 끊어진 인형처럼 힘없이 늘어졌다.

얼마나 그리 주저앉아 있었을까. 멀리서 축제의 함성이 났다. 플라나노이 행진이 시작된 모양이다.

그녀는 알렉시스를 떠올렸다. 그가 놀랐을 텐데.

뤼민느를 떠올렸다. 걱정하고 있을 텐데.

어디선가 타박타박 하는 작은 걸음 소리가 났다. 그리워 몸 기울어 지는 발소리였다.

고개를 들자 자그마한 소년이 골목의 반대편에서 달려오는 것이 보였다.

희부연 시야로 제르는 멍하니 소년을 바라보았다. 눈물을 떨어뜨리고, 떨어뜨리고, 떨어뜨리고 나서야 시야가 조금 환해졌다.

'아아.'

눈물과 콧물로 범벅이 된 어린 아들이 달려왔다.

"엄마, 엄마아아."

사랑스러운 부름이었다. 그리웠다.

그녀는 자신이 저 목소리를 얼마나 그리워하고 있었는지 비로소 알았다. 눈물 대신 웃음이 터졌다. 제르는 팔에 힘을 주어 몸을 일으켰다. 그녀에게 달려온 뤼민느가 훌쩍이며 덤비듯 안겼다. 제르는 뤼민느를 가는 팔로 꽉 끌어안았다.

세드로는 에사렛타가 지킬 것이다. 그리고 이 아이는 자신이 지킬 아이였다.

세상 누구와도 바꾸지 않으리라.

"고맙다……. 고맙다."

그녀는 계속해서 뇌까렸다. 내 삶에 찾아와주어 고맙다고.

슬픔은

눈 녹듯 사라지고,

여전히 세상은 아름다웠다.

제르가 사라졌다 돌아온 후로 그들의 분위기는 판이하게 달라졌지만 끝까지 플라나노이 행진의 자리를 지켰다.

그리고 불꽃놀이를 마지막 일정으로 둔 밤이 되었다. 울다 지쳐 잠든 뤼민느를 무거운 기색도 없이 업고 있던 알렉시스는 하늘만 올려다보고 있었다. 그는 내리 말이 없었다.

제르는 그보다 반걸음 뒤에 서서 그런 그를 바라보았다.

곧 요란한 소릴 내며 자그마한 밝은 것이 하늘로 솟구쳤다. 그것들은 일시에 펑, 퍼엉, 하는 소리를 내며 터졌다. 검은 도화지 위로 흩뿌려진 유채색의 향연이었다. 수많은 이들의 시선을 강탈하는 아름다운 풍경은, 사실 제르로서도 처음 보는 것이었다.

알렉시스가 꾹 붙었던 입술을 뗐다.

"네 눈 같아."

"……."

"까만데 반짝반짝하는 거야."

제르는 설익은 웃음으로 대답을 대신했다. 알렉시스의 목소리는 생각보다 괜찮아서, 그녀의 마음도 조금 놓였다.

"……몸은 괜찮은 거 맞지?"

"괜찮아."

"……10년 만이지?"

"아마."

제르가 하늘을 올려다보며 대꾸했다.

퍼어엉. 또다시 화려한 형광 빛무리가 비처럼 하늘에서 떨어져 내렸다.

"너 정말 못됐었는데, 그때."

"……그때? 내가 못됐다고?"

"너랑 했던 첫 데이트. 아, 첫 데이트는 아닌가? 두 번째였던가……."

넉살 좋게 웃어 보이는 그의 장난에 말꼬리를 잡는 대신 제르는 그가 먼저 꺼내든 추억을 되짚어보았다.

추억.

그래, 이제는 좋은 추억도 있노라, 그리 말할 만큼 많은 시간을 흘려보냈다. 퍼엉. 퍼어엉. 요란한 불꽃처럼 추억도 되살아났다. 10년 전에도 저 불꽃은 네반 플라무나의 마지막 밤을 수놓았을 것이다. 함께 보자, 그리 말한 지 10년 만에 함께 보게 되었다.

펑. 퍼엉. 퍼어엉. 점점이 퍼지는 광량한 원형의 불꽃들. 막바지에 이르러 소리가 더 요란했다. 퉁퉁 부은 얼굴에 지워지지 않은 눈물 자국이 만면한 뤼민느를 바라보던 제르가 양손을 올려 뤼민느의 귀를 덮었다.

"……니까."

폭죽음 사이로 알렉시스의 말이 섞여 들렸다. 얼마 지나지 않아 휘황하게 번져나가는 빛무리를 유언으로, 폭죽음이 그대로 사그라졌다.

알렉시스의 목소리가 한결 뚜렷이 울렸다.

"울어도 돼."

"……."

"울어도 괜찮아. 시끄러워 아무것도 안 들리니까. 소리 내어 울어도 돼. 안고 견디기로 했지만, 가끔은 내려놓고 쉴 필요도 있는 거잖아. 나는 네가 참지 않았으면 좋겠어. 그냥 차라리 아프더라도 보여줬으면 좋겠어. 그도 아니라면 내게 화풀이를 해도 좋으니⋯⋯.”

지난 몇 시간 동안 내리 침묵하며 그런 생각을 했느냐. 그의 진솔한 눈동자가 다시 터지는 폭죽음 사이에서 점멸했다. 제르는 대답 대신 뤼민느의 귀를 조금 더 부드럽게 덮어 가렸다. 그리고 전에 없이 커다란 빛무리가 솟구치더니 온 세상을 낮처럼 밝히는 현란한 불꽃이 하늘을 뒤덮었다.

에 감탄한 이들의 탄성도 곧 정적이 되었다.

“아직, 끝난 거 아냐. 곧 마지막으로 크게 한번 터뜨릴걸? 내 기억이 맞다면.”

제르의 침묵에도 아랑곳 않고, 그녀를 등진 알렉시스는 떨어져 내리는 빛무리를 바라보며 중얼거렸다. 완전히 조용해진 것을 깨달은 제르는 뤼민느의 귀에서 손을 떼며 나직이 그를 불렀다.

“알렉시스.”

“⋯⋯.”

“나를 봐.”

“⋯⋯.”

“내 얼굴을 봐.”

알렉시스의 고개가 느리게 돌았다. 제르는 환히 미소 짓고 있었다.

“나는 진심으로 후회하지 않는데.”

“⋯⋯.”

“왜 아직도 내가 슬플 거라고 생각하는 거냐?”

이미 다 울어서, 울 것도 없는 건 아니고? 괜스레 퉁명스러운 말이

나갈 것 같아 알렉시스는 머쓱하게 시선을 내렸다. 그의 옆에 나란히 선 제르가 그를 향해 비스듬 몸을 돌렸다.

"나는 지금이 참 좋다, 알렉시스."

"……나 참, 보는 사람들 속은 다 까맣게 태우고서, 본인만 좋으면 뭐해."

설핏 웃으며 중얼대는 알렉시스의 음성에 제르는 마주 웃으며 양손으로 그의 뺨을 감쌌다. 그의 뺨이 평소보다 더 따뜻하게 손바닥에 감겼다.

"알렉시스, 나는, 표현에 서툴지만 분명 너를 많이 사랑하고 있어. 넌 언제나 내게 가장 가까운 사람이야. 내가 가장 믿을 수 있는 사람이야. 예전에도, 지금도."

"……."

"젊은 시절의 성장에는 성장통이 필요하다고들 하잖나. 아픔이 뒤따른다는 이야기는 흔한 만큼 세상의 진실이기도 해. 어릴 때는 몰랐지만 이젠 어느 정도 수긍이 간다. 그리고."

"……제르."

"너는 내 젊음의 마지막 아픔을 함께 이겨내준 한 사람이다. 르니아가 나를 떠났을 때도, 네가 내 곁에 있었다. 내가 흔들릴 때도 너는 내 곁에 있었지."

"……그만 말하자."

"함께하기 위해 우리는 많은 걸 겪었고, 많은 걸 포기했고, 많은 걸 가슴에 묻었어. 그리고 이렇게 나이가 들어가고 있다. 우리가 언제까지 함께할 수 있을지는 몰라. 아마도."

"……."

“내가 너보다 먼저 떠나겠지.”

“……그만 말하면 안 돼? 정말, 나 지금 꼴사납게 눈물 날 것 같아서 진지하게 하는 부탁인데.”

알렉시스의 작은 칭얼거림에 제르가 그의 발갛게 충혈된 눈가를 어루만졌다.

“울지 마. 언젠가는 아픔 뒤에 성장이 아닌, 부서짐이 뒤따르는 시간이 우리에게도 찾아오겠지만 그때도.”

“…….”

“나는 네가 있으면 괜찮을 테니까. 너도 그랬으면 좋겠다. 마지막 날까지, 너와 뤼민느가 내 곁에 있다면 나는.”

무어라 해야 할지 모르겠다는 듯 고개를 수그리던 알렉시스가 곧 능청스럽게 말장난을 건넸다.

“……이거 썩, 낭만적인데.”

제르가 웃음기를 거두고 슬며시 눈살을 찌푸렸다.

알렉시스는 분위기를 가볍게 반전시키며 슬쩍 턱을 치켜올렸다.

“그럼 답해봐. 내가 그렇게 좋으면…… 나야, 뤼민느야?”

“너야.”

대답은 주저 없이 돌아왔다. 난처해지라고 건넨 질문에도 그녀는 흔들림이 없었다. 외려 알렉시스가 당황스러울 정도였다.

“뤼민느는 내게 행복을 주는 아이고, 무엇과도 바꿀 수 없는 내 소중한 아이지만.”

“…….”

“너는 내게 다시 살아갈 수 있는 힘을 준 사람인걸.”

알렉시스가 무어라 대꾸해야 할지 몰라 멍하니 하늘을 올려다보았다.

단 한순간도 제르에게 있어서 우선순위가 되는 날이 올 거라곤 생각하지 않았다. 그녀는 늘 그가 아닌 다른 것들을 사랑하기에 바쁜 여자였으니까. 애당초 굳게 마음먹고 시작한 관계였다.

"이거 꿈은 아니지."

"넌 서서 자나?"

되돌아온 독설은 분명 현실이었다.

하지만 제르가 원래 저렇게 말이 많았던가? 아닌데. 저렇게 길게 말을 하는 일이 얼마나 드문지 알기에 알렉시스는 이내 스스로의 추측에 고개를 주억거리기 시작했다. 그러다가 혹시나 하는 생각에 잡히는 대로 손가락을 움직여 꼬집었다. 공교롭게도 등에 업고 있던 것이 뤼민느의 엉덩이였던지라 뤼민느를 꼬집고 말았다. 뤼민느가 아야아아아 하고 뒤척이다 다시 잠이 들었다.

알렉시스는 자꾸만 눈가가 시큰거리는 기분에 부러 한숨을 내쉬었다. 가슴 어딘가 한구석이 뜨겁게 타는 기분이었다. 헛기침을 한 알렉시스는 뤼민느를 업은 팔에 힘을 주고 그대로 허리를 숙여 제르의 입술에 짧게 입 맞추었다.

"잘, 알겠어."

그러나 슬프게도 목소리가 감격으로 갈라졌다. 모양 빠지게.

제르가 희미한 미소를 지으며 중얼거렸다.

"나이를 먹어간다는 것 중에 좋은 게 있다면. 하나씩 하나씩 내려놓으며 걸어갈 수 있다는 거지."

"난 내려놓지 마."

"……땡깡은."

"너무 무거워서 뤼민느랑 나 둘 중에 하나 내려놓고 싶다면, 나 말고 이놈을 내려놔."

제르가 또 쓸데없는 소릴 한다며 타박을 놓았다. 그런 그녀의 말에 아랑곳없이 사랑스럽다는 듯 내려다보던 알렉시스가 바짝 몸을 기울이더니 소곤거렸다.

"너 모르지? 이거 아홉 살밖에 안 된 주제에 알 거 다 알더라니까?"

"너 자꾸 내게 그런……."

"의원이 되고 싶대. 네가 아프지 않았으면 좋겠다고. 너를 고쳐주고 싶은가 봐. 아카데미에 들어가고 싶대."

예상치 못한 말에 눈물이 핑 돌아 제르는 말을 멈추고 입술을 꾹 다물었다.

"……그러니 조금 더 건강해져서 함께 오래오래 살았으면 좋겠다. 나는 정말, 뤼민느를 훌륭하게 길러낸 네가 존경스러워. 너를 사랑하기도 하지만 그만큼 존경하기도 해."

알렉시스의 장난기 어린 웃음소리가 나직이 정수리 위를 떠돌았다.

어라? 우는 거야? 우는 거야, 부인?

닥쳐. 제발.

선선한 봄바람이 밤으로 뒤덮인 대지를, 사람들 사이를 스쳐 지났다.

수많은 기원을, 작은 고백을, 진심을 엿들으며.

모든 것이 흘러간 자리. 그녀의 삶은 이대로도 완벽했다.

얼마간 그리 제르를 놀리듯 속닥거리던 알렉시스가 몸을 곧게 세웠다. 어, 또 불꽃 터뜨리려나 봐. 살짝 끌어올려진 입꼬리는 10년 전 그때처럼 순수하게 웃고 있었다.

그의 홍조 띤 옆모습을 올려다보던 제르가 불쑥 말했다.

"……떨어뜨리지 마."

"응? 뭘……?"

그녀는 그대로 까치발을 들어 그의 뺨에 키스했다. 막 고개를 돌리려다 만 알렉시스의 적주홍의 눈동자가, 천천히 내리깔렸다. 그녀의 입술은 그의 턱으로, 그리고 입술로 옮겨 갔다.

제르는 비스듬히 고개를 틀었다. 가볍게 멈출 줄 알았던 그녀의 입맞춤이 짙어지자, 알렉시스는 입술을 다문 채로 당혹스러운 표정을 지었다. 그는 뤼민느를 업은 채였다.

"으응……?"

제르의 혀끝이 그의 입술 언저리를 촉촉이 적시다가, 느리게 떨어졌다.

제르가 명령했다.

"입 벌려."

……응? 이거, 뭔가 좀 바뀐 것 같은데. 응……? 부인, 이거 좋긴 한데, 이거 남녀가 바뀌지 않았어……?

알렉시스가 입안으로 웃음을 삼키며 짐짓 곤란한 눈빛으로 뤼민느를 곁눈질했다. 그러나 그것도 잠깐이었다. 그는 곧 망설임을 지우고 그녀의 촉촉한 입술을 그대로 물었다. 기울어진 고개, 맞닿은 입술이 서로를 삼킬 듯 부딪쳤다. 벌어진 입술 사이로 숨결이 뒤섞였다.

머뭇거림으로 시작된 입맞춤은 어느새 다정히 깊은 밤처럼 부드럽게 이어졌다.

펑. 퍼어엉.

그들의 머리 위로 그해의 마지막 불꽃이 솟구쳐 올랐다. 온 세상이 누군가 만들어낸 반딧불이 빛으로 물들었다. 하늘 위로 옮겨 간 수천 명의 백성들의 시선 아래서, 그들은 긴 입맞춤을 나누었다.

요란하게 터지는 불꽃 소리에 게슴츠레 눈을 뜬 뤼민느는 잠결에 중얼거렸다.

"……나 참, 뭐 하는 거야……. 그런 거, 집에 가서 해."

뤼민느의 잠꼬대 같은 중얼거림에 제르의 얼굴이 확 달아올랐다. 입술을 뗀 알렉시스가 아무래도 좋다는 듯 키득거리며 웃었다.

"그럼 집으로 갈까?"

"제발. 좀."

"네가 먼저 유혹했잖아."

양 뺨을 감싼 제르가 눈을 질끈 감았다 떴다.

실눈을 뜨고 내려다보니 언제나처럼 그의 손이 보였다. 눈앞에는 알렉시스와 뤼민느가, 바닥에는 막 피어난 꽃들이, 하늘에서는 막 꺼져 가는 마지막 불꽃이 비처럼 떨어져 내렸다. 그리고 흐드러진 불꽃이 지난 자리로는 영원할 듯 총총한 별빛들이.

부끄러움을 가라앉히고 빤히 그의 손을 내려다보던 제르는 묵묵히 그의 손을 맞잡았다.

그녀는 그와 함께 삶을 걸었다. 그리 걷다 보니 어느새, 온 세상이 황혼으로 물든 아름다운 꽃밭이더라.

향취가 그윽하여, 지나온 길 되돌아가고 싶지 않았다.

네반 플라무나의 행사는 마지막 날까지 잘 마무리되었다. 그리고 나흘 후, 알렉시스와 제르 또한 왕도를 떠났다는 보고가 들었다. 세드로는 더 이상 그들에게 신경 쓰지 않았다.

소피아도 며칠 버티다 결국 화를 내며 루마로 되돌아갔고, 루덴 공도 곧 돌아올 거라는 보고가 잇따랐다. 일은 어떤 형태로든 마무리가 되었다. 누군가는 떠나가고 누군가는 돌아오는 순리 또한 명확했다.

세드로는 순리의 중심에 앉아 오늘 제 앞에 끌려온 이들을 열없는 눈동자로 응시했다.

아스난의 음성이 딱딱하게 울려 퍼졌다.

"우연찮게 근거 없는 소문을 퍼뜨리는 자가 있다 하여 따로 사병을 풀어 조사, 색출했습니다."

우연찮게라. 거짓말.

믿지는 않았으나 세드로는 입 밖에 내지 않았다.

"그들이 스스로 이한의 끄나풀이라 실토했습니다."

그의 앞에 내동댕이쳐진 이후로 고개 한 번 들지 않고 엎드려 벌벌 떨기만 하는 남자는 그대로 죽을 사람처럼 끅끅거리는 소릴 내고 있었다.

침묵으로 아스난의 말을 곱씹던 세드로가 천천히 소리 냈다.

"이한……?"

이윽고 세드로의 입가에 어처구니없다는 웃음기가 배어들었다. 순간 정신이 확 들었다.

이건 또 무슨 수작질이었단 말인가. 이한?

가뜩이나 좋지 않은 기억을 가지고 있는 이들이 모든 악소문의 근원이었다는 사실이 그를 몹시 분노케 했다.

"예. 그리고…… 데려와라."

아스난이 턱짓하자 또 다른 인사들이 줄줄이 꿰여 들어왔다. 일부는 데바람 사람처럼 생긴 사람이었고 또 일부는 우습게도 세드로가 몇 번 본 적 있는 카르시타의 귀족이었다.

"그리고 저들이 이한의 사주를 받아 엘올라의 백성들 사이로 뜬소문을 흘리고 다닌 주범입니다. 명백히 왕권에 대한 도전이며 왕족 모독입니다. 명을 내려주십시오."

"저……전하, 그런 것이 아닙니다. 들어주십……."

"폐에하아, 용서해주십시오. 부디, 부디."

"입 다물어."

세드로의 한마디에 막 말을 늘어놓으려던 땅딸막한 남자가 엎드린 채 흐느끼기 시작했다.

이제 그들은 죽은 목숨이라 해도 과언이 아니었다. 하지만 세드로는 당장 어떤 명령을 내리는 대신 보랏빛 눈동자를 움직여 비스듬한 허공을 바라보며 뇌까렸다.

"이한…… 이한이라."

"…….."

"그런가."

세드로의 음성은 그다지도 잠잠했다.

"그랬군."

아스난은 세드로의 처분을 기다렸다.

얼마 후, 세드로는 적의도, 분노도 보이지 않고 담담한 눈으로 그들을 쭉 훑은 후 옥좌에서 일어섰다. 그의 인기척을 느낀 누군가가 고개를 처박은 채 소리쳤다.

"자, 자비를 베푸소서!"

세드로가 확인하듯 물었다.

"에드하인다, 구태여 데바람과 관계가 있다 이한이 낭설을 퍼뜨린 건, 양국 관계를 악화시키려는 것으로 보아도 무방하겠지."

"예."

세드로가 엎드려 고개를 조아린 이들에게로 고개를 돌렸다.

"죄인들에게 묻겠다. 바다 건너의 이한에서 대륙의 양국 관계를 악화시키고자 했다는 건, 역시 내륙 진출 때문이겠지?"

"……."

"대답."

"에, 예. 예. 아니, 아니. 아니……. 그, 그게!"

바짝 엎드린 타국인이 황망히 답했다가 뒤늦게 말을 바꾸었다. 하지만 세드로에게는 충분했다.

"대필자."

세드로가 짤막하게 호명하자 옥좌의 뒤편에 있던 시중인이 재빠르게 움직여 대필자를 데리고 돌아왔다.

"받아 적어라. 이한의 수장에게 전해질 서신이다."

예상치 못한 세드로의 하명에 고개를 조아리던 이들이 슬그머니 눈동자를 들었다.

세드로는 그들의 시선을 무시한 채로 팔짱을 끼고 또박또박 말을 이었다.

"공정한 관세로 교류하고 싶다면 두 가지 조건이 있다고 해. 첫째는 과거 카르시타의 규젤 만에서 있었던 모든 일에 대한 진심이 담긴 사과문을 보내라는 것. 둘째는 샤말론 중립 아카데미에 이한의 자제들을 보내는 것이다. 그리고 이런 졸렬한 짓으로 사람 흔들 생각 말라고 반드시 명시하도록. 이한의 인재들이 중립 지역의 범대륙 기숙 아카데미에서 얼마만큼의 생활을 보장받을 수 있을지에 대해서는 추후 논의하게 될 문제이니 차치한다. 볼모라 여겨도 좋지만 트란실에도 손을 내밀었으니 구태여 그리 볼모라는 저열한 단어로 의미를 더럽히지 않았으면 한다고도 전해. 또한 진심 어린 사과의 용의가 보인다면, 내 기꺼이 이한을 위한 항만을 하나 열어주겠다. 그리고."

사각사각.

종이 위를 노니는 펜 소리 위로 짧은 침묵이 내려앉았다. 세드로는 마른 입술을 뗐다.

"한 번만 더 카르시탄의 이름을 더럽히는 뜬소문을 흘린다면, 그때는 이런 관용은 없을 것이다. 이한의 남해, 카르시타의 북해, 데바람의 북서해까지 어디에도 발붙이지 못하게 할 것이다. 내가 너희와 가장 가까운 인접국 카르시타의 세존, 세드로 마르티사 펜 헤스체드 카르시탄이라는 것을 명심해라."

모두가 놀랐다. 그들이 아뢨던 건 단 한마디였다.

이한이 배후에 있었습니다.

세드로는 그 한마디를 듣고 순식간에 상황을 정리한 것이다. 아스난도 예상하지 못한 일이었다.

"또한."

소름이 끼치는 연속의 순간, 영롱한 보랏빛 눈동자만이 산 것처럼 반짝였다.

"나는 데바람의 왕 지스카르 헨솔 펜 투에리 데바라노 또한 이에 동조해줄 것을 확신한다."

마지막 선언을 끝으로 세드로는 자리를 박차고 나가버렸다.

당장 죽을지 모른다는 공포 속에서 떨고 있던 귀족들마저 멍청하니 처지를 잊고 비어버린 옥좌를 올려다보았다.

아스난은 그가 나간 방향을 향해 한참이나 고개를 조아리지 않을 수 없었다. 그는 작지만 커다란 왕이었다.

마지막으로 크게 에사렛타의 마음을 상하게 한 이후로 세드로는 선뜻 그녀를 만나러 가지 못했다. 그렇게 주저하고 고민하다가 차일피일 미루다 보니 벌써 일주일째였다. 그러나 그 고민도 오늘로 끝났다. 세드로는 자리를 박차고 일어나지 않을 수가 없었다.

에사렛타의 방문 앞에 도착한 세드로는 방문을 아뢰려는 시녀들의 입을 막았다. 덜컥 두려움이 솟아난 탓이었다.

"……."

착잡하게 심호흡한 그는 곧 마음을 추슬렀다. 문 앞에 선 그를 바라보는 시녀들은 안절부절못하는 기색이었다. 이렇게 서 있는 것도 보기 좋지 않은 모습이었다. 이렇게 서 있는 것만으로는 아무것도 변하지 않으리라. 세드로는 천천히 문고리를 잡았다.

세드로가 용기를 내어 문을 열고 들어갔을 때, 에사렛타는 정적과 적요 속에 앉아 자수를 놓고 있었다. 끼이이익, 문이 닫혔다. 누군가가 들어왔다는 것을 알 텐데도, 그녀는 반응이 없었다. 그저 조용히 금사를 바늘에 꿰어, 붉은 천을 수놓고 있을 따름이었다. 국왕의 망토였다.

그녀를 만나지 못한 며칠 사이의 세월이 10년은 된 건가. 그녀의 얼굴은 몹시도 늙어 보였다.

제르 시나와.

그 여자가 했던 말이 집요하게 심장을 후벼 팠다.

'제 아이가 제 진의를 의심한다면 저는 가슴 미어져 숨조차 쉬지 못할 것입니다.'

에사렛타에게 다가가는 걸음이 자꾸만 느려졌다. 에사렛타는 저대로 말라 죽어도 이상하지 않을 사람처럼 보였다. 세드로가 최대한 인기척을 내며 힘겨운 걸음을 뗐다.

"어머니……."

간신히 에사렛타를 소리 내어 부른 세드로가 보랏빛 눈을 내리깔았다. 답은 한참 후에야 담담히 되돌아왔다.

"전하께서 올가을의 수확절에 입으실 망토입니다."

세드로는 울컥 솟는 해일 같은 후회를 이기지 못하고 입술을 짓씹었다. 자신이 무슨 짓을 한 걸까. 왜 그리 부질없는 것에 매달렸나. 그깟 소문이 무에 대수라고. 그걸 알아 무엇 하겠다고. 그러나 후회란 이미 늦었기에 후회라.

그가 가까스로 고했다.

"이한이 배후였다고 합니다."

"……."

"뒤에서 그런 소문을 내고 다닌 것이, 이한이라 합니다."

잠깐 멈칫했던 에사렛타의 손이 계속해서 바늘을 움직였다.

이한이었습니까, 하고 한마디 되돌아올 법도 한데 그녀는 마치 세드로가 보이지 않는 사람처럼 굴었다. 앞으로 영영 제 목소리가 그녀에게 닿지 않을까 두려워 세드로는 겁에 질렸다.

세드로는 눈을 질끈 감았다 뜨고 보고를 이었다.

"본국과 데바람 사이에 분란을 만들고자 저지른 일이라 합니다. 에드하인다와 쇼하인의 가병들이 색출을 마무리하고 조금 전 제게 보고를 올렸습니다."

"……."

"……어머니께서 이한과의 수교를 원치 않으신다는 것을 알고, 저 또한 그들의 파렴치한 행동을 잊은 것은 아닙니다."

"전하께서 제게 일일이 설명하지 않으셔도 될 일입니다."

"허나, 저는 용서했습니다."

에사렛타가 허리를 곧게 세우더니 고개를 돌려 세드로를 응시했다. 그녀의 눈물에 지친 눈동자를 마주한 세드로가 미간이 아릿한 기분을 느끼며 입술을 그러 물었다.

그는 떨리는 목소리로 스스로의 결함을 인정했다.

"……저도, 용서받고 싶기 때문입니다."

자신 역시 뜬소문에 휘둘린 어리석은 우인(愚人)이었다.

스스로를 다스리기에 그는 턱없이 부족했다. 누군가의 악의 섞인 소문을 웃으며 넘길 만큼 자라지 못했음이다. 어리석었던 그에게, 멈추라 현명한 조언을 내려준 건 에사렛타였다.

"어머니."

그때, 그 순간, 에사렛타의 얼굴을 스치던 비탄과 슬픔. 그것을 도리어 심중의 증거라고 믿는 우를 범했다. 사실, 아무래도 좋았다. 그 여자를 만나고 난 후에야 비로소 보이기 시작했다. 가장 중요한 것이 무엇인지. 그건 소문의 진위도, 제 친모의 여부도 아니었다.

가장 중요한 것은 그를 사랑으로 길러, 이 자리에 있게 해준 에사렛타였다.

"감히 말 몇 마디로 사죄드릴 수 있는 것이 아님을 압니다. 그렇지만."

경결[1](哽結)하게 조여드는 목젖에 세드로가 어깨를 떨었다.

"저야말로 죄인입니다. 어머니의 용서를 구하고 싶습니다."

소년왕은 에사렛타의 발치에 무릎을 꿇고 그녀를 올려다보았다.

'……에사렛타 대비 전하를 사랑하십니까?'

'당연한 말입니다.'

'그렇다면 그쯤 하십시오. 마음에 난 생채기는 쉬이 낫지 않는 법입니다. 그만두십시오.'

처음부터 답은 이곳에 있었다. 그 답을 두고 자신은 무엇을 위해 장님을 자처했던 걸까. 두 번 다시 하고 싶지 않은, 어리석은 실수였다.

한참이나 말없이 세드로를 바라보던 에사렛타가 바싹 마른 입술을 뗐다.

"……일어나세요."

"용서해주실 때까지 빌겠습니다. 마음에 차지 않으신다면 마음 풀리실 때까지 이러고 있겠습니다. 혹 이한을 용서한 것도 마음에 차지 않으신다면 그 명령 또한 번복하겠습니다."

"……전하."

에사렛타의 눈가에 고인 눈물이 도르르 떨어져 내렸다. 그런 에사렛

---

1) 경결하다. 단단하게 굳다.

타를 바라보는 세드로의 얼굴이 금방이라도 큰 울음을 터뜨릴 듯 일그러졌다.

"잘못, 했습니다. 어머니."

왕이 되고 나서 배운 것은 고개 숙이지 않는 법이었다.

아르노만도, 릴카인도, 레피스도, 전 섭정이었던 사촌인 알렉시스도 그리 말했다. 얕보이지 않기 위해서는 잘잘못을 인정하는 것과는 별개로 용서를 구하지 말라고. 다만 책임지고 뒷마무리를 마친다면 그것으로 모든 것이 용서가 되리라고.

그러나 지금은 그런 가르침 따위 잊혔다.

어미의 마음에 난 상처 앞에서는 그 역시도 어린아이였다. 일찍이 부왕 유스카리가 서거한 후, 온갖 것들과 맞서 그를 이 자리에 있게 해준 것이 에사렛타였으므로, 이제 와 자신이 그녀의 아들이 아니라고 해도 세드로는 그녀를 사랑할 것이었다. 그녀가 자신의 유일한 어머니였다.

죽을 때까지. 죽어서도.

"……전하께선 누가 뭐라 해도 유스카리와 제 아들입니다. 누구보다 높고 정결한 카르시탄이십니다."

그건, 그가 가장 듣고 싶었던 말이었다.

얼어붙었던 마음의 앙금이 삽시간에 녹아내려 세드로는 끝내 눈물을 떨어뜨렸다. 무게를 이기지 못하고 툭 떨어지는 눈물 소리가 유독 크게 울렸다.

에사렛타는 조심스레 자수판을 탁자에 내려놓은 후, 조금 더 강한 어조로 말했다.

"하지만 그전에 이 나라의 왕입니다. 어떤 일이 있어도 무릎 꿇으시면 안 되는 지엄한 분이 당신입니다."

온화하고 따뜻한 에사렛타의 목소리가 그의 가슴을 얼렀다.

"이 어미는 잊었습니다. 정 용서를 구하고 싶다면…… 성군이 되어 주세요. 그거면 됩니다. 그러면……."

세드로가 고개를 저었다. 울음으로 갈라진 소년의 목소리가 뚜렷이 울렸다.

"먼저, 좋은 아들이 되고 싶습니다."

"……."

"이때까지 저를 지켜준 당신의 좋은 아들이 된 후, 좋은 왕이 되고 싶습니다. 어머니."

에사렛타가 다가와 그의 앞에 무릎 꿇었다. 그녀는 입가에 평온한 미소를 달고는 하염없는 눈물을 흘렸다.

"전하께서는…… 이미 좋은 아드님입니다."

어깨를 들썩이던 세드로는 이내 마음 놓고 눈물을 터뜨렸다.

세드로가 어린아이처럼 에사렛타에게 안겨 목 멘 울음소리를 냈지만 에사렛타는 꾸짖지 않았다.

수년 만이었다. 알렉시스가 물려주고 간 무겁고 힘든 옥좌에서 벗어나, 세드로는 모처럼 어리광부리는 아이가 되었다. 가장 위대한 어머니의 품에서라면 무엇이든 용서받을 수 있을 것 같았다.

이한 연합.

봄 내음을 끌어안고 해안가로 밀려드는 파도 거품이 하얗게 부서져 내렸다.

지나에 해변을 낀 해안선 인근의 커다란 휴양 건물은 새파란 물빛처럼 요요히 빛났다. 그곳은 솔린이 체류 중인 동부 해안 별장이었다. 솔린은 이 바다 세계에서 가장 드높은 무적함대의 주인이었다.

그녀의 취향에 맞추어 궁정 부럽지 않게 화려하고 고매한 것들로 장식된 돔형 건물은 평소와는 다르게 몹시도 고요했다. 솔린은 몹시 까탈스러운 여자였기 때문에, 시녀도, 방문객도 그녀가 있는 곳에서는 숨소리, 발소리를 조심하지 않으면 안 되었다.

그런데 돌연, 쿠당탕탕 하는 소리가 복도를 울렸다.

숨죽인 채 돌아다니던 시녀들이 깜짝 놀라 빠끔히 고개를 내밀었다. 발소리의 주인은 라카라나였다. 그러나 시녀들이 다가가 경고를 줄 새도 없이, 라카라나는 어느새 복도를 가로질러 계단을 뛰어 올라가 시야에서 사라졌다.

솔린은 창가에 놓인 긴 소파에 누워 해변을 바라보며 명상을 하고 있었다. 그러다가 무례하다시피 돌발적으로 방문을 열어젖히고 나타난 라카라나를 발견하고 고운 미간을 찡그렸다.

"뭐가 이리 시끄러우니?"

라카라나는 그녀의 심기가 불편해졌다는 것을 알아차렸지만 사죄를 구할 겨를도 없이 대뜸 서신을 내밀었다. 솔린이 떨떠름한 기색으로 서신을 건네받았다. 라카라나는 뒤늦게야 한쪽 무릎을 꿇고 앉으며 보고했다.

"카르시타에서 온 전언입니다."

그를 꾸짖으려던 솔린의 표정이 서서히 풀어졌다. 그녀는 피곤한 듯 소파의 팔걸이에 양팔을 벌려 걸친 후 고개를 뒤로 젖혔다.

"……그리 조심하라 했거늘. 들켰어?"

"……일단, 일단 읽어보심이."

"전쟁이라도 하재? 화가 났대? 관세를 더 올리겠대? 그 핏덩이 같은 게 뭐라고 했기에 네가 그리도 경황없는 얼굴로 내 여가를 방해하는 건지 모르겠구나."

라카라나가 머뭇거리며 말했다.

"뜻밖의 호의가 베풀어졌습니다."

그제야 솔린은 흥미가 생긴 사람처럼 눈살을 미미하게 찌푸렸다.

"호의……?"

카르시타의 호의는 억만 년은 더 먼 곳에 있는 것이 아니던가. 그들과의 관계가 틀어지고 전대 이한의 여왕은 몇 번이나 카르시타와의 관계를 개선해보고자 했지만 허사였다. 그들은 대륙에 발가락 하나 디딜 수도 없을 만큼 철저하게 모든 국익 관계에서 배제되었고, 그것이 벌써 7년째였다.

라카라나의 얼굴이 살짝 들뜬 듯 보이는 것이 솔린을 불쾌하게 했지만 그녀는 내색하지 않았다. 그녀는 문득 단단히 밀봉된 서신의 겉면을 발견하고는 고개를 갸웃했다.

"그런데, 뜯어보지도 않은 서신의 내용은 네가 어찌 아나? 그리고 카르시타의 사신은 어디에 있지? 왜 네가 직접 서신을 들고 온 건지도 설명해라."

"세드로 마르티사가 이번에 밀입국시켰던 자를 서신과 함께 돌려보냈습니다."

"어디가 잘려 돌아왔니?"

"사지 멀쩡하게 돌아왔습니다."

"사지가 멀쩡하다면 머리가 없는 게로구나."

"머리도 멀쩡합니다."

"……그럼 매질을 당했다더냐?"

"상처 하나 없습니다. 그자와 본국에 심어두었던 끄나풀들을 모아 둔 자리에서 바로 그 서신을 쓰도록 대필자를 불렀다고 합니다."

거기까지 들은 솔린은 서신을 뜯었다. 아주 값비싸고 진귀한 카르시타의 양피지였지만 그런 것 따윈 눈에 들어오지도 않았다.

"이게 세드로가 그 자리에서 대필자를 불러 읊은 내용이라?"

그녀의 눈동자가 서신에 쓰인 내용들을 찬찬히 읽어 내렸다. 그녀의 낯에 떠올랐던 모든 감정들이 서서히 가라앉았다, 다시 휘몰아쳤다. 솔린이 큰 소리로 웃음을 터뜨렸다.

"하하하!"

"저도 몹시 놀라서."

"세드로 마르티사, 이 핏덩이가……."

서신을 와작 구긴 솔린은 희미한 비웃음을 띠었다.

샤말론 중립 지대에 새로 건축된 범대륙 아카데미라. 소문은 들어 알았다. 카르시타와 데바람을 주축으로 설립된 그 아카데미로 대륙 곳곳에서 그들의 눈치를 보는 소왕국들의 인재들이 남녀와 신분 고하를 불문하고 모여들고 있다고 했다.

설립된 지 고작 3년밖에 되지 않은 시범 규모라고는 하지만 운영 주축이 데바람과 카르시타이니 앞으로 얼마나 더 규모가 비대해질지 모를 일이다.

사과를 하라. 수교를 하고 싶다면 볼모를 보내라.

요는 저 두 내용이었다.

세드로 또한 구설수를 키우고 싶어 하지 않을 테니, 비공식으로 하는 사과는 어렵지 않았다. 게다가 체렌사 아카데미에 대한 제안은 솔린에게는 몹시 매력적으로 느껴지는 항목이었다. 7년 전, 그들의 왕비와 현왕인 세드로 마르티사를 위협한 이후로 거의 막히다시피 한 대륙 무역이었다. 잘만 하면 구태여 데바람과 카르시타를 통하지 않더라도 변두리에 위치한 소왕국들과의 교류로 대륙 무역의 기틀을 잡을 수 있었다.

그곳에 모여드는 왕국의 인재들이 한둘이 아니라고 했으므로.

"하지만 아무리 그래도 이 녀석은 바다 무서운 줄을 모르는구나."

솔린이 마뜩찮은 표정으로 입술을 일그러뜨리자 라카라나가 조심스레 아뢨다.

"감히 조언드리건대, 이번엔 우리가 물러설 때인 듯합니다."

"묻지 않았다, 라카라나."

솔린이 양피지를 소파 너머로 떨어뜨리며 불만스럽게 중얼거렸다.

"……어린것이, 어찌 이리 사리가 밝은지."

그녀가 소파에서 일어나 속이 비치는 얇은 가운을 걸쳤다.

이한의 삼각돛이 그려진 하늘하늘한 천이 가벼운 바람을 일으키며 펄럭였다. 라카라나는 흥분 반, 걱정 반의 시선으로 솔린을 응시했다. 그녀가 어떻게 행동할지 감이 잡히지 않은 탓이었다.

몇 걸음 옮기던 솔린이 불현듯 멈추어 뒤도 돌아보지 않고 물었다.

"멍청하니 그리 서 있을 거니?"

"어, 어딜 가십니까?"

"원로들에게 소집령을 내려라."

"예?"

솔린이 묘하게 즐거운 얼굴로 콧노래를 불렀다.

"흐응, 흐응……. 자국민을 볼모로 보내라는데, 구색 맞추는 회의라도 열어야겠지."

"아, 예. 예!"

반색한 라카라나가 달려 나갔다. 귀에 거슬리는 경망스러운 발소리가 멀어지자 솔린은 나른하게 기지개를 켰다.

이제 겨우 열서넛 되었다 했나. 배포가 큰 꼬맹이가 아닌가.

어쩐지 더 사이가 틀어지면 후일 지스카르보다 대하기 까다로워질지도 모르겠다는 생각이 잠깐 들었다.

'그나저나 체렌사라…….'

데바람과 카르시타. 저 두 놈들이 전 대륙을 집어삼키기 위한 발판이 될 것이 뻔했지만 그것을 막기 위해서라도 어느 정도의 적극적인 개입은 필요한 시점이었다. 달리 보면 이번 기회를 이용할 수도 있었다.

이틀 후, 이한을 구성하고 있는 열한 개 섬에 위치한 항만의 등대들이 일제히 울었다.

평화로운 땅 위로 동녘바람이 불기 시작했다.

– fin.

외전 후기

안녕하세요.

두 번째 후기입니다.

'물의 자흔을 쫓는다'의 외전집이 마무리가 되었네요. 두 사람은 그리하여 행복하게 살았습니다. 하는 로맨틱한 엔딩을 꿈꾸셨던 분들께서 이 책장의 마지막을 넘기시면서 어떤 생각을 하고 계실지는 모르겠습니다.
　이로서 '물의 자흔을 쫓는다', 제르와 알렉시스의 이야기는 완벽하게 마무리가 되었습니다. 사랑의 결실을 사랑으로 낳은 아이라고 생각하시는 분들께는 여전히 제르와 알렉시스의 관계 어딘가가 결핍되어 있다고 믿으실지 모르겠습니다.
　하지만 제르와 알렉시스는 이것만으로도 충분한 이야기를 꾸려나갔다고 생각합니다.

　나란히 손을 잡고 걷는다는 것처럼 가슴 따뜻한 일이 있을까요. 불같은 열정의 사랑은 식지만, 믿음으로 돈독한 미온의 온기는 한 겨울의 난로처럼 따뜻하게 오래도록 남는다는 말을 저는 굳게 믿고 있습니다.

앞으로도 어딘가에서 살아 숨 쉴 두 남녀주인공이 죽는 그 날까지 행복하길 바라봅니다.

그리고 짐작하신 분이 계실지 모르겠습니다만, '물의 자흔을 쫓는다' 외전집의 마지막 외전 '이스털리 윈드, 앙상블로의 길'은 머잖은 미래에 계획한 '물의 자흔을 쫓는다'의 아랫세대 이야기 '앙상블'을 짧게 소개해주는 과도기적 배경에서 진행되고 있습니다.

'앙상블'은 연합하게 된 두 나라의 한가운데에 세워진 아카데미에서 펼쳐지는 아카데미물로, 뤼민느나 제일리, 지스카르의 딸들이 활약해 줄 예정이에요.

긴 공백의 시간을 지나보낸 후, '앙상블'에서 다시 만날 수 있길 바랍니다.

짧게 마무리하겠습니다.

'물의 자흔을 쫓는다', 사랑해주신 모든 분들께 감사의 키스를 남깁니다.'

'물의 자흔을 쫓는다', 마침표를 찍으며.
신여리 올림.